庫

32-518-1

カンディード

他五篇

ヴォルテール作
植田祐次訳

岩波書店

目　次

ミクロメガス

哲学的物語

第一章　シリウス星団の一住民、土星という名の惑星を旅する

シリウスという名の星の周りを回転する惑星の一つに、すこぶる才気あふれる青年がいた。わたしはこの青年が最近われわれのちっぽけなアリの巣へ旅をした折、光栄にも彼と知り合うことになった。彼の名はミクロメガス(1)だったが、それはすべての巨大な人間にいかにもふさわしい名ではないか。彼は身の丈《たけ》八リューだった。八リューとはつまり、土地測量の一歩の歩幅を五ピエとすると、二万四千歩である。

つねに公衆に有益な人士である代数学者なら、早速そのうちの数人がペンをとり、シリウスの国の住人ミクロメガス氏は頭の天辺から爪先まで二万四千歩すなわち十二万ピエ・ド・ロワだけあり(2)、また地球の住民であるわれわれはほぼ五ピエしかなく、われわれの天体の周囲は九千リューであるから、くり返しを承知で言えば、ミクロメガス氏を生んだ天球の円周は、正確には間違いなくわれわれの小さな地球の二千百六十万倍であるはずである、ということを証明するにちがいない。自然界においてこれほど簡単で当

たり前なことはない。ドイツやイタリアの多少の君主国家にしても、トルコやロシアや中国といった帝国と比べたところで、半時間もあれば一周できるのであるから、自然があらゆる存在の中にもうけた並外れて大きな相違のうちのほんのわずかな様相を表すことにしかならない。

ミクロメガス閣下の背丈はいま述べたとおりであるので、わが地球の彫刻家や画家は、彼のウエストが五万ピエ・ド・ロワであって、実に均衡のとれた体格であると認めることだろう。

その才気について言えば、彼こそは当代きっての教養人の一人である。実に多くのことを知っていて、しかもそのうちのいくつかは彼が考え出したことだった。年はまだ二百五十歳にもならないのに、慣習に従って彼の惑星のイエズス会士の学校で勉強したが、彼はその頃ユークリッドの五十以上の命題をその知力で解き明かした。それは、ブレーズ・パスカルより十八題も多い。パスカルときたら、彼の妹の言うところによれば(3)、面白半分に三十二の命題を解いたが、その後はかなり凡庸な数学者となり、そのうえはなはだできの悪い形而上学者となった。ミクロメガスは幼年期が終わろうとする四百五十歳の頃、直径百ピエもなく、ふつうの顕微鏡ではとうてい目に入らない微小な数多くの昆虫を解剖し、たいそう興味深い一冊の本にまとめた。だが、その本は彼をほとほと困らせることになった。彼の国のイスラム法の権威は小事にこだわることにかけては右に出る者がなく、たいそう無知だったが、ミクロメガスの本の中に不審で不快千万な、そればかりか軽率で邪道の、要するに異端の匂いのする主張を見つけ、彼を激しく責め立てた。つまり、シリウス星の蚤《のみ》の実体的形相が果たして蝸牛《かたつむり》のそれと同じ性質のものであるかどうかを知る必要があったのだ。ミクロメガスは才気を発揮して自己弁護し、世の女性を味方につけたが、裁判は二百二十年つづいた。ついに件《くだん》のイスラム法の権威は、問題の本を読んだこともない法学者たちの口からその本に対して有罪の判決を下させた。そして本の著者は、八百年間、宮廷に出入りしてはならぬという命令を受けた(4)。

些事《さじ》についての煩わしさや下劣なことしか充満していない宮廷から追放されても、彼は大して痛痒《つうよう》を感じなかった。イスラム法の権威をこらしめる痛快きわまる歌で諷してやったが、相手はほとんど平気の平左だった。そこで彼は、世間で耳にたこができるほどよく言われるように、精神と心を存分に鍛え上げる目的で(5)惑星から惑星へと旅を始めた。二輪馬車かベルリン型四輪馬車(6)でしか旅行しない人びとが天空旅行の装備を見たら、かならず度肝を抜かれることだろう。なぜなら、われわれはちっぽけな泥の山の上に住んでいるから、自分たちの慣習からはずれたことについてはさっぱり理解できないからだ。わが旅行者は、重力の法則や磁力と反発力についてほれぼれするほど精通していた。彼はそんな法則をほどよく利用して、あるときは太陽光線を使い、あるときは彗星を利用して、まるで鳥が枝から枝へと飛び回るように、家僕たちを連れて天体から天体へと移って行った。彼が天の川を踏破するのに、ほんのわずかな時間しかかからなかったから、天の川にちりばめられた星々の透き間をとおして、かの高名なデラム助任司祭[7]が望遠鏡ではるかかなたに見たと豪語した美しい至福の最高天も、彼の目には入らなかったと正直に言っておかねばならない。といって、なにもデラム氏の見誤りだなどと言うつもりはない。そんなことはあろうはずもない！　ただし、ミクロメガスはその場にいたのであり、しかも彼はすぐれた観察者なのである。わたしはだれにも異議を唱えようとは思わない。ミクロメガスは旅行を首尾よく終えた後、土星に到着した。その天体とそこに住む人びとの小ささを見たとき、いかに新奇なものを見慣れていたとはいえ、どんな賢者からも時には思わずもれることがある優越ゆえの微笑を、さしもの彼もはじめは禁じえなかった。それというのも、要するに土星は地球のほぼ九百倍の大きさしかないうえ、その国の住人たちにしても身長わずか千トワーズほどしかない、いわば一寸法師たちだからだ。最初のうちは彼も家僕たちといっしょになって彼らを小馬鹿にしていた。それは、イタリアの音楽家がフランスにやって来ると、リュリ(8)の音楽を鼻先で笑うのにどことなく似ている。しかし、シリウス星人は聡明だったので、身長六千ピエしかなくても、思考する生物のことは嘲笑すべきでないとすぐに悟った。彼はその天体の住人たちを驚かせたが、その後は彼らと親しく交わった。すこぶる才気のある人物、土星アカデミーの書記(9)とは、彼は固い友情の絆《きずな》で結ばれた。この人物は、実のところなにも考案しなかったのだが、他人が考案したことを実にうまく説明し、ささやかな詩を作ったり、立派な計算をしたり、ほどほどの仕事をしていた。ここで読者諸氏に満足していただくために、ミクロメガスがある日、このアカデミー書記氏と交わした一風変わった会話を報告するとしよう。

第二章　シリウス星の住人と土星の住人との間に交わされた会話

ミクロメガス閣下が寝そべり、書記がその顔に近づくと、閣下は言った。

「自然が実に変化に富んでいることは、認めざるをえませんね」

「そのとおりです」と、土星人は言った。「自然はさながら花壇のようなもので、その花々たるや……」

「ああ！　そんなふうに話をするのはやめてください」と、相手が言った。

「自然というものは」と、書記は言葉をつづけた。「ブロンドの髪の女性や褐色の髪の女性の集まりに似ていて、その衣裳たるや……」

「その褐色の髪の女性がなんだって言うんです」と、相手は言った。

「では、自然は絵画の陳列室にそっくりで、並ぶ絵の筆づかいたるや[10]……」

「ああ、それは違います！」と、旅行者は言った。「もう一度だけ言っておきますが、自然は自然にしか似ていないのですよ。どうして自然をなにかにたとえようとするのですか」

「あなたのお気に入っていただくためです」と、書記は答えた。

「わたしのご機嫌とりなど真っ平です」と、旅行者は答えた。「わたしは教わりたいのです。まずはじめに、あなた方の天体の人びとは感覚をいくつ持っていますか」

「わたしたちの感覚は七十二あります」と、アカデミー会員は言った。「そして、わたしたちは毎日その数が少ないとこぼしています。想像力のほうが欲求より先回りする始末です。七十二の感覚とこの天体の環《わ》と五つの衛星(11)ではつつましすぎます。ですから、好奇心や、七十二の感覚から生じるかなりの数の情念があるとはいえ、いつもわたしたちは退屈しているのです」

「ごもっともですね」と、ミクロメガスは言った。「なぜなら、わたしたちの天体では感覚は千ほどありますが、ほかにもまだなにやら漠然とした欲望や不安があって、それがたえずわたしたちなんて所詮は取るに足りない者で、もっとはるかに完全な生物が存在すると教えてくれるからです。わたしも少しは旅をしてきましたので、自分たちよりずっと劣る生物に会ったことも、またずっとすぐれた生物に会ったこともありますが、しかし実際に感じている欲求以上に多くの欲望を抱かなかったり、満足してもなおそれ以上の欲求を抱かない生物に会ったことは一度もありません。わたしもきっといつかは完全無欠な国にたどり着くことでしょうが、いままでのところだれもその国について確かな情報を教えてはくれませんでした」

そこで土星人とシリウス星人は、へとへとになるまであれこれ憶測してみたが、はなはだ独創的ではあってもすこぶる不確実な推論をいくら重ねてみたところで、結局は事実に戻らなければならなかった。

「あなた方の寿命はどれくらいですか」と、シリウス星人は言った。

「ああ！　ほんのわずかなものです」と、小さな土星人は即座に答えた。

「では、わたしたちのところとまったく同じですね」と、シリウス星人は言った。「わたしたちはいつも時間の少なさをかこっています。どうやらそれは自然の普遍的法則であるにちがいありません」

「ああ！　わたしたちが生きているのは」と、土星人は言った。「太陽の大公転の五百回分でしかないのです。（それは、われわれ地球人のやり方で計算すると、一万五千年ほどになる。）これでは、生まれるとほぼ同時に死ぬことになるのがお分かりいただけるでしょう。わたしたちの存在は一点でしかなく、わたしたちの寿命は一瞬でしかなく、わたしたちの天体は最小の微粒子にすぎないのです。ほんの少し知識を獲得しかかるとすぐに、経験を積まないうちに死が訪れます。このわたしは、あえて一切の計画を立てないようにしています。自分は大海の一滴の水だと思っているのです。この世界で自分がばかげた姿をしているのはお恥ずかしい限りですが、とりわけあなたの前ではそんな気持ちになります」

ミクロメガスは答えた。

「あなたが哲学者でなければ、わたしたちの寿命があなた方より七百倍も長いことを教えるとあなたを悲しませるのではないか、そう心配するところですがね。でもあなたは、自分の肉体を自然界の基本要素に返し、別な形になって自然を活気づけなければならなくなると、それがいわゆる死ですが、そんな変身の時がやって来たら、永遠の歳月を生きぬくことも、一日を生きることも、まさに同じことだということを知りすぎるほど知っておられる。わたしの天体より千倍も住人たちの寿命が長い国を訪ねたことがありますが、そこでもやはり住人たちがぶつぶつ文句を言っているのが分かりました。しかし、黙々と事態を受け入れ、自然の創造者に感謝するすべを心得た良識ある人びとは、どこにだっています。自然の創造者は、この宇宙にふんだんに多様性を与えるとともに、ある種の感嘆すべき類似性をも与えました。たとえば、すべての思考する生物は異なっていながら、実は天与の思考力と欲望においてはすべてが似通っているのです。物質はいかなるところでも広がりをもっていますが、それぞれの天体で多様な特性を持っています。あなた方の天体の物質には、そうした多様な特性がどれくらいあるのですか」

「あなたがお話しになっているのは、もしそれがなければ、この天体も現にあるような状態では存続できないとわれわれが考えているような特性でしょうか。もしそうなら、三百あります」と、土星人は言った。「たとえば、広がり、相互不可入性、移動性、重力、可分性などなどです」

「どうやら察するところ」と、すかさず旅行者は言った。「創造主があなた方の小さな惑星について立てる計画には、それしきのわずかな数だけで充分なようですね。わたしはあらゆる点で創造主の英知に驚嘆しています。いたるところに差異が見られますが、しかしまた、いたるところに均整も見られます。あなた方の天体は小さく、住人も小さい。あなた方の感覚はわずかしかなく、物質の特性もわずかしかない。しかし、そうしたことはすべて神の御業《みわざ》なのです。あなた方の太陽は、正確に言えばなに色ですか」

「すこぶる黄ばんだ白色です」と、土星人は言った。「その光線の一つを分離すると、七色を含んでいることが分かります」

「わたしたちの太陽は赤味を帯びていて」と、シリウス星人は言った。「三十九の原色があります。わたしがこれまで接近したすべての太陽の中でたがいに似ているものは一つもありません。それは、あなた方の天体には、ほかのどれかと同じ顔が一つもないのと同じです」

ミクロメガスは、この種の質問をいくつもした後、土星には本質的に異なる実体がいくつあるのか尋ね、その数はおよそ三十しかないことを知った。それは、たとえば神、空間、物質、感覚で感じる広がりのある存在、感じかつ思考する広がりのある存在、広がりをもたない思考する存在、たがいに透過し合う存在とたがいに透過し合わない存在などなどだった。シリウス星人の天体には三百の実体があり、しかも彼は旅行中に他の三千もの実体を発見していたので、これには土星の哲学者も肝をつぶした。二人は、自分たちが知っているほんのわずかなことと、自分たちの知らない沢山のことをたがいに伝え合い、また太陽が一回公転するあいだ推論を重ねたあげく、ついに連れ立って哲学的小旅行を試みることに決めた。

第三章　シリウス星人と土星人が二人で試みた旅行

わが二人の哲学者が数学器具をごっそりたずさえて、いよいよ土星の大気圏へ旅立とうとしていたとき、知らせを聞いた土星人の恋人が泣きながらやって来て彼をさんざんなじった。それは、六百六十トワーズしかない褐色の髪の小柄できれいな女だったが、実に愛嬌があってそれで背の低さを埋め合わせていた。

「ああ！　薄情な人だわ！」と、彼女は叫んだ。「千五百年もの間あなたを拒んだ後、やっとあたしがなびき始め、その腕に抱かれてたかだか百年を過ごすか過ごさないかだというのに、あたしを棄て、別世界から来た巨人と旅に出ようというのですもの。なにさ、あんたはただの物好きだわ。恋をしたことなんて一度もないのよ。あんたが本当の土星人なら、恋人を裏切ったりするものですか。どこを駆けめぐろうというの。なにがお望みなの。この天体の五つの衛星もあんたよりはまだ落ち着きがあるし、環にしてもあんたほど変わりやすくないわ。これでおしまいね。もう決してだれも愛してやるものですか」

　土星人は女を抱き締め、哲学者のくせにいっしょになって涙を流した。すると、身分の高いその女は気を失った後、恋の痛手から立ち直るため、その国の口先だけの若い宮廷人と手に手をとって立ち去った。

　そうこうするうちに、物好きな二人は旅立った。彼らはまず土星の環に飛び乗ったが、わがちっぽけな地球の高名な住人[12]がいみじくも見抜いていたように、その環がかなり平たいものであることが分かった。そこから、彼らは土星の衛星から衛星へと飛び進んで行った。最後の衛星のすぐそばを彗星が通りかかったので、二人は家僕や器具もろともその彗星めがけて飛んだ。彼らがおよそ一億五千万リューも進むと、たちまち木星のいくつもの衛星に出会った。彼らは木星そのものに移り、一年そこに滞在し、その間になかなか素晴らしい自然の神秘を学んだ。それは、宗教裁判所の裁判官諸氏がいなければ、いま頃は印刷に付されていること間違いなしだが、裁判官諸氏はいくつかの命題を少し不快に思ったのだった。けれども、わたしはその草稿を世に名の知られた某大司教猊下《げいか》の書斎で一読したことがある。猊下は、どんなに称賛してもし足りないほどの寛大さと親切心を示されて、蔵書を閲覧させてくださったものだ。

ところで、話を二人の旅行者に戻そう。彼らは木星を出ると、一億リューほどの空間を突き抜け、火星と並んで飛んだ。周知のように、火星の大きさはわたしたちの小さな地球の五分の一である。彼らはその惑星に仕える二つの衛星を見たが、その存在がわが地球の天文学者の目に留まったことはない。近くカステル神父(13)がその二つの衛星の存在を否定する論文を書くにちがいなく、それもかなり滑稽《こっけい》な書き方をするはずであることは、わたしも充分に承知している。だがわたしは、類比にもとづいて推論する人たちに事の是非をゆだねることにする。彼らはすぐれた哲学者であるから、太陽からはなはだ遠く離れた火星が二つの衛星なしですませるのが、どれほどむずかしいことかを知っているのだ。それはともかく、くだんの二人の旅行者はその惑星がたいそうちっぽけに見えたので、身を横たえる場所も見つからないのではないかと思い、まるで村の粗末な安宿を無視して次の町まで足を伸ばす二人の旅人のように、止まらずに旅をつづけた。しかし、シリウス星人とその連れはすぐに後悔した。彼らは長いこと進んだが、なに一つ見つからなかった。ようやくかすかな薄明かりが見えた。それが地球だった。その天体は、木星からやって来た人びとに哀れをもよおさせた。けれども、またしても後悔するようなことになってはいけないので、彼らは上陸することにした。旅行者たちは彗星の尾にちょっと立ち寄り、北極光《オーロラ》がいまにも現れようとしているところを見つけ、その中に入り、バルト海北岸の地面にたどり着いた。時まさに、新暦であるグレゴリオ暦の一七三七年七月五日だった。

第四章　地球という天体で彼らに持ち上がったこと

しばらく休息した後、彼らは家僕たちが念入りに調理してくれた山を二つ朝食に食べた。それから、彼らは自分たちのいる小さな国を偵察したいと思った。まず彼らは北から南へ行った。シリウス星人とその家僕たちのふつうの歩幅はおよそ三万ピエ・ド・ロワだったから、土星の一寸法師はあえぎながら距離をおいて後を追って行った。ところで、先を行く連れがひとまたぎすると、一寸法師のほうは十二歩ほど進まなければならなかった。想像していただきたい、(もしこんなたとえが許されるなら)世にも小さな愛玩犬がプロイセン王の近衛兵隊長の後から追って行くさまを。

よその天体から来た者たちの進み方たるやかなりの速度なので、三十六時間で地球を一周してしまった。太陽、いや、実はむしろ地球は、同じような旅を一日がかりでしているのだが、しかし自分の足で歩くより軸の周りを回転するほうが、はるかに楽に進めることを考える必要がある。そんなわけで、彼らは地中海という名のほとんどその肉眼では見えない水たまりと、大洋という名でモグラ塚を囲んでいる別の小さな池を見た後、出発した場所に戻った。水は一寸法師の膝くらいまでしかなかったし、もう一人の踵《かかと》を辛うじてぬらした程度だった。彼らは果たしてこの天体に人が住んでいるのかどうかを見届けようとして、天体の上へ行ったり下へ戻ったり、できるだけのことをした。身をかがめたり、横になったり、いたるところ手で触ってみた。しかし、彼らの目や手はここを這《は》い回る小さな生物とはまったく釣合いがとれていなかったので、われわれとわれわれの同僚であるこの地球の住人たちが生存の光栄に浴していることを悟らせうるような印象を、彼らがかすかに受けることすらなかった。

時折、早合点する嫌いのある一寸法師は、最初のうち、地球には人間はだれも存在しないと決め込んだ。第一の理由は、彼が人の姿を一人も見なかった、ということだった。ミクロメガスは礼を失しない仕方で、その推論の誤りを彼に気づかせた。

「なんとなれば」と、彼は言った。「わたしには非常にはっきりと見えるいくつかの五十等級の星も、あなたのその小さな目では見えませんが、だからといって、あなたはそんな星など存在しないという結論を引き出しますか」

「しかし」と、一寸法師は言った。「わたしはくまなく触ったのですよ」

「しかし」と、相手は答えた。「あなたの知覚が不充分だったのです」

「しかし」と、一寸法師は言った。「この天体は実に不細工で不規則なうえ、わたしにはまったくばかばかしく見える形をしています！　ここではすべてが混沌としているようです。ほら、あのいくつもの小川が見えるでしょう、一本もまっすぐに流れていませんよ。あの数々の池にしても、円形でもなく正方形でもなく、少しも規則的な形をしていないではありませんか。この天体を覆っている小さくとがった粒状の面が見えるでしょう、おかげで足を擦りむきましたよ。（彼は山々のことを話していたのである。）それに、この天球全体の形にお気づきですか、両極でなんと偏平になっているのでしょう。なんと不器用に太陽の周りを回っているのでしょう。そのため、両極の土地は当然、不毛です。実際、ここには人はいないとわたしが考えるのは、良識ある人間ならこんなところに住む気にならないだろうと思われるからです」

「おっしゃるとおりです」と、ミクロメガスは言った。「たしかに、良識ある人でここに住む人はいないでしょう。しかし、それでもわけもなくこれが作られたのでもないような気がします。ここではなにもかもが不規則に見える、とあなたは言われる。それというのも、土星や木星ではなにもかもが整然としているからです。ああ！　きっとそんな理屈のせいでこの場合いくらか思い違いが生じるのです。さっきもお話したように、旅行中にたえず私の目を引いたのは、変化に富む自然の姿です」

土星人は、そうしたすべての理屈にすばやく反論した。もし運よく、ミクロメガスが話に夢中になってダイヤモンドの首飾りの糸を切っていなかったら、議論は果てしなくつづいていたことだろう。ダイヤモンドは転げ落ちた。それは大きさがふぞろいの、美しい小粒のダイヤモンドで、いちばん大きいものは四百リーヴル、いちばん小さいものでも五十リーヴルの重さがあった。一寸法師はその中のいく粒かを拾い上げ、目に近づけて、どのダイヤモンドもカットされたときの具合で見事な顕微鏡になっていることに気づいた。そこで彼は、直径百六十ピエの小型の顕微鏡を手に取って、目に当てた。そしてミクロメガスは二千五百ピエのものを選んだ。二つとも性能はすばらしかったが、しかし最初はその助けを借りてもなにも見えなかった。焦点を合わせなければならなかったのだ。ついに、土星の住人はなにやら微小なものがバルト海の波間にうごめくのを見た。それは鯨だった。彼はそれを小指で実に上手につかまえると、親指の爪の上に乗せ、シリウス星人に見せた。シリウス星人は、われわれの地球に住む生物が極端に小さいことにまたもや笑い出した。土星人は、地球というわれわれの世界にも生き物がいることを悟ったものの、住んでいるのは鯨だけだと早合点した。彼は大の理屈好きだったので、こんなにちっぽけな微生物がどんな仕掛けで動くのか、果たしてこれに観念や意志や自由があるのか、その謎を解いてやろうと思った。これにはミクロメガスも大いに当惑したが、その動物をいたって辛抱強く観察した。(14) 観察の結果、この生き物に霊魂が宿っているとは考えられない、ということになった。そこで、二人の旅行者がわれわれ

の惑星に精神など存在しないという考えに傾きかかっていたとき、彼らは顕微鏡で、鯨と同じくらいの大きさのものがバルト海に漂っているのを見つけた。よく知られているように、ちょうどその頃、一群の哲学者が北極圏から帰って来るところだった。彼らは、そのときまでだれも思いつかなかった北極圏の観測に遠征していたのだ。新聞は、彼らの船がボスニアの海岸で座礁し、哲学者たちが危険を逃れるのはきわめて困難であると報じた(15)。しかし、カードの手の内と同じように、この世の事件の内幕は分からないものだ。事がどのように起こったか、わたしは尾ひれをつけず率直に語ることにする。歴史家にとってこれは並大抵の苦労ではない。

第五章　二人の旅行者が経験し、推論したこと

ミクロメガスは、対象が現れる場所へそっと静かに手を差し出し、指を二本前に出し、そうかと思えば、思い違いかもしれないと不安になって指を引っ込めたりし、それから指を開いてその二本をぴったりとくっつけると、例の紳士諸氏を運ぶ船を実に巧みにつかまえ、押しつぶすといけないのであまり押さえつけないようにして、やはりこれも指

の爪の上に乗せた。

「これは、さっきのとはずいぶん違った動物ですね」と、土星の一寸法師が言うので、シリウス星人はそのいわゆる動物を手のひらに乗せた。はじめは自分たちが嵐にさらわれたと思っていた乗客と乗組員は、次には岩に乗り上げたと思い込み、だれもが動き回る。水夫たちはワインの樽をいくつか持ち出し、ミクロメガスの手にそれを放り出すと、船から飛び降りるといった有様だ。測量技師たちは四分儀と測角器を取り出し、ラップランドの娘たちを連れ出して、シリウス星人の指の上に降りた。彼らが大いに動き回ったので、さすがについにシリウス星人のほうでもなにやら動くものがあり、指がくすぐられるのを感じた。それは鉄具のついた棒で、彼の人差し指に一ピエほど打ち込まれたのだった。彼はそのちくちくする感じから判断して、自分が握っている小さな動物の中からなにかが出て来たのだと思った。しかし、最初のうちはそれ以上のことを推し測れなかった。顕微鏡は鯨と船を辛うじて識別させるくらいだったから、人間のように微小な生物には、からっきし効果がなかった。ここでわたしはだれの虚栄心も傷つけるつもりはないが、しかし世のお偉方に、わたしといっしょにちょっとしたある事柄に注意していただくようどうしてもお願いしなければならない。それは、人間の身長をおよそ五ピエと考えた場合、わたしたちが地球上で示す大きさは、高さ約一プースの六十万分の一の動物が周囲十ピエの球上で示す姿の大きさと変わりがない、ということである。片手で地球を握り、しかもわたしたちの器官に比例する各器官をそなえたある実体を想像していただきたい。それに、こうした実体が数多く存在することだって大いにありうるのである。そこで、どうか想像していただきたいのだが、二つの村を手に入れながらみすみすそれを手離さざるをえなくなるような戦いがあったとしたら、くだんの実体はそんな戦いについてどう思うだろう。

背の高い選抜隊のある隊長がひょっとしてこの作品を読んだら、彼の隊員の帽子を少なくともたっぷり二ピエだけ高くすると、わたしは信じて疑わない。しかし、そんな隊長に警告しておく、そんなことをしてもむだなことだ、隊長もその隊員たちも絶対に限りなくちっぽけな者でしかないのだ、と。

先に触れた微小な生物を知覚するには、いったいどれほど驚異的な器用さがわがシリウス星の哲学者に必要だったことか。レーウェンフックとハルトズッケル(16)がわれわれを形作る種子をはじめて見たとき、いや見たと思ったときも、これほど驚くべき発見には遠く及ばなかった。ミクロメガスがそんな小さな機械たちの動きを眺め、彼らの外観のすべてをつぶさに観察し、彼らのあらゆる活動を注意深く見守ったときの喜びようといったらなかった！　彼はどれほど大きな叫び声を上げ、どれほど喜んで顕微鏡を一つ旅の道連れの手に渡したことだろう！

「おう、見えるぞ」と、二人とも同時に言った。

「重い荷物をかついだり、身をかがめたり、身を起こしたりしているのが見えるじゃありませんか」

彼らはそんなふうに話していたが、そんな未知の対象物を見る喜びとそれを失うのではないかという不安から、二人の手は震えていた。極端な不信から極端な信じやすさへ立場を変えた土星人は、対象物たちが種の繁殖行為に励むさまを目撃しているものと思い込んだ。

「ああ！」と、彼は言った。「自然の行為の現場を押さえたぞ」(17)

しかし、彼は外観に欺かれていた。この種のことは、顕微鏡を使っていようといまいと、とかくありがちなことである。

第六章　人間たちを相手に持ち上がったこと

ミクロメガスは道連れの一寸法師よりはるかにすぐれた観察者だったので、微小な生き物たちがたがいに話を交わしているのをはっきりと理解した。そこで、彼はそのことについて連れに注意を促したが、連れは例の生殖の一件で誤解したことを恥じ入りながらも、こんな連中がたがいに考えを伝達し合うなどということをいっこうに信じようとしなかった。一寸法師もシリウス星人と同じくらい語学の才能があったのに、目の前の微小生物たちの話し声が聞こえなかったことから、彼らは言葉を話さないものと思い込んだのだった。それに、目に入らないほどのちっぽけな生物にどうして発声器官がそなわっているだろう。そもそも彼らはなにを語る必要があるだろう。言葉を話すには、考えるか、もしくはそれに近いことをしなければならない。しかし、仮に彼らがなにかものを考えているとしたら、彼らは霊魂に相当するものを持っていることになる。ところで、こういった手合いに霊魂に相当するものがあると考えるのは、いかにもばかげているように思われた。

「しかし」と、シリウス星人は言った。「あなたは先ほど、彼らが性交していると考えましたね。ものを考えず、なにか言葉を発することもなく、いや少なくともたがいに理解し合わずに性交することができると思いますか。それに、子どもを作るより論証の論法を生み出すほうがむずかしいと思いますか。わたしにはどっちも大いなる神秘に思えますがね」

「わたしは信じることも否定することももうあえていたしません。もう意見なんてありませんよ。この虫どもの観察に努めるべきです。議論はその後にしましょう」

「よくぞおっしゃった」と、ミクロメガスはすかさず言った。そして彼は、すぐさまはさみを取り出すと、自分の爪を切り、親指の爪のかけらでたちまち大きな漏斗《じょうご》に似た大型スピーカーを作り、その管を耳の中に差し込んだ。漏斗は船と乗組員の全員をすっぽり包み込んだ。どんなにかすかな声も爪の円形の繊維組織に吸い込まれるため、それに手先の器用さのおかげもあって、天空の哲学者には下界の虫どものざわめきが申し分なく聞こえた。彼はほどなく虫たちがしゃべる言葉をうまく聞き分け、ついには完全にフランス語が分かるようになった。一寸法師はもっとてこずったものの、シリウス星人と同じことをした。二人の旅行者の驚きはたえず増大していった。彼らには紙魚《しみ》どもがかなり良識あることを話しているのが聞こえた。二人にとってこうした自然の戯れは不可解に思われた。お察しのとおり、シリウス星人と連れの一寸法師は微小な生物たちと会話をしたくてうずうずしていた。一寸法師は自分の雷のような声と、とりわけミクロメガスの声が紙魚どもの耳をつんざき、その結果、話が理解されないのではないかと不安になった。どうしても声の大きさを落とす必要があった。二人は小さな爪楊枝《つまようじ》のようなものを何本か口にくわえた。爪楊枝の先細になった尖端は船の近くに届いた。シリウス星人は一寸法師を膝の上に乗せ、乗組員を船ごと爪の上に乗せた。彼は頭を下げ、低い声で話そうとした。彼は用意おさおさ怠りなく、ほかにもまたいろいろと手を尽したおかげで、ついにこんなふうにあいさつを始めた。

「目に見えない虫諸君、創造主の御手は無限小の深淵に好んで諸君の生をお作りになった。創造主が知覚不能と思われる数々の秘密を明かしてくださったことに、わたしは感謝をささげるものである。わたしの宮廷では、たぶん諸君に注意を払ってくれる人はいないだろうが、このわたしはだれも軽蔑しない。それればかりか、諸君を守ってやってもいい」

びっくり仰天した者とは、まさしくこの言葉を聞いた人たちのことだった。彼らはその声がいったいどこから聞こえるのか見当もつかなかった。船付き司祭は悪魔ばらいのお祈りを唱え、水夫たちは口汚くののしり、船の哲学者たちはそれについて学説を立てた。しかし、たとえどんな学説を立てようと、彼らはだれが自分たちに話しかけているのか、さっぱり見当がつかなかった。そこで、ミクロメガスより優しい声をしていた土星の一寸法師が、彼ら虫たちがいまどんな種類の生物を相手にしているかを、手短に教えてやった。彼は虫たちに土星からの旅の話をし、ミクロメガス氏が何者であるかをくわしく知らせた。そして、虫たちがたいそう小さな生き物であることに同情を示した後、彼は虫たちがこれまでずっと無にも等しいこんな悲惨な状態に甘んじてきたのか、どうやら鯨のものらしい天体で虫たちがなにをしているのか、果たして幸福なのか、繁殖はするのか、霊魂を持っているのかなど、ほかにもこの種のことをたくさんたずねて彼らを質問責めにした。

その集団の中で他の者たちより大胆で議論好きな者が、霊魂があるのかと疑われたことに腹を立て、四分儀に向けられた望遠鏡ののぞき穴のある視準板を用いて、話の主を観察し、観測点を二つ定め、三つ目の観測点でこう話した。

「では、ムッシュー、あなたは頭の天辺から爪先まで千トワーズあるというので、自分のことをこう思っているのですね、われこそは……」

「千トワーズだと！」と、一寸法師は叫んだ。「なんということだ！　わたしの背丈がどうして分かるんだ、千トワーズだと！　一プースの狂いもない。なんと、この微小な生き物がわたしの身長を測ったとは！　彼は数学者で、わたしの大きさが分かるのだ。それに引きかえ、このわたしは顕微鏡を通してしか彼の姿が見えず、彼の大きさもまだ分からずにいる！」

「ええ、そうですとも、わたしはあなたの身長を測りましたよ」と、その自然学者は言った。「ついでに、あなたの巨大なお連れの方も測って差し上げましょう」

その提案は受け入れられた。閣下は長々と寝そべった。というのも、もし彼が立ったままでいたら、その頭はあまりにも高くてはるか雲の上にそびえていただろうからである。微小な哲学者たちは閣下の体のある箇所に一本の巨木をしっかりと据えつけた。スウィフト博士(18)ならその箇所の名称を言ってのけるだろうが、わたしはご婦人方に大いに敬意を払っているから、その箇所の名を口にするのは控えておく。それから哲学者たちは、三つの点を一組に結んで、彼らの見ているものがたしかに十二万ピエ・ド・ロワの青年であると結論づけた。

すると、ミクロメガスはこんなことを話した。

「どんなものでも外見の大きさで判断してはならないことが、かってないほどよく分かりました。ああ、これほど取るに足りないように見える実体にも知力をお授けになった神よ！　無限小も無限大と同じくらいあなたにはいとも簡単な仕事なのです。これまでこの目で天上界に見てきた動物の中には、わたしがこうして降りて来た天体など片足だけですっぽり覆ってしまう尊大な動物がいます。しかし、仮にこの手の上にいる微小な者たちよりもっと小さな生き物がいるとしても、そんな彼らがくだんの尊大な動物よりすぐれた精神をそなえていることだってありうるのです」

哲学者の一人がミクロメガスに答えて、人間よりはるかに小さな賢い生物がたしかに存在するものと確信できる、と言った。彼はまた、ウェルギリウス(19)が蜜蜂について述べた架空の話ではなく、スワンメルダムが発見し、レオミュール(20)が解剖したものについて語った。最後に彼は、蜜蜂に対する体の大きさの比が、人間対蜜蜂、ミクロメガスの語る巨大な動物対シリウス星人自身、そしてそんな途方もなく大きい動物でもその前に出ると微小生物のようにしか見えない他の実体対その巨大動物、といった関係に見られる比にちょうど等しい動物が存在することを教えた。会話はしだいに興味深いものになっていった。そこで、ミクロメガスは次のように語った。

第七章　人間たちとの会話

「ああ、聡明な微小生物の皆さん、神はあなた方の中に好んで巧みな御業《みわざ》とお力をお示しになったのです。ですから、あなた方がこの天体で、世にも純粋な喜びを味わっておられることは疑問の余地がありません。なんとなれば、これほどわずかな物質に甘んじながら、まるで精神のみで生きているように思われますから、さだめしあなた方は愛と思考を生の営みとなさっているにちがいありません。それこそ、正真正銘の精神生活です。わたしはこれまでどこにも真の幸福を見たことがありませんでした。しかし、それは間違いなくここにあるのです」

この演説を聞いて、哲学者たちは残らず首を横に振った。そして、他の者たちより率直な一人が正直に打ち明けたところによると、ほとんど尊敬されることのないごく少数の住人たちを除けば、残りの住人のすべては気の触れた者か悪人か不幸な者だというのだった。

「わたしたちは必要以上の物質を持っています」と、彼は言った。「それは、もし悪が物質に起因するなら、多くの悪を行なうためです。そして、もし悪が精神に起因するとしたら、わたしたちは精神を余分に持っていることになります。たとえば、お分かりでしょうか、わたしがあなたにお話ししているいまにも、わたしたちと種を同じくしながら気の触れた者たちが十万もいるのです。帽子を被った彼らは、ターバンを巻いた別の十万のけだものを殺したり、逆に彼らに虐殺されたりしています(21)。そして、地球上ほぼいたるところで、太古からずっとそんな具合に彼らは振舞っているのです」

シリウス星人は身震いをして、こんなに貧弱な動物の間でそれほど恐ろしい争いをする理由はなになのかとたずねた。

「あなたの足の踵ほどの大きさの泥のかたまりが問題になっているのです。といっても、たがいに切り殺し合っている何百万人のだれ一人として、その泥のかたまりにある藁《わら》くずを一本たりとも要求していません。その泥のかたまりがスルタンと呼ばれるある男のものとなるか、それともなぜかカエサルと呼ばれるもう一人の男のものとなるか、重要なのはそれを知ることだけです。ところが、どっちの男も問題のそのわずかな土地をこれまで一度も見たことがなく、この先も決して見ることはないでしょう。たがいに切り殺し合っているそのけだものどもにしても、一匹のけだもののために切り殺し合っていながら、肝心のそのけだものに一度でも会ったことがある者はほとんどいないのです」

「ああ！　見下げ果てたやつらだ！」と、シリウス星人は憤慨して叫んだ。「これほど法外で狂信的な激しい執着を想像することができるだろうか！　三歩進み、三回足で蹴飛ばしてその滑稽な殺人者どもの蟻塚をすっかり踏みつぶしてやりたくなったぞ」

「それには及びません」と、だれかが答えた。「連中は躍起になって、自分で自分の首を締めているのですからね。どうかお分かりになってください、十年も経てば、あの唾棄《だき》すべきやからの百分の一も残ってはいませんよ。どうかご理解ください、たとえ彼らが戦いを始めなくても、飢えや疲労、あるいは節度のなさがたたって、一人残らずといってよいほど命を落とすでしょう。もっとも、罰しなければならないのは、彼らではありません。それは、奥の院に鎮座ましまして、食べた物を胃の中で消化しながら百万人の殺戮《さつりく》の命令を発し、それからおごそかに神に感謝させる人でなしなのです」

シリウス星からの旅行者は、小さな人間の種族の中に驚くべき対比を発見したため、彼らに哀れをもよおしていた。

「あなた方は世に数少ない賢者であるうえに」と、彼はその紳士たちに言った。「金のために人をあやめるようなことをしないのは明らかですから、どうか教えてください、あなた方はどんなことに専念しておられるのですか」

「わたしたちはハエを解剖しています」と、哲学者が言った。「それに、子午線を測定し、さまざまな数を組み合わせています。わたしたちは自分たちの理解している二、三の点では一致し、自分たちの理解しない二、三千の点で議論をしています」

シリウス星人と土星人は早速その思考する微小生物たちに質問して、彼らの間で意見が一致している事柄を知りたくなった。

「天狼星《シリウス》からふたご座のいちばん大きな星までは何度ですか」と、土星人が言った。

相手は一斉に答えた。

「三十二度半です」

「ここから月まではどれだけありますか」

「およそ地球の半径の六十倍です」

「あなた方の天体の空気の重さはいくらですか」

土星人は彼らをちょっとからかってみたつもりだった。しかし相手は異口同音に、空気の重さは等しい容量のもっとも軽い水の約九百分の一であり、純金の重量の千九百分の一である、と言った。その答えを聞いてびっくりした土星の一寸法師は、つい十五分前には霊魂を持つわけがないと決めつけていたのに、その同じ相手を今度は魔法使いだと思いたくなった。

最後に、ミクロメガスが彼らに言った。

「あなた方は自分の外にあるものを実によく知っておられるのだから、内にあるもののことならさぞかしもっとよく知っておられるでしょう。あなた方の霊魂とはなにか、またあなた方はどのようにして観念を作り上げるのか、どうか教えてくれませんか」

哲学者たちは、前と同じようにみな一斉に話したが、意見はどれもまちまちだった。最古老の男はアリストテレスを引き合いに出し、もう一人はデカルトの名を口にし、こっちではマルブランシュの名を、向こうではライプニッツやロックの名を挙げるといった有様だった。逍遥《しょうよう》学派(22)の老人は声高に確信ありげに言った。

「霊魂は完全な実体《エンテレケイア》であり、かつまた理性である。それは理性によって、現在の霊魂となる力をもつ。そのことはまさしく、ルーヴル版六三三ページでアリストテレスが明言している。ソレハ完全ナル形相ナリ《エンテレケイア・エスティ》、と」

「わたしはあまりギリシア語を解しませんがね」と、巨人は言った。

「わたしも同様です」と、哲学者の紙魚《しみ》は言った。

「では、なぜ」と、シリウス星人はふたたび言った。「アリストテレスとやらをギリシア語で引用するのですか」

「それというのも」と、学者は抗弁した。「自分が少しも理解していないことは、自分にいちばん分からない言葉で適当に引用する必要があるからです」

デカルト学派(23)の哲学者が口を開いて、こう言った。「霊魂は純粋精神です。それは、母親の胎内であらゆる形而上学的観念を授かっているのに、母胎を出ると学校へ通い、充分に知りつくしてもう覚えるまでもないことをもう一度すっかり学び直さねばなりません」

「では、君が顎《あご》ひげを生やしてもこれほど無知でいるなら」と、背丈八リューの動物は答えた。「君の霊魂はなにも母の胎内でそれほど博識であるには及ばなかったことになりますね。ところで、君の言う精神はどんな意味なのですか」

「いったい、わたしになにを尋ねようというのです」と、その理論家は言った。「そんなこと、分かるわけがありませんよ。それは、物質ではないと言われていますが」

「ところで、少なくとも、物質とはなにか、ということなら君も知っているでしょうね」

「よく知っていますとも」と、その人間は言った。「たとえば、その石は灰色で、これこれの形をしていて、三次元空間を占め、重さがあり、分割することが可能です」

「それでは」と、シリウス星人は言った。「分割することが可能で、重さがあり、また灰色であると君の目に見えるそのものとはなんであるのか、正確に言ってくれますか。君はいくつかの属性を見ていますが、物の本質が分かりますか」

「いえ、分かりませんね」と、相手は言った。

「それでは、物質とはなにかを君はまったく知らないことになります」

そこでミクロメガス氏は、自分の親指の上に乗せている別な賢者に話しかけ、彼の霊魂とはなにか、その霊魂はなにをしているのかと尋ねた。

「まったくなにもしていません」と、マルブランシュ学派(24)の哲学者は答えた。「神はわたしのためにすべてをしてくださいます。わたしは一切を神のうちに見て、一切を神を介して行ないます。すべてを行なうのは神であり、わたしは余計なことに首を突っ込んだりしません」

「それなら、存在しないほうがましなのではありませんか」と、シリウス星の賢者は言葉をつづけた。「では、君に聞こう」と、彼はその場に居合わせたライプニッツ学派[25]の哲学者に言った。

「君の霊魂とはなんですか」

「それはつまり」と、その哲学者は答えた。「わたしの肉体が教会の鐘を鳴らしている間、時刻を示す時計の針のようなものです。もしくは、こう言ったほうがよければ、わたしの肉体が時刻を示している間、それが鐘を鳴らしていると言ってもよく、あるいは、わたしの霊魂は宇宙の鏡であり、わたしの肉体はその鏡の縁飾りだと言ってもよいでしょう。それは明白です」

ロックを信奉する小さな男がすぐそばにいた。最後にその男に言葉をかけると、男はこう言った。

「わたしは自分がどんなふうに考えているのか分かりませんが、五官のきっかけがなければ決して考えなかったことは分かります。非物質で知的な実体が存在するということは、わたしが信じて疑わないことです。しかし、神には思考を物質に伝える力がないということは、わたしが強く疑っていることです。わたしは永遠の力をあがめます。それを制限するのは、わたしの役目ではありません。わたしはなに一つ断言はいたしません。物体の存在はわれわれが考える以上にたくさんあるかもしれないと信じるだけで満足しています」

シリウス星の動物は微笑した。彼はその男がもっとも劣っているなどとは思わなかった。そして土星の一寸法師も、背丈の極端な不釣合いがなければ、そのロックの信奉者を抱き締めたことだろう。しかし、不幸なことに、角帽を被った極微動物(26)がその場に居合わせて、すべての極微哲学者たちの話をさえぎった。角帽は、自分こそは秘密をことごとく知っており、それは聖トマスの『神学大全』に見出されると言うと、天空の二人の住人を上から下まで眺め回したあげく、おまえたちの人格も世界も太陽も星も、一切はただ人間のためにだけ作られている、と主張した。その話を聞くと、わが二人の旅行者は思わずたがいに上になったり下になったりしながら、ホメロスによれば神々の分《ぶん》であるあの抑えがたい笑いで息が詰まるほど転げ回った。二人の肩と腹が波打ち、そんな具合に激しく身をよじっているうちに、シリウス星人が爪に乗せていた船が土星人のキュロットのポケットの中に落ちてしまった。善良な二人は、長いこと船を探し、ようやく乗組員を見つけ、きちんと彼らを元の位置に戻した。シリウス星人はふたたび小さな紙魚たちを取り出した。彼は、その無限に小さな者たちが無限に近い大きな自尊心を持っているのを知り、心中いささかお冠ではあったものの、やはりたいそう好意的な態度で彼らに話しかけた。彼は紙魚たちに、あなた方のためにはなはだ微細な字で書かれた立派な哲学書を作ってやろうと約束し、その書物の中に事態を把握する手懸かりがあるはずだ、と言った。事実、シリウス星人は出発前に、その書物を彼らに与えた。書物はパリの科学アカデミーに届けられた。しかし、書記がその書物を開いたら、まったく白紙の本でしかなかった。(27)

「ああ、やっぱり!」と、書記は言った。「そんなことだろうと思っていた」

この世は成り行き任せ

バブーク自ら記した幻覚(1)

第一章

世界の諸帝国をつかさどる精霊の中でも、イチュリエルは最高の地位の一つを占めている。そして、彼の管轄する領域は高地アジアである。ある朝、彼はオクシュス川[2]のほとりにあるスキタイ人[3]バブークの住まいに舞い降りて、こう言った。

「バブークよ、ペルシア人のばかげた振舞いと行き過ぎた所業は、われわれの怒りを招いた。ペルセポリス[4]を罰するか、それともいっそ滅亡させるかを知る目的で、きのう高地アジアの精霊会議が開かれた。おまえはあの町へ行き、すべてを調査し、帰って来てそれを忠実に報告するのだ。おまえの報告にもとづいて、あの町を懲らしめるか、絶滅させるかを決めることになろう」

「でも、精霊さま」と、バブークはへりくだって言った。「わたしはペルシアへは一度も行ったことがありませんし、あの町には知り合いが一人もいないのです」

「それで結構」と、天使は言った。「それなら、不公平な見方をすることもあるまい。

おまえは神から、物事について正確に判断する力を授かっている。わたしはそれに加えて、人に信頼感を抱かせる力を与えよう。歩き回り、よく眺め、注意して聞き、観察し、そしてなにも恐れるな。おまえはどこでも歓迎されるだろう」

ババークはラクダに乗り、召使いたちを伴って旅立った。数日後、シンアル(5)の平原の辺りで、彼はインド軍と一戦を交えに出発するペルシア軍に出くわした。彼はまず、一人の兵士が部隊を離れたのを見て、その兵士に声をかけた。彼と話をしながら、戦争の原因がなにかを尋ねた。

「神かけて」と、その兵士は言った。「おれはなんにも知らねぇよ。そんなことはおれに関りのねぇことだ。おれの仕事は、暮らしを立てるために殺し殺されることだからな。おれがだれに仕えるか、そんなことはどうでもいい。野営するインド軍のほうへ明日にでも寝返るかもしれねぇさ。噂では、おれたちがこのペルシアの呪われた兵役に就いて得るよりも、インド軍は兵士たちに一日につき約半ドラクマ銅貨(6)だけ余分に払ってるそうだ。どうしてたがいに戦ってるのか知りたけりゃ、隊長に話してみることだ」

ババークはその兵士にちょっぴり心付けを与えると、野営地へ入って行った。彼はすぐに隊長と近づきになり、戦争の理由を尋ねた。

「どうしてわたしがその理由を知っているというのです」と、隊長は言った。「そんなたいそうな理由なんて、わたしにはどうでもいいことです。わたしはペルセポリスから二百リューのところに住んでいましてね、宣戦が布告されたという噂を聞くと、その場で家族を見捨て、別になにもすることもないので、わが国の習慣どおりに財産か死を求めて出かけるのです」

「しかし、あなたの同僚たちは」と、バブークは言った。「もう少し事情を知っているのではありませんか」

「とんでもない」と、その将校は言った。「なぜ殺し合っているのかを正確に知っているのは、地方長官ぐらいですよ」

バブークは驚いて、将軍たちの部屋に入り込み、仲よくなった。ようやく将軍たちの一人が彼に言った。

「アジアを二十年ものあいだ荒廃させているこの戦争の原因は、もとはと言えば、ペルシア大王の愛妾の一人の宦官とインドの大王直属の秘書官との争いが発端なのです。ダレイオス金貨[7]一枚の三十分の一ほどのわずかな実入りになるある権利が問題となっていました。インドの宰相とわが国の宰相は、堂々と彼らの主人の権利を主張しました。

論争は熱を帯びてきました。双方とも百万の兵士からなる軍隊を投入しました。毎年、四十万人以上の新兵をその軍隊に補充しなければなりません。殺戮《さつりく》、放火、瓦礫《がれき》の山、荒廃は増えるばかり、そして世界が塗炭の苦しみを舐《な》めているのに、激戦は相も変わらずつづいています。わが国の宰相とインドの宰相は、ひたすら人類の幸福のために行動している、とたびたび主張していますが、彼らがそんな主張をするごとに、かならずどこかの町が破壊され、いくつかの地方が大損害をこうむるといった有様です」

翌日、講和条約が結ばれそうだという噂が広がると、ペルシアの将軍とインドの将軍は間髪を入れず戦闘の火蓋《ひぶた》を切った。それは血みどろの戦いとなった。バブークは、戦いから生じるあらゆる罪、あらゆる冒瀆《ぼうとく》の限りをその目で見た。彼はまた、地方長官たちの術策も目撃した。というのも、彼らはできるかぎりのことをして、軍隊の指導者を戦いに駆り立てたからである。バブークは、将校たちが自ら率いる軍に殺されるところや、兵士たちが息もたえだえになった仲間から、血だらけになり、引き裂かれ、泥まみれになった布の切れ端をはぎ取ろうとして、その仲間に止《とど》めを刺すところを目にした。彼が病院に足を踏み入れると、負傷兵たちが運び込まれていた。負傷した兵士を助けるため医者たちにはペルシア王から大金が支払われていたのに、肝心の医者たちの非情きわまる怠慢のせいで、負傷兵の大半はいまにも息を引き取ろうとしていた。

「これは果たして人間なのか」と、バブークは叫んだ。「それとも、これは猛獣ではないのか。ああ！　わたしには、ペルセポリスが破壊される運命をたどるにちがいないことがよく分かる」

　しきりにそんなことを考えながら、彼はインド軍の野営地に立ち寄った。そこでも彼は、予言されたとおり、ペルシア軍の野営地を訪れたときと同じように歓迎された。しかし、彼がそこに見たのは、ありとあらゆる悪逆無道の振舞いだった。それは、彼がそのときまで目撃して恐怖に襲われたものと少しも変わらなかった。

「ああ！」と、彼は心の中で独りごちた。「天使イチュリエルがペルシア人を絶滅させるつもりなら、インドの天使もやはりインド人を滅ぼすべきだ」

　その後、彼が双方の軍隊で起こったことをいっそう詳しく調べてみると、寛大な行ないや高潔な行ないや人間味ある行ないがあったことが分かり、彼は驚き、また大いに喜んだ。(8)

「不可解きわまる人間よ」と、彼は叫んだ。「いったい、どうしたらこれほどの下劣さと偉大さ、徳行と犯罪とを結合させることができるのか」

そうこうするうちに、和平が宣言された。両軍の指導者は、どちらも勝利を収めることこそなかったが、自分たちの利益のためにおびただしい数の人間つまりは同胞の血を流させたというので、それぞれの宮廷に出向いて褒美をせがんだ。地上にまさしく美徳と至福が戻ったことを告げる公の文書では、平和が祝われた。

「ありがたや！」と、バブークは言った。「ペルセポリスは贖《あがな》われた無垢《むく》の住みかとなることだろう。あの町が、けちな精霊たちの望みどおりに破壊されるようなことは決してあるまい。この足で早速、あのアジアの首都へ急ぐとしよう」

第二章

彼は、古い入り口を通って、その広々とした町に入った。そこはおよそ文明と懸け離れた粗野なところで、胸のむかつくような野卑さ加減は目にするのも不快だった。[9] それにその界隈は、建設された当時の痕跡をいたるところにとどめていた。それというのも、近代を犠牲にして古代を賞賛する人びとの頑迷さとは裏腹に、いかなる様式でも、最初の試みがつねに荒削りであることは認めなければならないからだ。

バブークは、男女の中でもいちばん汚く、醜い者たちの群れに混じった。その人びとの群れは、なにやらぼうっとした様子で、広々として薄暗く、塀で囲まれた建物へと急いでいた。絶え間のないざわめき、そこにいると目につく人びとの所作、腰掛ける権利を手に入れようとして何人かが別の者たちに払っている金などから推して、彼は自分がわら椅子を売る市場にいるのだと思った。[10] しかし、やがて彼は、何人もの女がひざまずいて、正面をじっと見ているふりをしながら横の男たちを眺めているのを知って、そこが聖堂であることに気づいた。甲高く、しゃがれていて、野蛮で、調子はずれの声が、不明瞭な響きを上げて丸天井に反響していた。そしてその声の響きたるや、ガリア時代の部族ピクトネス族[11]の平原で自分たちを呼ぶ角笛に応じるときの、あのアジアロバの声にそっくりな印象を与えていた。バブークは耳をふさいでいた。しかし、彼がそのうえ目をふさぎ鼻をつまもうとしたとき、労働者たちがてこやシャベルをもってその聖堂に入って来るのが見えた。彼らは大きな石を動かし、悪臭立ち籠める土を右に左に放り出し、それからその穴の中に死骸を入れ、上にまた石を置いた。

「なんたることだ！」と、バブークは叫んだ。「この町の民衆は、自分たちが神を礼拝するときと同じ場所に死者を埋葬するのか！　なんということだ！　彼らの聖堂には死骸が敷きつめられているとは！　わたしは、ペルセポリスをたびたび荒廃させる伝染病にももう驚かないぞ。死者の腐敗臭、それに加えて同じ場所に集まってひしめく多くの生者の異臭は、地球を汚染するかもしれない。ああ！　ペルセポリスは卑しい町だ！　天使たちがこの町を滅ぼし、もっと美しい町を建て直し、もっと汚くない、もっと歌を上手に歌う住民を住まわせたいと思っているのは明らかだ。摂理にはそれなりの理由があるのかもしれない。摂理のなすに任せよう」

第三章

そうこうするうちに、太陽は真昼にさしかかっていた。バブークは町の反対側のはずれに行って、ある婦人の家で昼食をとることになっていた。婦人の夫は軍隊の将校だったが、バブークに妻あての手紙を預けていたのだ。彼はまずペルセポリス中を何度も回ってみた。さっき見たよりもっと立派に建立され、もっと見事な装飾をほどこされた聖堂がほかにいくつかあった。文明化した民衆であふれたそうした聖堂は、耳に快い音楽で充たされていた。彼は、立地条件こそ悪いが、美しさで目を奪わんばかりの公衆のための噴水に気づいた。[12] それまでペルシアを治めた最良の王たちが、ブロンズの像[13]となってほっと息をついているように見える広場がいくつかあり、ほかにも「われわれの慈しむ主人をここに見られるのはいつだろう」と、民衆の叫ぶ声が聞こえる広場もあった。ババブークは、川に架けられたすばらしい橋や、壮麗かつ便利な河岸や、あちこちに建てられた宮殿や、負傷して凱旋《がいせん》したいく千人もの老兵が毎日、万軍の主たる神に感謝をささげている広大な建物に見とれた。ようやく彼が婦人の家に入ると、婦人は昼食の席をもうけ、紳士たちと同席して彼を待ち構えていた。

家はこぎれいで装飾がほどこされ、食事はおいしいことこのうえなく、当の婦人は若く、美しく、才気があり、魅力的で、一座の仲間たちは婦人にふさわしい人びとだった。そこで、ババブークはたえず心の中で独りごちていた。

「これほど魅力あふれる町を破壊しようと思うとは、天使イチュリエルがこの世をばかにするにもほどがある」

第四章

そうこうするうちに、はじめは彼に夫の消息を優しく尋ねていた婦人が、食事の終わり頃には、一人の若い祭司にもっと優しく話しかけていることに気づいた。司法官が妻のいる前で、一人の未亡人を熱心に口説いているのも目に入った。すると、その寛大な未亡人は片手を司法官の首に回しながら、もう一方の手をすこぶる美男で控え目な若者に差し出していた。司法官の妻は真っ先に食卓を離れると、遅刻して昼食の席で一同を待たせた彼女の霊的指導者と奥まった隣室で話をしに行った。雄弁家の霊的指導者はその小部屋でたいそう熱烈に、しかも心にしみるような話をしたので、司法官夫人は一同のいるところへ戻って来たときには、涙で目をぬらし、頬を紅潮させ、足取りは覚束なく、話す声も震えているといった有様だった。

そこでバブークは、精霊イチュリエルが正しいのではないかと不安になり出した。人の信頼を得る能力のおかげで、早くもその日に彼は女主人の秘密を知ることになった。婦人は、若い祭司のことを憎からず思っていると彼に打ち明け、彼が婦人の家で見たのと同じことはペルセポリスのどの家でも見られるはずだと断言した。バブークは、こんな社交生活が長つづきするわけがない、嫉妬や不和や復讐がすべての家を荒廃させ、涙と血が毎日のように流され、夫は妻の愛人を間違いなく殺し、さもなければ自分が殺されるはずだから、たえず災厄に見舞われるがままになる町をイチュリエルが一瞬のうちに滅ぼすのも結局のところ結構なことだ、と結論づけた。

第五章

彼がそんな不吉な思いに取りつかれていると、戸口に黒いコートを着た謹厳な男が現れ、うやうやしく若い司法官との面談を求めた。司法官は立ち上がりもせず、相手に目もくれず、高慢な態度をむき出しにして、しかも上の空といったようすで数枚の書類をぽんと渡し、男を引き取らせた。バブークは、その男が何者か尋ねた。家の女主人はこっそり彼に教えてくれた。

「この町きってのやり手弁護士の一人ですよ。彼は五十年ものあいだ法律を研究しています。そこのムッシューは二十五歳にしかならない身で二日前から司法長官になられ、そんなわけで、ご自分が裁くことになっているのにまだ調べてもいない訴訟の要点を、あの弁護士にまとめさせているのですわ」

「そのだらしのない青年も」と、バブークは言った。「老人に助言を求めるとは賢く振舞っているじゃありませんか。でも、あの老人が裁判官でないのはなぜですか」

「ご冗談をおっしゃっては困ります」と、婦人は言った。「骨の折れる下っ端の仕事をして年老いていった人間は、顕職にはつかないものです。あの青年が高い地位についているのは、お父上がお金持ちで、それに当地では裁判を行なう権利がまるで小作地のように売り買いされているからです」

「ああ、良俗はどこにあるのだ！　不幸な町よ！」と、バブークは叫んだ。「まさしくこれは無秩序の極みだ。そんなふうにして裁判権を買った者たちが、自ら下す判決を売り渡すのは疑問の余地がない。ここで目にするのは、ただ不正の底知れぬ深みだけだ」

そんなふうに彼が悲しみと驚きを表明しているところへ、ちょうどその日に軍隊から戻った一人の若い戦士が彼に言った。

「どうしてあなたは、司法官の職が金で買い取られるのを嫌うのですか。憚《はばか》りながら、これでもわたしは、自分の指揮する二千人を率いて死に立ち向かう権利を立派に買い取りましたよ。ことしなどは、毎晩三十日ものあいだつづけざまに赤い制服のまま地面に寝たあげく、いまでも傷跡がうずくほどの二本の矢を存分に見舞われるために、なんと四万ダレイオス金貨もかけたのですからね。わたしが一度も会ったことのないペルシア皇帝に健康をそこねてまで仕える一方で、司法長官閣下はかなりの大金をきちんと払って、訴訟人たちに接見することを喜びとされている、というわけですね」

バブークは憤慨して、戦争と平和に係わる顕職を競《せ》りにかける国を、心の中で非難せずにいられなかった。この国の人びとは戦争や法律というものをまったく知らないにちがいない、それにたとえイチュリエルがこの種族を絶滅させなくとも、彼らは自らの救いようのない統治が災いしてきっと滅びてしまうことだろう、とバブークは性急な結論を下した。

一人の太った男がやって来たとき、彼の嫌悪感はさらに強まった。その男は、並みいる一同にいやに慣れ慣れしくあいさつをすると、若い将校に近づいて言った。

「あなたには五万ダレイオス金貨しかお貸しするわけにまいりません。と申しますのも、実は帝国の租税から得たわたしの実入りが、ことしは三十万しかなかったからです」

バブークが、稼ぎが少なかったとぼやいているあの男はだれなのか尋ねたところ、ペルセポリスには四十人の平民出の王がいて、彼らはペルシア帝国を摂政のように統治し、それで得た中から君主に相当な額を返還していることが分かった。(14)

第六章

昼食の後、彼は町でもっとも壮麗な聖堂の一つに出かけ、時間つぶしにそこへ来ていた男女の群れに混じって座った。機械仕掛けの高い説教台に一人の祭司が現れ、悪徳と美徳について長々と話した。その祭司は、区分される必要のないものをいくつもの部分に区分し、すべて明白であるものを秩序立てて証明し、人が知っているあらゆることを教え諭した。彼は冷静に興奮し、汗をかき、あえぎながら退場した。すると、聴衆はこぞって目を覚まし、ありがたい説教を聞いたような気になった。バブークは言った。

「あれは二、三百人の同国人を退屈させようとして最善をつくした男だが、しかし善意からしたことだから、ペルセポリスを滅ぼすほどのことはあるまい」

その集会が終わり、彼は一年中毎日もよおされている国事祭典を見に連れて行かれた。

それは大聖堂のようなところで行なわれていて、その奥には王宮が見えた。ペルセポリスきっての美しい婦人たちや敬重すべき太守たちが整然と居並び、実に見事な情景をかもし出していたので、バブークは最初のうちはこれが祭典のすべてだと思ったほどだった。やがて王宮のホールの舞台には王や王妃たちに扮《ふん》する二、三人が姿を現した。彼らの言葉づかいは民衆のそれとまるで違っていて、律動感があり、耳に快く、気品があった。居眠りする者は一人もいなかったし、水を打ったような静けさの中でだれもが聞き入っていた。その静寂さたるや、聴衆の感性が反応して思わず発する感嘆の声で中断されるだけだった。帝王の務め、美徳への愛、情念の危険といったようなことが実に生き生きと感動的な言葉で表現されていたので、バブークは涙を流した。彼は、自分がいま話を聞いた英雄や女傑、王や王妃たちが帝国の説教家であることを信じて疑わず、そうした情景が永久にその説教者たちを町と調和させるものと確信し、精霊イチュリエルに話を聞きに来るよう勧める気になった。

祭典が終わると、彼は美しい王宮でたいそう気高く純粋な道徳の教訓を物語った主役の女王に会ってみたくなった。彼は「女王陛下」のもとへ案内してもらい、狭い階段を通って三階のみすぼらしい家具のついた部屋に連れて行かれた。そこには身なりの粗末な一人の女がいて、上品な、聞く者を感動させるような風情でこんな話をした。

「このお仕事をしても、生活できるだけのものは得られないのです。あなたがごらんになった太公の一人は私に子どもをはらませました。お産は間もなくですが、私にはお金がなく、お金がなければお産もままなりません」

バブークは女に百ダレイオス金貨を与えて言った。

「この町にある悪がこれだけだったなら、イチュリエルがあんなにも立腹するのは間違いだということになるのだが」

その部屋から彼は、役にも立たない派手な安ぴか物を売る商人たちのところへ行き、その晩を過ごした。知り合いになっていた気の利く男が、彼をそこへ連れて行ってくれたのだ。バブークは気に入った品を買い、商人はそれを実際の値段よりうんと釣り上げて、すこぶる慇懃《いんぎん》に売りつけた。家に戻ると、友人は彼がどれくらい金をごまかされたかを教えてくれた。バブークは、この町が懲罰を受ける日に聖霊イチュリエルが識別できるよう、商人の名を備忘録に書き入れた。彼が書いているところへ、ドアをノックする者がいた。それは当の商人で、バブークが店の売り台についうっかり置き忘れていた財布を届けに来たのだ。

「こんなことがありえるだろうか」と、バブークは叫んだ。「安ぴか物を実際の値段の四倍で売りつけて恥じなかったのに、その後でこんなにも誠実で私心のないところを示してくれるとは」

「この町で多少とも名の知れた商人なら」と、その商人は答えた。「あなたにこの財布を届けに来ない者はいませんよ。でも、わたしの店であなたがお選びになった品を実際の値段の四倍で売ったと言う人がいたら、その人は嘘をついたことになります。わたしはあなたに十倍の値段で売ったのですからね。これは掛け値なしの話でして、仮に一か月後にあなたがこの品を転売する気になられても、買い値の十分の一も付かないでしょう。しかし、これほど公正なことはありません。こんなたわいない品物に値を付けるのは、人間の気まぐれだからです。そうした人間の気まぐれというやつのおかげで、わたしが雇っている百人の職人も暮らして行けますし、わたしにしたって立派な家と便利な馬車と数頭の馬をもっているというわけですよ。要するに、人間の気まぐれこそ、産業を刺激し、繊細な趣味、資本の流通、豊饒《ほうじょう》を保ってくれるのです。わたしはくだらない品物を、あなたに売ったよりもっと高値で近隣の国々に売りつけ、そんなふうにして帝国のお役に立っています」

バブークは少し思案した末、その商人の名に線を引いて備忘録から抹消した。

第七章

バブークは、ペルセポリスについてどう考えるべきか、一向に心が定まらなかったので、祭司や文学者たちに会うことにした。というのも、一方は知恵を学び、もう一方は宗教を学んでいるからだ。そんな人たちなら、他の民衆のために神の恵みを得てくれるだろう、とひそかに彼は期待した。翌朝、バブークは早速ある祭司参事会に赴いた。大祭司が打ち明けてくれたところによれば、彼は清貧の誓いを立てたおかげで十万エキュの年金を得ていて、しかも謙譲の誓いを立てたことでかなり広い範囲にわたって影響力をもつに至った、というのである。そんな話をした後、大祭司はバブークに付き添う下級の修道僧に案内を任せた。

その修道僧が悔い改めの聖堂の絢爛《けんらん》豪華なたたずまいを案内している間に、バブークは実はそういったすべての聖堂を改革しにやって来たのだという噂が広がっていた。たちまち彼はどの聖堂からも建白書を受け取った。そしてそれらの建白書はすべて、要するに「われわれの施設を保存し、他は残らず取り壊すべし」と述べていた。建白書の弁明を聞けば、そうした教団はどれも必要だったが、その非難の論点を聞けば、教団はどれも当然、滅ぼされるべきだった。ババークは、世界を教化するために世界を支配する、などということを望まない教団が皆無であることにほとほと驚き呆《あき》れていた(15)。すると、半ば祭司のような一般信徒の小男が現れて、ババークに言った。

「御業《みわざ》の成就する最後の審判が近いことが、わたしにははっきりと分かります。何となれば、ゾロアスター(16)が地上に戻って来られたからです。少女たちは前から火挟みで体を叩いてもらい、後ろから体を鞭打ってもらいながら、予言をしています。ですから、どうかダライ・ラマの攻撃からわたしたちを守っていただきたいのです(17)」

「なんですって!」と、ババークは言った。「チベットに居住するあの法王の攻撃から守れとおっしゃるのですか」

「まさしくあの法王の攻撃からです」

「では、あなた方は彼に戦いを挑み、彼に対抗して軍を召集しようというのですか」

「そうは申しておりません。でも、彼の言うには、人間は自由だそうですが、われわれはそんなことはこれっぽちも信じていません(18)。われわれは彼に対抗して数冊の小冊子を書いていますが、彼がそれに目を通すことはありません。彼はわれわれのことをほとんど噂にも聞いたことがないのに、まるで主人が庭の木に付いた毛虫の駆除を命ずるように、ただわれわれを断罪しただけです」

バブークは、英知を公言する者たちの無分別さ加減、俗世を捨てた者たちの陰謀、謙虚と無私無欲を説く者たちの野心や思い上がった貪欲ぶりに、身の毛がよだった。精霊イチュリエルにはこういった手合いを残らず滅ぼすだけの理由が充分にある、そう彼は結論を下した。

第八章

家に帰ると、彼は悲しみを和らげようとして召使いに新刊の書物を何冊か求めさせ、また気晴らしに数人の文学者を昼食に招いた。すると彼らは、まるで蜜に引き寄せられるスズメバチのように、招いた数の二倍もやって来た。その寄生虫たちはせわしなく食べ、しゃべりまくった。彼らが褒めるのは二種類の人びと、すなわちいまはもう故人となった人たちと彼ら自身だけで、同時代の人たちのこととなると、家の主人を除いて彼らは決して褒めなかった。彼らのだれかが機知に富んだことを言うと、他の者たちは目を伏せ、自分がそれを言わなかったことに悲しい思いをし、口惜しがるのだった。彼らは大して大きな野心の対象をもっていなかったので、祭司ほど偽善的ではなかった。彼らのだれもが策略を用いては下僕の地位と偉人の名声を得ようとし(19)、たがいに面と向かって侮辱的な言辞を弄し、それを才知に富んだ言葉だと思い込んでいた。彼らはすでにバブークの使命にうすうす感づいていた。彼らの一人は、五年前に自分をあまり褒めなかった作家を放逐してくれるよう小声で頼んだ。もう一人は、自作のどの喜劇を観ても決して笑ったことのないその町の住民を破滅させてほしいと頼んだ。三人目は、学士院を消滅させるよう求めた。というのも、その男はどうしても入会の許可を得られなかったからだった。食事がすむと、彼らは連れもなく各自一人で去って行った。なぜなら、一座の中には二人でいてもたがいに我慢し合える者などいなかったし、彼らを食卓に招いてくれる金持ちの家以外の場所で、二人でたがいに話し合えるような相手もいなかったからだ。バブークは、そんな寄生虫の手合いが一人残らず死に絶えたところで、大した損害にもなるまいと判断した。

第九章

そんな連中を厄介払いすると、早速、彼は新刊の書物を読み始めた。本の中にも、彼が招いた会食者たちのような卑しい心が読み取れた。とりわけ彼が見て憤慨したのは、ねたみと卑劣と飢えに駆られて書かれた誹謗中傷に充ちた雑誌[20]や悪趣味な記録文書、それに禿げ鷹に手心を加え、白鳩を八つ裂きにするたぐいの卑怯な当てこすり、さらには作者の知りもしない女たちの肖像が盛り沢山に詰め込まれた、独創的な想像力のかけらもない小説だった。

彼はそうした忌まわしい著作を残らず火にくべると、夕暮れ時に散歩に出かけた。すると、一人の年老いた文学者に紹介された。それは、会食の席にやって来ては例の寄生虫どもの数を増やすことなどただの一度もない人物だった。その文学者はつねに人込みを避け、人間を熟知し、それを善用し、慎み深く人と交わっていた。バブークは自分が読んだことや見たことについて、老人に悲しげに話をした。

「たいそうくだらないものをお読みになったのですね」と、分別ある文学者は言った。

「しかし、いつの時代にも、どの国にも、また分野を問わず、悪いものは掃いて捨てるほどあるのに、よいものは滅多にありません。あなたは物知り顔をしたくずどもをお宅に迎えられたのです。なぜなら、どの職業でも、人前に姿を見せる価値がだれよりも少ない者に限って、いつだってだれよりも図々しくしゃしゃり出るからです。真の賢者は、ひっそりと引き込もり、静かに内輪だけで暮らしています。わたしたちの中には、あなたの注目に値する人物がいますし、本もあります」

老人がそんな話をしているところへ、もう一人の文学者が二人に加わった。彼らの話は実に楽しく有益で、世の偏見をはるかに超越してすこぶる徳にかなっていたので、バブークはそれまでこんな話をついぞ聞いたことがないと認めるほどだった。

「これこそ、天使イチュリエルといえども手出しすることのできない人たちだ」と、彼はつぶやいた。「彼らに手出ししたら、情け知らずの汚名を着ることになるだろう」

そんな文学者を相手に正常な人間関係を修復したものの、相変わらず彼はその国の他の人民に対しては腹を立てていた。

「あなたは異国のお方です」と、彼に話しかけていた分別ある人物は言った。「悪習はあなたの目の前に群れをなして現れるのに、善行は隠れているうえ、時に悪習そのものから生じることもあるため、あなたの目にとまらないのです」

そのとき彼は、文学者にも他人を妬《ねた》んだりしない者たちが多少はいて、祭司たちにさえ徳高い者たちがいることを知ったのだった。たがいに衝突し合いながら共通の破滅を用意しているように見える大きな社会体というのも、実は有益な体制であり、祭司たちのそれぞれの団体は対抗者への歯止めとなっているのであって、そうした競争者たちの見解がいくつかの点で異なっているとしても、だれもが同じ道徳を教えているのであるから、彼らは人民を教育し、法に従って生きていることになり、それは御大家の主人に監視されながらその家の息子たちを監視する師傅《しふ》に似ている、といったことをようやく彼は得心したのだった。彼はいく人かの祭司と親しく交わり、たぐいまれな心があることを認めた。ダライ・ラマに楯突こうとする常軌を逸した者たちの中に、たいそう立派な人物がいることさえ知った。この国の建造物のあるものは軽蔑に値するように見え、またあるものは心を奪うほどに彼を感嘆させたが、そんな建造物にそっくりなペルセポリスの風習があってもよいのではないか、彼は結局はそう思うのだった。

第十章

彼は例の文学者に言った。

「きわめて危険だと思っていた祭司たちが実はたいそう有益であり、とりわけ賢明な政府の力で彼らが必要不可欠な存在となりすぎないよう防止するなら、すこぶる有益であるということは、わたしも大いに認めるところです。しかし、少なくともあなたのほうでも、乗馬を覚えたてのくせに早速、裁判官の職を買い取る青二才の司法官なんて、いざ法廷に出てみると小生意気な言動ゆえのこのうえない滑稽さや、それに不正に付きものの世にも背徳的なところを余すところなくさらけ出すはずだ、と認めていただきたいものです。あの地位なら、賛否両論を天秤《てんびん》にかけて全生涯を送ってきた老法律家たちに無償で与えるほうがよいことは、疑う余地もありません」

文学者は彼に反論してこう言った。

「あなたはペルセポリスに到着する前にわが国の軍隊をごらんになりましたね。ご存知のように、青年将校たちは彼らの軍職を買い取ったにもかかわらず、その戦いぶりは実にみごとです。あなたは、若造の司法官たちが金を支払って裁判の仕事に就いているにもかかわらず、その裁き方は悪くはないことにきっと気づかれることでしょう」

翌日、くだんの人物は、重要な判決が下されることになっている大審法廷に彼を連れて行った。その訴訟は万人に知れ渡っていた。弁論する老弁護士たちは、だれもが自分の見解に逡巡の色をただよわせていた。彼らは百の法律を引き合いに出していたが、その法律のどれ一つとして問題の核心に適用できるものがなく、百の側面から事件を注視したが、その側面のどれ一つとして道理にかなうものがなかった。裁判官たちは、弁護士たちが逡巡するのを尻目に、はるかに手早く裁定を下した。彼らの判決はほぼ全員一致だった。彼らが正しい判決を下したのは、彼らが理性の光に従っていたからだった。そして、一方の弁護士たちの意見陳述が劣っていたのは、彼らが書物だけを参照していたからだった。

バブークは、悪習の中にもしばしばきわめてよいものがあると結論づけた。その日から早くも彼は、自分をあれほど憤慨させていた徴税請負人の富もすばらしい結果を生むことがあるのだと知った。なぜなら、皇帝に金が必要となったとき、通常の手段では半年かけても手に入らなかった大枚が、徴税請負人たちの助けを借りると一時間で手に入ったからである。彼が理解したことは、大地の露でふくれ上がった厚い雲は大地から受け取ったものを雨として返す、ということだった。それに、新しく台頭した人びとの子どもたちは、旧家に生まれた子どもたちに比べて、たいていはいっそうよい教育を受けているので、時にはその能力がはるかに上回っていることもあった。それというのも、資産を上手に運用する父親を持てば、人が有能な裁判官や立派な戦士や熟達した政治家になることを妨げるものはなにもなくなるからである。

第十一章

バブークは徐々に、徴税請負人の貪欲さに目をつぶるようになっていた。徴税請負人も実は他の人間より欲が深いわけでなく、社会に必要不可欠だったからだ。裁判をした戦《いくさ》をしようとして破滅する常識外れの振舞いにしても、立派な司法官や英雄を生む狂気と同じなのだから、大目に見るようになった。それに、文学者たちの妬み心も許していた。彼らの中には世の中を啓蒙する人たちがいたからだ。また彼は、野心家で陰謀をめぐらす祭司たちと和解していた。祭司たちには、小さな悪徳に比べて大きな美徳の方が多くあったからだ。しかし、彼には大いに不満が残っていた。とりわけ貴婦人たちの情事と、それから当然生じる嘆かわしい結果は、彼の心を不安と恐怖でふさいだ。

彼はあらゆる社会階層の中に入り込みたかったので、ある大臣の邸宅に連れて行ってもらったが、ひょっとしてどこかの女が自分の目の前で夫に殺されるようなことがあるのではないかと、道々ずっと不安におびえていた。政治家の邸宅に着くと、彼は来訪を取り次がれないまま二時間のあいだ控えの間にいて、取り次がれた後もさらに二時間のあいだ控えの間にいた。その間、彼は大臣と横柄な取り次ぎの守衛を断じて天使イチュリエルの手に委ねてやると心に決めていた。控えの間は、あらゆる階層の婦人、あらゆる傾向の祭司、裁判官、商人、士官、物知り顔の教師であふれていた。だれもが大臣に不満を抱いていた。守銭奴と高利貸しはこう言っていた。

「やっこさんはきっと諸国略奪の最中なのだ」

気まぐれな男は、大臣のむら気を非難していた。好色漢はこう言っていた。

「あいつめ、自分の快楽しか考えていない」

陰謀家は、大臣がどこかの陰謀団に近く破滅させられる日を期待していた。女たちは、もっと若い大臣が遠からず彼女たちのために任命されるものと思っていた。

バブークはみんなの話を聞きながら、こう言わずにいられなかった。

「まったく仕合わせな人物だ。この控えの間には彼の敵がすべてそろっている。彼は自分を妬む者たちを権力で押しつぶし、自分を嫌う者たちが自分にひざまずくのを眺めている」

ようやく彼が大臣のいる部屋に入ると、寄る年波と厄介事の重圧に押しひしがれながら、しかしまだかくしゃくとして機知に富んだ小柄な老人の姿がそこにあった。(21)

バブークは老人の眼鏡にかない、バブークの目に老人は尊敬すべき人物に見えた。会話は興味深いものになった。大臣が彼に打ち明けるには、自分はたいそう不幸な人間で、世間では金持ちとして通っているが、実は貧しく、絶大な権力を持っていると思われているが、つねに異議を申し立てられている有様で、親切を施してやっても相手はほとんど恩知らずばかり、だから、四十年にもわたってたえず職務を全うしてきたが、ほとんど一瞬たりとも慰めを味わったことがない、というのだった。バブークはその話に心を打たれた。そして、仮にこの人物が過ちを犯し、天使イチュリエルが彼を罰する気になっても、彼を追放すべきではなく、ただあくまで彼にその地位の職務を任せておくべきだと思った。

第十二章

彼が大臣と話し込んでいると、バブークをいつか昼食に招いてくれた美しい貴婦人が不意に入って来た。彼女の目と表情には、悲しみと怒りの前兆がありありとうかがえた。彼女は政治家に非難の声を上げ、涙を流した。彼女の夫が家柄ゆえに望める地位、しかも国への貢献と戦場での負傷を考慮するなら当然得てしかるべき地位を拒まれたことについて、苦渋の色を浮かべながら不服を申し立てるのだった。彼女は実に頑強に主張し、すこぶる上品に苦情を述べ、たいそう雄弁に言い分を際立たせ、夫の出世を見とどけるまでは決して部屋を出なかった。

バブークは彼女のために口添えしてから言った。

「少しも愛しておられず、なにかにつけ心配の種になっている方のために、奥さま、あなたがそれほどまでにご苦労なさるとは」

「私が少しも愛していない人ですって」と、彼女は叫んだ。「分かっていただきたいものですわ、夫はこの世で私の一番の親友ですし、私の恋人を除けば、私が夫のために犠牲にしないものはないのです。それに、夫にしても好い人と別れることを除けば、私のためにどんなことでもしてくれるでしょう。あなたに夫の好い人をお引き合わせしますわ。その人は才気にあふれ、だれよりも気立てのよい魅力的なご婦人です。今晩、私たちは私の夫と私のかわいい祭司といっしょに夕食をします。どうぞいらして、喜びをともに分かち合ってくださいな」

　その貴婦人はバブークを自宅へ連れて行った。悲嘆にくれてやっと到着した夫は、妻に会うと、喜びと感謝で興奮冷めやらぬ様子だった。彼は、自分の妻と恋人それにかわいい祭司とバブークを代わる代わる抱きしめた。むつまじさ、陽気さ、機知、優雅さがそのときの食事に活気を与えた。

「お分かりでしょう」と、バブークを夕食に招いてくれた美しい貴婦人は言った。「世間で時にはみだらな女と呼ばれることのあるご婦人たちも、非の打ちどころのない教養ある紳士にほとんどつねに匹敵するほどの価値をそなえているものです。そのことをあなたに信じていただくため、どうか明日、私といっしょに美しいテオン[22]さんのお宅の昼食会にいらしてくださいな。あの人のことをこき下ろす信心家ぶった老女たちもいますが、でもあの人はそんな信心家を全部束ねたよりも多くの善行を施しておられます。あの人はどんなに大きな利益のためであろうと、わずかな不正一つさえ犯しはしないでしょう。恋人にはただ寛大な忠告を与えるだけで、あの人の頭には恋人の名誉しかありません。よいことをする機会を逸するようなことがあれば、恋人はあの人の前で恥ずかしい思いをすることになるでしょう。なぜなら、男の方がその人の尊敬に値したいと思う当の恋人を自らの証人とも裁判官ともする以上に、徳行の道を歩むよう励ましてくれるものはないからです」

バブークは約束を破らなかった。彼が見たのは、あらゆる楽しい雰囲気がみなぎる家だった。テオンがそうした雰囲気を取り仕切っていた。彼女はどの客にもその人の国の言葉で話すことができた。彼女の自然な心は、他の人たちの心をくつろがせた。ことさら自分でそう望むのでもないのに、だれにも好かれるのだった。彼女は親切で、また愛されるにふさわしかった。それに、彼女は美しかった。そのことが彼女のあらゆる長所の価値を高めていた。

バブークはスキタイ人であるうえ精霊から遣わされた身ではあったが、もしそのままペルセポリスに滞在しつづけるならば、テオンへの想いがつのって精霊イチュリエルのことを忘れるにちがいないと気づいていた。彼はその都市に愛着をおぼえていた。人民は軽薄で、陰口をたたき、虚栄心の固まりではあるものの、礼儀正しく、優しく、親切だった。彼は、ペルセポリスに有罪の判決が下るのではないかと恐れ、これから彼がする報告に不安すらおぼえていた。

実は、彼がその報告をするのに取った行動とはこうだった。彼はその都市随一の鋳造の名工に、あらゆる金属と土と石のもっとも価値の高いものと低いもので合成された小さな彫像を作らせ、それをイチュリエルのもとへ届けた。

「このすてきな彫像がすべて金とダイヤモンドでできていないという理由で」と、彼は言った。「あなたはこれを壊しておしまいになりますか」

イチュリエルは、終わりまで聞かなくてもその意味を悟った。彼はペルセポリスの欠点を正すことなど一顧だにせず、この世を成り行きに任せよう、と決めた。

「なんとなれば」と、彼は言った。「すべて善ではないにしても、すべてはまずまずだからだ」

そんなわけで、ペルセポリスは存続させられた。そしてバブークは、ニネベの町を滅ぼさないことに腹を立てたヨナ(23)と違って、少しも不満をもらさなかった。しかし、人は鯨の体の中に三日もいたら、オペラや喜劇を見たり、好ましい仲間と夕食をしたときほど上機嫌ではいられないものだ。

ザディーグ(1)または運命

東洋の物語

出版許可(2)

下記に署名せる私は、これまで世間で碩学《せきがく》として、また明敏な人間として自分を通してきたが、この草稿を一読するとまことに不本意ながら、これが珍奇な興味に充ち、痛快このうえなく、道徳的かつ哲学的であるばかりか、小説を忌み嫌う人びとの意にさえかなうほどの出来栄えであると思うにいたった。それゆえ、私は本書を論難し、これが唾棄《だき》すべき作品であること疑いなしと、大法官閣下に言上した次第である。

サアディーよりトルコ皇帝の愛妾シェラアに捧げられた書簡体献辞(3)

ヒジュラ八三七年シェヴァルの月十八日

目を奪う魅力、心につきまとう懊悩《おうのう》、精神を輝らし出す光よ、私はあなたの前にひれ伏しておみ足の埃《ほこり》に接吻するような振舞いはいたしません。それというのも、あなたはほとんどお歩きにならないか、お歩きになってもイランの絨毯《じゅうたん》や薔薇《ばら》の花の上であるからです。私はあなたに古代の賢者の本の翻訳を献上いたします。この賢人は幸運にもなに一つなすべきことがなかったため、幸いにも気晴らしにザディーグの物語を書いたのでした。これは、表面の言葉以上に多くのことを語っている作品なのです。どうかこれをお読みになり、ご高評くださいますようお願いいたします。なぜなら、あなたはいまさに人生の春、あらゆる快楽をお供に従え、見目麗しく、かつまたその美貌に加え才能にも恵まれ、朝から晩まで褒めそやされ、そうしたあらゆる理由から良識を欠いてもごく当然であるのに、たいそう聡明な精神といとも繊細な好みを失わずにおられるからです。それに私は、長いひげを蓄え、とんがり帽子をかぶった老いぼれ修道僧(4)などよりあなたがはるかにみごとな議論をなさっているのを耳にしたことがあります。あなたは慎み深いが、それでいて少しもうたぐり深いところがなく、心優しいが、気弱ではなく、誰彼《だれかれ》なしに親切を施し、友を愛し、決して敵をお作りにならない。あなたの精神は、辛《しん》辣《らつ》な悪口を言っては愉快がる風潮など一顧だにしない。その気になればいともたやすいことであるのに、人のことを悪しざまに言ったり、人に害を与えたりすることも皆無です。要するに、私の目にはあなたの魂はその美貌と同じくつねに至純に見えました。あなたは哲学の素養すらおありなので、賢者の手になるこの作品には他の女性よりも興味を抱かれるにちがいない、と私は考えました。

この本は最初、あなたにもちんぷんかんぷんな古代カルデア語[5]で書かれました。それが世に名高い君主ウルグ・ベク[6]の気晴らしに、アラビア語に翻訳されたのです。時は、アラビア人やペルシア人が『千一夜』や『千一日』などを書き始めた頃でした[7]。ウルグは『ザディーグ』のほうを愛読していました。しかし、愛妾たちは『千一日』のほうを好みました。

「ありそうもない、無意味な話なのに」と、明君ウルグは言いました。「どうしておまえたちはこのほうを好むのかね」

「だからこそ、私たちは好きなのでございますよ」、愛妾たちはそう答えるのでした。

私が思うに、あなたはあの愛妾たちに少しも似ていず、まさしくウルグその人であるはずです。大勢の人間を相手の会話は、あまり面白くないという点を除けば、『千一日』とかなり似ています。そんな会話にあなたが食傷なさったときには、この私が謹んで道理を説いて差し上げられると期待さえいたしております。もしあなたがフィリッポス二世の息子イスカンダルの時代のタレストリスであったなら、もしまたあなたがソロモン王治世下のシバの女王[8]であったなら、これらの諸王のほうが旅をして出向いてきたことでしょう。

あなたの楽しみが純粋で、あなたの美貌がいつまでも変わらず、あなたの幸福に限りがないことを、天の御力にお祈りいたします。

サアディー

第一章　片目の男

モアブダル王[9]の時代に、ザディーグという名の青年がバビロンにいた。彼は生来、高潔だったが、その性格は教育でさらに高潔になっていた。彼は裕福で若かったけれども、自分の感情を抑制するすべを心得ていた。それに、なに一つとして偏愛せず、いつも自分が正しくなければ気がすまないといったふうでもなく、人の弱点を顧慮することのできる人物だった。たいそう才気があったにもかかわらず、不明瞭で脈絡がなく騒々しいばかりの話や、軽率な悪口や、無知ゆえの決断や、下品な冗談や、バビロンで社交と呼ばれている空しい言葉のざわめきを彼が嘲笑したり、侮辱するようなことが決してないのを知って、だれもが驚いていた。彼はゾロアスター[10]の書の第一巻で、人間のうぬぼれたるや風でふくらんだ風船のようなものであり、ひと刺しするとたちまちそこから嵐が発生するということをすでに学んでいた。とりわけザディーグは、女など見くびっているから隷属させてみせる、などと豪語したりはしなかった。彼は心が広かったので、「汝食するときは犬にも食させよ、たとい犬が汝を嚙もうとも」というゾロアスターのあの偉大な教えに従って、忘恩のやからに恩を施すことを少しもいとわなかった。彼はこのうえなく聡明だった。というのも、彼は賢者とともに暮らすよう努めていたからだった。古代カルデア人の学問に通じていた彼は、その当時の人びとが知っていた程度の自然に関する物理的原理を知らないわけがなかった。また形而上学については、いつの時代にも世間で知られてきた程度のことを知っていた。つまりはほとんど知らなかったのである。彼は、当時の新しい哲学に逆らって、一年は三百六十五と四分の一日であり、太陽が世界の中心であると確信していた。そして大祭司が人を小馬鹿にしたような尊大な態度で、おまえの思想は間違っている、太陽が自転し、一年が十二か月であるなどと信ずるのは国家に敵対することだと非難しても、彼は怒りもせず蔑みの色も浮かべず、口をつぐんでいた。

ザディーグはたいそう裕福で、したがって幾人もの友人がいて、健康に恵まれ、しかも好ましい容姿、公正で中庸の精神、誠実で気高い心をそなえてもいたので、自分は幸福になれるものと信じて疑わなかった。彼は、美貌と名門の家柄と資産とを兼ね備えていたことからバビロンでこのうえない結婚相手と目されていたセミール(11)と近く結婚するはずだった。彼はこの娘に確固とした高潔な愛情を抱き、セミールも彼に首ったけだった。彼らを一つに結びつける幸福な瞬間が近づいていた頃、二人が連れ立ってバビロンの城門のほうへ向かい、ユーフラテス川の岸辺を飾る椰子《ヤシ》の木蔭を散歩していると、刀と矢で武装した男たちがこっちへやってくるのが見えた。男たちは、大臣の甥であるオルカン(12)青年の手先だった。この青年の伯父に仕える追従者どもは、どんなことでも好き勝手に振舞ってかまわないと青年に吹き込んでいた。当の青年はザディーグの気品も徳性も持ち合わせていなかったが、自分のほうがはるかに優れていると信じ込んでいたので、意中の娘に好かれないことが残念でならなかった。その嫉妬は所詮、うぬぼれから出たにすぎなかったのに、それがかえって自分は狂おしいほどセミールに恋しているのだと彼に思い込ませることになった。彼はその娘を誘拐しようと思った。誘拐者たちはセミールをつかまえ、暴力を働いているうちに逆上して彼女に傷を負わせ、その姿を見たらヒマラヤ山の虎も心優しくなったにちがいない娘だったのに、彼女の血を流した。

娘は天をつんざく苦痛の悲鳴を上げた。彼女はこう叫んだ。

「あなた！　わたしの熱愛する人からこの身が奪い取られようとしています」

娘はわが身の危険など少しも顧みず、いとしいザディーグのことだけを考えていた。一方で、彼のほうは、勇気と愛が授けてくれる力を振り絞って彼女を守ろうとしていた。彼は二人の奴隷の助力を得ていただけだったが、誘拐者たちを追い散らし、気を失って血を流しているセミールを家へ連れ戻した。彼女が目を開くと、救い主の姿が見えた。

「おお、ザディーグさま！」と、彼女は言った。「わたしはあなたを夫として愛していましたが、いまはこの身の貞節と命の恩人として愛します」

セミールの心以上に深い感動を味わった心は決してなかった。もっとも大きな恩恵に浴したという感情と、もっとも正当な愛のもっとも優しいほとばしりとに鼓吹された情熱的な言葉で、これ以上に魅惑的な口がこれ以上に感動的な感情を表現したことはついぞなかった。彼女の傷は軽く、すぐに癒えた。ザディーグのほうがもっと深手を負っていた。片目のそばに受けた矢の一撃は、深い傷口を作っていた。セミールはひたすら恋人の傷の回復を神々に願うのだった。彼女の目は昼も夜も涙にぬれていた。彼女は、ザディーグの目が彼女の眼差しを見て楽しめるときがくるのを心待ちにしていた。しかし、傷を負った片目に突然生じた膿《うみ》をもったおできは、ひどく気がかりだった。名医ヘルメスを迎えるため、はるばるメンフィス(13)にまで使者が遣わされた。ヘルメスは大勢のお供を連れてやってきた。名医は病人を診察すると、片目を失うことになるだろうと申し渡した。彼はその不吉なことが起こる日時を予言さえしてみせた。

「これが右目だったら、治して差し上げたのだが」と、名医は言った。「だが、左目の傷は救いようがないのじゃ」

バビロンのすべての住民はザディーグの運命に同情する一方で、ヘルメスの深遠な学識に感嘆した。二日後に、おできがつぶれて膿が出た。ザディーグの病はすっかり癒えた。ヘルメスは一冊の本を書き、その中で彼は、ザディーグが治るはずではなかったことを証明した。ザディーグはそんな本など一行も読まなかったが、外出できるようになると早速、自分の生涯の幸福を期待させてくれる人、それにまた彼がその人のためにだけ両の目を持っていたいと願っている当人を訪問しようと決めた。セミールは三日前から田舎の別荘にいた。ザディーグは訪問の途中で、かの麗しい貴婦人が片目の男たちにはどうしようもなく虫酸《むしず》が走ると公言して、人もあろうにオルカンと結婚したところだと聞き知った。その噂を聞いて、彼は気を失った。悲しみのあまり、すんでのことで死ぬところだった。彼は長い間、病の床に臥《ふせ》っていたが、ようやく理性が悲嘆に打ち勝った。彼が経験した出来事の残酷さは、かえって心の慰めにさえなった。「宮廷で育った娘からあんなにもつれない気まぐれな仕打ちを受けたのだから」と、彼は言った。「結婚は庶民の娘とすべきだ」

彼は、町中でだれよりも控え目で気立てのよいアゾーラ(14)を選び、その娘と結婚して世にも優しい結婚の仕合わせに酔いながら、一か月を彼女とともに暮らした。ただザディーグは、彼女には少し軽薄なところがあって、すこぶる均斉のとれた体つきの青年こそもっとも多くの才気と徳性をそなえている人物だ、ととかく考えがちであることに気づいていた。

第二章　鼻(15)

ある日、アゾーラはかんかんに腹を立て、憤慨のあまり大声を上げながら散歩から帰ってきた。

「どうしたんだ、おまえ」と、彼は言った。「なぜそんなに怒っているんだね」

「ああ！」と、彼女は言った。「たったいまあたしが目にしたことをごらんになれば、あなただって同じように憤慨なさるでしょう。あたしは、若い身空で寡婦《やもめ》になったコスルーを慰めに出かけたのです。あのひとは草原の縁を流れる小川のそばに、ご自分の若い夫のお墓を二日前に建てたばかりでした。悲嘆にくれながらあの人は、この小川の水がそばを流れているかぎりわたしはお墓のそばに付き添います、と神々にお約束したのですよ」

「ほほう、それでは」と、ザディーグは言った。「それこそ本当に夫を愛していた世の妻の鑑《かがみ》ではないか！」

「ああ！」と、アゾーラは話をつづけた。「あたしが訪ねたとき、あの人がなにをして過ごしていたかをあなたがお知りになったら、さぞびっくりなさるでしょうよ！」

「美しいアゾーラよ、いったい、彼女はなにをしていたんだね」

「川の流れを変えていたのです」

アゾーラは長々と存分に悪口を言い立て、若い寡婦になさけ容赦のない非難を爆発させたので、貞淑ぶりをむやみに誇示するそんな妻の態度がザディーグには愉快ではなかった。

彼にはカドール(16)という名の一人の友人がいた。この友人は、ザディーグの妻から、彼の他の友人たちより誠実で有能だと思われている青年の一人だった。ザディーグはこの友人には心を許して秘密を打ち明け、高価な贈り物をしてはできるだけ相手の忠誠を確保していた。アゾーラは田舎のある女友達の家で二日を過ごし、三日目に家に帰った。召使いたちが涙ながらに告げたところによれば、彼女の夫は前の晩に急死したが、その悲痛な知らせを彼女に伝える勇気がなく、庭の端の先祖代々の墓にザディーグをつい先ほど埋葬したばかりだというのだった。彼女は涙を流し、髪をかきむしり、自分も死ぬと誓った。その夜、カドールが彼女と話をする許しを求めた。そして、二人して涙にくれた。翌日は前日ほどには泣かず、そろって昼食をとった。カドールは、友人が資産の大半を自分に残してくれたと彼女に打ち明け、その財産を彼女と共有できたら仕合わせだと語った。夫人は涙を流し、腹を立て、おとなしくなった。夕食は昼食より長かった。二人はそれまで以上に信頼し合って言葉を交した。アゾーラは故人を褒めたが、しかし夫にはカドールにない欠点がいくつもあることを認めた。

夕食の最中に、カドールは脾臓の激しい痛みを訴えた。不安に取りつかれ、うろたえたアゾーラは、自分が付ける香水を全部もってこさせ、その中のどれかに脾臓の痛みに利くものがないか試してみた。彼女は、名医ヘルメスがまたバビロンに現れないことをしきりに残念がり、ひどく痛がっているカドールの脇腹を触ってやりさえした。

「あなたにはこんな厄介な病気の発作がよく起こるのですか」と、彼女は同情して言った。

「このせいで、時には三途の川の近くまで行くことがあります」と、カドールは答えた。「苦痛を和らげてくれる治療法は一つしかありません。それは、ごく最近に死んだ男の鼻を脇腹に押し当てることなのです」

「それは風変わりな治療法ですこと」と、アゾーラは言った。

「卒中を予防するアルヌー氏[17]の匂い袋ほどに風変わりではありませんよ」*

青年には並々ならぬ美点があったし、それに彼の言い分を聞くと、ついにはアゾーラも心を決めた。

「よくよく考えてみると、夫がチンワト橋を渡ってきのうの世界から翌日の世界へ移って行くとき、滅びの天使イズラーイール[18]は夫の鼻がこの世よりあの世で少々短くなっているからといって、それに応じて通行許可を出し惜しむことがあるかしら」

そんなわけで、彼女はかみそりを手に取り、夫の墓へ行き、墓を涙でぬらしながら、ザディーグの鼻を切り落とそうと近づいた。彼が墓の中で長々と横たわっているのが見えた。ザディーグは片手で鼻をつかみ、もう一方の手でかみそりを使わせないようにしながらむっくと身を起こす。

「ねぇ、君、もう若い寡婦のコスルーをあんなに責めるのはよすことだ」と、彼は妻に向かって言った。「この鼻を切り取る企てと川の流れを変える企ては、どっちもどっち、似たり寄ったりではないか」

原注＊　その当時、アルヌーという名のバビロン人がいて、噂によれば、首に小袋を吊るしてあらゆる卒中を治し、予防したという。

第三章　犬と馬

ザディーグは、『ザンド』(19)の書に書かれているように、結婚の最初の月が蜜月で、第二の月がニガヨモギのいわば幻滅の月であることを知った。しばらくして彼は、あまりに付き合いにくくなったアゾーラとやむなく離婚し、自然の研究に喜びを求めた。

「神がわたしたちの目の前に置いてくださったこの偉大な書の、言外の意味を読み取る哲学者ほど仕合わせな者はいない。彼が発見する真実は彼のものだ。彼は自分の魂に糧《かて》を与え、魂を高め、平穏に暮らすから、人間についてなにも恐れることがない。優しい妻が彼の鼻を切り取りにくることも決してない」

そんな思いでいっぱいになった彼は、ユーフラテス川のほとりにある別荘に引きこもった。そこでは、彼は橋のアーチの下を一秒間にどれだけの水が流れるかとか、未《ひつじ》の月に比べて子《ね》の月には一リーニュ立方だけ多くの雨が降るかどうか、といったような計算をして日を過ごすことはしなかった。彼は蜘蛛の巣で絹を作ったり、こわれたビンで磁器を作ろうと思ったりもせず、とくに動植物の特性を研究した。(20) そして、彼はたちまち洞察力を身につけ、そのおかげで他の人たちにはどれも同じ形にしか見えないところに、無数の相違点があることに気づいた。

ある日、(21) 彼が小さな森の付近を散歩していると、数人の廷臣を従えた王妃の宦官《かんがん》が駆けつけてくるのが見えた。廷臣たちは激しい不安に駆られている様子で、紛失したすこぶる貴重なものを取り上せて探し回る者のように、ここかしこと駆けめぐっていた。

「そこの若者よ」と、宦官の長が言った。「王妃さまの犬を見なかったか」

ザディーグは控え目に答えた。

「それは雌犬です、雄犬ではありません」

「そのとおりだ」と、宦官の長は答えた。

「たいそう小さなスパニエルです」と、ザディーグは付け加えた。「ごく最近、数匹の子犬を産み、左の前足を引きずって歩き、とても長い耳をしています」

「では、その犬を見たのだな」と、宦官の長は息せき切って言った。

「いいえ、一度も見かけたことはありません」と、ザディーグは言った。「それに、王妃さまが雌犬を飼っておられるかどうかもまったく存じませんでした」

ちょうど同じ頃、よくある運命のいたずらによって、王さまの馬小屋の飛び切りの駿馬《しゅんめ》がバビロンの草原で馬丁の手から逃げ出した。狩猟長とすべての廷臣は、宦官の長が雌犬を追いかけたときと同じように、不安に駆られて馬を追った。狩猟長はザディーグに声をかけ、王さまの馬が通るのを見かけなかったかと尋ねた。

「それは実にみごとにギャロップで駆ける馬です」と、ザディーグは答えた。「馬の身の丈《たけ》は五ピエで、とても小さな蹄《ひづめ》をしています。尻尾は長さ三ピエ半、くつわの飾り金は二十三金で、蹄鉄は十一ドニエの純銀です」

「馬はどの道を通ったか。いまどこにいるのだ」と、狩猟長は尋ねた。

「わたしは見ておりません」と、ザディーグは答えた。「それに、その馬の噂を聞いたこともないのです」

狩猟長と宦官の長は、てっきりザディーグが王さまの馬と王妃さまの雌犬を盗んだにちがいない、と信じて疑わなかった。彼らがザディーグを財務兼軍司令長官《デスタルハム》の主宰する会議に連行させると、長官は彼に鞭打ち《クヌート》(22)の刑に加えて、さらに終身シベリア送りの刑を申し渡した。判決が下されるとすぐに、馬と雌犬が見つかった。判事たちはつらい思いをしながらも、止むなく判決を変更せざるをえなかった。しかし判事たちは、ザディーグが実際に見たものを見なかったと言った理由で、金四百オンスの支払いを言い渡した。まずはその罰金を払わなければならなかった。その後で、ザディーグには長官の会議で弁明することが許された。彼は次のように話した。

「さながら鉛のように重く、さながら鉄のように固く、さながらダイヤモンドのように光彩を放ち、かつまた金のいや増す純正さをも大いにそなえた正義の星々よ、学問の計り知れない深奥よ、真理の鏡よ、このおごそかな会議で発言を許されましたからには、オロスマド(23)にかけてお誓いいたします。私は王妃さまの尊い雌犬さまも、王の中の王であらせられる王さまの神聖なお馬も決して見たことがございません。ありていに申し上げれば、事情はこうでございます。私が小さな森を散歩していましたところ、尊い宦官さまとご高名な狩猟長さまにお会いいたしました。砂には動物の足跡が見えましたが、それが小さな犬の足跡だと見当をつけるのはたやすいことでした。四つ足の足跡の少し隆起した砂にかすかな長い筋がついていることから、それが乳房の垂れた雌犬で、それゆえほんの数日前に子犬を産んだのだと分かりました。ほかに向きの違った跡があり、前足の横の砂の表面をきまってかすめているように見えました。ですから、その犬がとても長い耳をしていると知ったのです。それに、一本の足跡の砂の窪みがほかの三本に比べていつも浅いことに気づきましたので、あえて申し上げれば、尊い王妃さまの雌犬さまは少々びっこを引いておられると分かりました。

王の中の王であらせられる王さまのお馬につきましては、この森の道を散歩していたところ、馬の蹄鉄《ていてつ》の跡が目に入ったような次第です。それはどれも等距離でした。これは完璧なギャロップで駆ける馬だ、とわたしはつぶやきました。幅七ピエしかない狭い道に立ち並ぶ木々の埃《ほこり》が、道の中央から三ピエ半のところで右側も左側もちょっぴり払い落とされていました。馬の尻尾は三ピエ半で、左右に振ってここの埃を払ったのだ、とわたしは独りごちました。高さ五ピエのアーケードを形作っている樹木の下に、落ちたばかりの木の枝についた葉が見えました。馬はその木の枝に触れたことになり、してみると馬の高さは五ピエだと分かりました。馬のくつわは二十三金であるにちがいありません。と申しますのも、馬はくつわの飾り金を一つの石にこすりつけていたからです。わたしはその石が試金石であることを見抜き、自分でも試してみました。最後に、蹄鉄が別な種類の小石に残した跡から、その馬が十一ドニエの純銀で蹄鉄を打たれていると判断いたしました」

どの判事も、ザディーグの底まで見透かすような明敏な洞察に感じ入った。その噂は王と王妃の耳にまで達した。王宮の控えの間でも、王の寝室でも、それに顧問会議室でも話題はもっぱらザディーグのことだった。数人の祭司が彼を妖術師として火あぶりにすべきであるという見解を述べたが、王は判決が申し渡されたときの金四百オンスの罰金を彼に返してやるよう命じた。裁判所の書記と執達吏と検事は、仰々しい出立ちで彼の家にやって来て、四百オンスを返した。彼らが差し引いたものはと言えば、わずか三百九十八オンスの裁判費用だけだった。そして、彼らの従僕たちは報酬を要求した。

ザディーグは、あまり博識にすぎると時にはどれほど危険な目に遭うかを悟った。それで、こんどそんな機会が訪れたら、自分が見たことを決して話すまいと固く心に決めた。

その機会はすぐにやって来た。一人の国事犯が脱獄し、彼の家の窓の下を通った。ザディーグは尋問されたが、なに一つ答えなかった。しかし、彼はそのとき窓から外を眺めていたと言う者がいた。彼はその罪で金五百オンスの罰金を言い渡されたが、バビロンの風習に従い、判事たちの寛大さに謝意を表明した。

「やれやれ！」と、彼は心の中でつぶやいた。

「王妃さまの雌犬と王さまの馬が通った森を散歩すると、なんとひどい目に遭うのだろう！　外を眺めに窓際へ行くのはなんと危険なのだろう！　そして、この世で幸福になるのはなんとむずかしいことか！」

第四章　ねたみ屋(24)

ザディーグは、哲学と友情にすがって、運命が彼に与えた数々の苦しみから立ち直ろうとした。彼はバビロンの郊外に趣味よく飾りつけられた一軒の家を所有していて、そこに教養ある紳士にふさわしいあらゆる芸術と娯楽を集めていた。朝、彼の蔵書はすべての学者に公開され、夜には彼の食卓はえり抜きの紳士たちに開放された。しかし、たちまち彼は、学者がどれほど危険であるかを知ることになった。グリフォン[25]の肉を食べることを禁じるゾロアスターの掟をめぐって、一大論争が持ち上がったのである。

「この動物は実在しないのに、どうしてグリフォンを食することを禁ずるのだ」と、ある者たちは言うのだった。

「ゾロアスターがそれを食べることを望まないのだから」と、他の者たちが言った。

「それはかならず実在しているにちがいない」

ザディーグは双方を和解させようと思い、彼らにこう言った。

「グリフォンがいるなら、食べないようにしようではありませんか。いないなら、なおさら食べようにも食べられません。そうすれば、われわれはみなゾロアスターに従うことになります」

グリフォンの特性について十三巻もの書物を物したうえ、偉大な占星術師でもあった一人の学者が、大急ぎでイエボール[26]という大祭司のもとへ行き、ザディーグを告発した。大祭司はカルデア地方随一の愚か者で、それゆえもっとも狂信的だった。この男なら、太陽の最高の栄誉をたたえるために[27]、ザディーグを串刺しの刑にも処したことだろうし、それでいっそう満足気にゾロアスターの祈禱書を唱えたことだろう。友人カドールはイエボール老人に会いに出向き（一人の友は百人の聖職者に勝る）、こう言った。

「日輪とグリフォン万歳！　ザディーグを罰しないよう、どうかお気をつけ願います。あれは聖者なのでして。家畜小屋に数匹のグリフォンを飼っていますが、決して食べません。それに、彼を告発した男こそ、ウサギはひづめが分かれているから不浄ではない(28)と厚かましくも言い張る異端者にほかなりません」

「そうか、それでは！」と、イエボールははげ頭を振りながら言った。「ザディーグはグリフォンに誤った判断を下したかどで、もう一人はウサギについて間違ったことを言ったかどで串刺しにせねばならん」

カドールは、ある女官を通じてこの一件にけりを付けた。女官は以前に彼の子供を産んだことがあり、祭司の会ではすこぶる信用されていたからだ。だれも串刺しにならなかったものの、いく人かの博士がこれについて不満を抱き、不満が高じてバビロンの衰退を予測する始末だった。ザディーグは叫んだ。

「どうしたら幸福は手に入るのだろう！　この世では、実在しないものまですべてが私を迫害するではないか」

彼は学者たちを呪い、好ましい仲間と一緒にしかもう暮らすまいと思った。

彼は、バビロンでもっとも教養ある紳士たちともっとも愛するに値する婦人たちを自分の家に集めた。彼は優雅な晩餐会を催したが、たいていは食事の前に演奏会があり、食卓は楽しい会話で活気づいた。それというのも、大いに才気をひけらかすことこそ才気に欠けるばかりか、どんなにすばらしい社交をも台無しにするもっとも確かな方法であるので、彼はそうした才気のひけらかし方を会話の席から遠ざけるようにしていたからだった。虚栄心から友人が選ばれることも、料理が選ばれることもなかった。なぜなら、なにごとにおいても彼は外見より内面を愛していたからだった。そして、そうすることで彼は真の尊敬をかち得ていたが、だからといって彼が世間の尊敬を欲しがっていたわけではなかった。

彼の家の向かいにアリマーズという男が住んでいた。これは、下品な顔にその心の邪悪さがありありと現れているような人物だった。男はこれまで自分が苦汁をなめてきたことを腹立たしく思いながら、そのくせたいそう思い上がっていた。おまけに、彼は洗練された人間を気取る退屈な男だった。社交界で一度も成功したためしがなかったので、社交界をけなしては恨みを晴らしていた。彼は裕福であったのに、自分の家におべっか使いどもをなかなか集められずにいた。夜、ザディーグの家に入って行く二輪馬車の音は彼を悩まし、それ以上にザディーグを褒めそやす声は彼を苛立《いらだ》たせるのだった。彼は時々、ザディーグの家へ行き、招かれてもいないのに食卓についた。まるでハルピュイア(29)がその手で触れる肉を腐らせるように、彼は一座の楽しみをすっかり汚した。ある日、彼が一人の婦人のためにパーティーを開こうとしたが、婦人は彼の招きには応じず、ザディーグの晩餐会のほうへ行った。別な日に、男がザディーグとおしゃべりをしながら二人して大臣に言葉をかけようと近づくと、大臣はザディーグを晩餐会に招き、アリマーズを招待しなかった。どれほど根深い憎しみも、これ以上に深刻な理由に裏づけられることはそうざらにあるものではない。バビロンで「ねたみ屋」と呼ばれていたこの男は、「仕合わせ者」と呼ばれているという理由でザディーグを破滅させようと思った。ゾロアスターが述べているように、悪をなす機会は一日に百回もあるが、善をなす機会は一年に一度しかないものだ。

ねたみ屋がザディーグの家に行くと、ザディーグは二人の友人と一人の婦人と一緒に庭を散歩していて、婦人にはしきりに彼女を喜ばせるようなことを口にしていたが、しかしそれは言葉のうえだけのことで、ほかにこれといってなんの魂胆も含まれていなかった。王が最近、彼に服従を誓っていたはずのヒルカニア(30)の君主との戦争を有利に終結させたことに話題が及んだ。その短い戦争ですでに勇名を馳《は》せていたザディーグは大いに王を賞賛し、それからそれにもまして婦人を褒めそやしていた。彼は覚書き帳を取り出すと、即興の四行詩をさらさらと書き、その美しい人にそれを読ませた。

二人の友人は自分たちにもそれを見せてくれるよう頼んだが、謙遜から、いやむしろもちろん自尊心からだったが、彼は友人たちに見せるのを控えた。そもそも即興詩はだれか特定の女性に敬意を表して作られるものだから、当のその女性にとって好ましいだけのものである。ザディーグはそのことを重々わきまえていた。彼はいま即興詩を書いたばかりの覚書き帳の紙を二枚に破り、その二枚の紙片を薔薇の茂みに投げ捨てた。友人たちが探したが、無駄だった。不意に小雨が降り出したので、一同は家に戻った。庭に居残っていたねたみ屋はさんざん探したあげく、紙片の片方を見つけた。それは実にうまく破られていて、一行をなす詩句の半分がどれもそれぞれ一つの意味をなし、いっそう短い韻律の詩句にさえなっていた。しかし、それ以上に不思議な偶然のせいで、それらの短い詩句は王に敵対する世にも恐ろしい侮辱的言辞を含む意味を作り出していた。そこにはこんな詩句が読み取れた。

このうえなき大罪により
揺るぎなき玉座に鎮座し、
公衆みな和合するに
敵ただこれひとりぞ

ねたみ屋は生涯ではじめて幸福を味わった。彼は、愛されるにふさわしい徳高い男を破滅させようと決めていたが、いまやその充分な手段を手中に収めたのだった。彼は残忍な喜びにひたりながら、ザディーグ直筆の諷刺詩を王のもとまで届けさせた。ザディーグは投獄された。彼ばかりか、二人の友人と婦人までも。すぐに彼は告訴されたが、法廷は彼の弁明を聞いてはくれなかった。彼が判決の申し渡しを受けにやってくると、ねたみ屋が通り道にいて、おまえの詩は何の価値もないと大声で言い放った。ザディーグは別に自分がよい詩人だなどとうぬぼれてはいなかった。しかし、不敬罪を犯した罪人として刑を申し渡され、おまけに自分が犯してもいない罪で一人の美しい婦人と二人の友人が牢獄に拘留されていることを知ると、残念でならなかった。彼の覚書き帳が雄弁に語っているという理由で、彼には発言が許されなかった。それがバビロンの掟だった。そんなわけで、彼は物見高い群衆をかき分けながら処刑場へ引かれて行った。群衆はだれ一人として彼に同情せず、彼の顔を眺め回し、彼がすすんで死を受け入れるかどうかを見ようと殺到した。悲しんでいるのは彼の親類だけだった。というのも、彼らが遺産を相続することはなかったからだ。彼の財産の四分の三は王に役立つように没収され、残りの四分の一はねたみ屋のものになるように没収された。

彼が死を覚悟していたとき、王のオウムがバルコニーから飛び立ち、ザディーグの庭の薔薇の茂みに舞い降りた。そこには桃の実が一つ、風に吹かれて隣の木から運ばれ、覚書き帳のもう一枚の紙片の上に落ち、ぴったりとくっついていた。鳥は桃の実と覚書き帳の紙片をくわえて舞い上がると、帝王の膝の上に届けた。君主は不思議に思い、紙片に書かれた語句を読んだ。それはなんの意味もなさず、詩行の終わりの部分であるように思われた。王さまは詩の愛好者だった。そして、詩を愛する君主には、困難な局面を打開する方策がつねにあるものだ。オウムがもたらした意外な出来事は、王を考え込ませた。王妃はザディーグの覚書き帳の一枚の紙片に書かれてあったことを覚えていたので、それを持って来させた。二枚の紙片を突き合わせると、実にうまくみごとに合った。すると、ザディーグが作ったとおりの次のような詩が読み取れた。

このうえなき大罪により大地の混乱するさま見たり。
揺るぎなき玉座に鎮座し、王は万民を服従させたまう。
公衆みな和合するに戦を挑むはひとり恋のみ、
敵ただこれひとりぞ恐るべし。

王はただちに、ザディーグを御前に来させ、二人の友人と美しい婦人を牢獄から出すよう命じた。ザディーグは、王と王妃にひれ伏して地面に顔をこすり付けた。彼はつたない詩を作ったことについて、うやうやしく許しを乞うた。彼はたいそう上品に、そればかりか才気にあふれ道理のとおった言葉で話したので、王と王妃はもういちど彼に会ってみたいと思った。彼が再度やって来ると、ますます二人の眼鏡にかなった。彼を不当に告発した嫉妬深い男の全財産は、彼に与えられた。しかし、ザディーグはそれをそっくり返してやった。ねたみ屋は感激したが、それは自分の財産を失わずにすんだ喜びのせいでしかなかった。ザディーグに対する王の評価は日ごとに増した。王は、自分のあらゆる気晴らしの席に加わるよう彼に勧め、統治に関わるすべての問題で彼の意見を求めた。王妃はそれいらい彼を好意のこもった目で眺めた。その好意は、王妃にとっても、彼女の尊敬すべき夫である王にとっても、ザディーグにとっても、そしてまた王国にとっても危険なものとなるかもしれなかった。ザディーグは、幸福になるのはむずかしいことではないと思い始めていた。

第五章　寛容の士

五年ごとにめぐってくる盛大な祭典を祝う時がやってきた。五年の間に住民の中でもっとも寛容な行ないをした者をおごそかに公表するのがバビロンの習わしだった。高位高官と祭司が審査に当たる。その町を管理する権限を担う地方長官は、彼の統治下に行なわれたもっともすばらしい行為を説明する。人びとは投票に行き、国王が見解を述べる。この盛大な儀式には地の果てからも観覧者がやってくるのだった。優勝者は君主の手から宝石で飾られた金盃を授かる。そして王は次のような言葉を述べる。

「寛容賞を受けるがよい。神々が汝のような臣民を数多く私に授け給わんことを!」

その記念すべき日が到来すると、王は高位高官や祭司、それにありとあらゆる国々の使節に囲まれ、玉座に姿を現した。使節たちは、馬の駿足ぶりや力試しによるのでなく、徳行によって栄誉をかち得るこの競技に立ち会うためはるばるやって来たのだった。地方長官は、いくつもの行為を声高に報告した。それはどれも、それを行なった者たちにこのうえなく貴重な賞を与えるに値する行為だった。彼は、ザディーグが嫉妬深い男に全財産を返してやったときに見せた大きな心については、ひと言も触れなかった。それしきのことは、賞を争うに足る行為の数に入らなかったのだ。

長官はまず、一人の判事を紹介した。その判事は、自分には責任のないある誤解のせいで、ある住民を重要な訴訟で敗訴させたことから、その住民が失ったものに相当する彼自身の全財産を住民に与えたというのだった。

長官は次に、一人の娘に狂おしいほど首ったけだったのに、その娘への恋の病で死にかかった友人に娘をゆずり、そのうえ娘をゆずるときに持参金まで付けてやった青年を紹介した。

それから長官は、ヒルカニア戦争で寛大さのいっそう立派な模範を示した兵士を登場させた。敵兵たちが彼から恋人を連れ去ろうとしたので、その兵士は敵兵と戦っていた。

そこからほんの目と鼻の先で、他のヒルカニア兵たちが恋人の母親を連れ去ろうとしていると兵士に教える者がいた。兵士は泣きながら恋人のもとを離れ、その母親を救い出そうと駆けて行った。それから愛する恋人のほうへとって返してみると、彼女は息絶えるところだった。兵士は自殺しようと思った。恋人の母親は、あなただけが頼りなのだと言って戒めた。彼は勇気を振り絞り、生きることに耐えた。

審査官たちはこの兵士を選びたいと思っていた。王が発言してこう言った。

「兵士の行ないも他の者たちの行ないも立派であるが、わたしを驚かせるものではない。きのうザディーグは、わたしを驚嘆させるようなことをした。数日前、わたしは重用していた大臣コレブを解任した。わたしが激しく彼への不満をもらすと、廷臣たちはみなして王が優しすぎると言い立てた。彼らはわれがちに、コレブについて実にひどい悪口を言った。わたしがザディーグに彼の考えを尋ねると、彼は勇気を奮って大臣を褒めた。正直に言って、自分の財産で過ちを償った例も、自分の恋人をゆずった例も、愛する女よりその母親のほうを選んだ例も、わたしはわが国の歴史の中にいくつも認めたことがある。だが、君主の激怒の的となって解任された大臣のことを一介の廷臣が好意的に話した例は、これまで読んだことがない。いま寛容な行為を公表された者たちのおのおのには、二万枚の金貨を授ける。しかし、金盃はザディーグに授けることとする」

「陛下」と、ザディーグは王に言った。「金盃に値するのは、ひとり陛下のみでいらっしゃいます。前代未聞の行ないをなさったのは、陛下をおいておられません。なんとなれば、陛下は王であらせられながら、家来が陛下のお心に抗弁いたしましたのに、その家来に少しもご立腹なさらなかったからでございます」

王とザディーグは共に賞賛された。自分の財産を与えた判事、恋人を自分の友と結婚させた恋する男、恋人を救うよりその母親を救うほうを選んだ兵士は、君主から賜り物を授かった。彼らの名は「寛容の士」台帳に書き留められた。ザディーグは金盃を授かった。王は名君の評判を得たが、その評判を末長く保つことはなかった。この日は、祭典によって聖別され、祭典は法律に定められているよりも長くつづいた。この日の記憶はいまもなおアジアに残っている。ザディーグはこう言ったものだ。(31)「では、ついにわたしは幸福になったのか！」しかし、彼は思い違いをしていたのだった。

第六章　大　臣

王は宰相の地位を空席にしていた。この地位を埋めるのに、王はザディーグを選んだ。バビロンのすべての美しい婦人たちはその選択を歓迎した。というのも、帝国の建国いらい、これほど若い大臣が存在したことはなかったからだ。廷臣たちはだれもが不満だった。ねたみ屋はそのために口や鼻から血を吐き、彼の鼻はひどくはれ上がった。ザディーグは王と王妃に礼を述べた後、オウムにも礼を言いに行った。

「美しい鳥よ」と、彼は言った。「わたしの命を救い、わたしを宰相にしてくれたのはおまえだ。両陛下の雌犬と馬はわたしにたいそう辛い思いをさせたが、おまえはわたしによいことをしてくれた。これこそ、人間の運命がどんなことに支配されているかを教えるよい例だ。しかし、これほど奇妙な幸福は」と、彼はつけ加えた。「きっといずれ消えうせてしまうのだろう」

「そのとおり」と、オウムは答えた。

その声にザディーグは驚いた。けれども、彼はすぐれた自然学者であったうえ、オウムが予言をするなどということを信じていなかったから、すぐに平静さを取り戻し、全力を挙げて宰相職を全うし始めた。

彼はすべての人びとに法の神聖な力を理解させ、自分の顕職の重みなどだれにも悟らせなかった。彼は閣議室のどんな意見も妨害しなかったし、どの大臣が見解を述べても彼が機嫌を損ねることはなかった。彼がある事件を裁くとき、裁いているのは彼ではなく、法だった。しかし、法が厳しすぎる場合には、それを緩和し、法が欠如している場合には、彼の公正さはさながらゾロアスターの法と思われるほどの法を作るのだった。

無実の者に有罪の判決を下すより、有罪の者を助ける危険を冒すほうがまだましだという大原則は、諸国民が彼から受け継いでいるのである。彼は、法律とは住民を威圧するのと同様に住民を救済するためにも作られている、と考えていた。彼の最大の手腕は、だれもが覆い隠そうとする真実を見抜くことだった。国の統治にたずさわった最初から、彼はそうした偉大な手腕を発揮した。バビロンの有名な問屋商人が西インド諸島で死亡した。商人は妹娘を嫁がせた後、二人の息子を遺産相続人とし、同じ分け前を受け取れるようにしていたが、そのうえなお二人の息子のうち自分をいっそう愛していると判断されるほうに金貨三万枚の贈り物を残していた。兄は父のために墓碑を建て、弟は相続財産の一部で妹の持参金をふやしてやった。だれもがこう言った。

「父親を愛しているのは兄のほうだ。弟は父親より妹を愛している。金貨三万枚は兄のものだ」

ザディーグは二人を代わる代わる呼んだ。彼は兄に言った。

「おまえの父は死んでいない。彼は瀕死《ひんし》の病から快癒して、バビロンに戻っている」

「ああよかった」と、若者は答えた。「でも、墓はずい分と高くついたのですよ!」

次にザディーグは同じことを弟のほうに言った。

「ああよかった」と、弟は答えた。「では、わたしが持っているものはそっくり父に返しましょう。でも、妹に与えたものは妹に残してやってほしいのです」

「なに一つ返すに及ばないぞ」と、ザディーグは言った。「それに、金貨三万枚を受け取るがよい。おまえのほうが父を愛している」

たいそう裕福な娘が二人の祭司に結婚の約束をしていた。そして、数か月のあいだそれぞれと差し向かいの語らいをした後、彼女は身ごもった。祭司は二人とも、その娘と結婚したがった。

「お二人のうち」と、娘は言った。「私のことを現にこのとおり、帝国に一人の民を献上できる身にしてくださった方に、私の夫となっていただきますわ」

「その立派な仕事をしたのはわたしです」と、一人が言った。

「わたしこそその光栄に浴したのです」と、もう一人が言った。

「それでは」と、娘は答えた。「お二人のうち生まれてくる子どもによりよい教育をほどこすことのできるお方を、子どもの父と認めますわ」

娘は男の子を産み落とした。どっちの祭司も子供を養育したがった。その訴訟はザディーグのもとへ持ち込まれた。彼は二人の祭司を呼んだ。

「おまえは自分の生徒になにを教えるのだね」と、彼は最初にやって来た祭司に言った。

「わたしが教えますのは」と、その博士が言った。「語法の八品詞と弁論術と占星術と悪魔妄想《デモノマニー》、それに実体と偶有性、抽象と具象、モナドと予定調和(32)とはなにか、といったようなことです」

「わたしは」と、二人目が言った。「その子どもを正しい人間にし、友人を持つに足る立派な人間にしようと努めます」

ザディーグは言い渡した。

「おまえがその子の父親であろうとなかろうと、子どもの母親と結婚するがよい」

第七章　論争と引見

このように、彼は毎日、俊敏な天性の才と善良な心とを申し分なく発揮していた。人びとは彼を敬服していたが、しかし愛してもいた。彼はだれよりも幸福だと思われていたし、その名は帝国中にとどろいていた。婦人たちはだれもが彼に秋波を送り、住民はみな彼の公正さをたたえた。学者は彼の言葉を神託と見なし、聖職者でさえ彼が老大祭司イエボールより博学だと認めていた。そうなると人びとは、グリフォンのことで彼を告発するどころか、信じてよさそうだと彼が思うことしか信じなくなった。

バビロンには十五年間つづき、帝国を頑迷な二つの宗派に二分している一大論争があった。一方は、左足からでなければミトラの神殿(33)に入ってはならない、と主張していた。もう一方は、そんな風習を嫌悪し、右足からでなければ決して中に入らなかった。人びとは、ザディーグがどっちの宗派の肩を持つかを知ろうとして、聖火の祭日を待ちかまえていた。世界の目が彼の両足に注がれ、町中がざわめいて落ち着かず、心を決めかねていた。ザディーグは、両足をそろえて跳んで神殿の中に入った。それから雄弁な演説をして、だれも分け隔てしない天地の神は右足も左足も同じように重んじておられることを証明した。

ねたみ屋とその妻は、彼の演説には言葉の綾《あや》がなく、丘や山を充分に踊らせなかった、と言い張った。

「彼の話は味もそっけもなく、才能のかけらもない」と、彼らは言うのだった。「彼には海が逃げ、星が落ち、日が蠟《ろう》のように溶けるところが見られない。東洋のすぐれた文体が少しもない[34]」

ザディーグは理性の文体を持つだけで満足していた。だれもが彼を支持した。それは、彼が品行方正であるからでも、彼が理性をそなえているからでも、彼が愛すべきであるからでもなく、彼が宰相であったからだった。

彼はまた、白衣の祭司と黒衣の祭司との間で起こされた重大な訴訟にも首尾よく結着をつけた。白衣を着た側は、冬季に、祈りを捧げるとき東のほうに向くのは不敬虔《ふけいけん》だ、と主張していた。黒衣を着た側は、神は夏季に夕日のほうを向いて行なう人間の祈りをひどく嫌われる、と言い張っていた。ザディーグは、だれでも好きな方向に向くがよい、という命令を出した。

このようにして彼は、個別的な問題も住民全体に関わる問題も朝のうちに、迅速に処理するこつをおぼえたので、残りの時間はバビロンの町の美化に心を砕いた。彼はまた、観客の涙をさそう悲劇と観客の笑いをさそう喜劇を上演させた。これは久しくはやらなくなっていたものだが、彼が審美眼をそなえていたために復活させたのだった。彼は芸術家以上に物知りになるつもりはなく、金品を与えたり栄誉を授けたりして芸術家に報いていたが、彼らの才能をひそかに嫉妬するようなことは少しもなかった。夜になると、彼は王ととりわけ王妃を大いに楽しませた。王は言った。

「大した大臣だ!」

王妃は言った。

「愛されるにふさわしい大臣ですわ!」

そして、二人してこうつけ加えた。「彼が絞首刑になっていたら、痛恨のきわみだった」

高い地位にあるとはいえ、彼ほど沢山の婦人と引見しなければならない人間はそれまでにいた試しがなかった。大半の婦人は彼となにかの関わりを持つ目的があって、用もないのに用件を話しにやって来た。ねたみ屋の妻は、最初にやって来た婦人たちの一人だった。彼女は、神ミトラにかけて、ザンド・アヴェスタ[35]にかけて、また聖火にかけて、これまで夫の振舞いを嫌ってきたと断言した。それから彼女は、夫が嫉妬深く、粗暴な人間だと打ち明け、人間は恋の情火によってだけ不死の存在に似るものなので、もしその聖なる情火から生じる得がたい結果を自分に拒むなら、かならず神々がザディーグを罰するはずだ、といったようなことをほのめかした。ついに、彼女は靴下留めを落とした。ザディーグはいつもどおりの礼儀正しい態度でそれを拾ったが、婦人の膝《ひざ》にそれを付け直してやるようなことはしなかった。仮にそれが過ちだとすれば、その小さな過ちは世にも恐ろしい不幸の原因となった。ザディーグはそのことをすっかり忘れていたが、ねたみ屋の妻のほうではいつまでもこれをおぼえていた。

　ほかのいく人もの婦人が毎日やって来た。バビロンの年代記の秘話が語るところによれば、彼は一度だけ誘惑に屈したが、しかし楽しみながらも喜びを味わえず、愛人を抱きながらも気持ちが虚ろでいることに驚いたという。彼が自分ではほとんどそれと気づかないまま後ろ楯《だて》のあかしを与えた相手の婦人は、王妃アスタルテの小間使いだった。その心優しいバビロン娘は、心の中でこう言いながら自分を慰めていた。

「このお方の頭の中はお仕事のことでいっぱいにちがいないわ。だって、情けを交わしているときにも、まだお仕事のことを考えておられるのですもの」

一座にひと言も話さない者がいく人もいて、ほかに口を開いても神聖な言葉しか発しない者たちが居合わせたときに、突然ザディーグの口から「王妃さま！」という叫び声がもれた。バビロン娘は、彼がしばらく経ってようやく正気に戻り、自分に向かって「わたしの王妃さま」と言ってくれているのだと思った。しかし、ザディーグは相変わらずぼんやりした様子で、アスタルテの名を口にした。娘はその場の状況からなにごとも自分に好都合な解釈をしていたので、そのとき彼が口走った言葉も「あなたは王妃アスタルテより美しい」という意味だと思い込んだ。彼女はたいそう立派な贈り物をもらって、ザディーグの後宮を出た。娘は、ねたみ屋の妻にこの出来事を話しに行った。彼女は娘の大の親友だった。ねたみ屋の妻はザディーグのそんなえり好みがひどく気に障った。

「あの男ときたら、この靴下留めを付け直してもくれなかったのよ」と、彼女は言った。「もうこの靴下留めを使うつもりはないわ」

「おや、まあ！」と、幸運な娘はねたみ屋の妻に言った。「あなたは王妃さまと同じ靴下留めを付けていらっしゃる！　では、同じ職人の店で手に入れていらっしゃるのですね」。ねたみ屋の妻は深く考え込み、ひと言も返事をせず、ねたみ屋のもとへ行って相談した。

その間ザディーグはと言えば、訪問者を引見しているときにも、また事件を裁いているときにも、自分が相変わらず放心状態でいることに気づいていた。彼は、それが何のせいなのか分からなかった。それだけが彼の悩みだった。

彼は一つの夢を見た。最初は、乾燥した草の上に寝ているようだった。その草にはいくらか棘《とげ》のついた草が混じっていて、彼を不快な気分にしていた。その後、彼が薔薇のベッドで休んでいたら、そこから一匹の蛇が出て来て、毒を含んだ鋭い舌で彼の心臓を傷つけた。

「ああ！　わたしは長いことあの乾燥してちくちくする草の上に寝ていたのに」と、彼は言った。「いまは薔薇のベッドの上にいる。しかし、あの蛇はなんだろう」

第八章　嫉　妬

ザディーグの不幸は、彼の幸福そのもの、とりわけ彼の人徳に原因があった。彼は毎日、王とその尊い奥方アスタルテと歓談した。彼の話し方は、相手に気に入られたいという思いのせいでますます魅力的なものになった。そうした気持ちと才気との関係は、衣裳と美女との関係にひとしい。彼の若さと魅力は知らず知らずのうちにアスタルテに強い印象を残したが、最初のうちは彼女もそれに気づかなかった。彼女の恋心は無垢《むく》のふところの中で育っていった。アスタルテは、夫と国にとって大切な人物に会って話を聞く喜びにすっかり身を任せていたので、良心のとがめや不安を覚えることもなかった。彼女はいつも王にザディーグのことを褒めていた。小間使いたちに彼のことを話題にすると、小間使いたちはそれに輪をかけて褒めそやすのだった。あらゆることがその心の中に投げ槍を打ち込むのに役立っていたのに、彼女はそれに気づかずにいた。彼女がザディーグに贈り物をすると、それには彼女が思っている以上の熱意が込められていた。彼女はザディーグの政務の手際に満足する王妃としてだけ語りかけているつもりだったが、その表現はしばしば恋する女の言葉になっていた。

アスタルテは、片目の男をあんなにも嫌っていたセミールや、それに夫の鼻を切り落とそうとしたもう一人の女よりはるかに美しかった。アスタルテの親しみの籠もった様子、この頃は思わず顔を赤らめながら口にする優しい言葉、反らそうとしながらも彼の目に注がれるその視線、そういったものがザディーグの心に火をつけ、彼はその火の激しさに驚くのだった。彼は抵抗を試み、それまでいつも自分を助けてくれた哲学に救いを求めた。哲学から得たのは知識だけで、それから慰めを受けることは少しもなかった。義務、感謝、冒瀆《ぼうとく》された至高の尊厳が、ちょうど復讐の神々のように彼の目の前に姿を現した。彼が戦い、勝利を収めても、たえず勝ち取らなければならない勝利は彼にうめき声を上げさせ、涙を流させた。以前は、優しく打ち解けた態度が二人を大いに魅了したものだったが、いまはそんな態度で王妃に話しかける勇気はもう彼になかった。彼の目には不安が色濃くただよい、彼の話はぎこちなく脈絡もなかった。彼は目を伏せていた。そして、思わずまなざしがアスタルテのほうへ向くと、彼の視線は涙にぬれた王妃の視線とばったり会う。彼女の目からは恋の炎の槍がいまにも射られようとしていた。二人はたがいにこう言い合っているように見えた。

「わたしたちは熱愛し合っているのに、愛し合うことを恐れている。二人とも恋に心を燃やしていながら、その恋の炎をとがめている」

ザディーグは王妃のもとを去るときには、錯乱し、取り乱し、担ぐことのできない重荷を心に背負い込んだといった有様だった。ひどい不安に襲われた彼は、友人カドールに自分の心の秘密を知らせた。それはまるで、激しい苦痛の発作に長いこと耐えてきたものの、鋭い痛みが加わって思わず発した悲鳴と額に流れる冷たい汗のせいで、ついに病気を人に悟られることになる人間のようだった。

カドールは彼に言った。

「ぼくはね、君が自分にまで隠そうとしていた気持ちならとっくに見抜いていたよ。恋心というものには、取り違えようのない兆候があるものさ。いいかい、ザディーグ、ぼくが君の心の中を読んだのだから、王さまがご自分を傷つけるような気持ちを君の心に見つけられないかどうか考えてみることだ。王さまの欠点は、だれよりも嫉妬深いということ以外にない。君は、王妃さまがご自分の恋心と戦っておられる以上に、君自身の恋心に激しく抵抗している。それは、君が哲学者であり、ザディーグであるからだよ。アスタルテは女だ。彼女はまさか自分が罪を犯しているとはまだ思っていないだけ不用意に、その目で心中を語っている。残念ながら、彼女はわが身の潔白に不安を抱いていないから、必要な体面などいっこうに顧みない。彼女に自らとがめるべきことがないうちは、ぼくは彼女の身が心配でならない。もし君たちがたがいに認め合う仲になれば、だれの目も欺くことができるだろう。折角の生まれた恋は抑えつけられると爆発するが、満たされた恋は人目を忍ぶすべを心得るものだからね」

ザディーグは、大恩ある王を裏切るよう勧められて身震いした。それに、王に対して思いもかけない罪を犯したとき以上に、その君主に忠誠を感じたことはなかった。けれども、王妃はひんぱんにザディーグの名を口にし、彼の名を口にするときには顔をすっかり赤らめ、王の前で彼に話をするときには実に生き生きとなるかと思えば、放心状態に陥ることもあった。ザディーグが退出すると、王妃がひどく深い物思いに捕われるので、王は心穏やかでなかった。王は、その目で見たすべてのことを信じ、見なかったすべてのことは想像した。とりわけ彼は、妻のスリッパが青く、ザディーグのスリッパも青く、妻のリボンが黄色く、ザディーグの縁なし帽も黄色いことに気づいた。それは、敏感な君主にとっては恐ろしい兆候だった。いら立つ心の中で、彼の疑惑は確信に変わった。

世の国王や王妃に隷属する家来たちは、どれも主人の心を読みとる密偵である。アスタルテが愛情こまやかになり、王モアブダルが嫉妬していることはたちまち見抜かれた。ねたみ屋は、同じくねたみ屋の妻に、王妃のものとそっくりの靴下留めを王のもとへ送るよう勧めた。さらに運の悪いことに、その靴下留めは青かった。君主はもはやいかにして復讐するか、その方法しか考えなかった。ある夜、彼は王妃を毒殺し、ザディーグを夜明けに細ヒモで絞め殺すと決めた。そのことは、王の復讐の執行者である非情な宦官に命じられた。そのとき王の部屋には、口こそ利けないが耳は聞こえる小人がいた。小人は、いつも好きに振舞うことを許されていたので、周囲で起こるどんなに秘められた出来事の現場にも、まるで飼い慣らされた犬や猫のように居合わせた。口の利けないその小人は、王妃とザディーグにたいそうなついていた。彼は二人の死の命令が出されるのを聞いて、恐怖と驚きに襲われた。しかし、何時間も経たないうちに実行される恐ろしい命令を未然に防ぐにはどうすべきか。小人は字は書けなかったが、絵なら教わっていて、とりわけ対象をそっくりに写すことに長《た》けていた。彼は夜のひと時を使って、王妃に分からせたいと思うことを素描した。その素描は、絵の片隅には怒りに狂って宦官に命令する王、台の上の青い細ヒモと小ビン、それに青い靴下留めと黄色いリボンを描き、絵の中央には小間使いたちの腕の中でいまにも息絶えようとする王妃とその足もとに絞め殺されたザディーグを描いていた。そんな恐ろしい処刑が夜明けの最初の光とともに行なわれることを示すため、地平は日の出を表していた。小人はこの仕事を終えると、すぐさまアスタルテの小間使いのもとへ走り、小間使いを起こし、絵をいますぐ王妃に届けなければならないことを分からせた。

一方、真夜中にザディーグの家の戸を使いの者が叩いた。彼は起こされ、王妃の短い手紙を渡される。彼は夢かと目を疑いながら、震える手で手紙を開く。彼の驚きはいかばかりであったか。次のような文面を読んだとき、彼を打ちのめした悲嘆と絶望をだれが表現できようか。

「いますぐ逃げてください。さもなければ、命を奪われます！　ザディーグ、逃げるのです。私たちの愛と私の黄色いリボンの名において、あなたに命令します。私は邪《よこしま》なことは少しもしませんでした。でも、罪人として死ぬことになるだろうと思います」

ザディーグはほとんど話す気力がなかった。彼はカドールを呼ぶように命じた。そしてなにも言わずに、この手紙を渡した。カドールは、ザディーグを手紙の命じるとおりにさせ、すぐさまエジプトの町メンフィスへ旅立たせた。

「もしあえて王妃さまに会いに行けば」と、彼は言った。「君は王妃さまの死を早めることになる。もし王さまに話をしたら、王妃さまをそれ以上に破滅させることになる。王妃さまの行く末はぼくが引き受ける。君は自分の天命に従うのだ。ぼくは君が西インド諸島へ向かったという噂を流しておこう。そのうちにぼくは君に会いに行き、バビロンで起こったことを知らせよう」

カドールはそう言うが早いか、二頭の駿足《しゅんそく》のヒトコブラクダを宮殿の秘密の門のほうへ配置させた。それから彼は、ザディーグをラクダに乗せたが、そうするには抱きかかえてやらねばならなかった。ザディーグは息もたえだえだった。彼の供は一人の召使いだけだった。そして、驚きと悲しみに沈むカドールの視界から、友の姿は消えて行った。

この高名な逃亡者はバビロンを眺め渡せる丘の縁にやって来ると、王妃のいる宮殿に目をやり、気を失った。彼は意識を取り戻しても、ただ涙を流し、死を願うばかりだった。女性のうちでもっとも愛されるにふさわしく、世に類《たぐい》ない王妃の痛ましい運命のことで頭がいっぱいになったが、その後で彼はようやく一瞬わが身を振り返って叫んだ。

「いったい、人間の一生とはなんだろう。おお、徳行よ！　おまえはわたしにとってどんな役に立ってくれただろう。二人の女は卑劣な仕方でわたしを欺いた。三人目は少しも罪を犯していないばかりか他の二人よりも美しいのに、死を迎えようとしている有様だ！　わたしがしてきたよいことはどれも、いつだってわたしにとって不幸のもとになったし、わたしが権勢を極めたのも、世にも恐ろしい不幸の深淵へ落ちるためでしかなかった。もしわたしが他の多くの人たちと同じように悪人であったなら、さだめしいま頃はわたしも彼らと同じように幸福になっているだろうに」

そんな悲痛な思いに打ちのめされ、目は苦しみのヴェールに覆われ、顔には死の蒼《あお》ざめた色をただよわせ、このうえなく暗い絶望の淵に沈む心を抱えて、彼はエジプトへと旅をつづけた。

第九章　打ち据えられた女

ザディーグは、星を頼りに旅の道筋をたどっていた。オリオン座と明るく輝くシリウスは、彼を南方へと導いていた。彼は、われわれの目にはかすかな輝きにしか見えない、おびただしい広大な光の天体に思わず見とれた。それに反して、地球は実際には自然界で微小きわまる一点にすぎないのに、栄誉を渇望するわれわれにはなにかしらさも大きな気高いものに思われる。そのとき彼は、実際にあるがままの人間どもなんて、ちっぽけな泥のかけらの上でたがいにむさぼり食い合う虫けらなのだと思った。そんな真実の姿は、彼におのれの存在やバビロンがいかに無価値であるかをまざまざと思い起こさせ、彼の不幸を消し去ってくれるような気がするのだった。彼の魂は無限の中にまで駆けて行き、五官から解き放たれて宇宙の不変の秩序を熟視した。しかし、彼はそれからわれに返り、しみじみ反省し、たぶんアスタルテは自分のせいで死んだのだろうと思った。宇宙は彼の目の前で消滅し、自然界には瀕死《ひんし》のアスタルテと不幸なザディーグの姿しか見えなかった。

彼は崇高な哲学と耐えがたい苦しみの満ち干に身をゆだねながら、一路エジプトの国境へ向かって進んで行った。彼の忠実な召使いは早くも最初にたどり着いた村にいて、宿泊先を探していた。その間ザディーグはその村に沿ってつづく菜園のほうへ歩いていた。街道からほど遠くないところで、泣きぬれた女が天地を揺るがすほどの悲鳴を上げながら助けを求めていて、激怒した男が女の後を追っているのが見えた。女は早くも追いつかれ、男の膝にすがっていた。男は女を打ち据え、非難を浴びせた。そのエジプト人の激高ぶりと婦人がくり返し謝罪を求める様子から、ザディーグは女が不貞を働き、男が嫉妬しているのだと思った。しかし女をよくよく見ると、心を打つほどの美人で、そのうえ不幸なアスタルテにいく分か似てもいたので、彼は女への同情とエジプト人への憎悪で胸がいっぱいになった。

「助けてください」と、女は泣きじゃくりながら、ザディーグに向かって叫んだ。「この世のだれより粗暴な男の手から、わたしを救ってください、わたしの命を助けてください！」

その悲鳴を聞いて、ザディーグは駆けて行き、女とその粗暴な男との間に飛び込んだ。彼はエジプトの言葉をいくらか知っていた。彼は男にその言葉で言った。

「君に多少とも人間味があるなら、美しいものや弱いものをどうか気づかってやってください。君にひざまずいていて、身を守るにも涙しかない自然の傑作を、そんなふうに侮辱してよいものですか」

「おや、おや！」と、頭に血が上った男は言った。「さては、きさまもこの女に惚れてるな！　よし、きさまに仕返しをしなけりゃならん」

そう言うと、男は婦人の髪をつかんでいた手を離し、槍《やり》を取って見知らぬ相手を突き刺そうとした。ザディーグは冷静で、怒り狂った男のひと突きをたやすくかわす。彼は槍の穂先の辺りをつかんだ。一方は槍を引こうとし、もう一方は槍をもぎ取ろうとする。槍は二人の手の間で折れた。エジプト人が剣を抜くと、ザディーグも彼の剣をかまえた。二人はたがいに立ち向かった。一方がせっかちになんども突きかかり、もう一方は巧みにそれをかわす。婦人は草の上に座り、髪を直して二人を眺めた。エジプト人は敵よりたくましく、ザディーグは相手より技がすぐれていた。ザディーグは、頭を使って腕を操る男として戦った。相手は向う見ずな怒りに任せ、破れかぶれに動き回る逆上した者として戦っていた。ザディーグは相手の剣をかわした後、さっと敵に接近し、剣を取り上げた。エジプト人がますます激高して襲いかかろうとするが、彼は相手をつかまえ、押さえつけ、胸に剣を押し当てて地面に倒すと、命だけは助けてやろうと言った。カッとなったエジプト人は短刀を引き抜き、勝利者ザディーグが敵を許してやろうとしたそのとき、彼に傷を負わせる。怒ったザディーグは相手の胸に剣を突き刺した。エジプト人は恐ろしい悲鳴を上げ、もがきながら死んで行った。そこで、ザディーグは婦人のほうへ歩み寄り、穏やかな声で言った。

「奴のせいで殺さざるをえませんでしたが、あなたの恨みは晴らせました。あなたは、これまでわたしが会った中でだれより乱暴な男からついに解放されたのです。さて、こんどはなにをいたしましょうか」

「極悪人、おまえなんか死ぬがいい[36]」と、女は彼に答えた。「死んじまえ！　おまえはあたしの好きな人をよくも殺してくれたね。おまえの心臓を引きちぎってやりたい」

「いや、まったく、あなたは風変わりな男を恋人にしておられたのですね」と、ザディーグは答えた。「あの男は力まかせにあなたをぶっていましたし、あなたがわたしに助けを乞われたというので、わたしの命を奪おうとしたのですよ」

「あの人にまだぶたれていたいわ」婦人は言葉をつづけながら、大声を上げた。「あたしがぶたれたのは当然だよ。あの人に焼き餅を焼かせるようなことを仕出かしたのだもの。あの人があたしをぶち、おまえがあの人に代わっていればよかったのに！」

　ザディーグは生まれてこのかた、それ以上の驚きと怒りを経験したことがなかったので、婦人に向かってこう言った。

「あなたは美しいけれども、こんどはわたしがあなたを打ち据えても当然かもしれませんね。それくらいあなたは常軌を逸している。しかし、わざわざあなたをぶつまでもありません」

　そう言って、彼はふたたびラクダに乗って村のほうへ進んで行った。彼がいくらも進まないうちに、王に遣わされてバビロンから来た四人の従者が馬を駆る音に思わず振り向いた。四人は全速力でやって来るところだった。その中の一人は、女を見ると叫んだ。

「こいつだ！　われわれのために作られた人相書きにそっくりじゃないか」

彼らは死人のことなど気にもかけず、たちまち女をつかまえた。女はザディーグに向かって叫びつづけた。

「心の広い見知らぬお方、もういちどあたしをお助けください！　あなたに苦情を言ったことはお詫びします。どうかお助けください。そうしたら、あたしは死ぬまであなたのものです！」

ザディーグにはもうその女のために戦う気はなかった。

「だれかほかの人にどうぞ！」と、彼は答えた。「もうその手は食いません」

それに、彼は傷を負っていた。出血していたので、手当てが必要だった。おそらくモアブダル王が差し向けたにちがいない四人のバビロニア人を見たことで、彼はすっかり不安に取りつかれていた。ザディーグは、なぜバビロンの四人の使者があのエジプト女を捕えにやって来たかを考えず、むしろ女の性格にいっそう驚きながら、村へと急いで進んで行った。

第十章　奴隷の身分

彼がエジプトの村に入ると、民衆に取り囲まれた。だれもがこう叫んでいた。

「そいつが美しいミスーフを誘拐したうえ、ついさっきクレトフィスを殺害したのだ！」

「みなさん」と、彼は言った。「神がその美しいミスーフをわたしに誘拐させませんように！　あの女はあまりに気まぐれです。それに、クレトフィスについて言えば、わたしは彼を殺したのではありません。ただ彼から身を守っただけなのです。彼が情け容赦なく打ち据えていた美しいミスーフのために、わたしがたいそうへりくだって許しを乞うたというので、彼はわたしを殺そうとしました。わたしはエジプトに避難場所を探しに来た異国の者です。ですから、あなた方の保護を求めて来たのに、のっけから女をかどわかしたり、男を殺したりするはずがあるものですか」

その当時、エジプト人は公正で人間味があった。民衆はザディーグを役場へ連れて行った。まず彼に傷の手当てを受けさせると、それから真実を知るために召使いと別々に尋問した。ザディーグが殺人者でないことは認められたものの、彼は流血の罪を犯していた。そこで、法にもとづいて奴隷とするとの判決が下された。二頭のラクダは売られて村の収益となり、携えていた金は残らず住民に分配された。彼の身柄は、旅の道連れの召使いと同様に公衆広場にさらされ、売りに出された。セトックという名のアラビアの商人が競り値をつけたが、召使いのほうが労役に適しているので、主人よりうんと高く売られることになった。こういった二人の人間の場合、比較は論外だった。そんなわけで、ザディーグは彼の召使いより下の奴隷になった。[37] 彼らは足につけた鎖で一つにつながれた。そして、そんなぶざまな格好で、アラビアの商人の後について彼の家へ行った。途中でザディーグは自分の召使いを慰め、忍耐を説いた。しかし彼は、いつものように人生について考え込むのだった。

「わたしが思うに」と、彼は召使いに言った。「わたしの運命の不幸がおまえの運命にも伝染したのだ。これまでわたしの身に起こったことは、どれも実に奇妙な様相を呈した。雌犬が通るのをこの目で見たという理由で、罰金を言い渡され、グリフォンのゆえにもう少しで串刺しにされそうになり、王さまをたたえる詩を作ったのがもとで刑場に送られ、王妃さまが黄色いリボンを付けておられるという理由で絞首刑にされかかり、乱暴者がそいつの恋人を殴りつけたためにいまではおまえといっしょに奴隷になった。さあ、くじけてなるものか。こうしたことはどれも、きっと終わるだろう。アラビアの商人たちはどうしても奴隷をもたなければならないのだ。わたしも他人《ひと》さまと同じように人間なのだから、他人さまと同じように奴隷にならない理由はあるまい。あの商人は情け知らずではなさそうだ。奴隷に仕事をさせたければ、それなりの扱いをしなければならないからな」

彼はそんなふうに話していたが、心の奥ではバビロンの王妃の身の上が気がかりでならなかった。

二日後、商人のセトックは奴隷とラクダを連れて人の住まないアラビアへと旅立った。彼の部族はホレブ砂漠[38]の辺りに住んでいた。旅路は長く辛かった。道中でセトックは、主人よりも召使いのほうを大いに買っていた。召使いのほうがラクダに荷を積むのが上手だったからだ。召使いに対しては、あらゆるこまごまとした特別の配慮があった。

ホレブまであと二日というところで、一頭のラクダが死んだ。そのラクダの荷物は、二人の下僕それぞれの背に振り分けられた。ザディーグも荷物の配分にあずかった。セトックは、自分の奴隷がそろって身をかがめながら歩くのを見て笑い出した。ザディーグはあえてその理由を商人に説明し、平衡の法則を教えた。商人は驚いて、それまでとは違った目で彼を眺め始めた。ザディーグは自分が商人の好奇心を刺激したことを知ると、商人の商売に決して無縁でない多くのことを教え、彼の好奇心をさらに募らせるようにした。たとえばそれは、等しい容積のもとでの金属と商品の比重、数種の有用な動物の特性、有用でなかった動物を有用にする方法といったようなことだった。彼はとうとう、商人の目に賢者のように映った。セトックは、それまであんなにも高く買っていた奴隷仲間より、ザディーグのほうを好むようになった。彼はザディーグを厚遇したが、彼にそれを後悔する理由などあろうはずもなかった。

セトックが部族のもとに着いてまずしたことは、一人のユダヤ人に五百オンスの銀の返済を求めることだった。彼はそのユダヤ人に二人の証人の前で銀を貸したのだが、証人は二人ともすでに死んでいた。借金が立証されなくなったので、ユダヤ人はアラビア人をだます方策を授けてくれたことを神に感謝し、商人の銀を横領しようとしていた。(39)セトックはその厄介な一件をザディーグに打ち明けた。ザディーグは商人の助言者になっていたからだ。

「その異教徒に五百オンスを貸してやったのは」と、ザディーグはたずねた。「どんな場所でしたか」

「ホレブ山のほとりの大きな石の上だった」と、商人は答えた。

「あなたから銀を借りた男はどんな性格ですか」と、ザディーグは言った。

「ぺてん師の性格だね」と、セトックは言葉をつづけた。

「いえ、わたしがおたずねしているのは、そいつが激しやすい男か冷静な男か、慎重か無分別かといったようなことです」

「支払いを渋る者たちの中で」と、セトックは言った。「だれよりもすぐに頭に血が上る奴だ」

「それでは！」と、ザディーグは言葉を継いだ。「わたしが裁判官の前であなたの弁護をすることをお許しください」

彼の言葉どおりに、裁判官がユダヤ人を法廷に召喚すると、彼はこんなふうに裁判官に向かって話した。

「公正の玉座に鎮座まします平安の証《あかし》よ、わたしは、その男が返そうとしない五百オンスの銀の返済を、主人に代わって求めるためにまいりました」

「証人はいるか」と、裁判官は言った。

「いえ、証人は死亡しております。しかし、銀が数えられたときの大きな石が残っています。閣下がその石を迎えに行くようお命じになれば、石は証言してくれるものと思います。ユダヤ人とわたしは、石がやって来るまでここにいることにいたします。裁判長さま、石を迎えにやる費用はセトックの負担とさせていただきます」

「願ってもない」と、裁判官は答えると、ほかのいくつもの事件を速やかに処理し始めた。

審問を終えて、裁判官はザディーグに言った。

「おや！　おまえの石はまだ来ていないのか」

ユダヤ人は笑いながら答えた。

「たとえ閣下が明日までここにおられても、石はまだ到着してはいないでしょう。石はここから六マイル以上のところにありますし、あれを動かすには十五人の男手が必要でしょう」

「よろしい！」と、ザディーグは叫んだ。「わたしは、石が証言してくれるでしょうと申し上げました。この男は石がどこにあるかを知っているのですから、銀がその石の上で数えられたことを白状していることになります」

ユダヤ人は狼狽し、やがてすべてを自白せざるをえなかった。裁判官は、男が五百オンスを返すまで、飲まず食わずでその石につないでおくよう命じた。銀はただちに支払われた。

奴隷ザディーグとその石は、アラビアで大いに敬われた。

第十一章　火葬台

たいへん満足したセトックは、奴隷を親友にした。バビロンの王がそうだったように、彼もザディーグなしではいられなくなった。ザディーグは、セトックに妻がいないことを嬉しく思った。主人の中に善へと向かう生来の性格、公明正大さ、それに充分な良識を見出していたのだ。彼はまた、主人がアラビアの古い習慣(40)に従って、天の軍団すなわち太陽と月と星をあがめているのを知り、残念に思った。時にはごく控え目に、そのことを話題にすることもあった。ついに彼は、天の軍団も他のものと同じように所詮は物体に過ぎず、木や岩と同じように彼の敬意を受ける価値はない、と言った。

「そうは言っても」と、セトックは言った。「われわれがあらゆる恩恵をこうむっている永遠の存在ではないか。あの天の軍団は四季をつかさどっているだけでなく、そのうえわれわれからたいそう遠く離れているので、敬わないわけにいかないのだ」

「恩恵と言うなら」と、ザディーグは答えた。「あなたは紅海の海水からもっと多くの恩恵をこうむっておられますよ。だって、紅海はあなたの商品をインドまで運んでくれるのですから。どうして紅海が星ほど古くから存在していないことになるでしょう。それに、もしあなたがご自分から遠くにいるものをあがめるなら、地の果てにあるガンガリード人の土地(41)をあがめるべきです」

「いや」と、セトックは言った。「空の星はあまりに輝いているから、あがめずにいられないのだ」

夜になって、ザディーグはセトックとともに夕食をとることになっていたテントの中にあるおびただしい数の燭台《しょくだい》に火をともした。そして、彼の主人が姿を現すと、すぐさま明かりのついた灯明の前にひざまずき、その明かりに向かって言った。

「永遠の輝かしい真理よ、深い恵みがありますように!」

そう言うと、彼はセトックを一顧だにせず、食卓についた。

「いったい、なにをしているのだ」と、セトックは驚いて言った。

「あなたと同じようなことをしています」と、ザディーグは答えた。「わたしはここにあるローソクを礼拝しているため、ローソクの持ち主でわたしの主人でもあるお方のことなど眼中にないのです」

セトックはこの教訓を含んだたとえ話の意味を理解した。この奴隷の英知は彼の心に深い印象を残した。彼はもはや被造物へ惜しげなく香をささげることをしなくなり、被造物を作った神を崇拝した。

その頃アラビアにはもともとスキタイに由来する恐ろしい風習があった。それはバラモン(42)の影響力によってインドに定着し、いまにも東洋全体に広がりそうだった。既婚の男が死に、その愛妻が聖女になりたいと望んだときは、彼女は夫の亡骸《なきがら》に重なって公衆の見守る中で焼かれることになっていた。(43)それは、「寡婦の火葬」と呼ばれる厳粛な祭典だった。焼かれた妻の数のいちばん多い部族がもっとも尊敬されていた。セトックの部族の一人のアラビア人が死んだとき、たいそう信心深かったアルモナという名の寡婦は、彼女が太鼓とらっぱの音に合わせて火の中に飛び込む日時を公表した。ザディーグはセトックに忠告して、そんな恐ろしい風習がいかに人類の幸福に反しているか、それに国に子どもを授けてくれたり、いや少なくとも彼女らの子どもを養育したりするかもしれない若い寡婦が毎日、身を焼くのを放置していることになるではないか、と言った。彼は、できるものならばそんな野蛮な習慣は廃止すべきだと、セトックを説得した。セトックは答えた。

「千年以上も女たちがすすんで焼死する慣習があります。時を経て確立された掟をわれわれのだれが変えられるだろう。古くから伝わる悪習以上に尊重すべきものがあるだろうか」

「理性はもっと古いのです」と、ザディーグは言葉をつづけた。「部族の指導者たちに話してください。わたしはその若い寡婦に会ってみましょう」

彼は寡婦に紹介してもらった。彼は寡婦の美貌を褒めて自分に好感を抱かせ、それほど多くの魅力を火で燃やすのがなんと残念なことかと語った後、さらに彼女の変わらぬ貞節と勇気をたたえた。

「では、並々ならず夫君を愛しておられたのですね」と、彼は寡婦に言った。

「あたしがですって、とんでもありません」と、アラビアの婦人は答えた。「あの人は粗暴で、焼き餅焼きで、手に負えない男でした。でも、あたしはあの人の火葬台に飛び込むと固く心を決めています」

りませんね」

「生きながら焼かれると、さぞかしえも言われないほどの心地よさがあるにちがいありませんね」

「ああ！　それを考えると、心からぞっとします」と、婦人は言った。「でも、我慢して受け入れなければなりません。あたしは信心深い女ですもの。もしあたしがすすんで焼死しなければ、貞女という評判を落とすことになり、だれもがあたしを嘲笑するでしょう」

ザディーグは、虚栄心から他人のために焼死しようとしているにすぎないことを彼女に認めさせた後、彼女に少しは命を大切にさせるように長々と話をし、そのあげく彼女に話をしている男にもやっと多少の好意を抱かせることができた。

「結局、どうなさいますか」と、彼は寡婦の女に言った。「すすんで身を焼くという虚栄心があなたを抑制しなくなれば」

「ああ！」と、婦人は言った。「あたしとの結婚をあなたにお願いしようかしらと思案していますわ」

ザディーグの心はアスタルテのことでいっぱいだったので、婦人の愛の告白を聞いても適当に言い逃れしないわけにいかなかった。しかし、彼はすぐさま部族の指導者たちに会いに行き、いまあったことを彼らに話し、寡婦となった女がすすんで身を焼くのは、たっぷり一時間、若い男と差し向かいで話した後に限り許される、という法律を作るよう助言した。このときいらい、アラビアでは婦人はだれ一人としてすすんで身を焼くことはなくなった。

いく世紀もつづく実に残酷な風習を一日で根絶したのは、ひとりザディーグのおかげだった。それゆえ、彼はアラビアの恩人となった。

第十二章　夕食会

セトックは、英知が宿るこの男と別れることができず、バスラ(44)の大市に彼を連れて行った。その市には、人間の住むあらゆる土地からそれは大勢の問屋商人たちがやって来ることになっていた。さまざまな国々の多くの人びとが同じ場所に集まるのを見るのは、ザディーグにとって大いに心の慰めとなった。彼には、バスラに集まる大家族こそ、世界そのものであるように思われた。彼は早速、二日目からエジプト人、インドのガンガリード人、カタイ(45)の中国人、ギリシア人、ケルト人、それにほかに幾人もの外国人と同じ食卓についた。彼らはなんどもペルシア湾の辺りを旅するうちに、たがいに理解し合えるほどのアラビア語を覚えていた。エジプト人はひどく怒っている様子だった。

「バスラはなんと嫌なところだ！」と、彼は言った。「至上の担保を差し出したのに、千オンスの金も貸せないとぬかす」

「いったい、どうしたのですか」と、セトックが言った。「なにを担保に出したら、その額を断られたのですか」

「わたしの叔母の亡骸ですよ」と、エジプト人は答えた。「叔母はエジプトでだれより律義な女でした。叔母はいつもわたしに付き添っていてくれましたが、旅の途中で死んでしまったのです。わたしは叔母をこのうえなく立派なミイラにしました。わたしの国であれを抵当にしたら、欲しいものはなんでも手に入れられるでしょう。(46)あれほど確かな担保を出しても、ここでは千オンスの金さえ出そうとしないとは実に奇妙です」

彼が大いに怒りながら、みごとな雌鶏《めんどり》のゆで肉を食べかかったとき、インド人がその手をつかまえて悲しげに叫んだ。

「ああ！　なにをしようというのです」

「この雌鶏を食べるんですよ」と、ミイラを持つ男は言った。

「よくよく注意してください」と、ガンガリード人が言った。「死者の魂がその雛鶏に乗り移ってるかもしれません。あなたは危険を冒してまで叔母さんを食べたいとは思わないでしょう。雛鶏をゆでるのは、明らかに自然に背くことです」

「あなたの言う自然やら雛鶏やらにどんな意味があるのです」と、怒りっぽいエジプト人は言葉をつづけた。「われわれは牛を崇拝していますが、それでもその肉をたっぷり食べますよ」

「牛を崇拝するですと！　それはありそうもない話だ」と、ガンジス川から来た男が言った。

「これほどありそうな話があるものですか」と、相手はやり返した。「われわれは、十三万五千年前からそんなふうに振舞っています。われわれのだれ一人としてそれに文句をつける者はいません」

「へぇ！　十三万五千年ですか！」と、インド人は言った。「その勘定にはいささか誇張がありますね。インドの地に人が住みついて八万年[47]にしかなりません。それに、われわれはたしかにあなた方の先住者です。ブラフマーは、あなた方が牛を祭壇に供えたり串焼きにすることを思いつくより前に、われわれに牛を食べることを禁じたのです」

「あなたの言うブラフマーは、それをアピス(48)にたとえるところを見ると、それこそばかげた動物にはなりはしませんか!」と、エジプト人が言った。「いったい、そのブラフマーとやらは、並はずれて立派などんなことをしたというのですかね」

バラモンは答えた。

「人間に読み書きを教えたのは彼ですし、世界がチェスを知ったのも彼のおかげです」

「それは違う」と、彼のそばにいたカルデア人が言った。「そういった大きな恩恵は、神魚オアネス(49)のおかげですから、これだけに崇敬の念をささげるのが正しいのです。これこそが神で、黄金の尾とさらに人間の頭をそなえていて、水から出て一日に三時間、地上でものを説いていたことはだれでも教えてくれるでしょう。また、だれもが知っているように、彼には幾人もの子供がいて、みな王となりました。わたしの家には彼の肖像があり、当然のことですが、わたしはそれをあがめています。われわれは好きなだけ牛を食べることができます。しかし、魚を焼くのはたしかにたいへんな冒瀆です。そのうえ、あなた方は二人ともわたしとなにごとかを議論するには、種族の出自があまりに下賤で、そのうえいくらも過去をさかのぼれない。エジプトの民の歴史は十三万五千年でしかなく、インド人はわずか八万年を鼻にかけているにすぎないが、われわれには四千世紀の暦があります。いいですか、妄想などお捨てなさい。そうすれば、あなた方それぞれにオアネスの美しい肖像画を進呈いたしましょう」

カンバルクから来た中国人が次のように切り出して話した。

「わたしは、エジプト人もカルデア人もギリシア人もケルト人もブラフマー神も聖牛アピスも美しい神魚オアネスも、大いに敬います。しかし、理《り》すなわち天《チエン》*は、お好きなように呼んでいただいてかまいませんが、牛や魚の価値があります。わたしの国のことはなにも申しませんが、エジプトの土地とカルデアとインド全部を合わせたような大きさです。わたしは歴史の古さを競うことなどいたしません。なぜなら、幸福であれば充分ですし、古いということなど取るに足りないからです。しかし、暦を話題にしなければならないとすれば、全アジアがわれわれの暦を採用していて、カルデアで算数が知られる以前にすこぶる立派な暦があったことを申し述べておきましょう」

「この席におられるあなた方は一人残らず、恐ろしく無知ですね！」と、ギリシア人が叫んだ。「カオスが万物の父であり、形相と質料(50)こそ世界を現在の状態にしたことが分からないのですか」

そのギリシア人は長いこと熱弁をふるった。しかし、彼もついにケルト人に話を遮られた。ケルト人は議論が戦わされていた間にすっかり聞こし召していたので、そのとき自分が他のだれよりも物知りだと思い込み、ことさら話題にする価値があるのは神テウタテス(51)と神木のナラに寄生するヤドリギを置いてほかにない、と断定的に言った。そしてまた、他人はいざ知らず、自分はつねにポケットにヤドリギを入れていると言い、自分の祖先のスキタイ人はこれまで世界に存在した唯一の善行の士であって、たしかにたまに人間を食べてはいたが、だからと言ってわが種族に大いに敬意を払うべき妨げとはならない、要するに、神テウタテスを悪しざまに言う者があれば、目に物見せてくれよう、と言い放った。そのため論争は熱気を帯び、セトックは一瞬、食卓が血に染まるのではないかと思った。ザディーグはこの議論の間ずっと沈黙を守っていたが、ついに立ち上がった。彼はまず、あたかもこのうえなく激高している者を相手にするかのようにケルト人に話しかけ、お説ごもっともですと言い、ヤドリギを彼に所望した。それから彼はギリシア人のさわやかな弁舌を褒め、高ぶったみんなの心を静めた。彼はカタイから来た男にはほんのわずかなことしか言わなかった。それというのも、その男の話がだれよりも良識をそなえていたからだった。その後で、彼は一同に向かって言った。

「みなさん、あなた方は些細《ささい》なことでたがいに非難し合おうとされていました。なぜなら、あなた方はみな同じ意見だからです」

それを聞くと、彼らは一斉に抗議した。

「だってそうではありませんか」と、彼はケルト人に言った。「あなたはこのヤドリギを崇拝しているのではなく、ヤドリギやナラをお作りになったお方を崇拝しておられるのでしょう」

「そのとおり」と、ケルト人は答えた。

「で、エジプトのお人、明らかにあなたは、一頭の牛の中に牛を与えてくださったお方をあがめておられるのですね」

「そうです」と、エジプト人は言った。

「魚のオアネスは」と、彼は話をつづけた。

「海と魚をお作りになったお方に服従するはずですね」

「同感です」と、カルデア人は言った。

「インドのお人とカタイのお人も」と、彼はつけ加えた。「あなた方と同じように、第一原理を認めておられます。ギリシアのお人の言われたことはすばらしいものでしたが、わたしにはあまりよく分かりませんでした。しかし、彼もまた、形相と質料を支配する卓越した存在を認めておられるのはたしかだと思います(52)」

褒められて気をよくしたギリシア人は、ザディーグが非常に適切に自分の考えを理解してくれたと言った。

「では、みなさんは全員、意見を同じくしておられます」と、ザディーグはすかさず話を引き取った。「たがいに非難し合う理由はありません」

みんなが彼を抱きしめた。セトックは彼の商品を非常な高値で売りさばいた後、友人ザディーグを自分の部族のところまで送ってくれた。ザディーグはそこへ着くと、留守中に自分が裁判所に訴えられ、時間をかけて焼き殺されることになっていると知った。

原注＊　文字通りには、「理」すなわち自然の光、理性を、また「天」すなわち空を意味する中国語であるが、これはまた神をも意味する。

第十三章　密　会

彼がバスラへ旅をしている間に、拝星教の司祭たちが彼を厳罰に処す決定をすでに下していた。司祭たちが火葬台に送る若い寡婦たちの宝石や装飾品は、正当な権利として彼らのものとなっていた。司祭にたちの悪いいたずらをしたからには、ザディーグを焼死させるくらいは朝飯前だった。そんなわけで、天の軍団について誤った考えを抱いているという理由で、ザディーグは告発された。司祭たちは不利な証言をし、ザディーグが星は海中に沈まないと言うのを聞いたと断言した。神の名を汚すそんな恐ろしい言葉は、判事たちをおののかせた。その不敬な言葉を聞くと、判事たちはいまにも服を引き裂きそうだった。(53) もしザディーグが服の代金を支払うに足る金を持っていたならば、彼らは間違いなくそうしていたことだろう。しかし判事たちはあまりに苦しみを味わったため、ザディーグをゆっくり時間をかけて火刑に処すと言い渡すだけで満足した。セトックは悲嘆にくれながらも、友人を救うため世間から得ている自分の信望を利用したが、むだだった。やがて彼は沈黙せざるをえなかった。若い寡婦のアルモナは、生きることがたいそう好きになっていたうえにザディーグに感謝してもいたので、彼から悪習だと教わった火あぶりからその身を救い出そうと決めた。寡婦はあれこれ計画を練ったが、だれにもそれを話さなかった。ザディーグは翌日、処刑されることになっていた。彼を助けるには一晩しかなかった。アルモナが思いやりのある思慮深い女としてどう振舞ったか、事の次第はこうである。

彼女は香水をつけた。いとも華やかな洗練された身繕いで美しさを引き立たせると、拝星教の高位司祭に内密の謁見《えっけん》を願い出た。尊敬すべきその老人の前に出ると、アルモナは次のように話した。

「大熊座の長子さまにして、牡牛座の兄上にして、大犬座の従兄さま(これはこの高位司祭の肩書だった)、あたしは良心のとがめをあなたさまに明かしにまいりました。あたしは大切な夫の火葬台ですすんで焼かれず、ひどい罪を犯してしまったのではないかとっても不安なのでございます。あたしはなにを大切に取っておくべきだったのでしょう。はかない肉体でしょうか。でも、これはもうすっかり色あせていますわ」

彼女はそう言いながら、長い絹の袖から両腕をむき出しにした。それは、すばらしい形をしたまばゆいほどの白い腕だった。

「ごらんのとおり」と、彼女は言った。「取るに足りない代物でございます」

高位司祭は心中、大した代物だと思った。彼の目がそう語り、彼の口がそれを認めた。彼は、これまでこんな美しい腕は見たことがない、と断言した。

「ああ！　腕はまだほかより少しは悪くないかもしれません」と、寡婦は高位司祭に言った。「でも、この胸がわざわざ自分で気を配るほどの値打ちもないことは、お認めになられることでしょう」

そこで彼女は、自然が作った世にも魅力的な胸をのぞかせた。象牙のリンゴに乗せた薔薇のつぼみも、これに比べればツゲの上のアカネ草にしか見えなかったことだろうし、洗毛機から出て来た子羊も黄土色に見えたことだろう。その胸に加えて、優しい情火をたたえてひそかに輝きながら待ち焦がれる大きな黒い瞳、限りなく純粋な乳白色にすこぶる美しい深紅色の混じった生き生きとした頬、レバノン山のやぐらとは似ても似つかない鼻、(54)アラビア海のもっとも美しい真珠をちりばめた珊瑚《さんご》の縁飾り二枚のような唇、そうしたものすべてが一緒になって、「わしは二十歳だ」と老人に信じ込ませた。彼は口ごもりながら、愛の告白をした。アルモナは、老人の気持ちがすっかり燃え上がったと分かったので、ザディーグの赦免を彼に乞うた。

「ああ！　美しいひとよ」と、老人は言った。「たとえわしが彼の赦免を認めても、その寛大な処置はなんの役にも立たないだろう。彼が赦免されるにはほかの三人の同僚の署名がなければならないのだよ」

「それでも署名してくださいまし」と、アルモナは言った。

「よろしいとも」と、司祭は言った。「ただし、あなたの愛のしるしが、わしの気さくさの代価となるという条件で」
「身に余る光栄ですわ」と、アルモナは言った。
「ともかく日が沈んだら、どうぞあたしの部屋にお越し願います。そうすれば、明るいスケアト星(55)が地平に現れたときには、あたしが薔薇色のソファーにいるのがお分かりになることでしょう。あなたさまの小間使いになさるようにどうぞ好きにお振舞いください」

そこで彼女は、署名をもってその家を出た。あとにはすっかり恋に取りつかれ、自分の精力に疑念を抱く老人が残った。彼はその日の残りの時間を使って入浴した。彼はまた、セイロンのシナモンとティドレやテルナテの貴重な香料(56)で合成したリキュールを飲み、スケアト星が現れるのをじりじりしながら待った。

その間、美しいアルモナは二人目の高位司祭に会いに行った。その司祭は、彼女の魅力に比べれば、太陽も月も天空のあらゆる光もただの鬼火でしかない、と断言した。彼女が同じく赦免を願い出ると、相手はその代価を支払うようにと言うのだった。彼女は言われるままに、アルゲニブ星が出る頃に二人目の高位司祭と密会する約束をした。それから、彼女は三人目と四人目の司祭の家を訪ね、かならず署名をもらい、一つの星の出る時刻から次の星の出る時刻にといった具合に、密会の約束をした。そのうえで彼女は、重要な用件につき家までお越しください、と判事たちに知らせた。判事たちは彼女の家に赴いた。彼女は判事たちに四人の名前を見せ、司祭たちがいったい何と引き換えにザディーグの赦免を売ったかを話した。司祭たちはそれぞれ決められた時刻にやって来た。どの司祭も同僚が居合わせるのを見て驚き、判事たちに会ってなおさら驚いた。司祭たちの不面目が判事たちの前で暴かれた。ザディーグは救われた。セトックはアルモナの才能にすっかり魅せられて、彼女を妻にした。

ザディーグは自分を救ってくれた婦人の足もとにひざまずいた後、旅立った。セトックと彼は、別れに際して涙を流し、永遠の友情を誓い合い、二人のうち先に大きな財産を築いたほうがもう一人にもその分け前にあずからせる、とたがいに約束した。

ザディーグはシリアのほうへ歩きながら、不幸なアスタルテのことを相変わらず考え、執拗に自分を嘲弄《ちょうろう》し、迫害する運命について相変わらず考え込むのだった。

「なんたることか！」と、彼は言った。「雌犬が通るのを見たからと言って金四百オンスの罰金！　王さまを称賛した下手な四行詩のせいで死刑の宣告！　王妃さまがわたしの縁なし帽と同じ色のスリッパを履いていたというので(57)絞殺されかかるとは！　打ち据えられていた女を助けたかどで奴隷にされ、アラビアのすべての若い寡婦の命を救ったことがもとで火あぶりの刑に処せられそうになるとは！」

第十四章　山　賊

石に覆われた中央アラビアの台地をシリアと隔てる国境にたどり着き、かなり堅固な城塞のそばを彼が通りかかると、武装したアラビア人たちがそこから飛び出して来た。彼はぐるりと取り囲まれた。相手は口々に叫んでいた。

「おまえたちの物はすべておれたちのものだ。そして、おまえたちの身柄はおれたちのご主人さまのものだ」

ザディーグは返事の代わりに剣を抜いた。彼の召使いも勇敢だったから、同じように剣を抜いた。二人は、自分たちに最初に仕掛けてきたアラビア人数人を切り倒した。敵の数は倍に増えたが、二人は少しも驚かず、あくまで戦って死ぬと決めた。二人の男が多数を相手に戦う光景は壮絶な眺めだった。そんな戦闘が長くつづくはずがなかった。アルボガドという名の城塞の主人はザディーグが示す勇敢かつ驚嘆すべき行為を見ていたので、彼に敬意を表する気になった。主人は急いで下へ降りると、自ら手下の者たちを遠ざけ、二人の旅人を救い出した。

「おれの領地を通過するものは、人でも物でもすべておれのものだ」と、彼は言った。「他人の土地におれが見つけるものも同様だ。しかし、おまえはなかなか勇敢な男に見えるから、この一般的な掟から免除してやろう」

主人はザディーグを城内に入れ、従者たちに彼を手厚くもてなすよう命じた。そして、その夜、アルボガドはザディーグと夕食を共にする気になった。

城主は、世間で盗賊と称されるアラビア人の一人だった。(58) しかし彼は、あまたの悪行を重ねていたが、たまには善行を企てることもあった。すさまじいまでに強欲な仕方で盗みを働きながら、彼は気前よく施した。行動は大胆不敵、人と交わるときにはたいそう穏やかで、食卓では放埒《ほうらつ》、放蕩にふけると陽気そのもので、おまけになによりも率直な性格。ザディーグはいたくこの城主の眼鏡にかなった。ザディーグの話し方は活気があったので、つい食事も長引いた。ようやくアルボガドが彼に言った。

「おれの手下にならないか。それに越したことはない。この仕事は悪くはないぞ。おまえならいつか、いまのおれのような人間になれるだろうさ」

「失礼ながら」と、ザディーグは言った。「いつからこれほど高貴なお仕事をなさっているのですか」

「ごく若い頃からだ」と、城主は話をつづけた。「おれはかなり悪知恵の働くアラビア人の下で召使いをしていた。おれは自分の境遇に我慢がならなかった。大地はすべて万人に平等に分け与えられているのに、運命がおれには分け前を残してくれなかったことを知り、無性に悔しかった。[59] おれは、自分の悲しみを一人のアラビア人の老人に打ち明けた。すると、その老人はこう言った。「よいか、絶望するでない。むかし、だれにも知られず砂漠に埋れた微塵《みじん》であることを嘆く一粒の砂があった。数年後にそれはダイヤモンドになり、いまではインド王の王冠に付けられた、いちばん美しい飾りになっている。」この話はおれに感銘を与えた。おれは一粒の砂だったが、ダイヤモンドになろうと決めた。手始めにまず二頭の馬を盗んだ。それから、仲間に加勢してもらい、いくつかのちっぽけな隊商の金品を盗んだ。そんな具合にして、最初に世の人間とおれとの間にあった不均衡を徐々になくしていった。おれはこの世の富の配分にあずかったうえ、高利でそれまでの損害を弁償さえしてもらった。おれは大いに尊敬され、山賊の頭目になった。この城塞は力ずくで手に入れた。シリアの州の長官がおれから城塞を取り上げようとしたが、おれはすでに金持ちだったから、なにも恐れることはなかった。おれはその長官に金をやり、そうすることでこの城塞を手離さずにすませ、さらに領地を増やした。長官はおれを財務官に任命してくれさえした。財務官は、石に覆われたアラビアが王の中の王であるバビロン王に送る貢ぎ物を管理するのだ。おれは、受け取る側の総徴税官の役目をちゃんと果たしたが、支払う側の役目なら真っ平だった」

「バビロンの財務兼軍司令長官がおれを絞殺させる目的で、モアブダル王の名において、一人のしがない州の長官をここへ寄こした。その男が王の命令をたずさえてやって来る。おれはなにもかも先刻承知だった。そいつが縛り首のひもを絞めさせるためにいっしょに連れて来た四人を、そいつのいる前で絞め殺させた。それからおれはそいつに、おれを絞め殺す役をいくらで引き受けたかと尋ねた。報酬は金三百枚になるだろうという答えが返って来た。おれは、そいつがおれと組めばもっともうかるとはっきり分からせ、山賊の端くれにしてやった。いまではそいつは、おれのもっとも優秀な士官で、大金持ちになっている。もしおまえがおれを信用したら、そいつと同じように成功するだろうよ。モアブダル王が殺され、バビロンでは万事ごたついているので、いまほど盗みを働く絶好の時期はないぞ」

「モアブダル王が殺されたですって！」と、ザディーグは言った。「それで、アスタルテ王妃はどうなったのでしょう」

「王妃のことなど知るものか」と、アルボガドは言葉をつづけた。「おれが知ってるのは、モアブダルの頭がおかしくなって、彼が殺され、バビロンが危険きわまりない町になり、帝国全土が荒廃し、うまい汁を吸えるのを幸い、このおれさまがいくつかすてきな勝負に出たということくらいだ」

「でも、王妃さまのことを」と、ザディーグは言った。「後生です、王妃さまの運命について本当になにも知らないのですか」

「ヒルカニアの君主の噂を聞いたことがある」と、彼は言葉をつづけた。「王妃は争乱の中で殺されたのでなければ、たぶんその君主の妾《めかけ》の中にいるのだろう。だが、おれは噂話より獲物のほうに興味がある。航海中にいく人もの女を捕えたが、おれは一人として手もとに置いてはいない。女たちの素姓を調べるようなことはせず、美しければ高値で売り飛ばす。家柄がよいだけでは買ってはくれない。たとえ王妃でも、醜ければ買い手がつかないものだ。ひょっとしておれは王妃アスタルテを売ったことがあるかもしれないし、彼女は死んだのかもしれない。だが、そんなことはどうでもいい。おまえだっておれと同様に、王妃のことなど気にかけていないだろう」

そんなふうに話しながら、盛んに酒をあおっているうちに彼は頭がすっかり混乱してしまったので、ザディーグは彼からどんな説明も聞き出すことができなかった。

彼は呆然となり、打ちひしがれ、身動きもせずにいた。アルボガドは相変わらず酒を飲み、愚にもつかぬ話をし、自分はだれよりも幸福だとたえずくり返し、ザディーグにも自分のように幸福になるよう勧めていた。ついに彼は、ワインに酔って静かにまどろみ始め、高枕でぐっすり寝入った。ザディーグはこのうえなく強い不安にさいなまれながら、一晩を過ごした。

「なんということだ」と、彼は言った。「王さまの気が触れたとは！ 王さまが殺されたとは！ 王さまには同情せずにいられない。帝国が引き裂かれ、この山賊が幸福になっている。ああ、幸運よ！ ああ、運命よ！ 盗賊が幸福になり、自然が作ったもっとも愛すべきあのひとはひょっとして非業の死を遂げたか、さもなければ死よりもっと辛い境遇に生きているのか。ああ、アスタルテ！ あなたはどうなっているのだ」

彼は夜が明けると早速、城内で出くわす人びとにだれかれかまわず尋ね回ったが、みんな忙しく、だれ一人として彼に答えてくれる者がいなかった。夜間に新しい獲物が手に入ったため、戦利品が分配されていた。そんな騒々しい混乱の中で彼が手に入れることのできた唯一のものは、旅の許可だけだった。彼はそれまで以上に悲痛な物思いにふけりながらも、時を逸せずそれを利用した。

ザディーグは不安にとりつかれ、落ち着かないまま歩いて行ったが、頭の中は不幸なアスタルテのこと、バビロン王や親友のカドールのこと、それに幸福な山賊アルボガドや、バビロンから来た者たちにエジプトの境界で連れ去られた実に気まぐれな女のこと、要するにザディーグが経験したあらゆる不慮の出来事とあらゆる不幸な出来事でいっぱいだった。

第十五章　漁　師(60)

アルボガドの城塞から数リュー離れたところで、彼は小川のほとりに出たが、相変わらず自分の運命を嘆き、自分こそ不幸の見本だと思っていた。ふと見ると、一人の漁師が力のない手で網をもち、天を仰ぎながら川岸で寝転んでいた。彼はいまにも網を手放しそうだった。

「たしかにおれはだれよりも不幸な男だ」と、その漁師は言った。「世間の認めるところ、おれはバビロンでその名も知られたクリームチーズの商人だったのに、破産してしまった。おれのような男だからこそ妻に迎えることのできた絶世の美人がいたのに、おれはそいつに裏切られた。残ったのはみすぼらしい一軒の家だったが、その家も掠奪され、壊される始末だ。掘っ立て小屋に逃れたおれに生きる手立ては漁しかないのに、一匹の魚も捕れない。ああ、網よ！　もうおまえを川に投げるのはよすとしよう。おれが川に身を投げる番だ」

そう言うと、彼は起き上がり、これから身を投げて生涯を終えようとする者のように進んで行った。

「ああ、なんとしたことだろう！」と、ザディーグは心に思った。「では、わたしと同じくらい不幸な者たちもいるのか！」

そんな思いが頭に去来したのも、漁師の命を救おうとする熱意が生まれたのも、同じ一瞬のことだった。彼は漁師のもとへ駆け寄り、漁師を押し止め、優しく慰めるような様子で尋ねた。われわれは、不幸なのが自分だけでなければ、辛さも少しは軽くなるのにと思う。しかし、ゾロアスターによれば、そうした気持ちはなにも悪意によるのではなく、切実な必要に迫られたためなのである。そんなとき、われわれはまるで自分に似た者のほうへ引きずられるように、不幸な人間のほうへと引きずられて行くのを感じる。一人が幸福な人間の喜びを味わっているなら、それはもう一人にとって侮辱になるにちがいない。しかし、二人の不幸な人間は、たがいに支え合い励まし合いながら雷雨に抵抗する、二本のか弱い灌木《かんぼく》にどことなく似ている。

「どうして君は不幸に負けるのだ」と、ザディーグは漁師に言った。

「生きて行く手立てが見つからないからです」と、漁師は言った。「これでもわたしは、バビロンに近いデルルバク村ではだれよりも一目おかれていましたし、妻に助けられて帝国一のおいしいクリームチーズを作ってもいました。アスタルテ王妃さまとあの名高い大臣ザディーグさまは、そのチーズが大の好物でした。わたしは二人のお屋敷に六百個のチーズを納めておりました。ある日、代金を頂戴しに町へ出向きました。バビロンに着くと、王妃さまとザディーグさまが失踪されたという噂を聞くではありませんか。わたしは一度もお目にかかったことがありませんでしたが、ザディーグさまの家へ駆けつけてみると、財務兼軍司令長官の警吏たちが王令をたずさえて、合法的にまた整然と家を荒し回っているのが見えました。王妃さまの調理場へ飛んで行くと、王さま付き配膳官の数人が、王妃さまはお亡くなりになったと言いました。王妃さまは獄中におられるという者がいると思えば、王妃さまは逃亡されたと言い張る者もおりました。しかし、だれもが断言したことは、わたしのチーズの代金を支払う人はいないだろうということでした。わたしは、お得意先だったオルカンさまのところへ妻といっしょに行き、不運なこの身の後ろ楯となってくださるよう二人でお願いしました。オルカンさまは、妻の後ろ楯になることには同意なさいましたが、わたしにはそれをきっぱりお断りになりました。妻は、わたしの最初の不幸のきっかけとなったクリームチーズよりも色白でした。それに、ティールの町[61]の染料の深紅の輝きも、その肌の白さを引き立てる鮮やかな薄紅色ほどにはすばらしくないでしょう。だからこそ、オルカンさまは妻を引き止め、わたしを彼の家から追っ払ったのです。わたしは絶望した夫からいとしい妻宛の手紙を書きました。妻は、手紙を届けた者に言いました。「おや、まあ！　ええ、この手紙を書いたのがどんな人か知ってますとも。噂に聞いたことがありますわ。見事なクリームチーズを作るそうですね。だれかがあたしにそれを届けさせ、代金をその人に払ってくれますように」」

「災難に見舞われたわたしは、法廷に訴えようと思いました。手もとには六オンスの金が残っていました。相談した法律家に二オンス、この一件を引き受けた代訴人に二オンス、裁判長の秘書に二オンスを払わなければなりませんでした。そうしたことを全部すませたのに、裁判はまだ始まってもいませんでした。そしてわたしは、チーズの代金と妻の賃貸料を合わせたより多くのお金をすでに使っていました。わたしは家を売り払って妻を引き取るつもりで、村に戻りました」

「わたしの家は優に金六十オンスの価値がありましたが、わたしが金に困って売り急いでいると悟られていました。わたしが最初に話をもちかけた男は三十オンスの値をつけました。二人目は二十、三人目は十でした。結局、わたしが腹を決めようとしていた頃、ヒルカニアの君主がバビロンにやって来て、通る道ごとに手当り次第に荒らし回りました。わたしの家はまず壊され、それから焼かれました」

「そんな具合に金も妻も家もなくしてしまったので、わたしはごらんのこの地方に引き込み、漁師の仕事で生計を立てようとしたのです。人間と同じように魚までわたしをばかにして、一匹の獲物もなく、飢え死にしそうです。わたしを慰めてくださる尊いお方よ、あなたがおられなかったら、わたしは川で溺れ死んでいたことでしょう」

漁師はこうしたことを一気に話したわけではない。なぜなら、ザディーグは感動したり興奮したりすると、ひっきりなしにこう言っていたからだ。

「なんということだ！　君は王妃さまの運命についてなにも知らないのか」

「はい、旦那」と、漁師は答えた。「しかしわたしは、王妃さまとザディーグさまがクリームチーズの代金を払ってくださらなかったこと、妻が奪われたこと、そして自分が悔しがっていることなら知っています」

「君が自分の金をすっかりなくしてしまうようなことはないと思うがね」と、ザディーグは言った。「そのザディーグとやらいう人のことなら、噂を耳にしたことがある。彼は正直な男だ。もしその希望どおりに彼がバビロンに帰ったら、借りている以上のものを君に与えるにちがいない。けれども、あまり貞淑でない君の奥さんについては、取り返そうなどとしないほうがよいと思うね。いいかね、バビロンへ行きなさい。わたしは馬で行き、君は徒歩で行くから、わたしのほうが先に着いているだろう。高名なカドールのところに出向いてあなたの友だちに出会ったと告げ、そして彼の家でわたしを待つのだ。さあ、君はいつも不幸だとは限らないのだよ」

彼は言葉をつづけて言った。「ああ、全能のオロスマドよ！　あなたはこの男を慰めようとしてわたしを使われた。あなたはわたしを慰めるのにだれを使われるのですか」

彼はそう言いながら、アラビアからたずさえて来た有り金の半分を漁師に与えた。漁師は恐縮しながらもすっかり喜び、カドールの友人の足に接吻して言った。

「あなたは救いの天使です」

しかし、ザディーグは相変わらず消息を求めては涙を流していた。

「なんということです！　旦那」と、漁師は叫んだ。「いったい、善行を施すあなたさまも不幸とは」

「君の百倍も不幸だよ」と、ザディーグは答えた。

「でも」と、善良な男は言った。「与える方がいただく者より同情に値するのはなぜですか」

「それは、君の最大の不幸は貧乏だったが」と、ザディーグは言葉をつづけた。「わたしは心が不幸だからだよ」

「オルカンは、ひょっとしてあなたの奥さんを奪ったのでしょうか」と、漁師は言った。この言葉はザディーグの心にそれまでのすべての出来事を思い出させた。彼は、王妃の雌犬に始まり、彼が山賊アルボガドのもとにたどり着くまでに味わった不幸の数々を、心の中で反復しながら数え上げた。

「ああ！」と、彼は漁師に言った。「オルカンは処罰されて当然だ。しかし、大抵はあいったやからが運命に愛《め》でられるものさ。ともかくカドールさまのところへ行って、わたしを待つがいい」

二人は別れた。漁師は自分の運命に感謝しながら歩き、ザディーグは相変わらず自分の運命を非難しながら駆けて行った。

第十六章　バシリスク蛇(62)

彼が美しい草原にやって来ると、数人の女がたいそう熱心になにやら探しているのが目に入った。彼は遠慮なく女たちの一人に近づき、探し物のお手伝いをいたしましょうかと尋ねた。

「止してください」と、シリアの女は答えた。

「わたしたちが探しているものは、女にしか触れられないのです」

「それはずいぶん奇妙ですね」と、ザディーグは言った。「女にしか触れることが許されないものとはなにか、教えていただけませんか」

「バシリスク蛇です」と、女は言った。

「バシリスク蛇ですって！　それで、どんな理由でバシリスク蛇を探しておられるのか、どうか教えてください」

「それは、わたしたちのご主人さまであられるオグルさまのためです。草原の先のあの小川のほとりにご領主さまのお城が見えるでしょう。わたしたちはその領主さまのしがない奴隷なのです。ご領主のオグルさまはご病気におなりで、ご領主付きのお医者さまは、薔薇の花の水分や花弁を蒸溜した中にバシリスク蛇を入れて茹《ゆ》でるよう処方しました。それは、とても珍しい動物で、女の手でしかつかまえられない代物ですので、ご領主のオグルさまは、わたしたちのうちバシリスク蛇を届けた者を最愛の妻に選ぶと約束なさったのです。お願いですから、わたしたちに好きに探させてください。もし仲間に先を越されたら、どんな損失になるか、あなたにもお分かりでしょう」

ザディーグは、そのシリア人女やほかの仲間の女たちには勝手にバシリスク蛇を探させて、草原を歩きつづけた。小川のほとりに来たとき、もう一人の女の姿が見えた。その女は草の上に身を横たえて、なに一つ探していなかった。その体つきにはどことなく威厳がそなわっているように思われたが、顔はヴェールで覆われていた。女は小川のほ

ZADIG

うに身を傾けていた。その口から深い溜め息がもれていた。女は小さな棒を手に握り、草と小川の間にある細かい砂の上に棒でいくつか文字を書いていた。ザディーグは、その女がなにを書いているのか見たくなり、近づいてみた。すると、Zという文字が見え、次にAの文字が見えた。彼は驚いた。それからDの文字が現れた。彼は思わず全身が震えた。どんな驚きも、彼が自分の名の最後の二文字を見たときに味わった驚きに勝るものはなかった。彼はしばらく微動だにしなかったが、ようやく途切れ途切れの声で沈黙を破った。

「高貴なご婦人よ！　あなたの崇高なお手で書かれた「ザディーグ」の名をいったいどんな思いがけない偶然からわたしがここで見ることになったのか、見知らぬ不幸な男が厚かましくもお尋ねすることをなにとぞお許しください」

その声、その言葉を聞いて、婦人は震える手でヴェールをもたげ、ザディーグを眺め、感動と驚きと喜びの叫び声を上げると、その心に一度に襲いかかるさまざまな思いに負け、彼の腕の中で気を失った。それはまさしくアスタルテその人だった。それはバビロンの王妃だった。それはザディーグが熱愛し、自分を責めながらも熱愛していたひと、彼がその運命をあれほど悲しみ、あれほど案じていたひとだった。一瞬、彼は五官の機能を奪われていた。そして、混乱と愛情が混じり合った物思わしげな様子でふたたび開いたアスタルテの目と視線が合ったとき、彼は思わず叫んだ。

「ああ、か弱い人間の運命をつかさどる不滅の天使よ、あなたはわたしにアスタルテさまを返してくださるのか。わたしはいったいなんという時に、なんという場所で、なんという境遇で彼女に再会するのだろう」

彼はアスタルテの前にひざまずき、彼女の足の塵《ちり》に頭を付けた。バビロンの王妃は彼の身を起こし、小川の岸辺の自分のそばに彼を座らせる。彼女は何度も目を拭ったが、涙は相変わらずまたこぼれ始めた。話をし始めると嗚咽《おえつ》で中断され、そのつど何度も同じ話をくり返し、二人を再会させてくれた偶然について彼に質問するかと思えば、ふいにその返事の先回りをして別な質問をいくつも浴びせるといった具合だった。彼女は自分が経験した数々の不幸を話しながら、ザディーグが経験した不幸を知りたがった。ようやく二人とも興奮を少し静めると、ザディーグはどんな偶然からその草原にいることになったか、かいつまんで彼女に話した。

「それにしても、ああ、不幸なお身の上の尊い王妃さま！　わたしがこんな辺鄙《へんぴ》なところであなたにお会いするのはなぜなのです。あなたは奴隷の服装をしておられるうえに、医者の処方により薔薇の蒸溜水で煮るのだと言ってバシリスク蛇を探し回る、ほかの女奴隷たちといっしょにおられるとは」

「仲間がバシリスク蛇を探している間に」と、美しいアスタルテは言った。「私がこれまで耐え忍んできたこと、それにあなたに再会しているいまだからこそ許せる天の過失を、残らずお話することにいたしましょう。ご承知のように、私の夫の王さまは、あなたがだれよりも愛されるにふさわしいお方であるのはけしからんと思いました。そしてそのため、王さまはある夜あなたを絞殺させ、私を毒殺すると決めました。ご存知のように、天のご加護で私の口の利けない小人が陛下の命令を知らせてくれました。忠実なカドールはあなたを私の勧めるとおりにさせ、旅立たせると、すぐさま秘密の出入り口から大胆にも真夜中に私の部屋に入って来ました。彼が私をさらい、オロスマドの聖堂に私を連れて行き、彼の兄の祭司が聖堂にある巨大な彫像の中に私を閉じ込めました。その彫像ときたら、根もとの部分は聖堂の土台に接し、頭は円天井に届くほどです。私はそこに埋め込まれたようなものでしたが、祭司にかしずかれていましたから、必要なものに事欠くことは少しもありませんでした。その間、夜明けに陛下の薬事官が、ヒヨスと阿片《あへん》と毒ニンジンとクリスマスローズとトリカブトを混ぜた水薬をもって、私の部屋に入って行きました。そして、別な士官が青い絹のひもをもって、あなたのもとへ行きました。ところが、どちらももぬけの殻でした。カドールはもっとうまく王さまを欺くために、私たち二人を告発しに来た素振りをしました。彼はあなたがインドへ向かい、私がメンフィスへ向かったと言いました。あなたと私の後を追って衛兵たちが派遣されました。

私を探していた王の衛兵たちは、私の顔を知りませんでした。私はそれまで夫の面前で夫の命に従って、ただあなたにしかほとんど顔を見せたことがなかったのです。衛兵たちは、私について作られた人相書きを頼りに私を追い、馬を駆って行きました。すると、私と同じような体つきの、たぶんもっと魅力的であるらしい女が、エジプトの国境の辺りで彼らの目に止まりました。女は泣きぬれて、当てもなく旅していました。追手の衛兵たちは、てっきりその女がバビロンの王妃だと信じて疑いませんでした。彼らは女をモアブダルのもとへ連れて行きました。彼らの思い違いは、最初のうちこそ王さまをひどく立腹させました。でも、やがて王さまはその女をつくづく眺めたあげく、なかなかの美人だと思い、心が癒されました。女はミスーフという名でした。後でだれかが話してくれたところによれば、その名はエジプト語で「美しい気まぐれ女」という意味だとか。たしかに、女はそのとおりでした。しかし、気まぐれであるのと同じくらいに手練手管も身につけていました。女はモアブダルの気に入りました。女は王の心を捕らえ、これはわたしの妻であるとついに王さまに明言させたほどでした。すると、女の本来の性格がすっかり発揮されることになりました。妄想から生まれたあらゆるばかげたことに熱中して、平然としていました。女は、年老いて痛風にかかった祭司長を自分の前で無理矢理、踊らせたがりました。祭司長が断ると、激しく責め立てました。女は主馬頭《しゅめのかみ》に、砂糖漬けのパイを自分のために作るよう命じました。主馬頭がわたしは菓子作りではないと注意してもむだでした。彼はパイを作らなければなりませんでした。そして彼は、パイを焦げつかせたという理由で、罷免されました。女は自分の小人に主馬頭の公職を与え、一人の小姓に国璽尚書《こくじしようしよ》の地位を授けました。女はそんな具合にバビロンを治めました。だれもが私を懐かしんでいました。王さまは私を毒殺し、あなたを絞殺させようとする時まではとても実直なお方だったのに、その美しい気まぐれ女への常軌を逸した愛に溺れると、それまでの徳を失ってしまったようでした。お清めの大祭の日に、彼は聖堂にやって来ました。私が閉じ込められている彫像にひざまずいて、彼はミスーフのために神々に祈りました。私は声を張り上げ、彼に向かって叫びました。

「王は暴君となり、常軌を逸した女と結婚するため理性をそなえた女を殺そうとした。神々がそんな王の願いに耳を貸すものか」

モアブダルは、その言葉を聞くと啞然として頭が混乱してしまいました。彼の判断力を失わせるには、私が語った神託とミスーフの暴君ぶりだけで充分でした。いく日も経たないうちに、彼は気が触れてしまいました。

王さまの錯乱は天罰のように思われましたが、それは反乱の口火になりました。人びとは蜂起し、武器を取りに走りました。あれほど長いこと無為の無気力状態に陥っていたバビロンが、恐ろしい内乱の舞台となりました。私は例の彫像から助け出され、一方の徒党を率いる地位につけられました。カドールは、あなたをバビロンに連れ戻すためメンフィスへ駆けて行きました。ヒルカニアの君主はそんな重大な結果をもたらす報せを知ると、軍を率いて第三の徒党を作る目的でカルデア地方に戻って来ました。彼は王さまを攻撃し、王さまは敵の先回りをし、常識外れのエジプト女を連れて急いで駆けて行きました。モアブダル王は銃弾が貫通して非業の死を遂げました。ミスーフは勝利者の手に落ちました。私自身は不運にもヒルカニアの徒党に捕えられ、ちょうどミスーフが引き立てられて来るときに私も君主の面前に連れて行かれました。あなたは、君主が私のことをエジプト女より美しいと思ったと知れば、きっと満足なさるでしょうが、その君主が私を後宮に差し向けたと知れば、気を悪くなさるでしょうね。君主は、これから行なう遠征を終えたら、すぐにも私のもとへ戻って来ると、有無を言わせぬ態度で私に言い渡しました。私の悲しみをどうか想像してください。私とモアブダルとのつながりは断たれていましたので、私はザディーグのものになることができたのに、その粗暴な男に隷属する憂き目に遭おうとしていたのです。私は、自分の身分とこの愛から生まれるありったけの誇りを見せて、彼に答えてやりました。天は私のような人間に毅然とした性格を授けてくださった、といつも聞かされていました。それは、無礼にも分をわきまえない厚かましい者がいたらただひと言発し、一睨《ひとにら》みするだけで、その無礼者をこのうえなく深い恭順を示す服従の状態に立ち返らせる、というものです。私は王妃らしく話しました。しかし、小間使いのようにあしらわれました。ヒルカニア人は私には言葉すらかけてくれず、黒人宦官に向かって、こいつは生意気だが、美人だと思うと言いました。彼は宦官に、私の世話をし、愛妾たちと同じように私にも食養生をさせるよう命じました。それは、都合よく彼の寵愛のしるしが私に与えられる日を期して、私の顔色を若返らせ、私が寵愛を受けるにいっそうふさわしい女になるようにするためだ、というのでした。私は、それならいっそ自害する、と言ってやりました。すると、相手は笑いながら、自殺などするものか、そういったもったいをつけた様子には慣れているのだと言い返し、まるで一羽のオウムを自分の家畜飼育所に入れたばかりの人のように、私と別れて立ち去って行きました。世界一の王妃にとって、いえ、それ以上にザディーグのものだった心にとって、それはなんという苦境だったでしょう」

その言葉を聞くと、ザディーグは彼女にひざまずき、その膝を涙でぬらした。アスタルテは優しく彼の体を起こし、こんなふうに話をつづけた。

「私は自分が粗暴な男の支配下にあり、それに私といっしょに監禁されている気の変な女が競争相手であることも分かっていました。その女は、私にエジプトでの出来事を話してくれました。女が描いたあなたの顔立ち、出来事があった時期、あなたが乗っていたヒトコブラクダ、それにあらゆる状況から、ザディーグがその女のために戦ったのだと察しがつきました。私は、あなたがメンフィスにいることを信じて疑いませんでしたので、その町に引き込もることにしました。

「美しいミスーフよ」と、私は彼女に言いました。「あなたは私よりずっと気に入られているから、ヒルカニアの君主を私などよりはるかに上手に楽しませることでしょう。

私が逃亡するのを助けてください。そうすれば、あなたは一人で権勢を振るい、競争相手を厄介払いしたうえ、私を幸福にしてくれることにもなるのです」

ミスーフは逃亡の方法を私と打ち合わせました。で、私はエジプト人の女奴隷を連れて、こっそり旅立ちました。

早くもアラビアの近くにさしかかったとき、アルボガドという名うての盗賊が私をさらい、商人たちに私を売りつけました。商人たちは領主オグルの住むあの城へ私を連れて来ました。領主は、私を何者か知らずに買ったのです。彼は努めて大盤ぶるまいをし、つねに友人たちに食事を供するために神からこの世につかわされたと信じている享楽的な男です。並はずれた肥満体ですから、いつもいまにも窒息しそうです。侍医は、彼がうまく消化しているときには彼に対してほとんど影響力をもっていませんが、彼が食べすぎたときには暴君のように彼を支配するのです。医者は彼に、薔薇の蒸溜水で煮たバシリスク蛇を服用したら病を治せると信じ込ませました。領主オグルは、女奴隷のうち自分にバシリスク蛇を届けてくれる者と結婚すると約束しました。ごらんのように、女奴隷たちはその栄誉にあずかろうと躍気になっていますが、私は高見の見物を決めていますし、それに天のご加護でこうしてあなたに再会しているのですもの、いまほどあんなバシリスク蛇を探す気が薄れてしまったことはありません」

そこでアスタルテとザディーグは、長いこと押し殺されて来たたがいの思いや、数々の不幸や、愛が世にも高貴で情熱的な二つの心に抱かせた思い[63]を、たがいにすっかり語り合った。すると、愛をつかさどる精霊が二人の言葉を金星まで届けてくれた。

女たちはなに一つ見つけられないまま、オグルの城に戻った。ザディーグは領主に目通りをかなえてもらい、こんなふうに話した。

「永遠の健康が天上界から降りて来て、あなたさまの全生涯に気を配りますように！ わたしは医者でございます。あなたさまのご病気のお噂を耳にいたし、駆けつけてまいりました。蒸溜された薔薇の溶液で煮たバシリスク蛇をお届けに上がりました。と申しましても、別にあなたさまとの結婚を望んでいるというのではございません。数日前からお手もとに置いておられる、バビロンの若い女奴隷を自由の身にしてやることだけがわたしのお願いでございます。幸いに壮麗な君主オグルさまを快癒させてさし上げられなければ、女奴隷に代わってわたしが奴隷となってここにとどまってもかまいません」

彼の申し出は聞き入れられた。アスタルテは、たえず飛脚をやって起こったことを残らず彼に知らせると約束して、ザディーグの召使いを連れてバビロンへ旅立った。二人の別れは、二人が再会を確かめ合ったときと同じように優しさに充ちていた。偉大な書『ザンド』も述べているように、再会する時と別れる時こそ、人生最大の二つの決定的な時期なのである。ザディーグは、彼が誓っていたとおりに王妃を愛していた。そして王妃は、言葉に出していた以上にザディーグを愛していた。

それはともかく、ザディーグはオグルにこう語った。

「領主さま、わたしのバシリスク蛇は食べられません。この効き目のすべては皮膚の毛穴からあなたさまの中に浸透することになっています。わたしは、うんとふくらませた小さな革袋に蛇を入れておきました。革袋にはさらに上質の皮革の覆いがあります。あなたさまがこの革袋を力いっぱいわたしのほうへ押しやると、わたしのほうは何度もそれをあなたさまに押し返さねばなりません。何日も摂生しないうちに、わたしの医術の効用がお分かりになりましょう」

オグルは第一日目から早くもすっかり息切れし、疲労のあまり死ぬのではないかと思った。二日目は疲れが少なくなり、よく眠った。一週間で彼はもっとも健康だった頃の体力と健康と敏捷《びんしょう》さと陽気さを取り戻した。

「あなたさまはボール遊びをなさり、そのうえ節制もなさいました」と、ザディーグは言った。「自然界にはバシリスク蛇なんて存在せず、節制と運動を心掛ければ人間はいつも元気でいられ、不節制と健康を両立させるような業《わざ》は、賢者の石[64]や星占いや神父の神学[65]と同じく妄想から生まれた手管にすぎないことをお分かりになるべきです」

　オグルの筆頭侍医は、その男が医術にとっていかに危険であるかを察知し、王の薬事官と手を組んでザディーグをあの世にバシリスク蛇を探しに行かせようとした。そんなわけで、ザディーグは善行をほどこしたという理由でまたもや罰された後、大食漢の領主の病を癒したかどであやうく非業の死を遂げるところだった。彼はすばらしい昼食会に招かれた。二度目に出された料理で彼を毒殺することになっていた。しかし、最初に料理が出たとき、彼は美しいアスタルテの飛脚を招き入れた。ザディーグは食卓を離れ、旅立った。偉大なゾロアスターが語っているように、美しい女に愛されると、男はこの世でかならず危険を免れるものである。

第十七章　試　合

逆境に苦しんだ美しい王女に民衆がほとばしる愛情を抱くのは世の常であるが、王妃もその例にたがわずバビロンで熱狂的に迎えられた。その頃バビロンは、以前より落ち着いているように見えた。ヒルカニアの君主は戦闘ですでに殺されていた。勝利を収めたバビロンの人民は、アスタルテは彼らが君主として選ぶ者と結婚することになる、と宣言した。彼らは、アスタルテの夫となりバビロンの王ともなる世界に冠たる地位が、陰謀や政治的党派に左右されることを望まなかった。彼らは、もっとも勇敢でもっとも聡明な者を王として認めると誓った。華やかに装飾をほどこされた円形の階段席にぐるりと囲まれた競技場が、町から数リュー離れたところに作られた。戦士たちは完全武装してそこに行くことになっていた。彼らにはそれぞれ、そこにいればだれにも姿を見られず顔も知られることのない個別の一室が階段席の後ろに設けられていた。各人は四つの武術試合を競い合わなければならなかった。幸運にも四人の騎士を負かした戦士たちは、その後たがいに戦うことになっていた。それゆえ、最後に戦いの勝者として残る者が競技の勝利者として宣言される。勝利者は四日後に同じ武具をつけて戻り、祭司たちのかける謎を解かなければならなかった。解けなければ、彼は決して王にはなれないから、四つの武術試合の競技をやり直し、武術と謎解きの二つの試合の勝利者となる者が現れるまでつづけなければならなかった。というのも、人びとはどうしてももっとも勇敢でもっとも聡明な者を王にしたかったからだ[66]。その間、王妃は厳しく監視されることになっていた。顔にヴェールをかけて競技に立ち会うことは許されていたが、贔屓《ひいき》や不公平がないように、求婚者のだれにも言葉をかけることは認められなかった。

　アスタルテはそうした事情を恋人に知らせ、恋人が彼女のためにだれよりも勇気と才気を発揮してくれることを期待していた。ザディーグは競技場に向かいながら、自分の士気を鼓舞し才気を研ぎ澄ましてくれるようヴィーナスに祈った。彼はその大事な日の前日、ユーフラテス川のほとりにやって来た。法の命じるままに、彼は顔と名を隠し、戦士たちの紋章の銘と並んで自分のそれを記載させ、くじで割り当てられた部屋に入って体を休めた。エジプトで空しく彼を探してバビロンへ戻っていた友人カドールは、王妃がザディーグに贈る武具一揃いを彼の個室へ届けさせた。カドールは自らもまた、彼にペルシアの駿馬《しゅんめ》を運ばせた。贈り主がアスタルテだと分かると、ザディーグの勇気と愛は新たな勇気と新たな希望をかち得ずにはいなかった。

　翌日、王妃が宝石で飾られた天蓋《てんがい》の下の席につき、階段席がバビロンのすべての貴婦人やあらゆる身分の者たちで埋め尽くされると、戦士たちは円形競技場に現れた。彼らはそれぞれ大祭司の足もとに自分の紋章の銘が記載されたものを置いた。銘でくじが引かれ、ザディーグの銘は最後になった。真っ先に進み出たのは、たいへんなうぬぼれ屋で、からきし勇気がなく、不器用なことこのうえなく、才気のかけらもない、たいそう裕福なイトバドという名の領主だった。彼の召使いたちは、彼のような人間こそ王になるべきだと彼に信じ込ませていた。すると、彼はこう答えるのだった。

「わたしのような者こそ君臨すべきだ」

そんなわけで、彼は頭の天辺から爪先まで武装させられていた。彼は緑をちりばめた黄金の甲冑《かっちゅう》を着て、緑の羽根飾りをつけ、緑のリボンで飾られた槍を抱えていた。(67) イトバトの馬の御し方から、天は彼のような者にバビロンの王杖を取っておくはずもないことが、たちまち明らかになった。最初に彼に向かって駆けて来た騎士は、彼を落馬させた。二人目は、彼の両足を空中に向け、両手を広げた格好にさせて馬の尻の上にひっくり返した。イトバドは立ち直ったものの、あまりにぶざまだったので階段席の観衆はこぞって笑い出した。三人目はわざわざ槍を使うまでもなく、左足を前に踏み出すと、相手の右足をつかみ、半回転させて砂の上に投げ倒した。競技場の馬の調教師が笑いながら彼のところへ駆け寄り、また彼を鞍《くら》にまたがらせた。四人目の戦士は彼の左足をつかんで、反対側に投げ倒した。彼は罵声を浴びながら自分の個室へ運ばれたが、法に従ってそこで一晩を過ごさなければならなかった。彼はやっとの思いで歩きながら言った。

「わたしのような者にとって、なんと不本意な出来事だ！」

他の騎手たちはもっと立派に自分たちの務めを果たした。つづけて二人の戦士を負かした者もいたし、三人を倒すまで勝ち進んだ者も何人かいた。四人を打ち倒したのはオタム大公だけだった。ついに、いよいよザディーグが戦った。彼は実に気品ある態度で四人の騎士をつづけざまに落馬させた。それゆえ、オタムとザディーグのどちらが勝者になるかを見届ける必要があった。前者は青色と金色の武具をたずさえ、同じように青色と金色の羽根飾りをつけていた。ザディーグの武具は白色だった。観衆全員の願いは、青い騎士と白い騎士に二分された。王妃は、胸をときめかせながら白色のために天に祈っていた。

二人の闘士はすこぶる敏捷に突きを試みたり、馬を駆って巻き乗りを試みたりし、たがいに実に見事な技で槍を突き合い、根が生えたようにしっかりと鞍にまたがっていたので、王妃を除く全員がバビロンに二人の王を望んだほどだった。ついに双方の馬が疲労し、二人の槍が折れたため、ザディーグはこんな業《わざ》を用いた。すなわち、青い大公の背後に回り、その馬の尻に飛び移り、相手を地面に放り投げ、代わって自分が鞍に打ちまたがると、地面の上で伸びているオタムの回りを左右に半回転してみせたのだ。階段席のだれもが叫んだ。

「白い騎士の勝利だ！」

憤慨したオタムは、起き上がって剣を抜く。ザディーグも剣を手にして馬から跳び下りる。こうして、闘技場で二人は、力と機敏さが交互に勝つような新たな戦いを交えた。双方の兜《かぶと》の羽根飾り、双方の腕鎧《うでよろい》の鋲《びょう》、双方の甲冑の鉄鎖は、電光石火の数知れぬ攻撃で、遠くのほうへ飛び散った。二人は相手の頭や胸めがけて、右に左に突いたり切ったりした。後じさりするかと思えば前進し、距離をとるかと思えばたがいに体を接し、つかみ合うかと思えば蛇のように身を丸め、そしてライオンのように攻撃し合う。たがいに与える打撃からたえず火花が散った。ついに、一瞬、機転を働かせたザディーグは、静止し、フェイントをかけ、オタムの剣をかわすと素早く彼の懐に入り、彼を倒し、武器を取り上げた。オタムは叫ぶ。

「ああ、白い騎士よ、バビロンに君臨するのはあなただ」

王妃は嬉しさのあまり有頂天になっていた。青い騎士と白い騎士は、法に記されていることに従って、他のすべての戦士と同じようにそれぞれ自分たちの個室へ連れ戻された。口の利けない者たちが戦士たちに奉仕し、食べ物を運び入れた。ザディーグに奉仕したのが果たして王妃の口の利けない例の小人だったかどうかは、想像に難くない。その後、戦士たちは翌朝まで一人で眠らせてもらった。朝が来ると、勝利者は自分の紋章の銘が記載されたものを大祭司のもとに届け、それを突き合わせて当人であることを認めてもらうことになっていた。

ザディーグは恋をしていたにもかかわらず、ぐっすりと眠った。それほど、彼は疲れていたのだった。彼の隣室で横になっていたイトバドは、少しも眠らなかった。彼は夜中に起きてザディーグの個室へ入り、ザディーグの紋章の銘が記されたものとともに白い武具を奪い、代わりに自分の緑の甲冑を置いた。夜が明けると、彼は大祭司のもとへ誇らしげに出向き、われこそ勝利者なのだと宣言した。それはだれも予期しないことだったが、しかし彼はザディーグがまだ眠っている間に勝利者の宣告を受けた。アスタルテは驚き、すっかり悲嘆にくれてバビロンに戻った。ザディーグが目を覚ましたときには、階段席には人影もまばらだった。彼は自分の武具を探したが、緑の甲冑しか見つからなかった。傍らにはほかになにもなかったので、彼は仕方なくその緑の甲冑で体を覆った。驚きもし、腹立たしくもあり、彼は憤然としてそれを身につけ、そんな出立ちで進んで行った。

階段席と円形競技場にまだ残っていた人びとは皆が皆、罵声を浴びせて彼を迎えた。人びとは彼を取り巻き、面罵して面白がった。これほど惨めな屈辱を味わう者はかつていなかった。彼は堪忍袋の緒が切れ、無礼にも自分を侮辱する粗野な民衆を剣で追い払った。しかし、彼はどうしたらよいか分からなかった。王妃に会うわけにはいかなかったし、王妃が送り届けてくれた白い甲冑を要求することもできなかった。そんなことをしたら、王妃を巻き添えにすることになっただろう。そういうわけで、王妃が悲しみにくれる一方で、彼の胸中は怒りと不安でいっぱいになっていた。彼は、星の巡り合わせで、救いようもない不幸に見舞われるのが自分の運命なのだと信じ、片目の男を嫌う妻の一件から今度の甲冑の一件にいたるまでの不運の数々を残らず思い返しながら、ユーフラテス川のほとりを歩いていた。

「寝坊がすぎたから、こういう目に遭うのだ」と、彼はつぶやいた。「睡眠がもっと短かったならば、いま頃はバビロンの王となって、アスタルテを妻として迎えているだろうに。してみると、学問や申し分のない品行や勇気も、わたしの不幸に役立っただけではないか」

ついに彼の口から、神への不満の言葉がもれた。万事は、善良な人間を虐げ、緑の騎士のようなやからを栄えさせる残酷な運命によって支配されているのだ、彼はそう信じたくなった。彼の憂鬱の一つは、あんなにも罵倒されることになった緑の甲冑を身につけていることだった。一人の商人が通りかかったので、彼はそれを二束三文で売り払い、その商人から寛衣と山高帽子を受け取った。そんな身なりで、彼は絶望に心をふさがれ、相も変わらず自分をいじめ抜く神をひそかに非難しながら、ユーフラテス川に沿って歩いていた。

第十八章　隠　者(68)

彼が歩いていると、真白の堂々たるひげが帯まで垂れている一人の隠者に出会った。隠者は手に一冊の書物を抱えて熱心に読みふけっていた。ザディーグは足を止め、深々とお辞儀をした。隠者がたいそう気品のある穏和な態度で会釈したので、ザディーグは話をしたくなった。彼は隠者に、どんな本を読んでいるのかとたずねてみた。

「これは運命の書でしてな」と、隠者は言った。「どこかを読んでみなさるかね」

彼はその本をザディーグの手に渡した。ザディーグは数か国語に通じていたが、その書物に書かれた文字のどれ一つとして判読することができなかった。(69) そのため、かえって彼の好奇心は増した。

「あんたはひどく悲しそうじゃが」と、その親切な翁《おきな》は言った。

「ああ！　これにはわけがあるのです！」と、ザディーグは言った。

「もしわしがあんたのお伴をすることを許してくれたら、きっとお役に立つじゃろう。わしは、これまで何度も不幸な者たちの心に慰めを与えたことがあるでな」

ザディーグは、隠者の物腰とひげと書物に敬意を払った。話していると、相手に洞察力のあることが分かった。隠者は運命、正義、道徳、至高善、人間の弱さ、美徳と悪徳について語ったが、それが実に生き生きとして心を打つほどに雄弁だったので、ザディーグは抗いがたい魅力で心が引きつけられるような思いがした。彼は、バビロンに帰るまで別れないでいてくれるよう隠者に頼んだ。

「わしのほうもそう願いたいものじゃ」と、老人は言った。「オロスマドにかけて、わしがなにをしようとも、きょうから数日の間はわしから離れないと誓ってくれぬか」

ザディーグは誓った。そして二人は連れ立って旅に出た。

夜になって、二人の旅人は壮麗な大邸宅にやって来た。隠者は、自分と連れの若者のために宿を請うた。貴族と見紛うほどの門番が、人を見下すような優しさを見せながら案内した。彼らは従僕頭に紹介され、先導されて主人の豪華な居室を見せられた。二人は食卓に迎えられたが、末席に座らされ、おまけに館のあるじは一顧だにしてくれなかった。しかし彼らにも、他の客と同じように凝った料理が惜しみなく出された。それから、エメラルドとルビーの飾りがついた黄金の手水鉢《ちょうずばち》に入れた水が出され、手拭きが添えられた。彼らは立派な部屋に通されて寝床に入った。翌朝、一人の従僕が二人にそれぞれ一枚の金貨を持参し、それから二人を引き取らせた。

「あの家の主人は」と、ザディーグは旅の途中で言った。「ちょっぴり尊大ですが、物惜しみしない人のように思われます。彼は威厳をもって泊まり客を歓待してくれます」

彼がそう言いながらふと見ると、隠者の服に付いていた恐ろしく大きなポケットのようなものがぴんと張って、ふくれ上がっているように思われた。その中には宝石の飾りがついた黄金の手水鉢が見えた。隠者はそれを失敬していたのだ。ザディーグはすぐにはなにも言い出せなかったが、しかし少なからず驚いた。

正午頃、隠者はちっぽけな一軒の家の戸口に現れた。その家にはけちな金持ちが住んでいた。隠者はほんの数時間、休ませてほしいと頼んだ。粗末な服を着た年老いた召使いが荒っぽい口調で隠者を迎え、彼とザディーグを馬小屋に入れ、腐ったオリーヴの実をいく粒かと、まずいパン、それにすえた味のビールを与えた。隠者は前日と同じように満足げな様子で飲み、そして食べた。それから、年老いた召使いは客が盗みを働かないかどうかを見届けようとしてしきりに客の言動に注意し、もう出て行くようにせっついたが、隠者はその召使いに向かって話しかけ、その日の朝に受け取った二枚の金貨を与えた。そして彼は、召使いのあらゆる心遣いに感謝した。

「どうかお頼みします」と、隠者は付け加えた。「ご主人に話をさせてくださらないか」

召使いは驚いて、二人の旅人を案内した。

「気前のよいあるじ殿」と、隠者は言った。「あなたがわしたちを立派にもてなしてくださったのに、ごくわずかなお礼しかできません。どうかわしのささやかな感謝のしるしに、この黄金の手水鉢をお受け取りください」

けちん坊のあるじは腰を抜かさんばかりだった。隠者は、あるじに極度の驚きから覚める間も与えず、若い旅人を連れて素早く出発した。

「聖人《しょうにん》さま」と、ザディーグは言った。「いまわたしが目にしたことは、いったいどういうことなのでしょう。あなたは他の人たちとどこも似ておられないように思えます。盛大にあなたを迎えてくれる主《あるじ》から宝石の飾りの付いた黄金の手水鉢を盗むかと思えば、ひどい扱いをするけちん坊にそれを与えるのですから」

「よいかな」と、老人は答えた。「あの気前のよい男は、ただの虚栄心から、自分の至宝に目を瞠《みは》らせようとして、見知らぬ者たちを歓待しているにすぎないのだから、これできっと少しは賢くなるだろう。あのけちん坊は、人をもてなすすべを覚えることだろう。なにも驚くには当たらない。後に付いて来るがよい」

ザディーグは、自分が相手にしているのがだれよりも気の触れた者なのか、それとも最高の賢者であるのか、まだ分からずにいた。しかし、隠者が有無を言わせぬ威厳ある態度で話し、そのうえザディーグは別れないと誓った手前その誓約に縛られてもいたので、隠者の後に付いて行かざるをえなかった。

夜、二人は一軒の家にやって来た。その家はいかにも住み心地がよさそうだが、いたって質素で、過剰なまでの豊かさや吝嗇《りんしょく》を思わせるものはなに一つなかった。主人は隠《いん》遁《とん》した哲学者で、平穏に英知と徳を培っていたが、だからといって少しも退屈してはいなかった。彼はその隠れ家を建てて喜び、これ見よがしにひけらかすようなところのない上品な様子で、そこに見知らぬ人たちを迎え入れていた。主人は自ら二人の旅人を出迎え、まず快適な部屋で休ませた。しばらくすると、彼はまた自ら迎えに出て、二人を入念に調理された滋味に富む食事へと誘い、食事のあいだは最近のバビロンの変革を話題に取り上げ、見識ある話をした。彼は心から王妃に愛着があるように見え、またザディーグが競技場に現れて王冠を競っていたらよかったとも思っていた。

「しかし、この国の人間には」と、彼は付け加えた。「ザディーグのような王を迎える価値などないのです」

ザディーグは赤面し、そして悲しみがつのるのを覚えた。話をするうちに、この世のことはかならずしも賢者の思いどおりに運ぶものではないということで意見が一致した。隠者は、神の思召《おぼしめし》はわれわれに分かるものではない、人間はほんの小さな部分しか見えないのに全体を判断するのは間違っている、といつもの主張を繰り返した。

話題が情念(70)に及んだ。

「ああ！　人間の情念はなんと不幸をもたらすのでしょう！」と、ザディーグは言った。

「それは、船の帆をふくらませる風なのじゃ」と、すかさず隠者が言った。「帆は時には船を沈めることもあるが、しかし帆がなければ船は航行しない。胆汁は人を怒りっぽくし、病人にもする。だが、胆汁がなければ人間は生きてゆけないだろう。この世ではすべては危険だが、すべては必然にもとづいているのじゃ」

快楽が話題になった。すると、隠者はそれが神からの贈物であることを証明した。「なんとなれば」と、彼は言った。「人間は感覚も観念も自分に与えることができないからな。人間はすべてを受け取る。苦痛や快楽は、人間の存在と同じようによそからその者のところへやって来るのじゃ[71]」

ザディーグは、あれほど突飛なことをやってのけた人間がどうしてこれほどまでに正しく推論することができるのか、不思議でならなかった。有益で楽しい語らいが終わると、最後に主人は、たいそう聡明で徳の高い二人の人物を自分のところにお遣わしになった神を祝福しながら、二人の旅人を自分の居室に連れ戻した。彼は相手を少しも不快にさせない、屈託のない上品な様子で、二人に路銀を差し出した。隠者は主人の申し出を断り、夜明け前にバビロンへ旅立つつもりなので、ここで暇乞《いとまご》いをすると言った。彼らの別れには惜別の情が込められていた。とりわけザディーグは、これほど親切な人物に対して抱く尊敬と好意で胸がいっぱいになるのを覚えた。

隠者とザディーグは自分たちの部屋に入ると、長い間この家の主人のことをしきりに褒めた。老人は明け方に連れの若者を起こした。

「出発せねばならん」と、彼は言った。「しかし、まだみんなが眠っている間に、あの男にわしの敬意と友情のしるしを残すとしよう」

彼はそう言うと、燭台を取り、家に火を付けた。ザディーグは恐怖に駆られて叫び声を上げ、隠者が事もあろうにそんな恐ろしい所業を働くのをやめさせようとした。隠者は彼の力を上回る怪力で引きずって行った。家はめらめらと燃え上がっていた。その連れとともにすでにかなり遠ざかっていた隠者は、家が燃えるのを平然と眺めていた。

「ありがたや！」と、彼は言った。「わしの親しい主人の家もこれで跡形もなく破壊された！　幸福な人間だ！」

それを聞いて、ザディーグは思わず大声で笑い出したくなったが、それと同時にその尊師に罵倒を浴びせ、殴り、そして逃げ出したい気持ちも込み上げてきた。しかし、彼はそうしたどの行為にも出なかった。彼は相変わらず隠者の威厳ある感化力に気圧《けお》されて、心ならずも最後の宿まで付いて行った。

その宿は、思いやりのある貞淑な未亡人の家だった。婦人には十四歳になるすこぶる愛嬌のいい甥がいて、それが婦人のただ一つの希望だった。彼女は精一杯のもてなしをしてくれた。翌日、彼女は甥に向かって橋まで旅人たちを送るように言いつけた。橋はごく最近、壊れたので、渡るのが危険になっていたのだ。彼らに気に入られようとして、少年は先頭を歩く。一行が橋の上にやって来たとき、隠者は少年に言う。

「おいで、わしはおまえさんの叔母さんに謝意を表明しなければならんのじゃ」

すると、彼は少年の髪をつかんで、川の中へ投げ落とした。少年は落下し、一瞬だけ水面に姿を見せるが、急流にのみ込まれてしまう。

「ああ、人でなし！　ああ、最低の極悪人め！」と、ザディーグは叫んだ。

「もっと辛抱すると約束したのではないかな」と、隠者は彼の話を遮って言った。「知るがよい、神が火をつけて燃やされたあの家の廃墟の下に、家の主人は莫大な宝を見つけたことを。また知るがよい、神の御手《みて》で首をひねり殺されたあの少年は、一年後には自分の叔母を殺し、二年後にはあんたを殺していただろうということを」

「人非人、だれがきさまにそんなことを言ったのだ」と、ザディーグは叫んだ。「たとえきさまがその運命の書とやらでそんな出来事を読み取ったとしても、きさまになんの危害も加えたことのない子どもを溺死させるようなことが許されるのか」

そんなことを口走っているうちに、バビロン人は老人にひげがなくなり、その顔が若者の顔立ちになっていくことに気づいた。隠者の衣服は消えうせ、威厳に充ちて光り輝く体軀を美しい四つの翼が覆っていた。

「おお、天からの使者よ！　おお、崇高な天使よ！」と、ザディーグはぬかずきながら叫んだ。「では、あなたは、か弱い人間に永遠の秩序に従うことを教えようとされて、神々の住む最高天から降りて来られたのですか」

「人間たちは、なに一つ知らずに全体を判断する」と、天使ジェスラード(72)は言った。「おまえはだれよりも教える価値のある人間だ」

ザディーグは話をする許可を求めた(73)。

「自分でも自信がないのですが」と、ザディーグは言った。「しかし、一つだけ疑念を晴らしていただけないものでしょうか。あの子どもを溺死させるより、矯正して有徳な人間にしてやるほうがよかったのではありませんか」

ジェスラードは言葉をつづけた。

「もしあの少年が徳高い人間になり、生き長らえていたとしたら、彼が結婚することになる女とその女から生まれる子どもともども、殺されるのが彼の運命となっただろう」

「まったく、なんということでしょう！」と、ザディーグは言った。「では、犯罪と不幸が存在するのは必然なのでしょうか。そして、善人は不幸に襲われるのでしょうか！」

「悪人はつねに不幸なのだ」と、ジェスラードは答えた。「彼らは、地上に散在する少数の正義の人に試練を与えるのに役立っている。善を生まない悪はない[74]」

「しかし」と、ザディーグは言った。「もし善だけが存在して、悪が存在しなければ、どうなるのでしょう」

「そのときには」と、ジェスラードは言葉をつづけた[75]。「この世界は別な世界となり、出来事のつながりは別な英知の秩序となるだろう。そして、その別な秩序は完全であるはずだから、悪が近寄れない至高存在の永遠の住みかにおいてしか存在することができない。至高存在としての神は、どれ一つとして他に似ることのない無数の世界を創造された。そうした無限の多様性こそ、神の無限の力の属性なのだ。この世には同じ木の葉は二枚となく、天界の限りなく広がる園に同じ球体は二つとない。おまえが自分の生まれたちっぽけな微粒子の上で見ているものは、一切を包み込む存在の不変の秩序に従って、一定の場所と一定の時間の中に存在しなければならなかった。さっき非業の死を遂げた子どもは偶然に川へ落ち、あの家が焼けるのも同じ偶然による、と人間たちは考える。しかし、偶然は存在しない。すべては試練か、罰か、報いか、もしくは未来への気遣いなのだ。自分はだれよりも不幸だと思っていた漁師を思い出してみるがよい。オロスマドは、漁師の運命を変える目的でおまえを遣わされた。か弱い人間よ！　崇拝すべきものに異議を唱えるのは止すがよい」

「しかし」と、ザディーグは言った。……彼がしかしと言っているときには、天使はすでに十番目の天球[76]へ向かって飛び立とうとしていた。ザディーグはひざまずいて神を礼拝し、おとなしく従った[77]。天使は天空の高みから彼に向かって叫んだ。

「バビロンへの道をたどるがよい」

第十九章　謎[78]

ザディーグはひどく取り乱し、まるで落雷した場所の近くに居合わせた者のように、あてどなく歩いた。野外競技場で戦った騎士たちが謎を解き明かし、また大祭司の質問に答えるため、すでに宮殿の玄関の大広間に集まっていた日、彼はバビロンの町へ入った。緑の甲冑の騎士を除いて、騎士たちは残らず到着していた。ザディーグが町に現れると、たちまち民衆は彼の周りに群がった。民衆は飽きもせず彼を眺め、口々に彼を祝福し、心の中で彼が帝位につくことを願っていた。ねたみ屋は彼が通るのを見て震え上がり、わざと道をそれた。民衆は彼を集会の場所まで抱えて行った。彼の到着を知らされた王妃は、恐怖と期待が入りまじる激しい興奮に襲われた。不安が彼女を苦しめていた。それというのも、ザディーグがなぜ武器をたずさえていないのか、またなぜイトバドが白い甲冑を身につけているのかが分からないからだった。ザディーグの姿が見えると、不満げなざわめきが人びとの間に起こった。だれもが彼との再会を驚き、また喜んでもいたが、集会に出るのは戦った騎士たちにしか許されていなかった。

「わたしももう一人の戦士と同じように戦ったのです」と、彼は言った。「しかし、そのもう一人の戦士はわたしの武器をたずさえてここにいます。謹んでそれを証明させていただくまでの間、謎の解明に志願することをお許し願います」

投票が行なわれた。彼の誠実な人柄の評判は人びとの心にまだ強い印象を残していたので、人びとはためらうことなく彼の入場を許可した。

大祭司は最初にこんな問題を出した。

「この世界のあらゆるものの中で、もっとも長くまたもっとも短く、もっとも迅速でまたもっとも遅く、もっとも細かく分割できながらまたもっとも広大で、もっともないがしろにされながらまたもっとも惜しまれ、それがなければなに一つ行なうことができず、ちっぽけなものをすべて飲み尽くし、偉大なものをすべてよみがえらせるもの、それはなにか」

イトバドが話す番だった。彼は、自分のような者は謎を掛けられても答えがさっぱり分からないし、堂々と槍をしごいて勝ったのだからそれで充分ではないか、と答えた。ある者は謎の答えは運だと言い、他の者はこの世だと言い、光だと言う者もいた。ザディーグは、それは時間だと答えた。

「これほど長いものはありません」と、彼は付け加えた。「なぜなら、それは永遠の尺度であるからです。これほど短いものはありません。なぜなら、われわれのあらゆる企てにはそれが不足しているからです。待つ者にとってそれほど遅いものはありませんし、楽しむ者にとってそれほど速いものはありません。拡大すれば無限にまで広がり、縮小すれば限りなく分割されます。すべての人がそれをないがしろにし、それを失うとだれもが惜しみます。それがなければなに一つ行なわれず、それは後世に残すに値しないものをすべて忘れさせ、偉大なものを不滅にします」

会衆は、ザディーグに道理があると認めた。

その次に、こんな質問がなされた。

「感謝もせずに受け取り、わけも知らずに楽しみ、なにをしているかも分からずに他の者たちに与え、失っても気づかないもの、それはなにか」

だれもがそれぞれ考えを述べたが、それが命であることを言い当てたのはザディーグ一人だった。彼は他のすべての謎も同じように安々と説明した。イトバドは相変わらず、これほどたやすいものはない、もし自分がその気になっていたら、同じくらいたやすくやり遂げてみせただろう、と言った。正義、最高善、統治術についていくつか質問された。ザディーグの答えがもっとも信頼できると判断された。

「これほど思慮分別のある人物が」と、人びとは言うのだった。「騎士としてはだれより劣るとは実に残念だ」

「並み居る名士諸氏よ」と、ザディーグは言った。「わたしは光栄にも競技場で勝利を収めました。白い甲冑はわたしのものです。イトバド殿はわたしが眠っている間に、それを奪いました。明らかに彼は、そのほうが緑の甲冑より自分に合うと思われたのです。私は、この寛衣と剣のままで、私から奪われた白い見事な甲冑を身につけた彼と戦って、光栄にも勇敢なオタム公を打ち破ったのがこのわたしであることをいますぐにもあなた方名士諸氏の前で証明いたします」

イトバドは、自信満々の様子で挑戦を受けた。彼は兜をかぶり、鎧を着て、腕鎧をつけていたから、ナイトキャップをかぶり、部屋着を着た騎士などに打ち勝つのはたやすいことだと信じて疑わなかった。ザディーグは、喜びと不安でいっぱいになって彼を見つめる王妃に会釈し、剣を抜いた。イトバドはだれにも会釈せずに剣を抜いた。彼はまるでなに一つ恐れるものがない者のように、ザディーグに向かって突き進み、あわやザディーグの頭を打ち割ろうとした。ザディーグは敵の一撃をかわすすべを心得ていて、敵の切っ先を自分の剣の柄《つか》に近いいわゆる基部で払ったので、イトバドの剣が折れた。するとザディーグは、敵の体をつかんで地面に倒し、胴鎧のすき間に剣の切っ先を構えて言った。

「おとなしく武具を渡してもらおう、さもなければ殺す」

イトバドは彼のような人間にこんな不運が起こったことに相変わらず驚きながら、ザディーグの好きなようにさせた。ザディーグは壮麗な兜、見事な胴鎧、美しい腕鎧、華やかな腿《もも》当てを泰然とした様子で敵から奪い、身につけると、その風姿でアスタルテのもとへ駆け寄り、ひざまずいた。カドールは、甲冑がザディーグのものであることをたやすく証明した。ザディーグは満場一致で、そしてとりわけアスタルテの同意により王として認められた。アスタルテは、いくたの辛酸をなめた末、ついに万人の前で恋人が彼女の夫となるにふさわしい人物であることを見届け、快い喜びに浸っていた。イトバドは彼の館に行き着くと、家の者たちに自分を閣下と呼ばせた。ザディーグは王となり、幸福だった。天使ジェスラードが彼に語ったことは、彼の心に残っていた。彼はダイヤモンドになった砂粒のことも思い出していた。王妃と彼は神を崇拝した。ザディーグは、美しい気まぐれ女ミスーフには気ままに世界を駆けめぐらせておいた。彼は山賊アルボガドを呼びにやり、もし真の戦士として振舞うなら最高の地位に昇進させるが、山賊を生業《なりわい》とするなら縛り首に処すると約束したうえで、彼を軍隊内でかなり高い階級につけた。

セトックは、バビロンの商業を率いる地位に据える目的で、美しいアルモナとともにアラビアの奥地から呼び寄せられ、カドールはその助力に応じた活動の場が与えられ、大切にされた。彼は王の友だった。そして当時、この王は友をかち得た地上唯一の君主だった。口の利けない小人のことも忘れられなかった。漁師には立派な家が与えられた。オルカンは漁師に大金を支払い、妻を返すよう申し渡された。しかし、漁師は賢くなっていたので、金だけを受け取った。

美しいセミールは、ザディーグが片目の男になると思い込んだことを諦めきれなかったし、アゾーラも彼の鼻を切ろうとしたことをたえず悔んでいた。彼は贈物をして二人の女の悲しみを和らげてやった。ねたみ屋は、激怒と恥辱のあまり死んだ。帝国は平和を楽しみ、栄光に包まれ、豊饒《ほうじょう》に恵まれた。それはこの世でもっとも美しい時代だった。この世は正義と愛によって治められていた。人びとはザディーグを祝福し、ザディーグは天を祝福していた。

付録(1)

ダンス

セトックは、商用でセレンディブ島(2)へ出かけることになっていた。しかし、周知のとおり、結婚の最初の月は蜜月であるから、彼は妻のそばを離れることも、妻のそばを離れられると思うこともできなかった。そこで、彼は友人ザディーグに、自分の代わりに旅に出てくれるよう頼んだ。

「ああ!」と、ザディーグは言った。「美しいアスタルテとの距離をもっと広げなければならないのか。しかし、恩人は助けるべきだ」

彼はそう言って、涙を流し、旅立って行った。

セレンディブ島へやって来ていくらも経たないのに、彼は非凡な人物だと思われた。問屋商人たちのあらゆるもめごとの仲裁者となり、賢者たちの友となり、助言を求める少数の人たちの助言者となったのだった。王は彼に会い、彼の話を聞きたいと思った。たちまち王は、ザディーグの力量のすべてを知って、彼の知恵を信頼し、彼を友とした。王が自分に親しく接し、自分を高く買ってくれるので、ザディーグは身震いした。モアブダル王の好意が招いた不幸が、昼も夜も彼の心を離れなかった。

「王の眼鏡にかなったのだ」と、彼は言った。「これでわが身の破滅も近いのではないか」それでも、彼は陛下の好意から逃れることができずにいた。それというのも、サンブスナの王子たるナバスンの王子たるヌサナブの王子たるセレンディブ王であられるナブサン(3)が、アジア最良の君主の一人であったこと、それにこの王に話しかけると、好きにならずにいられないことは認めなければならないからである。

その善良な君主はつねに称賛され、だまされ、そして盗まれていた。だれもが先を争って、彼の財宝をくすねているように思えたからだ。セレンディブ島の総徴税官はいつも手本を示していたので、他の者たちも忠実にその手本を見習っていた。王はそのことを知っていた。王はなんども財務官を代えたが、王の収入を相異なる二つに分け、少ないほうをつねに陛下のものとし、多いほうを行政官たちのものとするという既定のやり方を変えることはできなかった。

ナブサン王はつらい胸の内を賢者ザディーグに打ち明けた。

「すばらしいことを沢山知っているおまえだから」と、王は言った。「わたしの物を盗まない財務官を見つけてくれる手立てを知っているのではないか」

「仰せのとおりです」と、ザディーグは答えた。「清廉潔白な人物を陛下にお教えする間違いのない方法を知っております」

王は大いに喜んで、ザディーグを抱きしめながら、どうしたらよいのかと尋ねた。

「財務官の顕職を志願する者たちすべてに、ダンスをさせるだけでよろしいのです」と、ザディーグは言った。「だれよりも身軽に踊る者こそ、間違いなくもっとも礼節を知る者だということになりましょう」

「わたしをからかうのか」と、王は言った。「それでは、租税を集める徴税官選びのふざけたやり方にすぎないではないか！　なんということか、だれよりも上手にアントルシャ(4)をやってのける者が、もっとも清廉でもっとも有能な財務官だというのか」

「もっとも有能な人物だとお答えしたわけではございません」と、ザディーグは言い返した。「そうではなくて、その人物こそ疑いなくもっとも清廉であると請け合います」

ザディーグが自信に充ちて話したので、王はこの男には徴税官たちを識別する超自然的な秘策でもあるのだろうと思った。

「わたしは超自然的なものを好みません」と、ザディーグは言った。「奇跡の人や奇跡の書物は、これまでずっと虫が好きませんでした。陛下がわたしの提案する試みを実行させてくだされば、わたしの秘策がすこぶる簡単でたやすいものであるとかならず納得してくださることでしょう」

セレンディブ王のナブサンは、その秘策が簡単だと聞いて、それが奇跡だと教えられた以上に度肝を抜かれた。

「それでは」と、王は言った。「おまえの好きなようにやってみるがよい」

「どうかわたしの勝手にやらせてください」と、ザディーグは言った。「この試みで、陛下はご想像以上に得をなさることでしょう」

彼はその日のうちに王の名で、ヌサナブの王子たる慈愛深き陛下ナブサン王の高位徴税官の職を熱望するすべての者は、軽い絹の服を着用のうえ、ワニの月の第一日に王の控えの間に赴くべし、と布告させた。六十四人もの志願者が控えの間にやって来た。隣の応接間にはヴァイオリン弾きが呼ばれていた。舞踏会の準備はすべて整っていたが、応接間の扉が閉まっていたので、そこへ入るにはかなり薄暗い、ちょっとした回廊のようなところを通らなければならなかった。扉番が志願者を一人ずつ次々に迎えに来て、その通路を通って案内したが、どの志願者もそこで数分間、一人きりにされた。秘策を知っていた王は、あらかじめあらゆる財宝をその回廊に陳列しておいた。志願者が残らず応接間にやって来ると、陛下は彼らにダンスをさせるよう命じた。これ以上に不器用で、これ以上に品のないダンスはなかった。だれもがうつむき、腰を曲げ、両手を横腹に押しつけていた。

「なんと巧妙な盗人だ！」と、ザディーグはつぶやいた。志願者の中にただ一人、軽快な足運びをする者がいて、頭を高く上げ、自信に充ちた眼差しで、両腕を伸ばし、背筋をまっすぐに伸ばし、足もふらついていなかった。

「ああ！　礼節を知る人物だ！　まっとうな人物だ！」ザディーグはそうつぶやいた。

王はそのみごとな踊り手を抱擁し、彼が財務官であると宣告した。そして他のすべての志願者たちは世にも正当な仕方で処罰され、罰金税を科せられた。というのも、彼らのだれもが回廊にいたときポケットにどっさり詰め込んでいたので、歩くのもやっとといった体たらくだったからである。王は、それら六十四人の踊り手の中にぺてん師が六十三人いたことを、人間の本性のために残念がった。薄暗い回廊は、「誘惑の回廊」と呼ばれるようになった。もしペルシアであったなら、その六十三人の宮廷人は串刺しの刑にされていたことだろう。その他の国々でなら、徴税官の会計報告を検討する特別裁判所が設置されたかもしれないが、その経費は盗み取られた金の三倍もかかり、そのうえ君主の金庫にはびた一文も戻されなかったにちがいない。また、他のある王国でなら、彼ら六十三人は充分に自分たちの無実を証明し、あれほど軽快に踊った踊り手を失脚させたことだろう。セレンディブでは、彼らは国庫を増やすべしと申し渡されただけだった。それというのも、ナブサン王ははなはだ寛大だったからである。

この王はまた、ザディーグの労を多としていた。王は彼に、それまでどの財務官が主君たる王から盗んだよりも多額の金を授けた。ザディーグは、バビロンに特使を送るのにその金を使った。特使は彼にアスタルテの運命を教えてくれるはずだった。特使に命令を与えたとき、彼の声は震え、彼の血は心臓へ逆流し、彼の目は暗闇で覆われ、魂はいまにも彼の肉体を離れようとしていた。特使が出発し、ザディーグは特使の乗船を見届けた。彼は王の元へ戻ったが、だれの姿も目に入らなかったので、自分の部屋にいるような気になり、つい愛という名を口にした。

「ああ！　愛か」と、王は言った。「問題はまさしくそれだ。わたしの悩みをよく見抜いてくれた。なんとおまえは偉いのだ！　私心のない財務官をわたしに得させてくれたように、終生変わらぬ女を識別する仕方を教えてくれるものと期待しておるぞ」

事はいっそう厄介に思われたが、ザディーグは財務で役立ったように、愛に関しても王のお役に立ちましょうと約束した。

青い目

「肉体と心はな」と、王はザディーグに言った。……その言葉を聞いて、バビロニア人は思わず陛下の話を遮らずにいられなかった。

「精神と心とおっしゃらなかったとは、畏《おそ》れ多いことでございます！(5) それと申しますのも、バビロンの人びとの会話で耳にするのはこの言葉だけだからでございます。目にする本といえば、精神も心も持ち合わせないやからが書いたものばかりなのに、そこでは精神と心が取り上げられている有様です。さて、どうぞ、陛下、お話をおつづけ願います」

ナブサンはこんなふうに話をつづけた。

「わたしの場合、肉体と心は女を愛するように定められている。その二つの能力のうち最初のものは、充足されている正当な理由がある。ここにはわたしに仕える百人の女がいて、みな美しく、愛想がよく、思いやりがあり、官能的だ。いや、わたしに対しては官能的であるように装っている。わたしの心のほうは、幸福にははるかに及ばない。セレンディブ王を大いにちやほやしていて、ナブサンのことなどほとんど気にもかけていないことをいやというほど思い知らされてきた。別にわたしの愛妾たちに実がないというのではない。しかし、わたしのものであるような心に出会いたいものだ。わたしは百人の美女の魅力的な肢体を手中に収めているが、そんな宝にも匹敵する心のためなら美女たちをそっくりくれてやってもよい。あの百人の愛妾のうち、わたしをたしかに愛していると思える女を見つけられないものか」

ザディーグは、徴税官の問題のときに答えたように、こう答えた。

「陛下、わたしにお任せください。しかし、陛下が誘惑の回廊に陳列なさったものを勝手に使うことをまずご許可願います。ご満足いただけるようにやりおおせ、これっぽちも陛下にご損をさせるようなことはいたしません」

王は彼をまったく自由に振舞わせた。彼はセレンディブで見出せるかぎりもっとも醜い三十三人の猫背の小男と、すこぶる美男の三十三人の小姓と、雄弁このうえなく頑強な三十三人の僧侶を選んだ。ザディーグは彼らすべてを、愛妾の私室へ自由に入らせた。猫背の小男たちはどれも、女たちに与えてよい金貨四千枚を所持した。猫背の小男たちは、最初の日から早くも仕合わせになった。小姓たちは彼ら自身しか与えるものがなかったから、二、三日経ってはじめて勝利を収めた。僧侶たちはもう少し苦労が多かった。しかし、結局、三十三人の信心家の女たちが僧侶に屈服した。王は、すべての私室を眺められるよろい戸越しに、そうした試みを残らず見届け、驚嘆した。彼の百人の女たちのうち九十九人までが、彼の目の前で誘惑に屈したのだった。残る一人は、陛下が一度もそばに近づいたことのない、うら若い、ごくうぶな女だった。猫背の小男が一人、二人、三人とその女のところへ出向かされ、男たちは金貨二万枚を差し出したが、女はいっこうに誘惑されず、猫背の男たちが金で風貌がよくなると思いついたことを笑わずにいられなかった。女は二人の飛び切り美男の小姓を紹介されると、王さまのほうがずっと美男だと思うと言った。僧侶の中でもだれより雄弁な男と、次にしつこいことこのうえない男とが女のもとへ放たれた。すると、女は一人目をお喋り屋だと決めつけ、二人目に取り柄があるとは思ってもくれなかった。

「愛があれば、どんなことも成就します」と、女は言うのだった。「私は猫背の男の黄金にも、若者の魅力にも、お坊さんの誘惑にも決して屈しません。私はただ、ヌサナブの王子でいらっしゃるナブサン王だけを愛し、あの方が私を愛してくださるのを待つことにいたします」

王は、喜びと驚きと愛情で天にも昇る心地だった。彼は猫背の男たちに首尾よく欲望をかなえさせた金を残らず取り戻し、それを美しいファリードに贈った。それがそのうら若い乙女の名だった。王は彼女に愛を捧げたが、彼女はその愛を受けるにまことにふさわしかった。彼女の若い盛りがこれほど輝かしく、美しさの魅力がこれほど魅惑的であったことはなかった。彼女のうやうやしいお辞儀の仕方がぎこちなかったことは、歴史の事実に照らして隠すべもないが、しかし彼女はダンスにかけては妖精さながら、歌を歌わせれば魔女セイレネスにも似て、口を開けばまるで美の三女神といった風情があった。要するに、彼女は才能と貞節を充分にそなえていたのである。

ナブサンは彼女に愛され、彼女を熱愛した。しかし、彼女は青い目をしていた。そして、それが数々のとてつもない災いのもととなった。古来、一つの法律があって、それいらいギリシア人からボオオピス(6)と呼ばれてきた女たちを、王は愛してはならぬとされていた。僧侶の長《おさ》は、この法律を五千年以上も前に制定していたが、その初代の僧侶が青い目の破門制裁を国の基本法に伝えたのは、セレンディブ島初代の王の愛妾を横取りするのが目当てだった。帝国のあらゆる身分の者たちが、ナブサン王に忠告をしにやって来た。王国の最後の日が到来した、嫌悪すべきことは絶頂に達した、自然界全体が不吉な出来事に見舞われる恐れがある、要するに、ヌサナブの王子ナブサン王は二つの大きな青い目を愛している(7)、と公然と吹聴する者たちがいた。猫背の男たち、徴税官、僧侶、それに褐色の髪の女たちは王国中に不満の声を響かせた。

セレンディブの北に住む未開部族が、そんなすべての人民の不満を利用した。彼らは善良なナブサン王の国に侵入した。王は臣下たちに臨時の税を課したが、国の収入の半分を所有している僧侶たちは両手を高く上げて驚いて見せるだけで、その手を彼らの金庫の中に入れて王を助けることを拒んだ。彼らは楽の音に合わせてみごとな祈りを唱え、国を蛮族に襲われるがままに放置した(8)。

「ああ、ザディーグ、またこのひどい窮地からわたしを救ってくれないか」と、ナブサン王は悲痛な面持ちで叫んだ。

「お救いいたしますとも」と、ザディーグは答えた。「僧侶どもから金をお好きなだけお取りになることです。彼らの館のある領地を見捨て、ご自分の領地だけをお守りなさい」

ナブサン王はそのとおりにした。僧侶たちがやって来て王にひざまずき、援護を哀願した。王は、彼らに妙なる楽の音で答えた。その歌詞は僧侶たちの領地の保全を唱える神への祈りだった。ついに僧侶たちは金を差し出し、王は首尾よく戦争を終結させた。こうしてザディーグは、賢明かつ適切な助言と数々の大いなる貢献がもとで、国でもっとも権勢ある者たちの抜きがたい反感を買ってしまった。僧侶と褐色の髪の女たちは、ザディーグの身の破滅を誓った。徴税官と猫背の小男たちは彼を容赦しなかった。彼らは、ザディーグが善良なナブサン王の目に疑わしく見えるように仕向けた。ゾロアスターの警句によれば、「忠勤はしばしば控えの間で留まり、疑惑は奥の小部屋まで入り込む」。毎日、新たな告発があった。最初は却下される。二つ目はかすめる。三つ目は傷つけ、四つ目は殺す。

おびえたザディーグは、友人セトックの用件をうまく片付けていたばかりか、金もすでに彼に届けてあったので、もうその島を発つことしか考えず、自らアスタルテの消息を探り出そうと決めた。

「なぜなら、このままセレンディブに留まっていたら」と、彼はつぶやいた。「僧侶どもはわたしを串刺しにするにちがいないからだ。しかし、どこへ行ったらよいものか。エジプトへ行けば奴隷になり、アラビアへ行けば火あぶりにされ、バビロンへ行けば絞め殺されてしまう。それでも、アスタルテがどうなっているかを知らねばならない。この島を去ろう、そして悲しい運命がわたしにどんな未来を約束しているのか、確かめることにしよう」

原注　捜し出されたザディーグの物語の草稿は、ここで終わる。二つの章は当然、第十二章の後とザディーグのシリア到着の前に置かれるべきである。世に知られているように、ザディーグは他にも数々の出来事に遭遇しており、それらの出来事は忠実に書き留められている。それが手元に届いた暁には、世に伝えて下さるよう東洋語通訳者諸氏に懇請する次第である。(9)

メムノン

または人間の知恵(1)

ある日、メムノンは完璧な賢者になってやろうという突飛な企てを思いついた。時にそうした無謀な思いが頭をよぎったことのない人間は、まずいないにちがいない。メムノンはこうつぶやいた。

「賢明このうえなくなるには、したがって非常に幸福になるには、情熱を抱かずにいさえすればよい。そして、分かりきったことだが、それ以上にたやすいことはない。まず第一に、決して女を好きにならないようにしよう。なんとなれば、完璧な美女を見ても、われとわが心にこう言い聞かせてやるからだ、「あの頰にもいずれ皺《しわ》が刻まれる。あの美しい目の縁には赤い隈《くま》ができ、あの丸みを帯びた胸も板のように平べったく垂れ下がり、あの美しい頭も禿げてくるだろう」、と。してみると、いずれそのとき女を見るのと同じ目で、いま女を見るだけで充分だ。そうすれば、その顔がわたしをぼうっとさせることも決してあるまい。

その次に、酒食に関してつねに節制することにしよう。たとえたいそうなご馳走や極上のワインや社交の魅力やらで、いくらわたしを誘惑してもむだだろう。重たい頭と消化不良の胃袋を抱え、そのうえ正気も健康も時間もなくすといった暴飲暴食の結果を想像するだけで充分ではないか。だから、必要に迫られた場合しか食べないことにしよう。そうすれば、いつも変わらず健康でいられるし、頭に浮かぶことはいつも純粋ですばらしいにちがいない。こうしたことはどれも、いたってたやすいことだから、うまくやりおおせたところでなんの手柄にもならないくらいだ」

「それから」と、メムノンは言うのだった。「自分の資産のことを少し考えなければならない。わたしの欲望は控え目だし、わたしの財産はニネべの町の総徴税官(2)に堅実な方法で預けてある。それに、宮仕えせず自立して暮らしていけるだけのものもある。これは最大の財産だ。これからは、偉い方々のご機嫌をとらねばならないといった辛い思いをすることも決してないだろう(3)。わたしはだれを羨《うらや》むこともないし、だれもわたしを羨まないにちがいない。これまた、いたって簡単なことだ。わたしには友人が何人もいるが」と、彼はひとり言をつづけた。「友人のほうにはわたしと言い争う種がなにもないのだから、わたしが友を失うことはないはずだ。わたしは彼らに決して腹を立てないし、彼らのほうでもわたしに腹を立てることはないだろう。この点も問題はない」

そんなふうに、メムノンは部屋にこもって悟りの境地に達するささやかな計画を立てた後、ふと窓から外を眺めた。彼の家のそばのプラタナスの木立の下を、二人の婦人が散策しているのが目に入った。一人は老女で、なんの屈託もない様子だった。もう一人は若く美しい女で、ひどく思いつめているように見えた。若い女は溜め息をつき、涙を流していたが、そのためにいっそう魅力が増すのだった。くだんの賢者は心を打たれた。といっても、彼の心を打ったのは女の美しさでなく(彼がそんな色香に溺れる気にならないことは言わずと知れたことだ)、彼の目に映る婦人の悲嘆にくれた様子だった。彼は下へ降り、思慮分別をもって慰めるつもりで、ニネベの若い婦人に近づいて言葉をかけた。その美人は、実際には居もしない叔父が彼女に働く乱暴狼藉《ろうぜき》の一部始終や、その叔父がいかに巧妙に彼女が持ってもいない財産を奪い取ったか、それに叔父に凌辱《りようじよく》されるのではないかとどれほど不安におびえているか、そんなことを世にも天真爛漫《らんまん》でほろりとさせるような調子で彼に話した。

「あなたはきっとよき相談相手になってくださるお方とお見受けします」女はそう彼に言った。「ですから、家までいらして、あたしの抱える面倒を調べていただければ、いまのひどい苦境からきっとあたしを救い出してくださるものと信じますわ」

メムノンは少しもためらわず、女の厄介な問題を思慮分別をもって吟味し、有益な助言を与えてやるため、後に付いて行った。

悲しみに捕らわれた婦人は彼を芳香ただよう部屋へ連れて行き、ゆったりとしたソファーに礼儀正しく自分と並んで座らせた。ソファーでは二人共、足を組んでたがいに向かい合う形になった。婦人は目を伏せて話したが、その目からは時たま涙がこぼれ、目を上げるときまって賢者メムノンの視線に出会うのだった。婦人の話はどれも同情を誘うことばかりだったので、二人で見つめ合うたびにいじらしさがいっそう募った。メムノンは婦人に関わる問題で頭が一杯になり、これほど貞淑で不仕合わせな女にはどうしても親切を施してやりたいものだという思いが、刻々とふくらむのを感じていた。話に熱が入るうちに、いつしか二人はたがいに向き合うのをやめた。双方とも、もう足を組んでいなかった。メムノンは女の間近に寄り添って助言し、愛情あふれる意見を述べたので、二人はどちらも肝腎の問題を話題にすることができなくなり、取り乱したあげくもうどうなっているのか分からないといった有様だった。

二人の状態がそんな様相を呈していたとき、予想どおり叔父がやって来た。彼は頭のてっぺんから爪先まで武装していた。そして、まず口にした台詞は、賢者メムノンと自分の姪を当然のことながら殺してやる、ということだった。そして彼が最後にもらした台詞は、大金を出せば許してやってもいい、というのだった。メムノンは仕方なく持ち合わせの金を残らず差し出した。当時はそれしきのはした金ですむのだから、まだ幸いだった。アメリカ大陸はまだ発見されていなかったし、悩ましげなご婦人たちも今日に比べてはるかに危険が少なかったのだ。[4]

メムノンはすっかり恥じ入り、絶望に打ちひしがれて家へ帰った。すると、一通の短い手紙が目に入った。それは、数人の親友たちとする昼食会の案内だった。

「家に一人でいたところで」と、彼は言った。「どうせ頭はあの嘆かわしい椿事《ちんじ》で一杯だろうし、食事もろくに喉をとおらず、病気になるのが落ちだろう。気心の知れた友だちとささやかな食事をしに出かけるほうがまだましだ。友人たちと楽しく付き合えば、今朝わたしが仕出かしたへまも忘れるかもしれない」

会合の場所へ出かけると、彼は浮かぬ顔をしていると思われた。憂さ晴らしに酒を飲まされる。ほどほどに飲む少量の酒は、心にも体にも効く良薬なのだ。賢者メムノンはそう思った。そして、彼はしたたか酔った。食事がすむと、賭事《かけごと》をしないかと持ちかけられる。友だち相手の型どおりの賭事なら、穏当な気晴らしではないか。彼は賭事に加わり、財布の中のものをごっそりふんだくられ、おまけに現金を積まず口約束だけで賭けたその四倍もの金額を巻き上げられた。賭け金をめぐって諍《いさかい》があり、だれもが興奮した。(5)親友の一人が彼の顔めがけて、骰子《さいころ》を振る筒を投げ、彼の片目をつぶした。賢者メムノンは、酒に酔いしれ、文なしとなり、片目を失ってわが家へ担ぎ込まれた。

彼は少し酔いを覚まし、多少は頭が働くようになると、賭ですった金額を親友たちに支払うため、召使いにニネベの総徴税官のもとへ金を取りに行かせた。ところが、彼の財産を預かっている総徴税官はその朝、偽装倒産し、百家族を不安に陥れた、という報告を受ける。メムノンは憤慨し、片目に膏薬《こうやく》をはり、手に請願書を持って、倒産者を告発する裁判を願い出ようと宮廷へ出向いた。広接間では、周囲が二十四ピエもある鯨骨の輪をスカートに付け、いずれもゆったりとくつろいだ数人の婦人に会った。多少は彼を見知っていた婦人の一人が、横目で見ながら言った。

「まあ、気味の悪いこと！」

もっとよく知っている別な婦人はこう言った。

「こんにちは、メムノンさま。でも、本当にメムノンさま、お目にかかれてとても嬉しゅうございますわ。ところで、メムノンさま、どうして片目をお失いになりましたの」

彼女は返事も待たず、さっさと通り過ぎて行った。メムノンは片隅に身を隠し、君主にひざまずくことのできる時を待った。その時がやって来た。彼は床に三度、接吻をし、請願書を差し出した。慈愛深き陛下はすこぶる好意をもってお受け取りになると、よく説明してやるようにと州長官の一人に陳情書を渡された。州長官はメムノンを脇へ連れ出し、尊大な様子で辛辣《しんらつ》なせせら笑いを浮かべながら言った。

「わたしを差し置いて国王に直訴するとは、おまえは滑稽な隻眼《せきがん》居士だ。そのうえ、なんとかまっとうに生きている倒産者を相手取って裁判を願い出るとは、なおさら滑稽千万。倒産した男はわたしの庇護を受けている者で、わたしの愛人の小間使いの甥に当たる。よいか、おまえの残る片目を失いたくなければ、そんな訴訟など諦めるがいい」

メムノンは、その朝、世の女と縁を切り、暴飲暴食や賭事やあらゆる言い争いを断ち、それになににもまして宮廷生活を断念したのに、夜を迎えないうちに早くも美しい婦人に一杯食わされ、不当に金をせしめられ、おまけに酩酊《めいてい》して賭事に手を出し、喧嘩をしたあげくに片目をつぶされ、宮廷へ出かけるとばかにされたのだった。

驚きのあまり体をこわばらせ、悲しみにくれながら、彼は断腸の思いで引き返す。わが家に戻りたかった。すると、債権者たちの差し金で数人の執達吏が彼の家の家財道具を残らず持ち去ろうとしているではないか。彼はプラタナスの木の下でいまにも気を失いそうだった。そこへ朝の美しい婦人と出くわした。婦人はいとしい叔父さまと散歩をしていたのだが、膏薬を張ったメムノンを見ると、声を上げて笑い出した。夜になり、メムノンは家の壁の脇でわらの上に身を横たえた。高熱が彼を襲った。発作に見舞われながらもいつしか眠り込むと、夢の中で天使が彼の前に現れた。

天使はみごとに光輝いていたが、足も頭も尻尾もなく、何物にも似ていなかった。

「あんたはだれだ」と、メムノンは言った。

「おまえを幸運にみちびく善霊だ」と、相手は言った。

「では、わたしの片目と健康と財産と知恵を返してくれ」と、メムノンは言った。それから、彼はどんなふうにそれらすべてをたった一日で失くしてしまったか、こと細かに語って聞かせた。

「私たちの住む世界では、そんな出来事が起こることは決してない」と、天使は言った。

「それでは、あなたはどんな世界に住んでおられるのですか」と、悲嘆にくれた男は言った。

「私の国は」と、天使は答えた。「太陽から五億リュー離れていて、ここからおまえにも見えるあのシリウスに近い小さな星の中にある」

「すばらしい国だ！」と、メムノンは言った。「えっ！　あなたのお国には、哀れな男をだます擦れっ枯らしや、そんな男から金を巻き上げ、その男の片目をつぶす親友や、偽装倒産者や、裁判を拒否して嘲笑う州長官などまったくいないというのですね」

「そのとおり」と、星の住人は言った。「そういったやからは一人もいない。女なんていないから、女にだまされることは決してない。食事をしないから、暴飲暴食をするわけがない。その国には金もなければ銀もないから、偽装倒産者など一人もいない。私たちはおまえたちのような肉体を持たないから、目をつぶされるはずがない。それに、小さな星ではみな平等だから、州長官が不正を働くことも決してない」

すると、メムノンは天使に言った。「天使さま、女がいず、食事もなければ、なにをして時間を過ごしておられるのですか」

「私たちに任せられている他の数々の天体に気を配りながら時間を過ごしているのだ」と、天使は言った。「それに、現にこうしておまえを慰めに来ているではないか」

「ああ、残念でなりません！」と、メムノンは言葉をつづけた。「どうして昨夜、あんなばかげたことをわたしにさせないよう駆けつけてくださらなかったのです」

「わたしはおまえの兄アサンに付き添っていたのだ」と、天界の精霊は言った。「彼はおまえよりずっと気の毒なのだよ。彼は光栄にも慈愛深きインド国王陛下の宮廷に出仕していたが、ちょっとした不作法がもとで陛下が彼の両目をつぶさせておしまいになった。いまおまえの兄は手足を鎖につながれて、独房にいる」

「二人の兄弟のうち一人が片目で、もう一人は両の目を失明し、一人がわらにくるまって寝て、もう一人は獄中にいるような境遇になるために、わざわざ一家に一人の親切な天使が付いていてくださるとは、ずいぶんとむだなことですね」

「おまえの運もいずれ変わるだろうさ」と、星から来た動物は言った。「たしかにおまえは相変わらず片目のままだろうが、しかしそれはさておき、完璧な賢者になろうなどというばかげたことを企てさえしなければ、おまえは結構、仕合わせになれるだろう」

「では、完璧な賢者になるなんて、できない相談だとおっしゃるのですか」と、メムノンは溜め息をつきながら叫んだ。

「完璧な熟練、完璧な体力、完璧な権力、完璧な幸福と同じように、それはかなわぬことなのだ。われわれ天使にしても、完璧なものには遠く及ばない。そういった完璧なもののすべてが見出される天体が一つだけあるが、しかし広大な空間に散在する一千億の世界では、一切は段階を追ってたどられる。[6]第一の天体に比べると、第二の天体では知恵と快楽の程度が劣り、第二の天体に比べると、第三の天体ではその程度がさらに劣る。しかも、そんなふうに最後の天体までゆくと、そこではすべての住人の頭の歯車が完全に狂っている」

「とても不安な気分です」と、メムノンは言った。「ひょっとして水と陸からなるわたしたちのちっぽけな天体は、あなたがお話しくださった宇宙の中のまさしく小さな施設《プティット・メゾン》なのではないか、と[7]」

「いや、それほどではないが」と、天使は言った。「しかし、まあ、それに近い。すべてはそれぞれのしかるべき場所に位置しなければならないのだ」

「おお！　そう言えば」と、メムノンは言った。「一部の詩人や哲学者が[8]「すべては善である」と言っていますが、では、あれは大きな誤りなのでしょうか」

「宇宙全体の配置を考慮するなら」と、天界の哲学者は言った。「彼らの主張は大いに正しい」

「へえ、そんなこととても信じられませんね」と、哀れなメムノンはすかさず言い返した。「わたしがもう片目でなくならない限り、信じられるものですか」

スカルマンタド(1)の旅物語

彼自身による手稿

わたしは一六〇〇年にカンディア[2]で生まれた。父はその町の総督だった。そしてわたしの記憶によれば、無情なことでは人後に落ちないイロ[3]という名の凡庸な詩人が、わたしを称える下手な詩を作った。その詩の中で彼は、わたしをミノス王の直系の末孫であると吹聴していた。ところが、父が不興を蒙ると、彼はまたもや詩を作り、その中ではわたしの祖先は、王妃パシファエ[4]とその恋人であることにされた。そのイロという詩人たるや、実に性悪な男で、島中でだれより嫌な奴だった。

十五歳のとき、父はわたしを勉学のためローマにやった。私はあらゆる真理を学べるものと期待して、その地に到着した。というのも、そのときまでわたしは、中国からアルプス山脈へ広がるこの俗世間の習慣に従って、真理と正反対のことばかり教えられていたからだ。わたしが紹介された師傅《しふ》プロフォンドは奇人変人のたぐいで、世にも耐えがたい学者の一人だった。彼はアリストテレスの範疇《カテゴリー》[5]を教えようとし、そのうえあやうくわたしをその男色相手となるお稚児の部類《カテゴリー》に引き入れかけた。だが、わたしはすんでのところで難を免れた。この目で見たことと言えば、聖職者と信者たちの行列や悪魔祓《ばら》いの儀式や、それに略奪のいくつかの現場だった。いたって用心深いお方であるオリンピア夫人(6)が、売ってはならないものを大量に売っているという噂が流れていたが、しかしそれは嘘っぱちに決まっていた。わたしは、そんなことすべてが愉快に思える年頃だった。品行まことに申し分ない、ファテロ夫人(7)という名のうら若い貴婦人がわたしを愛してみる気になった。彼女は、いまはもう存在していない修道会の二人の若い立願修道者、ポワニャルディニ師とアコニティ師に口説かれていたのに、わたしにも気のあるところを見せたというので、二人を仲直りさせてしまった。ところが、同時にわたしのほうは、破門されたり毒殺されたりする危険を冒すことになった。そこで、サン＝ピエトロ大聖堂のたたずまいに大いに満足して、わたしは旅立った。

　フランスを旅したら、ルイ正義王の治世だった。わたしがまず最初に尋ねられたことは、アンクル元帥(8)のほんの一切れの肉を朝食に食べたくないかということだった。民衆は元帥の生身の体を焼いて、欲しい者に格安で椀飯《おうばん》振舞いしていたのだった。

　この国は、時には国務顧問会議の一つのポストが原因で、時にはまたたった二ページの神学上の議論が原因となって、たえず内乱の危険にさらされていた。もう六十年以上もの間、その戦火はある時は埋れ火のようにくすぶり、ある時は激しくあおられて、美しい風土を荒廃させていた。それこそがフランス教会の自由にほかならなかった。

「ああ、悲しいことだ！」と、わたしは言った。「この国の民はもともと性情おだやかなのに。なにが彼らの性格をこんな具合に変えたのだろう。彼らは冗談を言い、その一方でサン＝バルテルミーの虐殺のようなことを仕出かす。彼らが冗談しか言わない時代になれば、なんと幸福だろう！」

イギリスを訪れると、そこでも同じような争いが同じような激高をかき立てていた。カトリックの聖者たちは、教会の利益のために、国王と国王の家族と議会を丸ごと火薬で空中に吹き飛ばし、イギリスをそれらの異端者どもから解放すると決めていた(9)。わたしは、ヘンリ八世の娘で至福を受けた女王メアリが、五百人以上もの家臣を焼き殺させた広場を見せられた。あるアイルランド人の神父は、これこそ善行だ、とわたしに断言した。第一に、焼き殺された者たちはイギリス人だったからであり、第二に、イギリス人は聖水を受けず、聖パトリックの穴を信じないからだ(10)、というのだった。その神父は、メアリ女王がまだ列聖されていないことにことのほか驚いていたが、女王の甥御にあたる枢機卿に少し暇ができたら、いずれ列聖されると思っていた。

わたしはオランダへ行った。いっそう冷静な人民の住む国には、いっそう多くの平安を見出せると期待していたからだった。わたしがハーグへ着いたとき、一人の尊敬すべき老人の首がはねられるところだった。それは、国家にだれよりも貢献した人物オルデンバルネフェルト(11)宰相の禿げ頭だった。わたしは気の毒に思い、彼の罪状がなにか、売国奴なのかと尋ねた。

「もっと悪いことをしている」と、黒マントをまとったカルヴァン派の牧師がわたしに答えた。「というのも、あの男ときたら、人間は信仰によってもまた慈善行為によっても同じように救済されると信じているからだ。あなたもお分かりのように、もしそんな見解が定着すれば、国家は存続できなくなるにちがいない。ああいった怪しからぬ侮辱的な言辞を制圧するには、厳格な法が必要だ」

洞察力のあるその国の政治家が溜め息まじりにわたしに言った。「ああ、悲しいことです！　ムッシュー、よき時代が長続きするとは限りません。この国の人民がこれほど熱情にあふれているのも、ほんの偶然にすぎないのです。彼らの性格は、もともと寛容という忌まわしい教義へ傾きがちですからね。やがていつかはそうなることでしょう。それを思うと身震いせずにいられません」

そこでわたしは、穏健と寛大という不幸をもたらす時代が到来するまでは、苛酷な処置を埋め合わせるなんの魅力もない国にはさっさとおさらばすることにして、スペイン行きの船に乗り込んだ。

その頃、宮廷はセビーリャにあった。ちょうどガレオン船(12)が到着したところで、一年中でもっとも胸躍る季節に当たっていたから、すべてが豊饒《ほうじょう》と喜びを表していた。オレンジとレモンの並木道の外れに、高価な布地で覆った観覧席に周りを囲まれた広々とした闘技場のようなものが目に入った。国王と王妃、王子と王女たちがみごとな天蓋の下に居並んでいた。そのやんごとなき一家に向かい合って玉座がもう一つあったが、それは一段と高かった。わたしは旅の道連れの一人にこう言った。

「あの玉座が神さま専用の席でないなら、あれがなんの役に立つのか分かりませんね」

その不謹慎な言葉が謹厳なスペイン人に耳聡《ざと》く聞かれ、わたしはひどい目に遭うことになったのだった。それにしても、きっとこれから騎馬パレードか闘牛の浮かれ騒ぎでも見られるのだろうと高をくっていたら、宗教裁判所の裁判長がその玉座に姿を現し、そこから国王と人民に祝福を与えるではないか。

次に、おびただしい数の修道士が二列になってやって来た。白服、黒服、灰色の服、靴下を履いている者、素足の者、(13)顎《あご》ひげのある者、顎ひげのない者、とんがり頭巾《ずきん》をつけた者、頭巾をつけない者がいた。それから、死刑執行人がつづいて進んだ。その次には、治安警察官と高官に囲まれて、悪魔と地獄の業火の絵のある粗衣に身を包んだおよそ四十人の者たちの姿が見えた。それは、どうしてもモーセへの信仰を諦めようとしなかったユダヤ人たちや、自分が代父を務めたときの代母の女と結婚したり、(14)アトーチャの聖母(15)を礼拝しなかったり、ヒエロニムス会隠修士のために所持金を未練なく寄進しようとしなかったキリスト教徒たちだった。こうして、まことに有難い祈りの文句が敬虔《けいけん》に歌われ、その後すべての罪人が時間をかけて焼き殺された。王家の全員はその光景にすこぶる感銘を受けた様子だった。

その夜、わたしがそろそろ床に就こうとしていたときだった。サンタ・エルマンダード警察を従えた宗教裁判所の二人の取締官が部屋へやって来た。彼らはわたしを優しく抱擁すると、ひと言も言わずにたいそうひんやりとした独房へ連れて行った。そこには、むしろのベッドと立派な十字架が置かれていた。わたしはそこに六週間いたが、その六週間が過ぎた頃、宗教裁判所の神父さまが部下を遣わして、わたしに話をしに来ないかと言ってきた。神父さまは父親のような温情をこめて、しばらくわたしを抱き締めていた。彼は、わたしがひどい部屋に泊められていると聞き知り、正直に言って心を痛めていたのだと言った。しかし、いまはこの建物内の居室はどれも埋まっているので、この次にはもっとゆったりと泊まってもらえると思う、と彼は言うのだった。それから、神父さまはわたしに、なぜこんなところにいるのかお分かりかな、と誠意あふれる様子で尋ねた。わたしは、きっと宗教上の罪を犯したせいでしょう、と神父さまに言った。

「ところで、よいかな、それがどんな罪だったのか、安心して話してみるがいい」

わたしはいくら考えても、さっぱり見当がつかなかった。神父さまは、慈悲深いことにわたしに手がかりを与えてくれた。

ようやくわたしが自分の不謹慎な言葉を思い出したので、鞭打ちの懲罰と三万レアルの罰金刑だけでどうにかすんだ。それから、宗教裁判所の裁判長にごあいさつをしに連れて行かれた。裁判長は上品な人物で、わたしにあのちょっとした火刑の催しをどう思ったか、とお尋ねになった。わたしは、たいそう結構な催しでございましたと申し上げて、旅の道連れのところへ行き、ここは美しい国だが立ち去るよう急《せ》かせた。わたしの旅の同行者たちには、スペイン人が宗教のためになし遂げたあらゆる大事業を知る時間がたっぷりあった。彼らはチャパスの高名な司教(16)の回想録をすでに読んでいた。その書物によれば、アメリカ新大陸の異教徒を改宗させようとして一千万人が切り殺されたり、焼き殺されたり、溺死させられたりしたらしい。わたしは、その司教が誇張しているのだと思った。しかし、いけにえの数を五百万の犠牲者に減らしてみても、それでもやはり驚くべきことにちがいない。

旅をしたいという思いが、相変わらずわたしをせき立てていた。わたしはヨーロッパ一周をトルコでけりをつけるつもりだった。わたしたちはその道をとった。わたしはこれから先、どんな催しに出くわしても二度と意見など言わないつもりだった。

「あのトルコ人ときたら異教徒ですからね」と、わたしは連れの仲間たちに言った。「洗礼を受けたことがなく、だから宗教裁判官の神父さまたちよりはるかに残酷なはずです。マホメット教徒の国に着いたら、ひたすら沈黙を守ることにしましょう」

そんなわけで、わたしはマホメット教徒の国に行き着いた。びっくり仰天したことに、トルコにはカンディアの町よりもっと多くの教会があった。そこには沢山の修道士の姿さえ見受けられ、しかもその彼らがある者はギリシア語で、ある者はラテン語で、その他の者はアルメニア語でといった具合に、だれ憚《はばか》ることなく聖母マリアに祈りをささげ、マホメットを呪っているのに、それが野放しになっていた。

「トルコ人はなんと善良な人たちなのだ！」と、わたしは叫んだ。ところが、コンスタンチノープルでは、ギリシア正教の信者とローマカトリック教会の信者がたがいに不倶戴天の敵となっていた。信仰に取りつかれていたそのやからは、迫害し合っていた。それはちょうど、街路で嚙みつき合い、主人たちに棒で殴られた末に引き離される犬に似ていた。その当時、宰相はギリシア正教派の後ろ楯《だて》となっていた。ギリシア正教の総主教は、ローマカトリック教会の総大司教宅において夕食をとったという理由で、わたしを告訴した。そしてわたしは、国王顧問会議で、足の裏を細長い板で百叩きされる刑を言い渡されたが、その刑は金貨五百ゼッキーノで償うことができた。翌日、宰相が絞殺された。翌々日、後継の宰相は、ギリシア正教の総主教宅において夕食をとったという理由で、わたしに同じ罰金刑を言い渡したが、ローマカトリックの味方だったその宰相もちょうど一か月後に絞殺された。悲しいことに、わたしはもうギリシア正教の教会にもローマカトリックの教会にも通ってはならない身となった。気慰みに、飛び切り美しいチェルケスク出身の女奴隷を囲った。その女は差し向かいでいると世にも心優しく、回教寺院《モスク》(17)ではだれよりも信心深かった。ある夜、女は愛の甘美な激情に駆られて、わたしを抱き締めながら、「ラー・イラーハ・イララ」(18)と叫んだ。それは、信仰心をさらに深めるために祝別された言葉なのだ。わたしはそれが愛から出た言葉だと思い込み、こちらもまた「ラー・イラーハ・イララ」と、大いに愛情を込めて大声で叫んだ。

「ああ、慈悲深い神の称えられんことを！」と、女はわたしに言った。「あなたはトルコ人なのですね」

わたしは、神が自分にトルコ人の旺盛な精力を授けてくださったことを称えているのだ、と女に言いながら、わが身の過分な仕合わせを嚙み締めた。朝になると、イスラム教の学僧がやって来て、わたしに割礼を施そうとした。わたしがやや難色を示すと、その地区の公明正大な人物である裁判官はわたしに串刺しの刑を受けるよう提案した。わたしは金貨千ゼッキーノで辛うじて包皮と尻を守り通し、トルコではギリシア正教のミサにもローマカトリックのミサにも二度と行くまい、女と逢引《あいび》きしても「ラー・イラーハ・イララ」などともう叫ぶまいと心に決め、ペルシアへ雲をかすみと遁走《とんそう》した。

イスファハンへ着くと、黒い羊に味方するのか、それとも白い羊に味方するのかと訊かれた。柔らかければ、どっちでも一向にかまわない、とわたしは答えた。当時はまだ、白い羊と黒い羊という過激な集団[19]が、ペルシアの国を二分していたことを知っておかねばならない。わたしはその二つの党派をからかったと思われ、そのあげく早くも町の門でひどい目に遭った。羊と縁を切るのに、さらに何枚ものゼッキーノ金貨を失うことになったからだ。

わたしは一人の通訳を連れて、中国にまで足を伸ばした。通訳は、この地こそ人びとが自由かつ陽気に暮らしている国だとわたしに請け合った。ところが、韃靼《だったん》人がすべてを戦火と流血の場と化したあげく、その国の支配者に納まっていた。一方でイエズス会の神父さまが、またもう一方ではドミニコ会の神父さまが、「だれも知らないことだが、われわれは多くの人びとを神の道に引き入れたのだ」と、豪語していた。これほど熱心に異教徒を帰依させる修道士たちには、ついぞお目にかかったことがなかった。なぜなら、この神父さまたちはたがいに代わる代わる迫害し合っていたからだ。彼らはローマへ宛てて長々と誹謗《ひぼう》文書を書き送り、たがいに相手を異教徒呼ばわりし、魂の教導に背いたやからとして罵倒《ばとう》し合っていた。とりわけ両者の間で、礼拝の仕方をめぐってすさまじい論争(20)があった。イエズス会士は、中国人が中国式に父母にあいさつすることを望み、ドミニコ会士は中国人もローマカトリック式にあいさつすることを望んでいた。たまたま、わたしがイエズス会士たちからドミニコ会士と取り違えられることがあった。韃靼人の陛下の宮廷で、わたしはローマ教皇のスパイにされてしまった。最高顧問会議が高等官吏に申しつけ、高等官吏が下級官吏に命じ、下級官吏はその地方の四人の巡査を指揮して、わたしを捕らえ、厳かに縛り上げた。わたしは百四十回ひざまずいた後、陛下の前に連れて行かれた。陛下は、わたしが果たして教皇のスパイであるのかどうか、その帝王が自ら陛下の王位を奪いにやって来るというのは本当なのか、とわたしに向かって尋ねさせた。そこでわたしはそのご下問に答えて、教皇は七十歳の神父であり、韃靼中国の神聖なる陛下のおわします当地から四千リューも離れたところに住んでいるばかりか、彼の警固に当たるおよそ二千人の兵士も武器の代わりに日傘を携帯しているのですから、なんぴとの王位も奪うことがないため、陛下は安んじておやすみになることができます、と言上した。これは、わが生涯で身に降りかかった災いの一番軽い出来事だった。わたしはマカオに送られ、そこからヨーロッパ行きの船に乗った。

わたしが乗った船は、インドのゴルコンダ沿岸の辺りにさしかかったところで修理をしなければならなくなった。わたしはその時間を利用してアウラングゼーブ大王(21)の宮廷を見物しに出かけた。その宮廷はこの世の不思議と噂されていたからだ。当時、大王はデリーに居られた。そのときわたしの心の慰めとなったのは、聖地メッカの州長官から贈られた妙なる贈り物を大王がお受け取りになる盛大な儀式の日に、そのお顔を拝めたことだった。贈り物は、神聖な家カアバすなわちベト・アラー神殿の煤《すす》払いに使った箒《ほうき》だった。(22)その箒は、魂のすべての汚れを払う象徴なのだ。アウラングゼーブ大王がそんな箒を必要とするとは思われなかった。彼はヒンドゥスタン全土(23)でだれよりも信仰に篤い人物だった。たしかに彼は、兄弟の一人の喉を切って殺し、父親を毒殺した。二十人の非イスラム教徒のトルコ人家臣や同数の外国人家臣が拷問を受けて死んだ。しかし、そんなことは取るに足りないことで、世間では大王の信仰篤い心だけが評判になっていた。大王に比べられるのは、金曜日ごとに祈りの後で数人の首をはねていた、かの尊顔麗しきモロッコ皇帝ムーレイ・イスマーイール陛下(24)のみだった。

わたしは非難がましいことなどひと言も口にしなかった。旅を重ねるうちに、生きる知恵を身につけていた。それにわたしのような者が二人の尊い皇帝のどちらかに軍配を上げるなんて身のほど知らずというものだった。実を言えば、わたしと同じ宿に泊まっていたフランス人の若者には、インドの皇帝とモロッコの皇帝に対して礼を失するような言動があった。そのフランス人は不謹慎きわまることに、ヨーロッパにはすこぶる敬虔《けいけん》な君主がいく人もいて、彼らはいずれも自国を立派に治め、しかも教会にさえひんぱんに足を運んでいるが、それでも親兄弟を殺したり、家臣の首をはねたりはしない、とぬけぬけと言ってのけたのだった。わたしたちの通訳は若者の冒瀆《ぼうとく》的な話をインドの言葉で伝えた。過去の教訓から学んでいたわたしは、大急ぎで二頭の駱駝《らくだ》に鞍《くら》をつけさせ、フランス人と二人で一目散に逃げ去った。後で知ったところによれば、その夜のうちにアウラングゼーブ大王の士官たちはわたしたちを捕らえにやって来たが、彼らが見つけたのは通訳だけだった。通訳は広場で処刑され、廷臣たちはこぞって、通訳の死がまったく正当であることを大王へのお世辞抜きで認めた。

わたしたちの住む大陸の魅力をことごとく満喫するには、わたしはまだこれからアフリカを訪れなければならなかった。事実、わたしはそのとおりにアフリカを訪れた。乗った船が黒人の海賊に襲われた。船長は大いに苦情を申し立て、なぜおまえたちはそんなふうに国際法を犯すのか、と尋ねた。黒人の頭《かしら》は船長に答えた。

「きさまらの鼻は高く、おれたちの鼻は偏平だ。髪はと言えば、きさまらのは真っすぐで、おれたちのは羊の毛のように縮れてる。きさまらの肌は灰白色だが、おれたちの肌は光沢のある黒色だ。だから、自然の神聖な掟によって、きさまらとおれたちは永久に敵でなければならん。きさまらは、ギニア海岸の定期市《いち》で、おれたちをまるで駄馬のように買い叩き、なんだか分からないが、ばかげているうえ骨の折れる仕事に精を出させる。牛の靭帯《じんたい》で鞭打ちながら、おれたちに山の中を掘り返させ、そこから黄色い土のようなものを手に入れてるが、土台あんなものはそれだけではなんの役にも立たず、それどころか、エジプトのうまい玉ネギ一個の値打ちもない。だから、きさまらにひょっこり出くわしたときに、おれたちのほうが強ければ、きさまらを奴隷にし、おれたちの畑を耕させるのさ。さもなければ、その鼻と耳を削《そ》ぎ落とすまで、二つに一つだ」

　これほど良識ある話に言い返すことはなにもなかった。わたしは自分の耳と鼻を取っておくため、ある黒人の老婆の畑を耕しに行った。一年後、わたしは身の代金を払って釈放された。思えば、地上の美しいもの、よいもの、驚くべきものは残らず見てしまったので、これからはもうわが家しか見るまいと決めた。わたしは家で結婚式を挙げ、妻《コ》を寝取《キ》られた男《ユ》となったが(25)、それが人生でなにより心安らかな状態なのだ、とつくづく思った。

カンディードまたは最善説《オプティミスム》(1)

ラルフ博士のドイツ語文からの翻訳

キリスト紀元一七五九年、ミンデンにおいて博士が没した折、

そのポケットから発見された加筆手稿を含む(2)

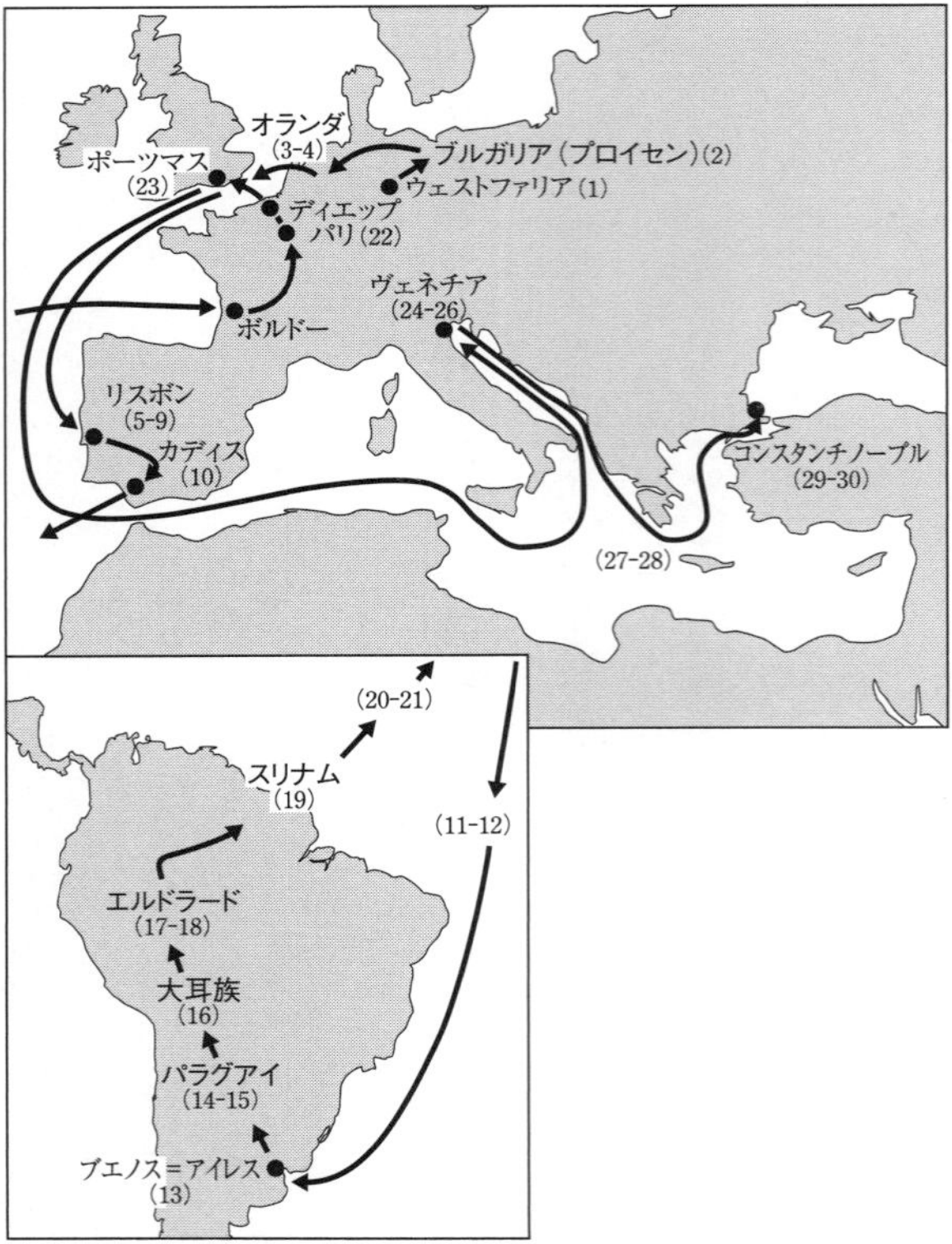

カンディードの旅の行程

(　)内の数字は該当の章を示す

第一章

カンディードはいかにして美しい城館で成長し、またそこを追われたか(3)

かつてウェストファリア地方(4)のトゥンダー＝テン＝トロンク男爵(5)さまの城館に、生まれつき品行まことに穏やかな一人の若者がいた。心に思ったことがそっくりそのまま顔に出る質《たち》だった。それに、いたってまっすぐな判断力と世にも純朴な気質をそなえていたから、カンディード(6)という名で呼ばれたのも、思うにそのためだったにちがいない。古くから城館に仕えていた召使いたちの推察するところによれば、この若者は男爵さまの令妹と近隣のれっきとした、品行いたって申し分のない貴族との間に生まれた息子だという。男爵さまの令妹は、その貴族が家系の高貴度(7)をわずか七十一までしか証明できず、その先は歳月の破壊の力に耐えられず分からなくなってしまったせいで、どうしても結婚する気にならなかったのだそうだ。

男爵さまは、ウェストファリア地方でもっとも権勢ある貴族の一人だった。というのも、男爵さまの城館には城門が一つと窓がいくつかあったからである[8]。大広間そのものも、つづれ織の壁掛けで飾られていた。家畜小屋の番犬は、急場をしのぐ場合にはこぞって猟犬の群れに早変わりした。馬丁たちは猟犬係となり、村の助任司祭は城付き司祭でもあった。だれもが男爵さまを閣下と呼び、男爵さまが愚にもつかぬ話をされても、どっと笑ってみせるのだった。

男爵夫人は体重三百五十リーヴルほどもあって、まさにそれゆえに周囲の深い尊敬をかち得ていたが、そのうえ来客のもてなし方にも威厳があったため、ますます尊敬されていた。芳紀まさに十七歳のキュネゴンド嬢は血色がよく、はつらつとして、豊満で肉感的だった。男爵の子息はあらゆる点で父親に似つかわしく見えた。師傅《しふ》のパングロス[9]は城館の神託であったので、カンディード少年は年齢と性格にふさわしく全幅の信頼をおいて師の教えに耳を傾けた。

パングロスは形而上学的＝神学的＝宇宙論的暗愚学[10]を教えていた。原因のない結果はなく、またおよそあらゆる世界の中で最善のこの世界において、男爵閣下の城館は世の城館の中でもっとも美しく、夫人はおよそあらゆる男爵夫人の中でだれよりも立派である、(11)彼はそんなことを見事に証明してみせるのだった。

「事態が現にあるよりほかの仕方ではありえないということは、とうの昔に証明ずみである」と、彼は言った。「なんとなれば、すべては一つの目的のために作られている以上、必然的に最善の目的のためにあるのだからだ。よいかな、鼻は眼鏡をかけるために作られている。それゆえ、われわれには眼鏡がある。脚は明らかになにかを穿《は》く目的で作り出された。それゆえ、われわれには半ズボンがある。石は切断され、城を建てるために形成された。それゆえ、閣下はたいそう美しい城館をお持ちなのだ。この地方でもっとも偉大な男爵さまがだれよりも立派な城館にお住みになるのは、けだし当然ではないか。それにまた、豚は食べられるために作られているからこそ、われわれは年中、豚肉を食べておる。したがって、すべては善であると主張した者たちは愚かなことを言ったものだ。すべては最善の状態にあると言うべきであった」

カンディードは一心不乱に聞き入り、無邪気に信じた。それというのも、口に出して言う勇気こそなかったものの、彼はキュネゴンド嬢を類い稀な美人だと思っていたからである。彼は、トゥンダー＝テン＝トロンク男爵に生まれる幸福に次ぐ第二の幸福は、キュネゴンド嬢その人であること、第三は毎日彼女に会うこと、そして第四はこの地方でもっとも偉大な、したがって世界中でもっとも偉大なパングロス先生の教えを拝聴することだ、と結論づけていた。

ある日のこと、キュネゴンドが、城館の間近にあって大庭園と呼ばれているちっぽけな森を散歩していると、パングロス博士が彼女の母の小間使いでたいそう愛らしくすこぶる御しやすい褐色の髪の娘を相手に、茂みの間で実験物理学の教授をしているのが目に入った。キュネゴンド嬢はいたって学問に向いていたので、自分が目撃することになった繰り返される実験を、思わず息を呑《の》んで観察した。彼女は博士の充足理由(12)、それに原因と結果を明白に見てとると、それでは自分が若いカンディードの充足理由となり、カンディードもまた自分の充足理由となってよいのではあるまいかと考え、すっかり気持ちを高ぶらせ、妄想にふけり、女学者になりたいという思いに酔いしれながら、城館に戻った。

城館に戻る途中、彼女はカンディードに出会い、顔を赤らめた。カンディードもまた顔を赤らめた。彼女がとぎれとぎれの声であいさつすると、カンディードのほうも彼女に話しかけたが、自分でなにを喋っているのかさっぱり分からなかった。翌日、昼食が

終わってみんなが食卓を離れるとき、キュネゴンドとカンディードは屏風《びょうぶ》のかげでばったり顔を合わせた。キュネゴンドがハンカチを落とし、カンディードはそれを拾った。彼女が無邪気に彼の手を取り、若者は無邪気に若い令嬢の手に接吻した。その接吻たるや、それは激しく、そして優しく、格別の好意が込められていた。二人の唇が触れ合い、目が燃え上がり、膝が震え、手は錯乱したようにさ迷った。トゥンダー＝テン＝トロンク男爵さまは屏風のそばを通りかかり、その原因と結果をごらんになって、カンディードの尻を嫌というほど蹴飛《けと》ばし、城館から追い出してしまわれた。キュネゴンドは気を失った。われに返ると彼女は、間髪を入れず男爵夫人の平手打ちを食らった。そんなわけで、およそあらゆる城館の中でもっとも美しく、もっとも楽しい城館は、蜂の巣をついたような騒ぎになった。

第二章

ブルガリア人の国でカンディードの身に起こったこと

地上の楽園を追われたカンディードは、行く当てもないまま、さめざめと泣き、絶望のあまり天を仰ぎ、男爵令嬢の中でだれより美しい人が閉じ込められている世にも美しい城館のほうへたびたび視線を注ぎながら、長いこと歩いた。彼は夕食もとらず、畑のまんなかの二本の畝《うね》の間に身を横たえた。綿をちぎったような雪がしんしんと降っていた。(13) カンディードはすっかり凍えきって、翌日ヴァルトベルクホフ＝トラルブク＝ディクドルフという隣の町のほうへ向かって這《は》うようにして歩いたが、びた一文持ち合わせがなく、飢えと疲労で死にそうだった。彼はとある居酒屋の入口で立ち止まり、みじめな姿をさらした。青い服を着た二人の男(14)が彼に目を留めた。

「おい」と、一人が言った。「あの若者は立派な体つきをしていて、身長も要求にぴったりだ」

二人はカンディードのほうへやってくると、いとも丁重に彼を昼食に招待した。

「これはこれは」と、カンディードは愛想よく控え目な様子で言った。「まことに光栄の至りですが、自分の勘定を払うだけの持ち合わせがないのです」

「おお、ムッシュー」と、青い服を着た一人が言った。「あなたほどの風采《ふうさい》と人徳をそなえた方は決して金など払わないものです。あなたの身長は五ピエ五プースではありませんか」

「ええ、そうですとも、ぼくの身長はおっしゃるとおりです」と、彼はうやうやしくお辞儀をしながら言った。

「ああ、では、ムッシュー、食卓にお付きください。われわれはあなたの費用をお払いするだけでなく、あなたのようなお方が金に困っておられるのを黙認するわけにいかないのです。人間はまさにたがいに助け合うように作られているのですよ」

「おっしゃるとおりです」と、カンディードは言った。「それこそ、パングロス先生がつねづね言われたことです。すべては最善の状態にあることが実によく分かります」

彼は数枚のエキュ銀貨を受け取るように言われたので、それを手に取り、借用書を書こうとしたが、相手はそんなものには目もくれず、食卓についた。

「心から愛しておられるのでしょうね……」

「ええ、愛していますとも」と、彼は答えた。「キュネゴンド嬢を心から愛しています」

「いえ、そうじゃないんです」と、男たちの一人が言った。「もしやブルガリアの王さま[15]を心から愛しておられるのでは、とお尋ねしているのです」

「めっそうもない」と、彼は言った。「だって、いちどもお目にかかったことがないのですからね」

「なんですって！　王さまの中でもずば抜けてすてきなお方なのですよ。だから、王さまのご健康を祈って乾杯しなくちゃなりません」

「ああ！　では、皆さん、喜んで乾杯しましょう」

そう言って、彼は一気に飲み干す。

「それで結構」と、青い服の男たちは言った。「これであんたは、ブルガリア人の礎《いしずえ》、支柱、守護神、英雄になったのだ。出世はまちがいなく、栄光は保証された」

すぐさま彼は足に鎖をつけられ、連隊へ連れて行かれる。右向け、左向け、装塡棒を差し込め、もとへ戻せ、狙え、撃て、歩調を速めよ、といったことをさせられたあげく、棒で三十叩きされる目に遭った。翌日は訓練のぎこちなさがちょっぴり改まったというので、彼にお見舞いされた棒叩きはわずか二十回になり、翌々日は十回しか叩かれず、そんなわけで彼は仲間たちからまるで非凡な人間のように思われた。

カンディードは呆気《あっけ》にとられ、どうして自分が英雄なのか、まださっぱり見当がつかなかった。ある春の日、自分の脚を気ままに使うのは動物だけでなく人間の特権でもあると考えたので、彼は自分の前をまっすぐ歩いて遠出をしようと思った。ところが、二リューも進まないうちに、身の丈六ピエもある別の四人の英雄が追いつくと、彼を縛り上げ、監獄へ引っ立てて行った。彼は、連隊の兵士全員から三十六回鞭打たれるのと脳天に鉛の弾を同時に十二発打ち込まれるのとどちらがよいか、と法律に従って尋ねられた。彼が人間の意志は自由だ、どちらもご免だと言ってもむだだった。どちらか一つを選ばねばならなかった。で、彼は自由という名の神さまからの授かりものに従って、三十六回の鞭打ちを受けることに決めたが、実際には隊列往復の鞭打ち刑を受けた。連隊は二千人で編成されていたから、四千回の鞭打ちが行なわれ、その結果、彼の首のうなじから尻まで筋肉と神経がむき出しになった。三回目に隊列の鞭を浴びせられかかったとき、カンディードは精根尽き果ててしまい、後生だからお情けでいっそひと思いにこの頭を打ち砕いてくれと懇願した。彼の願いは聞き届けられた。彼は目隠しをされ、ひざまずかせられる。ちょうどそのとき、ブルガリアの王が通りかかり、受刑者の罪状をお尋ねになった。この王さまは非凡な人物だったので、カンディードについて聞いたすべてのことから、この若者が浮き世の事情にはなはだうとい形而上学者の卵であると察しをつけられた。そこで王は、寛大にも若者に特赦をお認めになった。王のこの寛大な措置は、その後ありとあらゆる新聞紙上で、またすべての世紀にわたって称賛されるにちがいない。カンディードの傷は、一人の実直な外科医により、ディオスコリデス(16)から伝授された緩和薬を用いて三週間で癒やされた。新しい皮膚がすでに少しできかかり、カンディードが歩けるようになったとき、ブルガリアの王がアヴァールの王と戦を始めた。

第三章

いかにしてカンディードはブルガリア軍を脱走したか、またその身の変転

この両軍ほど美しく、優雅で、華やかさにあふれ、世にも整然としたものはなかった。ラッパ、横笛《ファイフ》、オーボエ、太鼓、大砲が、地獄にも決して聞かれない快い調べを奏でていた。まず大砲は双方の陣営でおよそ六千人を倒した。つぎに一斉射撃が最善の世界から、その地表を汚すならず者どもを九千から一万ほど取り除いた。銃剣もまた数千人の

死の充足理由となった。(17)総計はおよそ三万人に上ったかもしれない。哲学者のように震えていたカンディードは、この英雄的な殺戮《さつりく》のあいだ、できるかぎりうまく身を隠していた。

ようやく彼は、二人の王がそれぞれの陣営で謝恩歌《テデウム》(18)を歌わせている間に、どこか別の土地へ行き、結果と原因(19)についてじっくり考えようと決めた。彼は死者や瀕死の人間の山を乗り越え、まず隣村にたどり着いた。村は灰燼《かいじん》に帰していた。そこはアヴァールの村だったが、ブルガリア人が公法の掟(20)にしたがって焼き払っていたのだ。ここでは弾丸を浴びた老人たちが、血まみれの乳房に乳飲み子を抱いたまま喉《のど》を切り裂かれて死んでゆく妻たちを眺めているかと思えば、かしこでは幾人かの英雄の自然の欲求を満足させた後、腹をえぐられた娘たちが息を引き取ろうとしていた。そうかと思えば、半身焼かれたような状態にあって、とどめを刺してくれと叫ぶ娘たちもいた。地面には、切り取られた腕や脚のわきに脳味噌が散乱していた。

カンディードはできるだけ速くほかの村へ逃げて行った。そこはブルガリアの村だったが、アヴァールの英雄たちから同じ仕打ちを受けていた。カンディードは、ぴくぴく動く手足を踏み越えたり廃墟を通り抜けたりしながら相変わらず歩き通し、ようやく戦場の外へたどり着いた。合切袋にほんのわずかな食糧を入れ、それを小脇に抱えながら、キュネゴンド嬢のことを片時も忘れなかった。オランダにやって来たとき、食糧が底をついた。しかし、この国ではだれもが金持ちで、人びとはキリスト教徒だと聞いていたので、彼は自分がキュネゴンド嬢の美しい目のせいで追い出されるまで男爵さまの城館で受けたくらいの待遇なら、きっとここでも受けられると信じて疑わなかった。

彼は幾人かの謹厳そうな人びとに施しを乞うた。すると、彼らのだれもが一様に、そんな稼業をつづけるなら、感化院に閉じ込められ、世間の常識を教わることになるぞ、と答えるのだった。

その次に彼は、大きな集会に現れてただ一人で立て続けに一時間ものあいだ、長々と隣人愛について雄弁をふるった一人の人物(21)に話しかけた。その雄弁家は、疑い深い目付きで彼を見ながら言った。

「ここへなにをしに来たのだ。もっともな理由があってここにいるのかね」

「原因のない結果はありません」と、カンディードは控え目に答えた。「すべては必然的につながっていて、最善のために配剤されています。ぼくはキュネゴンド嬢のもとを追われ、鞭の霰《あられ》の中を通ると定められていたのです。それに、生活の糧を得られるまで物乞いするのも定めなのです。こうしたことはすべて、そうなるよりほかにありえませんでした」

「では、あなた」と、雄弁家は言った。「教皇はキリストの敵だと思うかね」

「そんなことは未だ聞いたことがありません」と、カンディードは答えた。「でも、教皇が反キリストであろうとなかろうと、わたしはパンに事欠いているのです」

「貴様にパンを食らう資格などあるものか」と、相手は言った。「さっさと立ち去れ、ろくでなし、消え失せろ、下種野郎《げす》、死ぬまでおれに近づくな」

雄弁家の妻が窓から首を出し、教皇がキリストの敵であることに疑いを抱く男の姿に気づいて、カンディードの頭にざんぶとぶちまけた物ときたら……。ああ、はてさて、ご婦人方が信仰に熱中すると、なんとまあ極端に走ることか！

洗礼を受けたことのない、ジャックという名の善良な再洗礼派《アナバチスト》の男(22)がその場に居合わせた。彼は自分の兄弟の一人、すなわち翼はないが魂のある二本足の生き物がそんなふうに残虐非道な扱いを受けているのを見て、男を家へ連れて来た。そして体をきれいに洗ってやり、パンとビールを与え、オランダの金で二フローリンを贈り、おまけにオランダ製のペルシア織物を作っている彼の工場で、仕事の仕方を教えてやろうというのだった。カンディードは彼の前にひれ伏さんばかりに叫んだ。

「パングロス先生がいみじくもおっしゃっておられました、この世ではすべては最善の状態にある、と。それというのも、ぼくは黒いマントを着た男とその奥さんの非情さよりも、あなたのこのうえない寛大さにはるかに心を打たれるからです」

翌日、彼が散歩をしていると、一人の乞食に出会った。その乞食ときたら全身が悪性の膿《うみ》だらけで、目は生気を失い、鼻の先は腐り、口はゆがみ、歯は真っ黒で、そのうえ声がしゃがれ、激しい咳に苦しみ、力むたびに歯を一本ずつ吐き出すといった有様だった。

第四章

カンディードはいかにして哲学の恩師パングロス博士に再会したか、
またその後の成り行き

カンディードは嫌悪より同情に心を動かされ、実直な再洗礼派のジャックからもらった二フローリンを、そのぞっとするような乞食に与えた。亡霊さながらの男はまじまじと彼を眺め、はらはらと涙を流し、彼にひしと抱きついた。カンディードはおびえて、思わず後じさりする。

「ああ、嘆かわしい！」と、その哀れな男はもう一人の哀れな男に向かって言った。「親しいパングロスをもう覚えてはいないのかね」

「なんですって、あなたが、ぼくの親しい先生ですって！　先生が、こんなひどい目に遭われていようとは！　いったい、どんな不幸に見舞われたのです。どんな事情で、このうえなく美しい城館にもうおられないのでしょう。この世の娘たちの白眉、自然の傑作、あのキュネゴンド嬢はどうなりましたか」

「わしは精根尽き果てたぞ」と、パングロスは言った。カンディードはすぐさま恩師を再洗礼派の家畜小屋に連れて行き、パンを少し食べさせた。すると、パングロスは元気を取り戻した。

「それで、キュネゴンド嬢は？」と、彼は恩師に尋ねた。

「死んでしまったのだよ」と、恩師は言葉を継いだ。それを聞いてカンディードは気絶した。パングロスは親しい友として、たまたま家畜小屋にあった粗悪な酢を少しばかり使って弟子の意識を取り戻させた。カンディードはふたたび目を開いた。

「キュネゴンド嬢が死んだのですって！　ああ！　最善の世界よ、おまえはどこにあるのだ。でも、彼女はいったい、どんな病気で死んだのですか。まさか、ぼくがしたたか足蹴《あしげ》にされて、彼女の父上の美しい城から追い出されるのを見たせいではないでしょうね」

「いや、そうじゃない」と、パングロスは言った。「お嬢さまはブルガリアの兵士たちにあらんかぎりの暴行を加えられた末、腹をえぐられたのだ。兵士たちは、お嬢さまを守ろうとなさった男爵さまの頭を打ち砕いた。男爵の奥方さまはばらばらに切り刻まれ、わしの生徒も妹のキュネゴンド嬢と同じ目に遭った。城館はといえば、納屋一棟、羊一匹、アヒル一羽、木一本すら残っていない。だが、われわれの恨みは充分に晴らされた。なぜなら、アヴァール兵が隣のブルガリアの領主所有の男爵領で、同じことをしてくれたからな」

　この話を聞いて、カンディードはまたしても気を失った。しかしわれに返り、言うべきことをすっかり言い終えると、パングロスをそれほどみじめな状態に陥れた原因と結果、それに充足理由について尋ねた。

「ああ！　それは、恋だよ」と、師は言った。「恋、人類の心の慰め、宇宙の管理者、すべての感じやすいものの魂、優しい恋なのだ」

「ああ！」と、カンディードは言った。「恋ならぼくも知っています。人の心を支配する絶対君主、魂の魂とでも言うべきものです。もっとも、ぼくがそれから得たのは、たったいちどの接吻とお尻にお見舞いされた二十発の足蹴だけでした。でも、どうしてそんな美しい原因がそれほどいまわしい結果をもたらしたのでしょう」

するとと、パングロスは次のように答えた。

「まあ、カンディード、われらの威厳に充ちた男爵夫人の可愛い侍女、パケット(23)を知ってるな。わたしは彼女の腕に抱かれて天国の悦楽を味わったが、その悦楽が地獄の苦しみを生み出し、ごらんのとおりわしの体を苛《さいな》んでる始末だ。あの娘《こ》もこれに感染していたのだから、今頃はもう死んでることだろう。パケットはこの贈り物をコルドリエ会修道士からもらい受けたのだが、この修道士がたいそう学識ある人物で、なにごとも根源にまでさかのぼって究明していた。というのも、彼はこの贈り物すなわち病気を年老いた伯爵夫人から頂戴し、伯爵夫人は騎兵隊の中隊長から受け取り、中隊長はさる侯爵夫人のおかげをこうむり、侯爵夫人は小姓からそれをもらい、小姓はイエズス会の神父から授かり、神父は修練士の頃にクリストファ・コロンブスの仲間の一人からじかにいただいたと分かったからだ。(24) このわしはだれにも移しはしないさ、命の火が消えかかっているのだからなあ」

「ああ、パングロス先生！」と、カンディードは叫んだ。「それはなんとも奇妙な系図ですね！　本元は悪魔だったのではありませんか」

「それは見当違いというものだ」と、大先生はすかさず反論した。「この贈り物は、最善の世界には欠かせないもの、必要な要素であったのだ。なんとなれば、もしコロンブスがアメリカ大陸のある島で、生殖の源を汚染し、しばしば生殖を妨げさえもし、明らかに自然の偉大な目的に反するこの病気にかかっていなかったならば、ココアも緋染《ひぞ》めの染料の原料となる昆虫エンジムシもわれわれの手には入らないだろうからな。さらに言うなら、今日までこの病気が、わが大陸では宗教論争と同じようにわれわれに特有のものであることにも留意しなければならない。トルコ人も、インド人も、ペルシア人も、中国人も、シャム人も、日本人も、まだこの病気を知らずにいるが、しかし数世紀後には今度は彼らがこれを知ることになる充足理由が歴然としてある。とにかく、この病気はわれわれの間で驚異的に蔓延《まんえん》した。とりわけ、国の命運を決め、操行すこぶる良好で、そのうえ育ちのよい傭兵からなる軍隊では、はなはだしかった。三万人が陣を構える戦闘隊形をつくって同数の敵軍と戦うような場合、双方の陣営におよそ二万人の梅毒患者がいると請け合ってよい」

「へえ、驚きましたね」と、カンディードは言った。「でも、先生の病気を癒さねばなりません」

「それは無理というもの」と、パングロスが言った。「なにしろわしは文無しなのだ。この広い地球では、金を払うか、それともわれわれに代わって金を払ってくれるだれかがいなければ、瀉血《しやけつ》をしてもらうことも浣腸《かんちよう》をしてもらうこともできないのだからな」

その最後の言葉を聞いて、カンディードは決断した。彼は慈愛深い再洗礼派のジャックの足元に身を投げ出し、友人が追い込まれている惨状をほろりとさせるような言葉で描いてみせたので、善良なジャックはためらうことなくパングロス博士を引き取ってくれた。彼は自分の費用で博士の病気を治した。そのときの治療で、パングロスは片目と片耳を失くしただけですんだ。彼は達筆で、おまけに算数が得意中の得意だった。再洗礼派のジャックは彼を会計係にした。二か月後、ジャックは商用でリスボンへ行かねばならなくなり、二人の哲学者を船に乗せて連れて行った。パングロスは彼に、いかにす

べてはこのうえなく善であるかを説明した。ジャックは、その意見には賛成しかねた。「人間は

「人間はちょっぴり自然を堕落させたにちがいない」と、彼は言うのだった。(25)決して狼に生まれついてはいないのに、狼になってしまったからだ。神さまは人間に重さ二十四リーヴルの弾丸を発射する大砲も銃剣もお授けにならなかったのに、人間は銃剣や大砲を造ってたがいに殺し合っている。破産と、それに破産者の財産を差し押さえて債権者を踏み倒す裁判についても、同じように考えてよいのではないか」

「そうしたことはすべて必要不可欠だった」と、片目の博士はすかさず言い返した。「個々の不幸は全体の幸福をつくり出す。それゆえに、個々の不幸が多ければ多いほど、すべては善なのだ」

彼が理屈をこねている間に空が暗くなり、四方から風が吹き荒れて、船はリスボンの港を目前にしながら世にも恐ろしい嵐に襲われた。

第五章

嵐、難破、地震、そしてパングロス博士とカンディードと再洗礼派のジャックの身に起こったこと

船客の半数はすっかり弱り、船の横揺れで神経ばかりかすべての体液も上下左右に揺さぶられ、そのため味わう想像を絶する苦しみで息も絶え絶えになり、危険を恐れる気力さえ失せる有様だった。残りの半数は泣き叫び、祈りの文句を唱えていた。帆は引きちぎれ、帆柱は折れ、船体はぱっくり二つに裂けていた。働ける者は働いていたが、たがいに力を合わせるでもなく、指揮をとる者もいなかった。再洗礼派の男は船の操縦を少し手伝って、上甲板にいた。すると、狂暴な一人の水夫が乱暴にも彼に殴りかかり、彼を甲板に打ち倒してしまう。しかし、殴ったはずみで自分もしたたか衝撃を受け、もんどり打って船の外に落ちた。水夫は折れたマストの一部に宙ぶらりんのまま引っかかっていた。善良なジャックは水夫を助けに駆け寄り、相手が這い上がるのを手伝うが、

力んだために水夫の見ている前で海中に真っ逆さまに落ちていく。水夫はそんな彼に目もくれず、見殺しにした。カンディードは近寄って、自分の恩人が一瞬その姿を現したかと思うと、永久に海に呑み込まれていくのを見た。彼は思わず恩人の後を追って海中に飛び込もうとするが、哲学者パングロスはそれを押し留め、リスボン沖の停泊地はあの再洗礼派の男が溺死するよう特別につくられたのだと証明してみせた。彼がそうしたことを先験的《アプリオリ》に証明しているうちに、船は真っ二つに裂け、パングロスとカンディード、それに徳高い再洗礼派の男を溺死させたあの野獣に等しい水夫を除いて、一切合切が海に沈んだ。その悪党は、パングロスとカンディードが一枚の板にすがり、波に運ばれてやっと浜辺にたどり着いたのに、悠々と先に泳ぎ着いていた。

パングロスとカンディードは少しわれに返ると、リスボンのほうへ向かって歩いた。彼らは手元に多少の金が残っていたので、嵐を逃れたからにはその金で飢えをしのげるだろうと思っていた。

恩人の死を嘆きながら二人が町に足を踏み入れると、たちまち足元で大地が揺れるのを感じた。港の海水は泡立って高く盛り上がり、停泊中の船を砕くのだった。炎と灰の渦が町の通りや広場を覆いつくし、家々は崩れ落ち、屋根は建物の土台のところにまで

倒壊し、土台は散乱し、三万人の老若男女の住民が廃墟の下敷になって押しつぶされる。(28)

水夫は口笛を吹き、なにやら悪態をつきながら言った。

「ここでひと儲《もう》けできそうだ」

「この現象の充足理由は、いったいなんだろう」と、パングロスは言った。

「これこそ世界の最後の日です」と、カンディードは叫んだ。水夫はすぐさま屍《しかばね》の間を縫って駆けて行き、金を探すためなら死の危険ももののともせず、金を見つけ、奪い取り、酒をくらって酔っ払い、酔いをさますと、倒壊した家の廃墟や瀕死の住民や死者があふれる場所でたまたま最初に出会った、気のよい娘の愛のしるしを金で買う。その間、パングロスは水夫の袖をなんども引いた。

「おい、君」と、彼は水夫に言った。「そんなことしてはならん。普遍理性に背いているし、機会を悪用している」

「なんだと!」と、相手は答えた。「おれさまは水夫で、バタビア(29)生まれだ。はばかりながら、これでも日本へ四回旅して四回踏み絵(30)を踏んできた。貴様はその普遍理性とやらで、とんだ相手を見つけたものだ」

カンディードはといえば、いくつかの石の破片で怪我をしていた。そのため、通りで倒れ、残骸に埋もれていた。彼はパングロスに言った。

「ああ！　お願いだからワインと油を少しばかり手に入れて。いまにも死にそうだ」

「この地震はとりたてて目新しいものじゃない」と、パングロスは答えた。「去年アメリカ大陸で、リマという町が同じ震動を経験した。原因も結果も同じだ。リマからリスボンまで、きっと地下に硫黄の筋が通っているにちがいないな」

「それ以上に確からしいことはありませんね」と、カンディードは言った。「でも、お願いですから、油とワインを少々」

「なに、確からしいだと」と、哲学者はすぐさま反論した。「わしは、事は論証ずみだと言っておるのだ」

カンディードは気絶した。すると、パングロスは近くの泉から少量の水を運んで来てくれた。

翌日、二人は瓦礫《がれき》の中に潜り込んで食糧を少しばかり見つけたので、多少とも体力を回復した。それから、ほかの人びとと同じように、死を免れた住民たちを懸命に助けた。彼らに助けられた幾人かの住民は、そうした災害に遭いながらもできるだけ滋味に富む昼食を振舞ってくれた。とはいえ、たしかに楽しい食事ではなかったので、食事に招かれた者たちは涙で喉をうるおしながらパンを食べた。しかし、パングロスは事態はそれ以外にはありえないのだと断言して一同を慰めた。

「なんとなれば」と、彼は言った。「こうしたことはどれも最善であるからだ。なんとなれば、リスボンに火山があるからには、その火山はほかの地には存在しえなかったからな。なんとなれば、事物が現にいまあるところに存在しないなどということは、ありえないではないか。なんとなれば、すべては善であるからだ」

パングロスのそばにいた、小柄で黒い服を着た宗教裁判所の取締官が丁重に口を開いて言った。「どうやら、ムッシューは原罪を信じておられないようですね。なぜなら、もしすべてが最善の状態にあるなら、堕落も罰もなかったことになりますからな」

「恐れながら猊下《げいか》」と、パングロスはさらに丁重な態度で答えた。「なんとなれば、人間の堕落と呪いは、およそありとあらゆる世界の中の最善の世界に必然的に含まれていたからでございます」

「では、ムッシューは自由を信じておられないのですか」と、取締官は言った。

「はばかりながら猊下」と、パングロスは言った。「自由は絶対的必然と両立しうるのでございます。なんとなれば、われわれが自由であるのは必然であったからでございます。なんとなれば、要するに断固たる意志は……」

パングロスがまだ話をしている最中に、取締官はポルト酒すなわちオポルト酒(31)を盃に注がせていた武装した召使いに、うなずいてみせた。

第六章

地震を防止するため、いかにして壮麗な異端者の火刑《オートダフェ》が行なわれたか、
またカンディードはなにゆえ尻叩きの罰を受けたか

リスボンの町の四分の三を破壊した地震の後、この国の賢者たちは、完全な破滅を防ぐのに、民衆に異端者の華麗な火刑(32)を見せる以上に効果的な方法を見つけられなかった。数人の人間がとろ火で厳かに焼かれる情景は、大地の震動を防ぐのにかならず効き目のある秘策である、とコインブラ(33)の大学が決定していた。

その結果、代母と結婚した罪で有罪と認められたビスカヤから来た一人の男と、ひな鶏を食べるときに脂身をむしり取って捨てた二人のポルトガル人がすでに逮捕されてい

た。(34)昼食の後で、パングロス博士とその弟子カンディードが縄をかけられた。一人はなにやら口走り、もう一人はさも賛意を示す様子でそれに聞き入っていたという理由だった。二人ともひどく冷え冷えとした、日の光に悩まされることなど間違ってもない続きの間に引っ立てられた。一週間が過ぎると、二人そろって「地獄服《サン＝ベニト》」を着せられ、頭は紙製のとんがり帽子で飾られた。カンディードのとんがり帽子と地獄服には、倒立した炎としっぽも爪もない悪魔とが描かれていたが、パングロスの悪魔には爪としっぽがあり、炎は直立していた。(35)二人はそんな出立《いでた》ちで列を組んで歩き、たいそう感動的な説教を聞いた。説教の後には、三声部の教会聖歌の美しい音楽がつづいた。(36)聖歌が歌われているあいだ、カンディードは歌の調子に合わせて尻を叩かれた。ビスカヤ地方出身の男とどうしても脂身を食べようとしなかった二人の男は火あぶりにされ、そしてパングロスはといえば、しきたりに反して絞首刑に処せられた。同じ日に、大地はものすごい轟《ごう》音《おん》を立ててまたもや震動した。(37)

カンディードは、恐怖に駆られ、仰天し、度を失い、血まみれになり、打ち震えながら独り言をつぶやいた。

「これがありとあらゆる世界の中で最善の世界であるなら、ほかの世界はいったいどんなところだろう。ぼくが尻を打たれただけですんだことは、まあ、いいとしよう。ブルガリアの軍隊でも鞭打たれたことだ。だが、ああ、親しいパングロス先生！　この世で最大の哲学者よ、ぼくは理由も分からないまま、あなたが絞首刑にされるのを見なければならなかったとは！　ああ、親しい再洗礼派の教徒、だれよりも善良な人よ、あなたが港で溺死しなければならなかったとは！　ああ、キュネゴンド嬢！　世の娘たちの中の珠玉の傑作よ、あなたが腹を裂かれなければならなかったとは！」

説教を聞かされ、尻を打たれ、放免になり、祝福を与えられ、辛うじて立っていた彼がもと来た道をとぼとぼ歩いていると、一人の老婆が近づいて来て、彼に言った。

「ねえ、お若い方、元気をお出しなさいな、私に付いていらっしゃいまし」

第七章

老婆はいかにカンディードを介抱したか、
また若者が愛する人と再会したいきさつ

カンディードは元気を出すどころでなかったが、老婆の後について一軒のあばら屋へ行った。老婆は体につけるようにと一びんの塗り薬をくれ、食べ物と飲み物を彼に渡すと、こざっぱりした小さなベッドを示した。ベッドのわきには上下揃《そろ》いの服があった。

「食べて、飲んで、お休みなさい。アトーチャの聖母、パドヴァの聖アントニウスさま、それにコンポステラの聖ヤコブ(38)さまのご加護がありますように。明日また参りましょう」

カンディードは、見てきたこと、耐えてきたこと、いや、それにもまして老婆の親切にまだ驚きから覚めないまま、思わずその手に接吻しようとした。

「接吻は、私の手なんぞにするものではありません。明日また参りましょう。薬をよく塗り、食べ、そしてぐっすりお眠りなさい」

カンディードはこれほど多くの不幸に見舞われながら、よく食べ、よく眠った。翌日、老婆は彼に朝食を届け、彼の背中を診ると、手ずから別な薬を塗ってくれる。それから、彼に昼食を届け、夕方になるとまた来て夕食を運んでくれた。翌々日も、老婆の儀式めいた行ないはそれまでと変わらなかった。

「あなたはどなたですか」と、その度にカンディードは言うのだった。「どなたの指図でこれほどまで親切にしてくださるのです。あなたにはなんといって感謝したらよいのでしょう」

親切なその女はひと言も答えなかった。彼女は夕方頃になってまたやって来たが、夕食は持って来なかった。

「私といっしょにいらっしゃい」と、彼女は言った。「話は禁物です」

老婆は彼を抱えるようにして、およそ四分の一マイルほど野原を歩く。二人は、庭と水路に囲まれ、ぽつんと建った一軒の家にたどり着く。老婆は小さな扉をノックした。扉が開くと、彼女は忍び階段から金色の小部屋にカンディードを導き、金銀糸入りの絹紋織物《ブロケード》の長椅子に彼を残して戸を閉め、立ち去った。カンディードは夢見心地だった。

自分のこれまでの生涯をいまわしい夢と考え、現在の瞬間を快い夢と考えた。

やがて、老婆がふたたび現れた。彼女は身を震わせている一人の女をやっとの思いで支えていた。女はみごとな体つきをしていて、宝石をまばゆいほどに輝かせ、ヴェールで顔を覆っていた。

「ヴェールをとっておやりなさい」と、老婆はカンディードに言った。若者はそばに近寄り、おどおどした手つきでヴェールを持ち上げた。なんたる瞬間！　なんたる驚き！　まるでキュネゴンド嬢を見ているようではないか。そうだ、事実、彼はキュネゴンドを見ていたのだ、目の前にいるのはまさしく彼女自身だった。彼は全身の力が抜け、口がきけなくなり、彼女の足元に身を投げ出す。キュネゴンドは長椅子の上に倒れた。老婆が二人に蒸留酒をたっぷり飲ませると、彼らは意識を取り戻し、言葉を交わした。はじめのうちは、途切れ途切れの言葉、すれ違う質問と答え、溜め息、涙、叫び声だった(39)。老婆はもっと静かにするよう彼らに忠告すると、そっと二人だけにしてやった。

「なんということか！　あなたなのですね」と、カンディードは言った。「あなたが生きておられるとは！　あなたとポルトガルで再会するとは！　では、あなたは手ごめにされたのではなかったのですね。パングロス先生が断言されたのと違って、お腹を裂かれたのではなかったのですね」

「いいえ、先生のおっしゃるとおりよ」と、美しいキュネゴンドは言った。「でも、あんな二つの災難に遭ったからといって、死ぬとは限らないわ」

「ところで、お父さまとお母さまは殺されておしまいになったのですか」

「残念ながらそうなのです」と、キュネゴンドは涙ながらに言った。

「それで、お兄さまは」

「兄も殺されたわ」

「あなたはなぜポルトガルにいらっしゃるのですか。それに、どうしてぼくがここにいることがお分かりになったのですか。それからまた、いったいどんな奇異な偶然からぼくをこの家に案内させたのでしょう」

「なにもかもお話するわ」と、男爵令嬢は答えた。「でも、その前に、あなたが私になさった無邪気な接吻とそのためにお見舞いされた足蹴いらい、その身に起こったことを残らず教えてくださらなければなりません」

カンディードは、深い敬意を表してその言葉に従った。そのとき彼はどぎまぎしていたし、声も弱々しく震えがちで、おまけに背中がまだちょっぴり痛んでもいたが、二人が別れ別れになったときいらい経験したことの一部始終をたいそう率直に話した。キュネゴンドは天を仰いだまま、善良な再洗礼派の教徒とパングロスの死の話に涙した。それから、彼女はカンディードに次のような話をした。カンディードはひと言も聞きもらすまいとして、その話を一心に聞くのだった。

第八章

キュネゴンドの話(40)

「私がベッドでぐっすりと眠り込んでいたら、神さまの思召《おぼしめし》で、私たちのトゥンダー＝テン＝トロンクの美しいお城へブルガリアの兵士たちがなだれ込んできました。兵士たちは私の父と兄を切り殺し、母を切り刻みました。身の丈六ピエもある大男のブルガリア兵は、私がそんな光景を見て気を失ったと見てとると、私に乱暴を働き始めました。私はそのせいでわれに返り、意識を取り戻し、悲鳴を上げ、抵抗し、かみつき、引っかき、その大男のブルガリア兵の目をえぐってやろうとしました。でも、父の城で起こったそうした出来事など、どれもざらにあることだとは知りませんでした。乱暴者は私の左の脇腹を短刀で一突きしました。そのときの傷痕はまだ残っています」

「ああ！　その傷痕をぜひ拝みたいものです」と、カンディードは無邪気に言った。

「いずれお見せしますわ」と、キュネゴンドは言った。「でも、話をつづけましょう」

「どうかつづけてください」と、カンディードは言った。

そこで、彼女は話を本題に戻した。

「ブルガリア軍の隊長が部屋に入って来て、私がすっかり血にまみれているのを目撃しました。ところが、兵士のほうはいっこうに手を休めないのでした。隊長はこの粗暴な兵士が自分に敬意を欠いたことに立腹し、大男を私の体の上で殺しました。それから、隊長は私の手当てをさせ、捕虜として兵舎に連れて行きました。私は彼が持っていたほんのわずかなシャツを洗濯したり、彼のために料理を作ってやったりしました。実を言えば、隊長は私のことをなかなかの美人だと思っていたのでした。私のほうでも、彼が立派な体格で、白く柔らかい膚をしていたことを認めないわけではありません。もっとも、才気や哲学となると、いただけませんでした。パングロス博士の教えを受けていないことがよく分かりました。三か月が過ぎてすっかりお金を使い果たし、私に嫌気がさしたので、彼は私をドン・イサカル(41)という名のユダヤ人に売り飛ばしました。そのユダヤ人はオランダやポルトガルで闇取引をしていた男で、途方もない好色漢でした。彼は私にたいそうご執心でしたが、私を征服することはできませんでした。私はブルガリアの兵士を相手にしたときよりもっと頑強に抵抗しました。貞潔な女はいちど乱暴を働かれると、かえって貞操観念が固くなるものです。そのユダヤ人は、私を手なずける魂胆から、ごらんのこの別荘へ私を連れて来ました。そのときまで私は、この世にはトゥンダー＝テン＝トロンク城ほど美しいものはないと信じていましたが、ようやく自分の誤りに気づきました。

ある日、宗教裁判所の裁判長がミサで私に気づき、しきりに色目を使ったあげく、内々で話したいことがあると伝えてきました。私が彼の邸宅に案内され、自分の素姓を明かしたところ、彼はイスラエル人の囲われ者になるなどということがいかに私の家名を傷つけることになるかを分からせてくれました。私を猊下に譲るようにと、ドン・イサカルに直々の申し出がありました。宮廷御用の銀行家であり、少なからぬ影響力をもつドン・イサカルは、そんな気はさらさらありませんでした。裁判長は異端者の火刑《オートダフェ》に処するぞと言って彼を脅しました。さすがに私を囲っているユダヤ人もついにおじけづき、取引きを結びました。それによると、家屋と私は二人の共有物となり、ユダヤ人のほうは毎週、月曜日と水曜日と安息日、裁判長は週のそれ以外の日というのでした。この取決めは六か月つづいています。もめごとがなかったわけでもありません。それというのも、土曜日から日曜日にかけての夜がモーセの律法の権限に属するのか、それともキリストの律法の権限に属するのか、はっきりしないことがしょっちゅうあったからです。(42)私はいままでどちらの掟にも抵抗してきました。(43)私がいつも変わらず愛されてきたのは、そのためだと思います。

結局、地震の災いをかわし、ドン・イサカルをおどすには、(44)異端者の火刑を厳かにとり行なうことが宗教裁判長猊下のお心にかなったのでした。彼は光栄にも私を刑場に招待してくれました。私が座ったのは最上の席でした。身分あるご婦人方には、ミサと処刑の間に飲み物やお菓子が出されました。実のところ、あの二人のユダヤ人と、それに代母と結婚したあの素行正しいビスカヤ地方出の男とが火あぶりにされるのを見たときには、恐怖に襲われました。でも、地獄服《サン＝ベニト》を着せられて紙のとんがり帽子を被せられた、パングロス先生にそっくりの人の顔を見たときには、私の驚き、恐怖、不安はいかばかりだったでしょう！　目をこすり、じっと注意深く見ると、先生が吊るされるのが見えました。私は気を失いました。意識を取り戻すか戻さないうちに、あなたが服を脱がされ、素裸にされるのが目に入る始末です。そのときばかりは、恐怖と驚きと悲しみと絶望のどん底でした。正直に言って、あなたの膚のほうがブルガリアの隊長などよりずっと白く、はるかに申し分のない鮮やかなばら色をしています。その光景を見ると、私を苦しめ、苛んでいるあらゆる思いがつのってきました。私は悲鳴を上げましたが、こう言いたかったのです。「お止め、野蛮人たち！」でも、言葉になりませんでしたし、悲鳴を上げたところで空しかったことでしょう。あなたがしたたかお尻を打たれ終わったとき、私はこうつぶやきました。

「愛すべきカンディードと聡明なパングロス先生がどうしてリスボンにいるのかしら。一人は鞭で百叩きされ、もう一人は私を最愛の女にしている宗教裁判長猊下の命令で吊るされるとは。では、パングロス先生は、なにごともこのうえなくうまく行くとおっしゃったとき、ずい分とひどい嘘をおつきになったことになるわ」

興奮し、取り乱した私は、逆上したかと思うと疲れ切っていまにも死にそうになりながら、頭はいろんなことでいっぱいでした。父と母と兄の虐殺のことやら、ブルガリアの下賤《げせん》な兵士の無礼な仕打ちのことやら、そいつが私に加えた短刀の一突きやら、私が陥った奴隷のような状態やら、料理女の仕事やら、ブルガリアの隊長のことやら、下品なドン・イサカルのことやら、おぞましい裁判長のことやら、パングロス博士の絞首刑のことやら、聖歌合唱の盛大な「主よ哀れみたまえ」が歌われている間あなたがお尻を鞭打たれていたことやら、それから特に、最後にあなたとお会いしたあの日に屛風のかげで私が与えた接吻のことやら、といった具合でした。多くの試練を味わわせた末にあなたを私のもとに連れ戻してくださった神さまを、私はたたえました。婆やにはあなたの面倒を見て、ここに連れて来られるならすぐに連れてくるよう言いつけました。婆やは本当によくその役目を果たしてくれました。あなたに再会し、あなたのお話を聞き、あなたにお話できて、言葉につくせない喜びをおぼえましたわ。きっとお腹がぺこぺこでしょう。私もすっかりお腹がすきました。まず夕食にしましょう」

こうして二人はそろって食卓につく。そして夕食がすむと、前述の立派な長椅子に戻る。二人がそこで打ちくつろいでいると、その家の主人の一人であるドン・イサカルの大将がやって来た。その日は安息日だった。大将は自分の権利を楽しみ、甘い愛を打ち明けにやって来たのだった。

第九章

キュネゴンド、カンディード、宗教裁判長およびユダヤ人の身に起こったこと

このイサカルは、バビロンの捕囚以降、イスラエルの民の中でだれよりも怒りっぽいヘブライ人だった。

「なんだ!」と、彼は言った。「キリスト教の牝犬め、裁判長さまだけでは不足なのか。そこにいる悪党も、貴様をおれと共有しようというのだな」

そう言いながら、彼はいつも身に帯びていた長身《ながみ》の匕首《あいくち》を抜くと、よもや相手方が武器をたずさえているとは夢にも思わず、カンディードに襲いかかる。だが、わが善良なウェストファリア人は、老婆から上下揃いの服と一緒にみごとな剣のひと振りを受け取っていたのだった。彼は生来いたって素行の穏やかな若者だったが、剣を抜く。すると、イスラエル人は美しいキュネゴンドの足元の床石にばったり倒れて息絶えた。

「聖母さま！」と、彼女は叫んだ。「私たちはどうなるのでしょう。この家で人が殺されるとは！　もし司法官でも来たら、破滅だわ」

「パングロス先生が絞首刑になっていなければ」と、カンディードは言った。「こんな窮地に陥ったときには、きっと有益な助言をしてくれるでしょうに。だって、先生は偉い哲学者でしたからね。先生の代わりに、婆やに相談しましょう」

老婆は非常に用心深かった。彼女が自分の意見を述べ始めたとき、もう一つの小さな扉が開いた。時刻は真夜中も過ぎた午前一時で、日曜日の始まりだった。この日は裁判長猊下に権利があった。彼が部屋に入ると、尻叩きに遭ったカンディードが手に剣を握り、死人が地面に倒れ、キュネゴンドが呆然と立ちすくみ、老婆が助言を与えているのが目に入る。

そのとき、カンディードの頭でどんなことが思いめぐらされたか、また彼がどう考えを進めたか、それはこうだった。

「もしこの聖職者が助けを呼んだら、ぼくは間違いなく火あぶりにされるだろう。彼はキュネゴンドにも同じことをしかねない。彼は情け容赦なくぼくを鞭打たせたし、恋敵でもある。ぼくはいま人殺しをする気になっている。ためらうことはない」

この推論は明快で、素早かった。彼は裁判長に驚きから立ち直るいとまを与えず、思い切り突き刺すと、相手をユダヤ人のそばに打ち倒した。

「とんでもないことが起こったわ」と、キュネゴンドは言った。「これでもうご赦免はないでしょう。私たちは破門です。とうとう私たちの最期が迫りました。どうしてこんなことをなさったのです。生まれつきあんなに温厚なあなたが、またたく間にユダヤ人と偉い聖職者を殺してしまうとは」

「美しいお嬢さま」と、カンディードは答えた。「恋をし、嫉妬をし、宗教裁判所に鞭打たれると、逆上してしまうものです」

すると、老婆が口を開いてこう言った。

「馬小屋に三頭のアンダルシア産の駿馬《しゅんめ》がいて、鞍《くら》も手綱もあります。カンディードさんは馬の準備にかかってください。奥方さまは、数枚のリスボン貨幣(45)とダイヤモンドをお持ちですね。私は片方のお尻でしか座れませんが、急いで馬に乗ってスペインのカディスへまいりましょう。いまはとてもお天気がよいので、ひんやりした夜風が吹く間に旅をするのも、なかなか乙なものですよ」

カンディードは、すぐさま三頭の馬に鞍をつける。キュネゴンドと老婆と彼は一気に三十マイルを駆けた。彼らが見る見る遠ざかっていたとき、サンタ・エルマンダード警察が家にやって来て、猊下を立派な教会に埋葬し、イサカルをごみ捨て場に放り投げた。

カンディードとキュネゴンドと老婆は、そのときすでにシェラ＝モレナ連峰に囲まれたアヴァチェーナ(46)の小さな町にいた。そして、彼らがとある居酒屋で話題にしたのはこんなことだった。

第十章

カンディード、キュネゴンド、老婆が
いかに多くの辛酸をなめながらカディスにたどり着くか、
また彼らの乗船のいきさつ

「いったい、だれが私のピストール金貨とダイヤモンドを盗んだのかしら」と、キュネゴンドは泣きながら言うのだった。「これから私たちはどうして暮らしていったらよいのでしょう。どうしたものでしょう。またお金やダイヤモンドをくれる宗教裁判長やユダヤ人をどこで探したものやら」

「ああ!」と、老婆は言った。「きのう、バダホス(47)の町で私たちと同じ宿屋に泊まったコルドリエ会の神父さまが怪しい、と私は睨《にら》んでいます。神さま、どうか私が軽率な判断をしないようお守りください! でも、神父さまは私たちの部屋に二度入って来て、私たちよりずっと前に出発しましたからね」

「ああ!」と、カンディードは言った。「パングロスさんがよく証明してくださったものです、現世の富は万人の共有物で、各人はそれに対して平等の権利をもっている(48)、と。あのコルドリエ会の修道士は、この原理に従って、きっとぼくたちに最後まで旅をつづけられるだけのものを残してくれたのでしょうね。えっ、では、キュネゴンドさん、あなたの手元にはなに一つ残っていないのですか」

「びた一文残っていないわ」と、彼女は言った。

「どうしたものやら」と、カンディードは言った。

「馬を一頭、売ることにいたしましょう」と、老婆が言った。「私は片方のお尻でしか乗れませんけれども、お嬢さまの後ろに乗りましょう。そうしたら三人でカディスへたどり着けるでしょう」

同じ宿屋にベネディクト会修道院の院長がいた。彼は馬を安く買い取った。カンディードとキュネゴンドと老婆は、ルセーナ、チェラス、レブリヤを経由してようやくカディス[49]に到着した。この町では、サンタ・サクラメントの町の付近で暴徒をけしたて、スペインとポルトガル王に反抗させたという理由で非難されているパラグアイのイエズス会神父たちに道理を悟らせるため、艦隊が編成され、軍隊が召集されていた[50]。カンディードは以前ブルガリア軍で兵役についたことがあったから、小規模の軍隊の将軍の前でブルガリア式の演習をいたって優美に、素早く、巧みに、毅然と、そして軽快にやってのけたところ、歩兵部隊の指揮をとらされた。彼は隊長になったのだ。そこで、キュネゴンド嬢、老婆、二人の召使い、それにポルトガルの偉い宗教裁判長猊下のものだったアンダルシア産の二頭の馬とともに、彼は船に乗り込んだ。

航海中、彼らはずっとパングロスの哲学をめぐって大いに議論をした。

「ぼくたちは別世界へ行こうとしているのです」と、カンディードは言うのだった。「その世界ではかならず、すべてが善です。なぜなら、自然の面でも道徳の面でもぼくたちの世界に起こっていることは、ちょっぴり嘆かわしいと認めなければなりませんからね」

「私はあなたを心から愛していますわ」と、キュネゴンドは言った。「でも、私がこれまで目にしてきたこと、身をもって経験してきたことには、いまでもまだ心《しん》からおびえ切っています」

「きっと万事うまく行きますよ」と、カンディードはすかさず言った。「新世界の海にしたって、なかなかどうしてヨーロッパの海よりましではありませんか。波はずっと静かですし、風は貿易風が強まっています。間違いなく新世界こそが、あらゆる世界の中で最善の世界なのですよ」

「どうかそうでありますように！」と、キュネゴンドは言うのだった。「でも、私が生きてきた世界ではひどく不幸でしたから、私の心はほとんど希望を受け入れようとしません」

「お二人とも不平を言っておられるのですね」と、老婆は言った。「ああ！　あなた方だって、この私ほどに不幸な目に遭ってはおられないでしょう」

キュネゴンドはいまにも笑い出しそうになった。彼女は、この善良な老婆が自分より不幸だと言い張るなんて滑稽だと思った。

「まあ！」と、彼女は老婆に言った。「ねぇ、婆や、あなたが二人のブルガリア兵に乱暴され、お腹に短刀を二度も突き刺され、あなたのお城が二つも取り壊され、目の前で二人の母と二人の父が喉を切り殺され、異端者の火刑《オートダフェ》であなたの二人の恋人が鞭打たれるのを見たのでなければ、あなたの不幸が私の不幸に勝るとは思わないわ。それに加えて、私は家系の高貴度七十二を数える家柄[51]の男爵令嬢として生まれていながら、料理女に成り下がったのよ」

「お嬢さま」と、老婆は答えた。「あなたは私の出自をご存知ではありません。それに、私のお尻をお見せしたら、お嬢さまもそんなふうにはお話しにならないでしょうし、きっとそのようなご判断を保留なさるはずです」

その言葉は、キュネゴンドとカンディードに少なからず好奇心を抱かせた。老婆は二人に次のような話をした。

第十一章

老婆の話

「私の目は、以前からずっと瞼《まぶた》がたるんで反り返ったり、瞼の縁が赤かったわけではありません。この鼻にしても、以前からずっと顎《あご》まで届いていたわけではありません。それに、以前からずっと下女であったわけでもないのです。私は教皇ウルバヌス十世とパレストリナ(52)の王女との間に生まれた娘です。私は、あなた方のドイツの男爵のお城をすべて合わせても馬小屋の役にも立たなかったほどの宮殿で、十四歳まで育てられました。私のドレス一着は、ウェストファリア地方の豪華な調度品をすべて合わせたよりも高価でした。私は楽しみと尊敬と希望に包まれて、美しく、優雅に、また天性の才能を伸ばしながら成長してゆきました。すでにもう私に恋心を抱く男たちがいました。胸も女らしくなっていました。しかも、それはなんという胸だったでしょう！　白く、引き締まっていて、メディチ家のヴィーナスの胸のような形をしていました。そのうえ、なんという目！　なんという瞼！　なんと黒々とした眉毛《まゆげ》！　界隈に住む詩人たちは私に言ったものでした、あなたの両の瞳にはなんという火が輝き、星のまたたきさえも消してしまうのだろう、と。私に衣裳を着せたり脱がせたりする女たちは、前から眺めたり後ろから眺めたりしながらうっとりしていたものです。そして男たちはきっと、だれもができればその女たちに代わりたいと思っていたことでしょう。

マサ＝カララ公(53)との縁談がととのいました。大公はなんというお方だったでしょう！私と同じくらいに美しく、優しさと魅力にあふれ、才気に輝き、私への恋に身を焦がしているのでした。私は、はじめて人を愛する娘がするように、大公を熱烈に、無我夢中で愛しました。婚礼の式の準備がととのえられました。それは盛大で、信じられないほど壮麗な式でした。祝宴があり、騎馬競技があり、喜歌劇《オペラ・ブーフ》がありました。イタリア全土の人びとが私のためにソネットを作ってくれました。もっとも、そのうちなんとか読めるのは一篇もありませんでした。私が幸福の瞬間にいまにも手が届きかけたとき、以前に大公の愛人だった老侯爵夫人が大公を自分の屋敷に招いてココアを飲ませました。大公は恐ろしい痙攣《けいれん》を起こして、二時間と経たないうちに息絶えました。でも、この程度のことはまだ取るに足りない序の口でしかありません。落胆した母は、といっても私に比べれば苦しみの度合はずっと少なかったのですが、こんな不吉な住まいには別れを告げたいと言い出しました。母はガエタ[54]の近くにたいそう立派な土地を持っていました。私たちは、まるでローマのサン＝ピエトロ大聖堂のような金色の、その地方のガレー船に乗り込みました。すると突然、サレ[55]の海賊船が襲いかかり、私たちに近づいて来ます。私たちの船の兵士たちは、教皇の兵士らしく抵抗しました。教皇の兵士らしくというのは、彼らはみな武器を投げ出してひざまずき、「末期《まつご》の赦免[56]」を乞うたからです。

たちまち彼らは衣服を剝《は》ぎ取られ、猿のように裸にされました。私の母も、私たちに仕える侍女たちも、そして私も同じ目に遭いました。その殿方たちが人の衣服を脱がせるときの素早さたるや、それはみごとなものでした。でも、それ以上に私を驚かせたことは、私たち女がふつう洗浄用の管しか当てさせない場所に、海賊たちのだれもが指を入れたことです。この儀式は、私にはとても奇異に思われました。自分の国から出たことがないと、なにごとにつけてこんなふうに判断するものです。すぐに私は、あそこにいくつかダイヤモンドを隠していないかどうかを調べるのが目的だったのだ、と知りました。これは、海原を駆けめぐる文明化した種族の間では、太古の昔から定着している風習なのです。マルタ騎士修道会[57]の信心深い騎士たちも、トルコの男や女を捕えると、かならずそうします。これは、だれも決して背いたことのない公法の掟の一つなのです。

うら若い公女の身空で母親とともに奴隷としてモロッコに連れて行かれるのがどれほど辛いことか、そのことはお話しないことにいたしましょう。私たちが海賊船で耐え忍ばなければならなかったことも、すべてお察しのとおりです。母はまだなかなかの美人でした。私たちに仕える侍女たちやただの小間使いにしても、アフリカ中探しても見つからないほどの魅力をそなえていました。私はといえば、魅惑的で、美人で、優雅そのもの、それに生娘《きむすめ》でした。でも、長くそのままでいられるはずもありませんでした。美しいマサ＝カララ公のために取っておかれたその花は、海賊の首領にかすめ取られたからです。そいつはぞっとするような醜い顔をした黒人で、私に非常な名誉を授けてやったとまだ思っていました。モロッコに着くまでに受けるあらゆることをはねつけるには、たしかに母であるパレストリナ王女と私は本当に気丈でなければなりませんでした。でも、そんな話は省くことにいたしましょう。いたってありふれたことですから、わざわざお話するまでもありません。

私たちがたどり着いたとき、モロッコは血にまみれていました。ムーレイ・イスマイール(58)皇帝の五十人の息子にはそれぞれ派閥の集団がありました。そのため、黒人対黒人、赤銅色の人種対黒人、赤銅色対赤銅色、黒人と白人の混血児《ムラート》同士の対立といったような、五十もの内戦が現実に起こっていました。それは、帝国のいたるところで絶え間なく行なわれる殺戮《さつりく》でした。

私たちが船を下りると、海賊船の属する徒党に敵対する徒党の黒人たちが、時を移さず獲物を船長から奪い取ろうと姿を現しました。船長にとって私たちは、ダイヤモンドと金のつぎにとても大切なものでした。私は、あなた方のヨーロッパの風土では決して見られないような戦いを目撃しました。北方の諸民族はあまり血の気が多くはありません。彼らは、アフリカでごく当たり前になっているほどには、女に激しい情熱を抱いていません。あなた方ヨーロッパ人の血管には乳が流れているようですね。アトラス山脈やその近くの地方に住む住民の血管には、濃硫酸や火が流れています。彼らは、先を争って私たちを手に入れようとして、まるでその地方のライオンや虎や蛇のように激しく戦いました。一人のムーア人が母の右腕をつかみ、船長代理の海賊が左腕を抱え、さらにムーア人の兵士が母の片足をつかまえ、私たちの船の海賊の一人が母のもう一方の足を持っていました。私たちの侍女たちのほとんどだれもが、そんなふうにして一瞬のうちに四人の兵士に引っ張られました。私が乗っていた船の船長は後ろに私をかばっていました。彼は三日月刀を握りしめ、彼の怒りに逆らう者を残らず殺すのでした。とうとう、私たちに同行していたイタリア人の女たちと母が、たがいに争って手に入れようとする人でなしどもに引き裂かれ、切り殺され、虐殺されるのが目に入りました。捕虜になった私の連れの者たちも、彼らを捕えた者たちも、兵士や水夫や黒人や赤銅色の種族も、白人も、黒人と白人の混血児も、そして船長にいたるまで全員が殺され、私は死人の山の上で息も絶え絶えでした。周知のとおり、三百リュー以上の範囲でこうした光景が展開しているのに、マホメットに命じられた一日五回のお祈りはだれも欠かせないのでした。

私は、山のように重なった沢山の血にまみれた死体の群れからどうにか脱け出し、近くの小川のほとりにある大きなオレンジの木の下に這うようにやって来ました。そこへたどり着くと、極度の恐怖、疲労、嫌悪感、絶望、そのうえ空腹のせいでばったり倒れてしまいました。やがて、すっかり参ってしまった私の五官は、休息というより失神に近い眠りに身を任せました。そんな虚脱状態と麻痺状態で生死の境をさ迷っていると、体の上でなにやら動くものがあり、それに強く押されているような気がしました。目を開けると、顔立ちのよい白人が目に入りました。彼は溜め息をつき、もぐもぐとした口

調で「アア！　アレガナイトハ、ナント不幸ナノダ！」と、言っていました」(59)

第十二章

老婆の不幸、話のつづき

「私は故国の言葉を聞いて驚き、嬉しさがこみ上げてきましたが、それに劣らずその男が発した言葉にも驚かされましたので、あなたがかこっている不幸より大きな不幸があるものです、と答えてやりました。自分が数々の残酷な目に遭った話をかい摘まんで聞かせ、私はまたもや気を失いました。男は私を近くの家へ運び、ベッドに寝かせ、食事を出し、食べるように勧め、慰め、私の気をそらさないような言葉をかけ、あなたほど美しい人にこれまでお目にかかったことがなく、それにだれも取り戻させることのできない私の失ったものをこれほど惜しく思ったこともありません、などと言いました。

「わたしはナポリの生まれです」と、彼は言いました。「あの町では、毎年二、三千人の男の子が去勢されます。ある者はそのために死に、ある者は女より美しい声を手に入れ、そうかと思うと、将来は国を支配する者もいます。[60] わたしが受けた手術は大成功でした。そしてわたしはパレストリナ王女の礼拝堂つきの歌手になりました」

「母の歌手にですって！」と、私は叫びました。

「あなたのお母さまですって！」と、彼は叫ぶと、はらはらと涙を流しました。「なんと、あなたが、六歳までわたしが歌をお教えした幼い公女さまとは！　もっとも、あの頃からもういまのように美しくおなりになると分かっていました」

「ええ、あのときの私ですよ。母はここから四百歩離れたところで四つ裂きにされ、死体の山に埋れています……」

私はこの身に起こったことの一部始終を彼に話しました。彼のほうでもその身に起こった出来事を残らず話し、自分が強大なキリスト教国からモロッコの国王のもとへ派遣されたいきさつを教えてくれました。派遣の目的は、その君主に火薬や大砲や船を提供する条約を結び、君主を助けて他のキリスト教国の貿易に壊滅的打撃を与えることでした。

「わたしの使命は達成されました」と、去勢された実直な男は言いました。「わたしはこれからセウタ[61]の町で船に乗りますから、あなたをイタリアへ連れ戻して差し上げましょう。アレガナイトハ、ナント不幸ナノダ！」

私は思わずほろりとして涙ぐみながら、彼に礼を言いました。すると彼は、私をイタリアへ連れて行く代わりにアルジェへ案内し、その地方の太守に私を売り飛ばしました。私が売られた直後のことでした、アフリカ、アジア、ヨーロッパをひとわたり一巡したペストがアルジェにも発生して猛威をふるいました。あなた方は地震を経験なさいましたね。でも、お嬢さま、あなたはこれまでペストにかかったことがおありですか」

「いちどもありませんわ」と、男爵の令嬢は答えた。

「もしお嬢さまがあの病気にかかっておられたら」と、老婆は言葉をついで言った。「ペストは地震など物の数ではないとお認めになるはずです。ペストはアフリカではごくありふれたものですから、私もその病に冒されました。わずか三か月で貧乏と奴隷の境遇を味わい、毎日のように乱暴され、実の母親が四つ裂きにされるのをこの目で見、飢えを経験し、戦争の憂き目に遭い、アルジェの町でペストにかかって死にかかった十五歳の教皇の娘にとって、それがどんなにむごい状況だったかご想像ください。とはいえ、私はそれしきのことで死にはしませんでした。でも、例の去勢された男と太守、それにアルジェのハーレムのほとんどの女たちは病死しました。

そんな恐ろしいペストの最初の猛威が去った頃、太守の奴隷たちは売りに出されました。ある商人が私を買い受け、チュニスに私を連れて行き、別の商人に売りつけ、その商人はトリポリでまた私を売りました。私はトリポリからアレクサンドリアへ、アレクサンドリアからスミルナへ、スミルナからコンスタンチノープル(62)へといった具合に、たらい回しに売り飛ばされました。最後にトルコ軍の司令官のものになりましたが、まもなくこの司令官はロシアの攻囲軍を相手に、アゾフの防御に当たるよう命じられました。(63)

司令官はなかなかの紳士でしたから、ハーレムのすべての女をいっしょに連れて行き、パルス＝メオティデス(64)に面した、二人の黒人宦官《かんがん》と二十人の兵士に警護された小さな砦《とりで》に私たちを住まわせました。おびただしい数のロシア兵が殺されましたが、ロシア兵のほうでもたっぷり仕返しをしました。アゾフ港は戦火と流血の舞台と化し、老若男女の区別なくだれも見逃されませんでした。後に残ったのは私たちの小さな砦だけでした。敵は私たちを兵糧攻めにしようとしました。砦を守る二十人の兵士は、決して降参しまいと誓っていました。彼らは誓いを破ることを恐れていましたので、ひどい飢餓に見舞われると、二人の宦官を食べざるをえなくなりました。数日後には、女たちを食べると決めました。

私たちといっしょにたいそう信心深く思いやりのあるイスラム教の導師《イマーム》がいて、その導師はみごとな説教をし、私たちを皆殺しにしないよう兵士たちを説得しました。「切り落としなさい」と、導師は言いました。「ただし、このご婦人方の片方のお尻だけを切るのです。(65)あなた方はご馳走にありつけるはずです。数日後に同じことを繰り返さなければならなくなっても、同じ数だけのものがまだあります。神さまはあなた方の実に隣人愛に充ちた行ないを多とされ、あなた方も救われるにちがいありません」

導師は実に雄弁でした。ついに彼は、兵士たちを納得させました。恐ろしい手術が私たちにほどこされました。導師は、割礼を行なわれたばかりの男の子たちに付けるのと同じ鎮痛剤を、私たちに塗りつけました。女たちはみな、いまにも死にそうな有様でした。

兵士が私たちの提供した食事をすませるとすぐに、ロシア軍が平底船でやって来ました。兵士のうち命拾いした者は一人もいませんでした。ロシア兵は私たちの体の状態などを目もくれませんでした。フランス人外科医はどこにでもいるものですが、その中のたいそう腕のいいフランス人外科医の一人が私たちの治療に当たり、傷を癒してくれました。生涯、忘れられないことに、傷口がすっかりふさがった頃、その外科医が私に結婚の申し込みをしてくれました。そのうえ、彼は私たちみんなにくよくよしないようにと言い、同じようなことはいくつもの攻囲戦でも起こったし、それが戦争の掟なのだ、と断言しました。

仲間たちは歩けるようになるとすぐに、モスクワへ行かされました。私はロシア貴族の領主のものになりました。領主は私に庭園の管理をさせ、日に二十回も私を鞭打ちました。しかし、この領主は二年後に宮廷のもめ事が原因で三十人ほどの貴族とともに車刑に処せられましたので、私はその事件を利用して逃げ出しました。ロシアを横断して、リガからロストク、ヴィスマール、ライプツィヒ、カッセル、ユトレヒト、ライデン、ハーグ、ロッテルダム[66]といった町を転々としながら、酒場で客の相手をして長いこと働きました。お尻は片方しかなく、いつも自分が教皇の娘であることを思い出し、貧窮と汚辱にまみれているうちにすっかり年を取ってしまいました。何度も自殺しようと思いましたが、まだ命に未練がありました[67]。そうしたばかげた意志薄弱は、きっと私たち人間のもっとも悲惨な性向の一つなのでしょう。だって、いつも地面に投げ捨てたいと思う重荷をたえず抱えていたがること以上に、愚かなことがあるでしょうか。自分の生をひどく嫌悪しているくせにそれに執着する、要するに、心臓を食いつくすまで私たちをむさぼり食う蛇を可愛いがる以上に、愚かなことがあるでしょうか。

　私は、運命に翻弄《ほんろう》されてめぐり歩いた国々や女給として働いたいろんな酒場で、驚くほど沢山の人たちが自分の生活を憎悪しているのを見てきました。そんな人たちのうち、自分の意志で不幸にけりをつけた人は十二人だけでした。黒人が三人、イギリス人が四人、ジュネーヴ人が四人、それにロベック(68)という名のドイツ人の教授です。私は最後にユダヤ人ドン・イサカルの家の下女になりました。彼は私を、美しいお嬢さま、つまりあなたのおそばに付けました。私はあなたの人生に愛着を抱き、自分の身に起こったことよりあなたの身に起こったことを心配するようになりました。もしあなたがちょっぴり私の感情を害するようなことをおっしゃらなければ、それにまた船では退屈しのぎに身の上話をするのがならわしでなかったならば、この身の不幸の数々をお話するようなことは決してしなかったことでしょう。要するに、お嬢さま、私は経験を積んでいますし、世の中を知り抜いています。お嬢さまも気晴らしをなさって、乗客のみなさん一人一人に身の上話をするよう勧めてごらんなさい。自分の人生を何度も呪ったことがなく、自分はだれより不幸だと何度も思ったことのない人が一人でもいたら、私を真っ逆さまに海に投げ込んでくださって構いません」

第十三章

カンディードが美しいキュネゴンドや老婆と別れねばならなくなった事情

老婆の話を聞き終えると、美しいキュネゴンドは、身分もあり長所もそなえた人に当然払うべき礼を失することがないよう心掛けた。彼女は老婆の提案を受け入れ、船客の全員に一人ずつ順を追って自分たちの身に起こったことを話すよう勧めた。カンディードと彼女は、老婆の言うことはもっともだと率直に認めた。

「賢者のパングロス先生が異端者の火刑に処せられるとき、しきたりに反して絞首刑になったのは、実に残念です」と、カンディードは言うのだった。「先生がおられたら、地上と海上にあふれる自然の悪と道徳上の悪について、さぞかし名言を吐かれることでしょう。そしてぼくにしても、あえていくつかの反論をうやうやしくお返しするくらいの力があるはずですがね」

だれもがそれぞれに自分の身の上話をするうちに、船は目的地へと進んで行った。こうして一同は、ブエノス＝アイレスに近づく。キュネゴンドと隊長カンディードと老婆は、イバラ、フィゲオラ、マスカレネス、ランポルドス及びソウサのドン・フェルナンド総督(69)のもとへ出向いた。この貴族は、沢山の名をもつ人物にふさわしい尊大な態度を身につけていた。彼はたいそう威厳のある見下した様子で話し、鼻を昂然《こうぜん》と上に向け、冷酷な表情で声を荒らげ、威圧するような口調でしゃべり、高慢きわまる態度をとるので、彼にあいさつをする者はだれしも彼を殴り倒したくなるのだった。彼は桁《けた》はずれの女好きだった。彼の目に映ったキュネゴンドは、それまで会っただれよりも美しく見えた。彼の最初の台詞は、彼女が隊長の妻なのかと、尋ねることだった。そんな質問をしたときの彼の様子が、カンディードを不安にした。彼には、キュネゴンドが自分の妻だと言う勇気はなかった。実際、彼女はそうでなかったからだ。これは妹です、と言う勇気もなかった。彼女は妹でもなかったからだ。そんな善意の嘘は、そのむかし古代の人びとの間でずい分と流行していたばかりか、当代の人間にも役立つかもしれないにしても、カンディードはあまりに純真なので、事実をゆがめることができなかった。

「キュネゴンドさんは」と、彼は言った。「わたしと結婚してくださるはずですので、わたしどもの結婚式を執り行なってくださいますよう閣下にお願い申し上げます」

イバラ、フィゲオラ、マスカレネス、ランポルドス及びソウサのドン・フェルナンドは、口ひげをひねり上げながら苦々しげに冷笑を浮かべると、カンディード隊長に部隊の閲兵に行くよう命じた。カンディードはその命令に従った。総督はキュネゴンド嬢と二人きりになった。彼は恋心を打ち明け、教会の神父の前か、それとも彼女の魅力的な肢体に気に入るような別のやり方で、明日あなたと結婚することにする、ときっぱり申し渡した。キュネゴンドは、よく考え、老婆に相談したうえで決めたいと言って、十五分の猶予を乞うた。

老婆はキュネゴンドにこう言った。

「お嬢さま、あなたは高貴度七十二の家柄の出なのに、お金ときたら文なしです。あなた次第で、たいそう立派な口ひげをたくわえた、南アメリカ随一の偉い貴族の妻になれるのですよ。それなのに、どんな試練にでも耐えられる貞節を自慢なさらなければならないのですか。あなたはブルガリア兵たちに乱暴されたことがおありです。ユダヤ人と宗教裁判長はあなたの愛のしるしを受け取ったではありませんか。不幸な境遇には選ぶ権利があります。正直に申し上げて、私があなたでしたら、ためらわず総督さまと結婚し、カンディード隊長さんを出世させて上げますよ」

老婆が年齢と経験のせいでいたって慎重に話をしている間に、一艘《いっそう》の小さな船が港に入って来た。船には警察長官と警吏が乗っていたが、事の次第はこうだった。

老婆がいみじくも見抜いていたとおり、キュネゴンドがカンディードと大急ぎで逃げたとき、バダホスの町でキュネゴンドの金と宝石を盗んだのは、袖の広い僧服を着たコルドリエ会修道士だった。この修道士は宝石をいくつか宝石商に売ろうとした。商人はそれが宗教裁判長の品物だと分かった。コルドリエ会修道士は、吊るされる前に、自分がそれを盗んだことを白状した。彼は問題の者たちがだれであるか、また彼らがどの道を行ったかを告げた。キュネゴンドとカンディードの逃亡はすでに知られていたのだった。追手は彼らの後をカディスまで追跡した。それから時を移さず彼らを追って船が出された。船はすでにブエノス＝アイレスの港に入っていた。警察長官がすぐにも上陸して、宗教裁判長猊下を殺害した者たちの追跡が行なわれる、という噂が広がった。用心深い老婆は、なにをなすべきかをたちまち悟った。

「逃げてはなりません」と、彼女はキュネゴンドに言った。「なにもご心配なさることはありません。猊下をあやめたのはあなたではないのです。それに、総督はあなたを愛しておられますから、あなたがひどい扱いを受けるのをお許しにならないでしょう。このままここにいらっしゃることです」

老婆はすぐに、こんどはカンディードのところへ駆けて行く。

「お逃げなさい」と、彼女は言った。「さもなければ、一時間後には異端者の火刑に処せられますよ」

一刻も無駄にしてはならなかった。しかし、どうしてキュネゴンドと別れられようか。それに、どこへ逃げたらよいものやら。

第十四章

カンディードとカカンボはいかにしてパラグアイのイエズス会の神父のもとに迎えられたか

カンディードは、スペインの海岸や植民地に沢山いるような従僕を一人カディスの町から連れて来ていた。その従僕はトゥクマン地方の混血の父親から生まれたので、スペイン人の血を四分の一だけ受けていた。(70) 彼は聖歌隊児童、聖具納室係、水夫、修道士、在外商館の下働き、兵士、下僕といった仕事に就いたことがあった。その名をカカンボと言い、主人が世にも善良なのでとてもなついていた。彼は大急ぎでアンダルシア産の二頭の馬に鞍を置いた。

「さあ、旦那、婆やさまの忠告に従って出発しましょう。後ろを見ないで馬に乗って走りましょう」

カンディードは、はらはらと涙を流した。

「ああ、いとしいキュネゴンド！　総督さまがぼくたちの結婚式を執り行なってくださろうというときに、あなたを見棄てなければならないのか！　こんなに遠くへ連れて来られたキュネゴンドよ、あなたはこれからどうなるのだろう」

「なれるものになるでしょうよ」と、カカンボは言った。「女というものは、どう身を処してよいか分らなくなるようなことは決してないものです。必要なものは神さまが与えてくださいますよ。さあ、走りましょう」

「どこへ案内しようというんだ。ぼくたちはどこへ行くんだ。キュネゴンドさんがいないのに、どうしようというんだい」と、カンディードは言うのだった。

「コンポステラの聖ヤコブさまにかけて申しますがね」と、カカンボは言った。「あなたはイエズス会の神父たちと戦争をしに出かけておられたのですが、いかがです、彼らに味方するとしましょう。道ならよく知っていますから、彼らの王国[71]にご案内します。ブルガリア式の訓練をする隊長を味方につければ、彼らはさだめし喜ぶことでしょう。あなたは大金持ちになれますよ。こっちの世界でもうからなければ、あっちの世界でもうけ口を探すというわけです。目新しいことを見たりしたりするのは、まったく楽しい限りではありませんか」

「では、おまえはもうパラグアイへ行ったことがあるんだね」と、カンディードが言った。

「もちろんです！」と、カカンボは言った。「アスンシオン[72]の学校の下働きをしていたことがありましてね、イエズス会の神父《ロス・パドレス》の教化地域のことなら、カディスの通りと同じくらいに知りつくしています。神父たちの教化地域ときたら、お見事の一語に尽きます。王国はすでに直径三百リュー以上もあり、三十の州に分割されているのです。そこでは、イエズス会の神父がすべてを所有し、人民はなにも持っていません。これこそ、理性と正義の傑作です。人はいざ知らず、このわたしはイエズス会の神父たち以上に崇高なものを知りません。だって、神父たちはここではスペイン王とポルトガル王を相手に戦争をしているかと思うと、ヨーロッパではそんな王たちの告白を聞いてやっているのですからね。ここでスペイン人たちを殺しているかと思うと、マドリッドでは彼らを天国へ送ってやっているといった具合で、ほとほと感心します。さあ、先へ進みましょう。あなたはだれよりも仕合わせにおなりになりますよ。神父たちは、ブルガリア式訓練法に通じた隊長が自分たちのもとへ来てくれたと知れば、どんなに喜ぶでしょう！」

二人が最初の門に到着すると、カカンボは見張りの衛兵に、隊長殿が司令官閣下に面談を乞うておられる、と伝えた。本隊詰所に伝令が走った。一人のパラグアイ人士官が司令官のもとに駆けつけ、情報を伝えた。カンディードとカカンボは、まず武器を取り上げられた。そして、アンダルシア産の二頭の馬が奪い取られた。二人の外国人が二列に並んだ兵士たちの間を通されると、司令官はその列の上座に陣取っていた。彼は、縁なしの黒い三角帽を被り、法衣をまくり上げ、小脇に剣を抱え、片手に手槍《てやり》を持っていた。彼が合図をすると、たちまち二十四人の兵士が二人の新顔を取り囲む。一人の下士官が二人に、このまま待っていなければならない、と告げた。司令官は二人と話すことができない、管区長の神父さまはご自分の前でなければどのスペイン人も口を開くことをお許しにならず、またこの国に三時間以上とどまることもお許しにならない、というのだった。

「では、管区長の神父さまはどこにおられるのですか」と、カカンボが言った。

「ミサを終えて、いま閲兵中だ」と、下士官は答えた。「三時間後でなければ、管区長さまの拍車に接吻することはできない」

「しかし」と、カカンボは言った。「隊長殿もわたしも腹が減って死にそうなうえ、隊長殿はスペイン人でなく、ドイツ人なのです。管区長さまをお待ちする間、朝食をいただくことはできないものでしょうか」

下士官はこの話をすぐさま司令官に報告した。

「やれやれ!」と、兵士の首領は言った。「彼がドイツ人なら、わたしも話せる。この東屋《あずまや》へ彼を案内するのだ」

ただちにカンディードは東屋へ導かれた。その東屋は、緑の大理石と、見るもみごとな金の列柱と、それに鸚鵡《おうむ》や蜂鳥や別種の蜂鳥やほろほろ鳥やめったに見られないあらゆる鳥を入れた囲い網とで飾られていた。金の食器(73)にはすばらしい朝食が用意されていた。パラグアイ人たちが焼けつくような陽射しにさらされ、野原のまん中に座って、小鉢でトウモロコシを食べているのを尻目に、司令官の任にある神父さまは東屋に入った。

神父はなかなかの美男子で、丸顔の色白、血色はいたってよく、眉は凜《りん》として、目は生き生きと輝き、耳はほんのり赤く、唇は真っ赤で、見るからに誇り高そうだが、スペイン人やイエズス会士のように尊大ではなかった。カンディードとカカンボには、アンダルシア産の二頭の馬と押収されていた武器が返された。カカンボは東屋の近くで燕麦《えんばく》を馬に食べさせていたが、不意打ちに遭うことを心配してずっと馬を見張っていた。

まずカンディードが司令官の法衣の裾に接吻して、それから二人は食卓についた。

「では、あなたはドイツの方なのですね」と、イエズス会の神父はドイツ語で彼に言った。

「はい、神父さま」と、カンディードは言った。二人はそう言ってたがいに顔を見合わせているうちにひどく驚いた様子で、興奮を押さえきれなくなった。

「で、ドイツはどの地方からいらしたのですか」と、イエズス会の神父が言った。

「ウェストファリアという汚い地方からまいりました。わたしは、トゥンダー＝テン＝トロンクの城館で生まれました」

「ああ、なんということだ！　こんなことがあろうとは」と、司令官は叫んだ。

「なんたる奇跡でしょう！」と、カンディードが叫んだ。

「君なんだね」と、司令官が言った。

「まさか」と、カンディードは言った。

二人ともすっかり驚き、抱き合うと、見る見る涙が溢《あふ》れ出た。

「ああ！　あなたなのですか、神父さま。あなたが美しいキュネゴンドさんのお兄さまだったとは！　ブルガリア兵に殺されたあなただったとは！　あなたが男爵さまのご令息だったとは！　そのあなたがパラグアイのイエズス会の神父さまだとは！　この世の不思議を認めないわけにまいりません。ああ、パングロス先生！　パングロス先生！　もしあなたが絞首刑になっておられなければ、さぞかし喜んでくださるでしょうに！」

司令官は、天然水晶のコップに酒を注いでいた黒人奴隷(74)とパラグアイ人を退がらせた。彼は何度も神さまと聖イグナティウス・デ・ロヨラに感謝し、カンディードを両腕に抱き締めるのだった。二人の顔は涙にぬれた。

「お腹を裂かれて亡くなったとあなたが思っておられるお妹さまのキュネゴンド嬢が、ぴんぴんしておられると申し上げたら」と、カンディードは言った。「あなたはもっと驚き、もっと胸が熱くなり、われを忘れてしまわれるにちがいありません」

「どこにいるのだね」

「この近くのブエノス＝アイレスの総督さまの邸宅です。わたしはあなたと戦うためにこっちへ来ていたのです」

二人がこの長い会話の中で口に出すどのひと言も、驚きに驚きを重ねるのだった。二人の心はそっくりそのまま舌に乗り移り、耳の中で熱心に聞き入り、目の中で光を放っていた。彼らはドイツ人だったので、管区長の神父さまの帰りを待つ間、長いこと食卓を離れなかった。(75) そして、司令官は親しいカンディードにこう語った。

第十五章

なにゆえカンディードはいとしいキュネゴンドの兄を殺したか

「父と母が殺され、妹が犯されるのをこの目で見た恐ろしい日のことは、一生忘れられないだろう。ブルガリア兵が去っても、可愛いあの妹は見つからなかった。母と父とわたし、それに喉を切り裂かれた二人の下女と三人の男の子は荷車に乗せられて、先祖の城館から二リュー離れたイエズス会神父たちの礼拝堂に埋葬されることになった。一人の神父がわたしたちに聖水をかけた。それはひどく塩分が多かった。聖水が数滴わたしの目に入った。神父は瞼が少し動いているのに気づき、わたしの胸に手を当て、心臓がかすかに動いていることが分かった。わたしは救われ、三週間後には傷痕も消えていた。なあ、カンディード、君も知っているように、わたしは以前もすこぶる美男だったが、それ以上に美男になったのだよ。だから、修道院長のクルスト神父(76)さまはわたしに世にも優しい好意を抱き、修練士の服を授けてくださった。しばらくして、わたしはローマへやられた。修道会総長さまはドイツ人の若いイエズス会神父を補充する必要に迫られていた。パラグアイの支配者たちはスペイン人神父の受け入れをできるだけ少なくしている。外国人のほうがましだと思っているのだ。御しやすいからな。わたしは、修道会総長さまからその葡萄畑で働く(77)にふさわしいと判断された。ポーランド人とチロル人とわたしの三人が出発した。現地に到着すると、光栄にもわたしは副助祭と副官に任命された。いまではわたしは連隊長で司祭だ。わたしたちは、スペイン国王の軍隊など断固として迎え撃ってみせるさ。あんな軍隊など放逐し、打ち負かしてやると請け合ってもいい。わたしたちを助けるために君をここへ遣わしたのは、まさに神の摂理だ。しかし、あの可愛いキュネゴンドがこの近くのブエノス＝アイレスの総督のところにいるというのは本当なのだろうね」

カンディードは、これほど確かなことはないと、宣誓のうえ断言した。二人はまたしても涙を流した。

男爵は飽きもせずカンディードを抱き締めていた。彼はカンディードを弟と呼び、命の恩人と呼ぶのだった。

「ああ！　きっと」と、男爵は言った。「カンディード君、わたしたちは共に勝利者としてあの町に入り、妹キュネゴンドを取り戻してみせようではないか」

「それこそ、わたしの望むところです」と、カンディードは言った。「それというのも、わたしはあのひとと結婚するつもりでしたし、いまでもまだそう期待しているからです」

「君がだと、無礼ではないか！」と、男爵は答えた。「君が厚かましくも、家系の高貴度七十二の血を引く妹と結婚しようというのかね！　それほど身のほど知らずな下心をぬけぬけとわたしに話すとは、図々しいにもほどがあるぞ！」

こんな言葉を聞いて呆然となったカンディードは、男爵に答えた。

「神父さま、世界中の家系の高貴度を合算したところで、別にどうということもないのです。わたしはあなたのお妹さまをユダヤ人と宗教裁判長の手から救い出して差し上げたのですよ。あの方はわたしにいたく感謝し、わたしとの結婚を望んでおられます。パングロス先生は、人間は平等だといつもおっしゃっておられました。ですから、わたしはどうしてもあの方と結婚します」

「では、目に物見せてくれよう、下種野郎《げす》！」

イエズス会の神父トゥンダー＝テン＝トロンク男爵はそう言うが早いか、カンディードの顔面を刀身で思い切り叩いた。即座にカンディードも剣を抜き、イエズス会神父となっている男爵の腹に鍔《つば》まで剣を突き立てる。だが、血の湯気が立つ剣を引き抜きながら、彼は泣き出した。

「ああ、どうしたものか！」と、彼は言った。

「かつて主人だったお人、友だちで義兄でもあるお人をあやめてしまった。わたしはこの世でだれよりも善人なのに、もう三人も人を殺してしまった。しかも、三人の中には聖職者が二人もいる」

東屋の戸口で見張りをしていたカカンボが駆けつけた。

「わたしたちは勇敢に戦って死ぬまでだ」と、彼の主人は言った。「かならず仲間が東屋に入ってくるだろうから、剣を手に切り死にしなければならない」

それまでほかにも多くの修羅場を見てきたカカンボは、少しも騒がなかった。彼は男爵が身にまとっていた神父の法衣を拝借すると、それをカンディードに着せ、死人が被っていた三角帽をカンディードに手渡し、彼を馬に乗せた。こうしたことはすべて瞬間にやってのけられた。

「さあ、馬を大急ぎで走らせましょう。あなたのことはだれもが、命令を伝えに行くイエズス会の神父だと思うでしょうから、彼らが後を追って来ないうちに、国境を越えるのです」

そう言うが早いか、もう彼は「どいたどいた、連隊長の神父さまのお通りだ」と、スペイン語で叫びながら、飛ぶように走っていた。

第十六章

二人の娘、二匹の猿、大耳族(78)と呼ばれる未開人と出会った

二人の旅人の身に起こったこと

カンディードとその従僕が門を越えたのに、野営地ではドイツ人のイエズス会神父の死をまだだれも知らなかった。抜かりないカカンボは、鞍に付けた革袋にパンやチョコレートやハムや果物、それに容器数杯分のワインを入念に詰め込んでいた。二人はアンダルシア産の馬で未知の国へ入り込んで行ったが、道らしい道がさっぱり見つからなかった。ようやく、小川に寸断された美しい草原が彼らの前に現れた。二人の旅人は彼らの乗ってきた馬に餌《えさ》を食べさせた。カカンボは主人に食事を勧め、自分がその手本を示した。

「男爵さまのご令息をこの手であやめてしまったうえ」と、カンディードは言うのだった。「おまけに生涯二度と美しいキュネゴンドさんに会えない定めとなったのに、どうしてぼくにハムを食べさせたがるんだ。彼女と遠く離れ、後悔と絶望に打ちのめされてこれからの日々に耐えなければならないのに、そんな惨めな人生を引き延ばしたところでなんになるだろう。そのうえ、「トレヴー誌」(79)がなんと言うやら」

そんなふうに言ってはいたものの、彼は食べずにいたわけではない。日が沈みかけていた。道に迷った二人の旅人に、どうやら女たちの口から発せられているらしいかすかな叫びが何度か聞こえてきた。それが果たして苦痛の叫びなのか、それとも喜びの叫びなのか分からなかった。しかし二人は、見知らぬ国ではなにかにつけてとかくありがちなあの不安と恐怖に襲われ、素早く立ち上がった。叫び声は、素裸の二人の娘たちが上げていたのだった。二人は草原の外れを軽々と走っていたが、その後を二匹の猿が追いかけながら、娘たちのお尻に咬みついていた。カンディードは同情の思いに駆られた。彼はブルガリア軍で射撃術を教わっていたので、その気になれば葉に触れずに茂みのはしばみの実を撃ち落としていたにちがいない。彼はスペイン製の連発式銃をとると、引き金を引いて二匹の猿を撃ち殺す。

「おい、カカンボ、ああ、よかった！　あの二人の可哀そうな娘を一大危機から救ってやったよ。ぼくは宗教裁判長とイエズス会の神父を殺して罪を犯したが、二人の娘の命を救ってその罪を立派に償った。あれはひょっとして身分ある二人の令嬢かもしれない。とんだ椿事《ちんじ》のおかげで、この国のたいそう大きな特典を手に入れられるだろう」

彼は話をつづけかけたが、その二人の娘が二匹の猿に優しく接吻し、猿の遺骸に涙を注ぎ、辺り一帯に轟くほど世にも悲しい叫び声を上げているのを見て、舌が動かなくなった。

「これほど優しい気持ちがあったとは思ってもみなかった」と、ようやく彼はカカンボに言った。すると、相手はすかさず応じた。

「ご主人、あなたはひどいへまをやらかしなさったものです。あのお嬢さん方の二人の恋人を殺してしまいになったのですからね」

「恋人だって！　まさか。ぼくをからかうのか、カカンボ。おまえのそんな話を信じられるものか」

「ご主人さま」と、カカンボは言葉をつづけた。「あなたはいつだって、どんなことにも驚かれるのですね。猿がご婦人方の寵愛を受ける国もあるからといって、なぜそんなに不思議がられるのです。あの猿たちは、わたしがスペイン人の血を四分の一だけ引いているように、人間の血を四分の一だけ引いているのですよ」

「ああ！」と、カンディードは言葉を継いだ。「そう言えば、パングロス先生のお話を聞いたことを思い出す。太古の昔、同じようなことが起こって、そうした混交からアイギパンやパンやサテュロスといった半獣神が生まれ、幾人もの古代の偉人が彼らを見たというお話だった[80]。しかし、それは作り話だと思っていた」

「それは本当なのだと、いまでは信じておられるのですね」と、カカンボは言った。「それに、ある程度の教育を受けていない人たちがどんなことを仕出かすか、お分かりでしょう。わたしが心配しているのは、あのご婦人方がなにか厄介なことをするのではないかということだけです」

そんなもっともな考えを聞くと、カンディードは草原を去って森の中に入らざるをえなかった。彼は森でカカンボと夕食をすませた。そして二人とも、ポルトガルの宗教裁判長とブエノス＝アイレスの総督と男爵をさんざん呪ったあげく、苔《こけ》の上で眠り込んだ。目を覚ますと、身動きがとれないことに気づいた。(81) それは、この国の住民の大耳族が二人の婦人の告発を受けて、夜間に二人を樹皮の綱で縛り上げていたからだった。二人は五十人ほどの大耳族に囲まれていた。彼らは素裸のまま矢と棍棒と石の斧《おの》で武装していた。ある者たちは大釜《おおがま》の湯を沸かし、他の者たちは焼き串の用意をしていた。そして、みんなが叫んでいた。

「こいつはイエズス会の神父だ、イエズス会の神父だ！　復讐して、ご馳走を食べるのだ。イエズス会の神父の肉を食おう、神父の肉を食おう！」

「ご主人、わたしの言ったとおりでしょう」と、カカンボは悲しげに叫んだ。「あの二人の娘たちがたちの悪いいたずらをしそうだと言ったでしょう」

カンディードは大釜と焼き串を見ると、思わず叫んだ。「わたしたちは焼かれるか、釜ゆでにされるかに決まっている。ああ！　パングロス先生が、純然たる自然がどんなものかごらんになったら、なんとおっしゃるだろう。すべては善であるというのは、まあ、よいとしても、キュネゴンド嬢を失ったうえ、大耳族に串焼きにされるとは正直言って実にむごい話だ」

カカンボは少しもうろたえていなかった。

「諦めるには及びませんよ」と、彼は悲嘆にくれるカンディードに言った。「わたしはこの部族の奇妙な言葉がちょっぴり分かりますから、話してみましょう」

「人間を釜ゆでにすることがどんなにおぞましい非人道的な行為であるか、忘れずに彼らに注意してやるのだ」と、カンディードは言った。「それに、そうした行為がどれほどキリスト教徒らしい思いやりに欠けるか、ということもな」

「みなさん」と、カカンボは言った。「あなた方はきょうイエズス会の一人の神父を食べるつもりなのですね。それはまったく当然です。自分の敵をそんなふうに扱うことほど正しいことはありません。実際、自然法はわたしたちに、汝の敵を殺せと教えていますし、だれもが全世界でそんなふうに振舞っています。わたしたちが敵を食べる権利を行使しないのは、おいしく食べられるものがよそにあるからです。しかし、あなた方はわたしたちと同じ資源をもっておられない。たしかに、自分の勝利の果実を大ガラスやハシボソガラスにゆずるよりは、敵を食べるほうがましです。しかし、みなさん、あなた方だって自分たちの友人を食べたくはないでしょう。あなた方はイエズス会の一人の神父をこれから串焼きにするつもりでしょうが、焼こうとしているのはあなた方の味方、あなた方の敵の敵なのです。このわたしはあなた方の国で生まれました。ごらんのお方はわたしの主人で、イエズス会の神父であるどころか、イエズス会の神父の一人をつい先ほど殺したばかりで、その神父の遺品の法衣をまとっているのです。それがあなた方の誤解のもとになりました。わたしの話を確かめるなら、主人の法衣を取って、イエズス会神父の王国に通じる第一の門にそれを届けることです。わたしの主人がイエズス会神父の職にある将官を殺害しなかったかどうか、尋ねてみてください。いくらも時間をとらないでしょう。もしわたしが嘘をついたと思えば、いつだってわたしたちを食べてくださって結構です。しかし、もしわたしの話が本当だったら、あなた方は公法の原理や習俗や法律を熟知しすぎるほどご存知だから、わたしたちを許さずにはいられないでしょう」

大耳族はこの演説をいかにももっともだと思った。彼らは二人の有力者を遣って、急ぎ事実の照会をさせた。二人の代表は才気ある人たちにふさわしく、立派に役目を果たし、すぐに戻って吉報をもたらした。大耳族は二人の囚人の縄を解き、あらゆる種類の礼をつくし、二人に娘たちを提供し、冷たい飲物を振舞い、国境まで見送りながら、たいそう喜んで叫ぶのだった。

「彼はイエズス会の神父ではない、イエズス会の神父ではない！」

カンディードは、自分が解放された理由に飽きもせずしきりに感心していた。

「なんという部族！」と、彼は言うのだった。「なんという人たちだ！　それに、なんという習俗だろう！　もしぼくが運よくキュネゴンド嬢の兄上の体にしたたか剣を突き通していなかったならば、容赦なく食べられていたことは間違いない。しかし、結局のところ、純然たる自然は善なのだ。なぜなら、あの人たちはぼくがイエズス会の神父でないと知ったら、ぼくを食べる代わりに親切にもあらゆる礼を尽くしてくれたのだからね」

第十七章

カンディードとその従僕がエルドラード[82]の国にたどり着いたこと、そして彼らはその国でなにを見たか

大耳族の国境へやって来ると、カカンボはカンディードに言った。

「ごらんのとおり、この半球も、もう一つの半球よりましだというわけではありませんね。どうです、一番の近道を通ってヨーロッパへ戻っては」

「どうやって戻るんだい」と、カンディードは言った。「それに、どこへ行くんだね。故国へ行っても、ブルガリア人とアヴァール人がだれかれ構わず殺している。ポルトガルへ戻れば、ぼくは焼き殺される。この国にいると、いつも串焼きにされる危険にさらされる。しかし、広い世界の中で折角キュネゴンド嬢が住んでいるこの土地を、どうして離れる気になれるだろう」

「カイエンヌ[83]のほうへ行きましょう」と、カカンボは言った。「あそこへ行けば、世界

中を渡り歩いているフランス人に会えるでしょうし、案外、彼らが助けてくれないとも限りません。神さまだって、きっと同情してくださいますよ」

カイエンヌへ行くのは簡単ではなかった。二人は、ほぼどの方向へ歩いたらよいかはよく分かっていたが、山や川や断崖や山賊や野蛮人がいたるところで恐ろしい障害となって立ちはだかった。馬は疲労がもとで死んだ。糧食は尽き果てた。二人はまる一か月、野生の果物をむさぼり食った。そしてようやく、彼らは両岸にヤシの木が生えている小川のほとりへやって来た。ヤシの木は二人の命と希望の支えとなった。

老婆と同じようにいつも有益な助言を与えてくれるカカンボも、さすがにカンディードにこう言った。

「わたしたちはもうくたくたです。さんざん歩きましたからね。川岸に空っぽの小舟が見えます。ヤシの実を詰め込んで、あの小さな舟に飛び乗り、流れに身を任せてみようではありませんか。川はかならずどこか人の住むところへ通じています。たとえ楽しいものは見つからなくても、せめて目新しいものくらい見つかるでしょう」

「よし、行こう。神さまにおすがりするとしよう」

川岸は、あるときは花で飾られていると思えば、あるときはすっかり乾き、またあるときは平坦だと思えば、あるときは切り立つといった具合で、その間を二人は数リューほど漕《こ》ぎ進んだ。川幅はたえず広がっていった。ついに川は、天までそびえるぞっとするような岩の丸天井の下にいまにも消えようとしていた。二人の旅人は大胆にも、その丸天井の下の波に身を任せた。その辺りで狭くなった川は、ものすごい速さで、またものすごい音を立てて二人を運んでいった。二十四時間後に、彼らはふたたび日の光を見た。だが、小舟は暗礁に当たって砕けた。まる一リューの道のりを岩から岩へと這うようにして歩かなければならなかった。するとようやくのことで、人間にはとうてい登れない山々に囲まれた広大な地平が突然、目の前に開けた。その国土は、必要のためばかりか楽しみゆえにも耕されていた。その国のいたるところで、有用なものが快いものとなっていた。道はどれもすばらしい形と材質の車で溢れんばかりだった、いや、というよりむしろ車で飾られていた。アンダルシアやテツアンやメクネス(84)のいかにみごとな馬をもしのぐ速さの大きな赤い羊(85)に飛ぶように曳かれた車は、異様なほどに美しい男女を運んでいた。

「それにしても、これは」と、カンディードは言った。「ウェストファリアより立派な国だ」

彼は、最初に見つけた村の近くでカカンボとともに舟を下りた。(86)村の数人の子どもがぼろぼろに破れた錦《にしき》の服を着て、村のはずれで石投げをして遊んでいた。別世界から来た二人は面白がって子どもたちの遊びを眺めた。子どもたちの遊ぶ平たい石は、かなり大きな丸いもので、黄色や赤や緑と色とりどりだったが、どれも独特な輝きを放っていた。旅人たちはそのいくつかを拾ってみたくなった。するとそれは、金やエメラルドやルビーだった。それらの石のどんなに小さなものでも、ムガル皇帝の玉座のもっとも大きな装飾になったにちがいない。

「間違いないな」と、カンディードは言った。「あの子どもたちはこの国の王子で、小石で遊んでいるのだ」

そのとき、村の学校の先生が子どもたちを学校へ戻そうと、姿を現した。

「ほら、あれは王家の師傅《しふ》なのだよ」

ぼろをまとった子どもたちは、石や遊びに使ったものを残らず地面に放り出すと、すぐに遊びをやめた。カンディードはそれを拾い、師傅のところへ駆けて行き、うやうやしく小石を差し出し、王太子殿下たちがご自分の金や宝石をお忘れになったことを手振り身振りで分からせようとする。村の教師は苦笑しながら、石を地面に投げ捨て、一瞬カンディードの顔をさも驚いた様子で眺め、すたすた歩きつづけた。旅人たちは抜かりなく金とルビーとエメラルドを拾った。

「ここはどこだろう」と、カンディードは叫んだ。「この国の王さまたちの子供は、よほど立派に躾《しつけ》られているにちがいない。金や宝石に無頓着《むとんちゃく》であるように教えられているのだからね」

カカンボも、カンディードに劣らず驚いていた。二人はようやく村でいちばん手前にある家に近づいた。それは、まるでヨーロッパの宮殿のように建造されていた。沢山の人びとが戸口に詰めかけ、屋内にはさらに多くの人びとがいた。いとも快い音楽が聞こえ、えも言われぬ料理の匂いがただよっていた。カカンボが戸口に近づくと、人びとがペルー語を話しているのが分かった。それは、彼の母語だった。それというのも、カカンボがその言葉しか話さないトゥクマンのとある村で生まれたことは、周知のことだからだ。(87)

「わたしが通訳を務めましょう」と、彼はカンディードに言った。「入ってみようではありませんか。ここは飲み食いができる宿屋ですよ」

金襴《きんらん》の服を着て、リボンで髪を結んだ二人の若者と二人の娘が、すぐさま彼らを定食用のテーブルに着くよう案内する。それぞれに二羽の鸚鵡が添えられた四皿のポタージュ、目方が二百リーヴルもあるコンドルのゆで肉、えもいわれぬ味の二匹の猿の丸焼き、そして一枚の皿には三百羽の蜂鳥、もう一枚の皿には六百羽の蜂鳥がテーブルに並べられた。料理の味を引き立てる薬味は申し分なく、菓子は美味このうえなく、どれも天然水晶のような皿に盛り付けられていた。宿屋の若者と娘たちは、砂糖キビから作られたいく種類ものリキュールを注いでくれた。

客の大半は商人と馬車引きだったが、だれもがたいそう礼儀正しく、カカンボにいくつかの質問をするときにも分別ある控え目な態度で接し、カカンボの質問に対しては彼を充分に満足させるよう受け答えするのだった。

カカンボとカンディードは食事を終えると、道端で拾った金のかけらを二つ定食用のテーブルにぽんと投げ出し、それで自分たちの分の支払いを充分にすませたと思った。宿屋の主人夫妻は吹き出し、辺り構わず長いこと笑っていた。ようやく落ち着きを取り戻すと、主人は言った。

「お客さま、お見受けするところ、あなた方は外国からいらしたのですね。わたしどもは外国の方にお会いする習慣がないのです。あなた方がこの国の街道に転がっている小石を勘定の支払いに差し出されたので、つい笑い出してしまいました。どうかお許しください。あなた方はもちろんこの国の貨幣をお持ちでありませんね。でも、ここで昼食をするのにお金をもっている必要はないのです。商取引きの便宜を図るために建てられた宿屋の経費は例外なく、政府が弁済してくれます。(88)あなた方はここで粗食を召し上がりましたが、それはこの村が貧しいからです。しかし、ほかならどこへいらしても、あなた方にふさわしいもてなしを受けられることでしょう」

カカンボはカンディードに主人の話を細大もらさず説明した。するとカンディードは、話を伝える友人のカカンボと同じように感嘆した様子で、またどうしても解《げ》せないといった様子で話に耳を傾けていた。

「いったい、ここはどんな国なのだろう」と、二人とも口々に言うのだった。「地上のほかの住人には知られていず、そのうえこの国の自然全体がわれわれのとはまるでちがっている。これはきっと、すべてが順調な国なのだろう。なぜなら、そんな国が絶対に存在しなければならないからだ。ついでに言えば、パングロス先生がなんと言われようとも、これまで何度も気づいたことだが、ウェストファリアでは万事が思わしくなかった」

第十八章

エルドラードの国で二人が見たこと

カカンボが穿鑿《せんさく》好きな態度をつい宿屋の主人に示したところ、主人は彼にこう言った。

「わたしはいたって無知でして、しかもそれに満足している始末です。でも、ここには宮仕えを終えた老人がいます。その老人は王国随一の物知りで、だれよりも話好きです」

主人はすぐさまカカンボを老人の家に連れて行く。カンディードはもう脇役しか務めていなかったので、この従僕に付いて行った。彼らは実に質素な一軒の家へ入った。というのも、扉はただ銀でできているにすぎなかったし、続きの間の羽目は金だけでできていたからである。けれども、きわめてよい趣味で細工されていたので、どんなに豪華な羽目もそれを見劣りさせることがなかった。確かに、控えの間はルビーとエメラルドでしか象嵌《ぞうがん》されていなかったが、すべてが按配されているそのたたずまいによって、その部屋の極端な質素さは充分に補われていた。

老人は、蜂鳥の羽を詰めたソファーに二人の外国人を迎え、いろいろなリキュールをダイヤモンドの器に注いで二人に出させた。その後で、彼はこんな話をして二人の好奇心を満足させてくれた。

「わたしは当年とって百七十二歳、国王の侍従であった亡き父から、その目で見た感嘆に値するペルーの重要な改革の話を聞いたことがあります。わたしたちがいま住む王国はインカ族の昔からの母国ですが、インカ族はたいへん無謀にも故国を出て世界の一部を征服しようとして、結局、スペイン人に滅ぼされました。

王族の中で生国にとどまった王子たちのほうが賢明でした。彼らは種族の同意を得て、住民はなんぴとといえどもこの小さな王国を決して出てはならない、と命じました。わたしたちの純粋で幸福な状態がこれまで保たれてきたのは、そのおかげです。スペイン人はこの国について漠然と知っていたので、黄金郷《エルドラード》と呼んできました。ローリ騎士というイギリス人(89)が、百年ほど前にこの国の近くにやって来たことがありました。しかし、わたしたちは登攀《とうはん》不能な岩と絶壁に囲まれているため、これまでずっとヨーロッパ諸国の貪欲の餌食《えじき》にならずにすみました。ヨーロッパの国々の連中ときたら、この土地の小石や泥に途方もない欲望を抱いていて、それを手に入れるためならわたしたちを最後の一人までも残らず殺すにちがいありません」

話は長いことつづいた。話題は、統治形態、習俗、女性、芝居、芸術に及んだ。最後に、相変わらず形而上学を好むカンディードは、この国に宗教があるのかとカカンボに尋ねさせた。

老人は少し顔を赤くした。

「むろん、ありますとも」と、老人は言った。「あなた方は宗教を信じずにいられますか。わたしたちを恩知らずだとお思いですか」

カカンボは恐る恐る、エルドラードの宗教がどんなものかと尋ねた。老人はまた顔を赤らめた。

「宗教が二つもありうるでしょうか」と、彼は言った。「わたしたちの宗教は万人の宗教だと思います。わたしたちは朝から晩まで神さまをあがめています」

「ただ一つの神さまだけをあがめておられるのですか」と、カカンボは言った。彼は、カンディードの懐疑を相変わらず通訳として取次いでいた。

「知れたことではありませんか」と、老人は言った。「神さまが二つも三つも四つもあるわけがありません。率直に言って、あなた方の世界の人たちははなはだ奇妙な質問をされるものです」

カンディードは通訳を介して、その善良な老人に飽きもせず矢継ぎ早に質問した。彼は、エルドラードではどんなふうにして神さまに祈るのかを知りたがった。

「神さまに祈るなんてことはしていません」と、その善良で尊敬すべき賢者は言った。「わたしたちには神さまにお願いすることがなにもないからです。神さまはわたしたちに必要なものをすべて授けてくださいました。だから、わたしたちはたえず神さまに感謝しているのです」

カンディードは好奇心に駆られて聖職者に会いたくなり、聖職者たちのいる場所を通訳に尋ねさせた。善良な老人は微笑んだ。

「旅のお方たち」と、彼は言った。「わたしたちはだれもが聖職者でしてな。毎朝、国王とすべての家長は神さまへの感謝の賛美歌を歌います。そして、五、六千人の楽師がその伴奏をします」

「なんですって！　ここには修道士がいないのですか。教え、議論をし、支配し、陰謀を企み、そのうえ自分たちと意見の違う人びとを火あぶりにさせるあの修道士です」

「そんなのがいたら、わたしたちは気が触れてしまうでしょう。この国ではだれもが同じ意見をもっています。あなた方の修道士とやらがどんな人種なのか、見当もつきません」

カンディードはそんな話を残らず聞くうちにすっかりうれしくなり、心の中でこうつぶやくのだった。

「この国はウェストファリア地方や男爵さまの城館とはまるで違う。友人パングロスがエルドラードを見ていたら、トゥンダー＝テン＝トロンクの城館が地上でもっともよいなどとは、もう言わなかったことだろう。たしかに、旅はしてみるものだ」

そんな長い会話が終わると、善良な老人は四輪馬車に六頭の羊をつながせ、二人の旅人を宮廷に案内するのに召使いの中から六人を付けてくれた。

「寄る年波でお伴をさせていただくわけにまいりませんが、どうかお許し願いたい」と、彼は言った。「国王は、あなた方が不満をおぼえられないような仕方でお迎えしてくださるはずだが、仮になにかお気に召さないことがあっても、この国の風習なのだと考え、ぜひともご勘弁願います」

カンディードとカカンボが四輪馬車に乗ると、六頭の羊は飛ぶような速さで走り出し、四時間足らずで首都のはずれにある国王の宮殿に到着した。正面の扉は高さ二百二十ピエ、幅百ピエあり、その扉の材料がどんなものであるのかを説明することは不可能だった。その材料がわれわれの世界で金や宝石と称される小石や砂に比べて格段に勝っていることは、充分に察しがついた。

カンディードとカカンボが四輪馬車を降りると、警備係の二十人の美しい娘が二人を浴場に案内し、蜂鳥の綿毛の織物で仕立てた服を着せた。それから、男女の重臣が通常のしきたりに従ってそれぞれ千人の楽師からなる二つの列の間を通り抜け、陛下の宴席へと二人を導いた。玉座の間に近づいたとき、カカンボは陛下にごあいさつするにはどう振舞わなければならないのか、ひざまずくのか腹這いになるのか、両手を頭に乗せるのか尻に付けるのか、広間のほこりをなめるのか、要するに、拝謁《はいえつ》の儀はどのようなものであるのかを重臣の一人に尋ねた。

「拝謁の作法は」と、重臣は言った。「国王を抱擁して両頰に接吻することです」

カンディードとカカンボが陛下の首に飛びつくと、陛下はおよそ考えられる限りの好意をこめて二人をお迎えになり、丁重に二人を晩餐に招待された。

さし当たり晩餐までの間、彼らは町を見物させてもらった。雲までそびえる公共の建物、無数の円柱で飾られた市場、澄んだ泉、ばら色の泉、砂糖キビのリキュールの泉があり、泉の水は大きな広場をたえず流れていた。そして広場は、丁字《ちょうじ》やシナモンに似た香りを発散する宝石のようなもので舗装されているのだった。カンディードは、法廷や高等法院を見せてくれるよう頼んだが、そんなものは存在しないし、訴訟もないと言われた。彼が牢獄はあるかと尋ねると、それもないと言われた。それ以上に彼を驚かせ、またなによりも喜ばせたものは、科学博物館だった。彼は博物館で、数学と自然学の器械がいっぱいに並んだ二千歩もつづく回廊を見た。

昼食後の時間を全部使って町のほぼ千分の一を駆け回った後、二人は国王のもとへ馬車で戻してもらった。カンディードは陛下と従僕のカカンボと何人もの貴婦人との間に挟まれて食卓についた。これ以上のご馳走はなかった。それに、晩餐の席で陛下ほど才気のある人物もいなかった。カカンボはカンディードに国王の機知あふれる言葉を説明したが、その言葉は翻訳されたものであるのに、やはり機知あふれる言葉のように思われるのだった。カンディードを驚かせたありとあらゆることの中でも、これは決して取るに足りないことではなかった。

二人は例の宿泊所で一か月を過した。カンディードはたえずカカンボに言うのだった。

「ねぇ、おまえ、くり返しになるが、たしかにぼくの生まれた城館はいまぼくたちのいる国には及びもつかない。しかし、それでもここにはキュネゴンド嬢がいないのだ。それに、おまえにしてもヨーロッパにはだれか恋人がかならずいるだろう。もしここにこのままいたら、ほかの人間とそっくり同じになってしまうではないか。反対に、もしエルドラードの小石を積んだたった十二頭の羊だけを連れてぼくたちの世界に戻っても、ぼくたちはすべての王さまを合わせたよりも金持ちになるだろうから、もう宗教裁判官をこわがらなくてもよくなり、たやすくキュネゴンド嬢を取り戻せるにちがいないよ」

この話は大いにカカンボの気に入った。人間だれしも方々を駆け巡り、故郷に錦を飾り、旅先で見たことをひけらかすのを好むもので、ご多分にもれずこの二人の仕合せ者ももう仕合わせでいることはよそうと決め、陛下に暇乞いをする決心を固めた。

「愚かなことをするものだ」と、国王は二人に言った。「この国がつまらないことはよく承知している。しかし、どこかでほどほどに暮らせるなら、そこにとどまるべきだ。もちろん、わたしには外国の方を引き止める権利はない(90)。そんなことをすれば、この国の風習にも法律にもない圧制を行なうことになる。人間はだれもが自由だ。好きな時に旅発たれるがよい。ただし、ここを出るのは至難のわざ。あなた方が奇跡的にたどり着いた、岩の丸天井の下を流れるあの急流をさかのぼることなどできるものではない。わたしの王国をぐるりと取り囲む山々は高さ一万ピエ、まるで壁のように切り立ち、それぞれ幅が十リュー以上もあって、絶壁を伝わらなければそこから下りることができない。けれども、あなた方がどうしても旅に出ると言われるのだから、機械製作監督官たちに命じてあなた方を快適に運べる機械一式を作らせるとしよう。あなた方を山の向こう側にお連れしたら、だれもお供をすることはできなくなる。というのも、わたしの臣民は決して王国を出ないと誓っているし、それに彼らはたいそう賢く、その誓いを破るわけがないからだ。しかし、お気に入ったものはなんなりと所望するがよい」

「わたしどもが陛下にお願いいたしますのは」と、カカンボは言った。「食糧とお国の小石と泥を積んだ数頭の羊だけでございます」

国王は笑った。

「あなた方ヨーロッパの方々がわが国の黄色い泥をどれほど好まれているか、わたしには見当もつかない。しかし、好きなだけ持って行かれるがよい。あなた方のためになればよいが」

国王はただちに技師たちに対して、二人の風変わりな人物をロープと滑車で持ち上げて王国の外に運ぶのに機械を一式つくるよう命じた。三千人の有能な自然学者がその仕事にかかった。二週間後には機械の準備が整ったが、費用はこの国の貨幣でたかだか二千万ポンドを超えなかった。カンディードとカカンボはその機械に乗せられた。機械にはまた、二人が山々を越えてから乗り物の用を足すよう鞍をおき、手綱をつけられた二頭の大きな赤い羊と、食糧を積んだ荷物運びの二十頭の羊と、この国でもっとも珍しい品々を土産として運ぶ三十頭の羊と、それに金や宝石やダイヤモンドを積んだ五十頭の羊が同乗させられた。国王は、放浪の旅に出る二人を優しく抱擁した。

二人の出発と、また彼らが羊といっしょに山々の頂きで吊り上げられたときの巧みな手際は、目を見張るみごとな光景だった。自然学者たちは二人を安全な場所に下ろすと、別れを告げた。カンディードには、キュネゴンド嬢に羊を差し出す以外に望みも目的もなかった。

「キュネゴンド嬢に値がつけられているとしても」と、彼は言った。「ぼくたちにはブエノス＝アイレスの総督に支払うくらいの金は充分にある。カイエンヌのほうに向かって歩き、船に乗るとしよう。そうすれば、どの王国を買い取ることができるか、やがて分かろうというものさ」

第十九章

スリナム(91)で二人の身に起こったこと、またカンディードがマルチンと知り合ったいきさつ

二人の旅人の最初の一日はけっこう楽しかった。彼らは、いまやアジアやヨーロッパやアフリカの大陸で集められる以上の財宝を手中にしたという思いに、すっかり勇気づけられていた。有頂天になったカンディードは、何本もの木にキュネゴンドの名を書き付けた。二日目には羊の中の二頭が沼にはまり込んで、積荷もろとも呑み込まれた。数日後には、他の二頭の羊が疲労で死んだ。それから、七、八頭が砂漠で行き倒れになった。数日すると、深い穴に落ちて数頭が頓死した。ついには、百日歩いたあげく二人に残ったのは、二頭の羊だけになった。カンディードはカカンボに言った。

「なぁ、おまえ、ごらんよ、この世の富がいかにはかないか。徳行と、キュネゴンド嬢に再会する仕合わせ以外に、確実なものなんてなにもないのだ」

「おっしゃるとおりです」と、カカンボは言った。「しかし、わたしたちにはまだ、スペイン王が手に入れる以上の財宝を積んだ二頭の羊がいます。遠くにどうやらオランダ領のスリナムらしい町が見えます。わたしたちの苦しみが終わり、仕合わせが始まるのです」

二人が町に近づくと、地面に寝そべった一人の黒人奴隷[92]に出会った。黒人はその服、といっても青地のふくらはぎまでのズボンを、いまはもう半分身につけているだけだった。その哀れな男には左足と右手がなかったのだ。

「ああ！　君、そこでなにをしているのだね」と、カンディードはオランダ語で言った。「そんなひどい様子をして」

「ご主人さまを待ってるんで。ファンデルデンデュル[93]さまとおっしゃる高名な大商人でしてな」

「君にそんな仕打ちをしたのは」と、カンディードは言った。「そのファンデルデンデュルさまなのかね」

「ええ、そうですよ、ムッシュー」と、黒人奴隷は言った。「これがしきたりなんですよ。着る物は一年に二度、麻の短いズボンをいただくだけ。製糖工場で働いて指が挽《ひ》き臼《うす》に引っかかりでもすると、わしらは手を切り落とされる。逃げ出そうとすると、足を切り落とされる。わしは両方の場合に当てはまった。(94)そんな犠牲と引き換えに、あなた方はヨーロッパで砂糖を食っていられるわけでして。けれども、おれの母さんはギニアの海岸でおれを十パタゴニア・エキュ(95)で売ったとき、こう言ったもんです。「いいかい、おまえ、あたしたちの神聖な護符にいつも感謝し、それをあがめるんだよ。きっと仕合わせにしてくださるよ。白人の旦那さま方の奴隷になるのは光栄なことだ。おまえは奴隷になって父さんと母さんを金持ちにしてくれるんだよ」ああ！　おれが父さんと母さんを金持ちにしたかどうかは知らないが、親はおれを金持ちにはしてくれなかった。犬や猿や鸚鵡のほうがおれたちより千倍も仕合わせだ。おれを改宗させたオランダの牧師は日曜日にはいつも、白人でも黒人でもおまえたちはみんなアダムの子だと言う。おれは系譜学者ではないが、しかしあの説教師たちの言うことが本当なら、おれたちはみんな同じ血筋だということになる。ところで、正直に言ってどうです、人は自分の身内にこれ以上ひどい仕打ちができるもんですかい」

「ああ、パングロス！」と、カンディードは叫んだ。「あんたはこの世にこれほどおぞましいことがあるのを見抜けなかった。万事休す。ついにぼくはあんたの最善説(96)を放棄しなければならないようだ」

「最善説ってなんです」と、カカンボは言った。

「ああ！　それはなあ」と、カンディードは言った。「うまくいっていないのに、すべては善だと言い張る血迷った熱病さ」

そう言うと、彼は黒人奴隷を眺めながらはらはらと涙を流し、泣きながらスリナムの町へ入って行った。

二人がまず最初に尋ねたことは、ブエノス＝アイレスへ遣ってくれる船が港にあるかどうかということだった。彼らが声をかけた相手はちょうどスペイン人の船長で、まっとうな取引きをしようと申し出てくれた。船長は居酒屋で二人と会う約束をした。カンディードと忠実なカカンボは二頭の羊を連れて居酒屋に行き、船長を待った。

思ったことを率直に言うカンディードは、そのスペイン人にこれまでの出来事を洗いざらい話し、キュネゴンド嬢を連れ去るつもりだと打ち明けた。

「あんた方をブエノス＝アイレスへ送り届けるのは真っ平ですね」と、船長は言った。「そんなことをしたら、わたしは縛り首になるでしょうし、あんた方にしたって同じ目に遭うでしょう。あの美しいキュネゴンドは総督閣下のお気に入りの愛人なのですよ」

これはカンディードにとって青天の霹靂《へきれき》だった。彼は長いこと泣いていた。それから、やっとカカンボを脇へ呼んだ。

「ねぇ、おまえ」と、彼はカカンボに言った。「これから言うとおりにしてくれないか。ぼくたちはそれぞれポケットに五、六百万リーヴルのダイヤモンドを持っている。おまえはぼくなどより抜かりがないから、ブエノス＝アイレスへ行ってキュネゴンド嬢を引き取ってくれ。もし総督が難色を示したら、百万くれてやっていい。それでもうんと言わなければ、二百万くれてやるさ。おまえは宗教裁判長を殺していないのだから、先方は少しも警戒しないだろう。ぼくは別の船に出航の準備をさせてヴェネチアへ行き、おまえを待つとしよう。あそこは自由な国で、ブルガリア人やアヴァール人やユダヤ人や宗教裁判官についてなにも心配することがない」

カカンボはその賢明な決断に賛成した。彼は、親友となった善良な主人との別れをたいそう残念がっていたが、しかし主人の役に立てる喜びは主人と別れる苦痛にまさった。二人は涙を流しながら抱き合った。カンディードは、善良な老婆のことを決して忘れてくれるなと頼んだ。カカンボは早速その日のうちに出発した。このカカンボという男は、世にも善良な人間だった。

カンディードはさらにしばらくスリナムにとどまり、だれか別の船長が彼を、いや、彼とまだ残っている二頭の羊を、イタリアへ連れて行ってくれるのを待った。彼は何人かの召使いを雇い、長旅に必要なすべてのものを買い求めた。ようやく大船の持ち主ファンデルデンデュル船長が彼の前に現れた。

「いくらお望みですか」と、カンディードはその男に尋ねた。「わたしと召使いたちと荷物と、それにそこの二頭の羊をまっすぐヴェネチアへ連れて行ってもらいたいのだが」

船長は一万ピアストル(97)で同意した。カンディードは少しもためらわなかった。

「おや、まあ」と、用心深いファンデルデンデュルは心中ひそかにつぶやいた。「この外国人は一万ピアストルもの大金を一度に支払おうというのだ！　相当な金持ちにちがいない」

それから、船長はすぐに戻って来ると、二万以下なら出航できないときっぱり通告した。

「よろしい！　出そう」と、カンディードは言った。

「おや、おや！」商人は低い声でつぶやいた。「この男は一万も二万も平気で出せるのだ」

彼はまたやって来て、三万ピアストル以下ではヴェネチアへ連れて行くわけにいかないと言った。

「では、三万出そう」と、カンディードは答えた。

「おや、まあ」と、オランダの商人はまたしてもつぶやいた。「この男は、三万ピアストルを出したところで痛くも痒《かゆ》くもないのだ。その二頭の羊は間違いなく莫大な財宝を積んでいる。これ以上しつこく言うのはよそう。まずは三万ピアストルを払わせておこう。それから後はとくと御覧《ごろう》じろだ」

カンディードは二粒の小さなダイヤモンドを売り払った。その小さなほうでも、船長が要求する金額以上の価値があった。彼は前払いで支払いをすませた。二頭の羊は船に積み込まれた。カンディードは停泊中の船に合流しようと小舟であとを追っていた。船長は好機到来とばかりに航行を開始し、舫《もや》い綱を解く。風は船長に味方する。狼狽し、呆然となったカンディードはたちまち船を見失う。

「ああ！」と、彼は叫んだ。「旧世界にはあってもおかしくない策略だ」

彼は浜辺に戻ったものの、すっかり悲嘆に暮れた。それというのも、二十人の君主に富をもたらすのに充分な財宝を、ついに彼は失ってしまったからだった。

彼はオランダ人の判事のもとへ赴いた。少し逆上していたので、乱暴にドアをノックする。彼は部屋に入り、自分が経験した椿事を説明し、決まり以上の大声で叫んだ。判事はまず、大声を上げて騒いだという理由で彼に一万ピアストルを支払わせた。それから、判事は根気よく彼の話を聞き、問題の商人が戻り次第、彼の一件を吟味すると約束し、謁見料として別に一万ピアストルを払わせた。

こうした振舞いはすっかりカンディードを落胆させた。たしかに、彼はそれまで千倍も辛い不幸を味わってきた。しかし、判事や彼の財宝を盗んだ船長の平然とした態度は、彼の癇癪玉《かんしやくだま》に火をつけ、彼を暗い憂鬱な気分に陥れた。人間の悪意が醜い顔をむき出しにして彼の心に現れた。彼はただ陰気な考えに浸るだけだった。結局、一隻のフランス船がボルドーに向けていまにも船出しようとしていたので、もうダイヤモンドを積んだ羊を乗船させる必要もなかった彼は、船室を一室だけ適正な値段で借り、それから町中に告知を出した。それは、まっとうな人物で彼といっしょに旅をしたいと思う者には渡航費と食費を支払ったうえ、二千ピアストルを渡すが、ただしその人物は現在の自分の境遇にだれよりもうんざりしていて、この地方でもっとも不幸な者であること、というものだった。

一つの船団にも収容できないほどの大勢の志願者が殺到した。カンディードは見るからに注目に値する者たちを選ぼうと思い、二十人ほどを弁別した。彼らはなかなか社交的に見えたばかりか、われこそは選ばれるにふさわしいと、こぞって主張する有様だった。カンディードは彼らを自分の宿屋に集め、それぞれが忠実に自分の身の上話をすると誓うのを条件に夕食を振舞い、だれよりも同情に値し、正当な資格で現在の境遇にもっとも不満を抱いている者を選ぶことにするが、選ばれなかった他の者たちにも心づけをはずむ、と約束した。

選抜会は午前四時までつづいた。カンディードは彼らが体験した驚くべき出来事に耳を傾けながら、ブエノス＝アイレスへ行く旅の途中で老婆が語った話や、船に乗り合わせた客の中にひどい不幸に見舞われなかった者は一人もいないと老婆が言い切ったことなどを、改めて思い返していた。それぞれの志願者たちが自分の出来事を話すたびに、彼はパングロスのことを考えるのだった。

「あのパングロスがここにいたら」と、彼はつぶやいた。「自説を証明してみせるのにさぞかし窮することだろう。ここに彼がいればよいのに。どう考えても、万事が順調なのはエルドラードの国くらいで、地上のそれ以外の国では順調とはほど遠い」

ついに彼は、アムステルダムのいくつかの出版社を兼ねた書店のために十年間働いた学殖豊かな哀れな学者に決めた。それ以上に嫌悪すべき職業はこの世にない、と彼は判断したのだった。

この男は碩学《せきがく》であるうえ善良な学者だったが、妻には金を盗まれ、息子には殴られるといった始末で、娘はといえば父親の彼を棄てたあげく得体の知れないポルトガル人に誘拐されるていたらくだった。どうにか彼の暮らしを支えていたささやかな職も、ついこのあいだ奪われたばかりだった。そのうえ、スリナムの説教師たちは、彼をソッツィーニ(98)の信奉者と見なして、迫害していた。彼以外の志願者たちが少なくとも彼と同じ程度には不幸だったことは、認めなければならない。しかし、カンディードはこの学者なら海路の旅の退屈を紛らせてくれるだろうと思ったのだった。他の競争者たちはだれもがカンディードはまったく不公平な選び方をしたと思った。しかし、カンディードは彼ら一人一人に百ピアストルずつ与えて不満をなだめてやった。

第二十章

海上でカンディードとマルチンの身に起こったこと

そんなわけで、マルチンという名の老学者はカンディードと共にボルドー行きの船に乗り込んだ。二人ともこれまで沢山の物事を見てきたし、さんざん苦労も重ねてきたので、たとえ船が帆を揚げてスリナムから日本へ喜望峰を回って進んでも、二人にはその船旅の間中、道徳上の悪と自然の悪[99]について語り合えるだけの話題に事欠かなかったにちがいない。

けれども、カンディードはマルチンよりも大いに恵まれた立場に立っていた。彼はいつもキュネゴンド嬢と再会できる希望を抱いていたが、マルチンには期待すべきものがなに一つなかったからだ。それに、カンディードは金とダイヤモンドを持っていた。彼はこの世で最大の財宝を積んだ百頭の大きな赤い羊を失い、オランダ人船長のぺてんを相変わらず根にもってはいたが、それでもポケットの中にまだ残っているもののことを考えたり、とりわけ食事の終わりにキュネゴンドのことを話題にすると、パングロスの説がふと好きになるのだった。

「それにしても、マルチンさん」と、カンディードは学者に言った。「こうしたことすべてについてどうお考えですか。道徳上の悪と自然の悪についてあなたのご意見はいかがですか」

「ムッシュー」と、マルチンは答えた。「わたしの知っている聖職者たちは、わたしをソッツィーニの信奉者だといって非難しました。しかし、本当のところ、わたしはマニ教徒[100]なのです」

「ぼくをからかっておられるのですね」と、カンディードは言った。「世界にはもうマニ教徒なんているものですか」

「このわたしがいます」と、マルチンは言った。「どうしたものか自分でも分かりませんが、でも他に考えようがないのです」

「どうやらあなたの体には悪魔がとり憑《つ》いているにちがいない」と、カンディードは言った。

「悪魔ときたら、この世のことにやたらと首を突っ込んできますからね」と、マルチンは言った。「ですから、あいつはほかのいたる所にいるように、わたしの体にもちゃんと住みついているのかもしれませんよ。しかし率直に言って、この地球、というよりむしろこのちっぽけな球体に目を向けると、神さまはこの球体をなにか邪悪な存在に委ねたのだと思います。もっとも、エルドラードはつねに別ですがね。隣の町の破滅を願わない町はほとんど見たことがありませんし、どこかほかの家族を皆殺しにしてやろうと思わなかった家族に会ったこともありません。いたるところで弱者は、強者の目の前では這いつくばっているくせに、内心では憎んでいます。そして、強者は弱者をまるで毛や肉が売りに出される家畜の群れのように扱っています。連隊を編成した百万人の殺人者の群れがヨーロッパの端から端まで駆けめぐりながら、パンを稼ぐために規律正しく殺人と略奪を実行しています。それというのも、それ以上にまっとうな職がないからです。一見すると平和を楽しんでいるように見え、芸術も栄えている町でのほうが、攻囲され災いを経験している町以上に、人びとはいっそう羨望と心配と不安にさいなまれているのです。秘められた悲しみのほうが、公然たる悲惨な境遇よりはるかに残酷です。要するに、わたしは実に沢山のことを見、また経験してきましたので、マニ教徒になっているというわけですよ」

「そうは言っても、よいことだってありますよ」と、カンディードはやり返した。

「そうかもしれませんね」と、マルチンは言うのだった。「でも、わたしにはそんな経験はありませんよ」

そんな議論の最中に、一発の砲声が聞こえた。砲声は時を追ってつづけざまに聞こえるようになった。だれもが望遠鏡を手に取る。三マイルほど離れたところで二隻の船が戦っているのがふと目に入る。二隻の船はどれも風のせいでフランス船のすぐ近くに来たので、心ゆくまで楽しんで戦闘を見物できた。とうとう、二隻のうちの一方が舷側《げんそく》砲の一斉射撃を行ない、相手の船底の辺りに正確に弾を撃ち込んで、敵船を海底に沈没させた。カンディードとマルチンは、沈んでいく船の上甲板に百人ほどの男たちの姿をはっきりと見た。男たちはみな両手を上に挙げて、ものすごい叫び声を上げていた。一瞬のうちにすべてが波に呑み込まれた。

「なんとまあ!」と、マルチンは言った。「人間どもがたがいに相手をどう扱っているかは見てのとおりです」

「たしかに」と、カンディードは言った。「この事件にはどことなく悪魔的な臭いがしますね」

彼がそんなふうに話していると、なにやら色鮮やかな赤いものが船の脇を泳いでいるのが目に入った。いったいそれがなになのか見ようとしてボートを出してみると、なんとそれは彼の羊の一頭ではないか。カンディードがこの羊に再会したときの喜びは、エルドラードの大きなダイヤモンドを積んだ百頭の羊をそっくり失ったときの悲しみより、ずっと大きかった。

フランス人の船長は、敵船を沈没させたほうの船の船長がスペイン人で、沈没させられたほうの船の船長がオランダ人の海賊であることにやがて気づいた。その海賊こそ、カンディードに盗みを働いた例の男だった。その極悪人が横取りした莫大な富は男もろとも、海底に埋もれ、一頭の羊だけが助かったのだ。

「ごらんのとおり」と、カンディードはマルチンに言った。「罪も時には罰せられることがあります。あのオランダ人船長めは、当然の運命をたどったまでです」

「おっしゃるとおりです」と、マルチンは言った。「でも、船長の船に乗り合わせていた船客までも非業の死を遂げなければならなかったのでしょうか。神さまはあのぺてん師を罰し、悪魔は他の船客を溺死《できし》させたのです」

その間にフランス船とスペイン船は航路を進みつづけた。そしてカンディードは、マルチンを相手に対話をつづけた。二人は二週間ひっきりなしに議論をしたが、二週間が過ぎても二人の議論の進行具合は第一日目と同じだった。しかし、それでも彼らは話し合い、たがいに意見を交換し、慰め合っていた。カンディードは彼の羊をしきりになでるのだった。

「おまえにまた会えたのだから」と、彼は言った。「キュネゴンドにもきっと会えるさ」

第二十一章

カンディードとマルチンがフランスの海岸に近づきながら、なおも議論すること

ようやくフランスの海岸が見えた。

「マルチンさん、フランスへいらしたことがありますか」と、カンディードが言った。

「ええ、ありますよ」と、マルチンは言った。「州をいくつも歩き回りました。住民の

半分が頭のおかしい州があるかと思えば、住民がずる賢すぎる州もいくつかあるし、一般に性質がおとなしくて愚鈍な人間のいる州や、さも洗練されたように振舞う人間のいる州もありますが、どの州でも最大の関心事は恋愛で、第二に人の悪口、第三にばかげた話をすることとです」

「ところで、マルチンさん、パリはごらんになりましたか(101)」

「ええ、パリなら見ましたよ。いま申したような地方と似ています。あれはまさに混沌と雑踏で、その中でだれもが快楽を求めていますが、少なくともわたしの見たところ、ほとんどだれ一人として快楽を手に入れた者はいません。わたしはあの町にはほんの少ししか滞在しませんでしたが、着くと早速サン＝ジェルマンの市(102)ですりにやられました。そおまけにわたし自身が泥棒と見なされて、一週間ものあいだ投獄される有様でした。それから、徒歩でオランダに帰る路銀を手に入れるために、印刷所の校正係の職を手に入れました。わたしはへっぽこ文士や陰謀を企むやくざな聖職者や、それに痙攣する卑しい連中(103)と知り合いになりました。あの町にはなかなか教養ある人たちがいるという噂ですが、そう信じたいものです」

「ぼくは、フランスを見たいとは少しも思いません。たやすく察していただけるでしょうが、エルドラードでひと月を過ごすと、この世でキュネゴンド嬢以外のなにかを見る気にはもうならないものです。ぼくはヴェネチアで彼女を待つことになっています。フランスを横断してイタリアへ行くつもりです。いっしょに付いてきてもらえませんか」

「喜んでお供しましょう」と、マルチンは言った。「世間の噂では、ヴェネチアはヴェネチア貴族にとってだけ居心地がよいと言いますが、でも外国人がどっさりお金をもっている場合にはたいそう歓待してくれるそうですよ。わたしは素寒貧ですが、あなたはお金持ちです。どこへなりと後に付いて行きましょう」

「ところで」と、カンディードは言った。「船長がもっているあの分厚い本[104]にははっきり書かれているように、もともと地球は海だったと思いますか」

「そんなことはまったく信じられませんね」と、マルチンは言った。「それに近頃、出まかせに書き散らされているどんな夢想のたぐいも、やはり信じません」

「しかし、では、いったいこの世界はどんな目的で作られたのでしょう」と、カンディードは言った。

「わたしたちを激怒させるためですよ」と、マルチンは答えた。

「大耳族の国の二人の娘が二匹の猿に抱いていた愛情ですが」と、カンディードは話をつづけた。「あの事件のことはたしかお話しましたね、話を聞いて驚いたのではありませんか」

「いっこうに驚きませんよ」と、マルチンは言った。「そういった感情にどんな不思議があるのか、わたしには分かりません。これまでずい分と奇妙なことを見てきたので、奇妙なことなどもうなにもないのです」

「では、あなたは」と、カンディードは言った。「人間はいま現にしているように、つねにたがいに殺し合ってきたとお考えですか。人間はいつも嘘つきで、腹黒く、人を裏切り、恩知らずで、悪党で、意気地なしで、移り気で、卑怯で、ねたみ深く、食いしん坊で、のんだくれで、けちん坊で、野心家で、血を見たがり、根も葉もない中傷をし、放蕩者で、狂信的で、偽善者で、そのうえ間抜けだとお考えですか」

「では、あなたは」と、マルチンが言った。「これまで鷹は鳩を見つけたら、かならず鳩を食べたとお考えですか」

「ええ、もちろんです」と、カンディードは言った。

「それでは」と、マルチンは言った。「これまで鷹はずっと性質を変えなかったのに、なぜ人間はその性質を変えたと思いたがるのです」

「いやいや」と、カンディードは言った。「人間と鷹ではずい分と違います。なんとなれば、自由意志[105]が……」

こんなふうに議論をしているうちに、二人はボルドーに到着した。

第二十二章

フランスでカンディードとマルチンの身に起こったこと

カンディードはボルドーにほんの少ししか滞在しなかった。エルドラードの小石をいくつか売り払い、快速に走る二人乗りの賃貸馬車に甘んじることにして、それを手配するのに必要な時間だけ滞在した。二人乗りの馬車を調達したのも、彼はもう哲学者マルチンなしではすませられなかったからである。ただ例の羊と別れるのがたいそう残念でならなかったが、羊はボルドーの科学アカデミーに預けた。すると、アカデミーはこの羊の毛がなぜ赤いかの説明をその年の懸賞論文の論題とした。そして、賞金は北方の国の学者[106]に与えられた。その学者は、A足すB、引くC、割るZの公式によって、その羊が赤くなければならないこと、また羊痘で死ぬ定めとなっていることを証明した。

けれども、カンディードが道中の宿屋で会う旅人はみな「パリへ行きます」と言うのだった。だれもが示すその熱意に動かされて、とうとう彼もその首都を見たくなった。そうしたところで、ヴェネチアへの道を大して遠回りすることにはならなかった。

彼はフォブール・サン＝マルソー[107]から首都に入ったが、ウェストファリア地方のいちばん汚い村にいるような気がした。

カンディードは宿屋に着く早々に、疲労からくる軽い病気にかかった。指に大きなダイヤモンドをはめていたうえ、たいそう重い宝石箱が荷物に入っているのを見抜かれていたので、たちまち彼の傍らには呼んでもいない二人の医者と、そばを離れない数人の親密な友人と、スープを温めてくれる二人の信心家ぶった婦人が付き添った。マルチンはこう言った。

「わたしもはじめて旅に出たとき、やはりパリで病気になったことを覚えています。わたしはひどく貧乏でした。だから、友だちも、信心家のご婦人方も、医者もいませんでしたが、病気はよくなりました」

しかし、さんざん薬を飲まされ、たっぷり瀉血されたので、カンディードの病気は重くなった。その界隈の代行司祭がやってきて、あの世へ振り込む持参人払手形(108)をいただけないかと猫なで声で言った。カンディードは、そんなことをする気はさらさらなかった。信心家ぶった婦人たちは、それが当節の流行なのですと請け合った。カンディードは、自分は流行を追う人間ではないと答えた。マルチンは代行司祭を窓から放り投げようとした。聖職者は、カンディードが死んでも絶対に埋葬してやらないぞと言った。マルチンは、自分たちにうるさく付きまとうなら、聖職者を埋葬してやると言った。口論は熱を帯びてきた。マルチンは聖職者の肩をつかんで、手荒に追い返した。それは大いに世間の顰蹙《ひんしゅく》を買い、調書を取られた。

カンディードの病気はよくなった。回復期の間に、彼は自宅の夕食の席にいたって人付き合いのよい仲間を呼んだ。だれもが大きく賭けていた。カンディードはエースのカードがいちども自分のところに来ないのに驚いていたが、マルチンはいっこうに驚かなかった。

彼を町に案内してくれた人たちの中に、ペリゴール地方出身の小柄な神父がいた。熱心で、いつも気を配り、いつも親切で、厚かましく、口が上手で、気やすく、見知らぬ人間が通りかかると様子をうかがい、眉をひそめさせるような町の噂話をしゃべり、ぜひとも遊興の機会を提供しようとするといった連中の一人だった。その神父はカンディードとマルチンをまず劇場に案内した。そこでは新作の悲劇が上演されていた。カンディードは数人の上品ぶった人たちのそばの席についた。それでも、彼は完璧に演じられた場面では涙を流さずにいられなかった。横にいた屁理屈屋《へりくつや》の一人が、幕間になると彼に言った。

「涙を流すなんて大間違いです。あの女優ときたら、てんで話にならない。共演している男優はそれに輪をかけた大根役者です。台本は俳優たちよりもっと悪い。作者はアラビア語をひと言も知らないくせに、舞台がアラビアなのですからね。そのうえ、やっこさんは生得観念(109)を信じない人間ですよ。明日、あの作者を批判した二十冊のパンフレットをお届けしましょう」

「神父さん」と、カンディードは例の神父に言った。「フランスにはどれくらいの数の戯曲があるのでしょう」

「五、六千といったところでしょう」神父は答えた。

「それは大したものですね」と、カンディードは言った。「そのうち出来のよいのはどれくらいありますか」

「十五、六篇ですね」と、相手はすかさず答えた。

「それは大したものです」と、マルチンが言った。

カンディードは、ある女優に大いに満足した。その女優は、たまに上演されることがあるかなり凡庸な悲劇作品(110)に登場するエリザベス女王を演じていた。

「あの女優は」と、カンディードはマルチンに言った。「大いに気に入った。どことなくキュネゴンド嬢に似ている。彼女にあいさつができたら、とてもうれしいのだが」

ペリゴール地方出身の神父は、彼をその女優のところへ案内しようと申し出た。ドイツで育ったカンディードは、どんな立居振舞いをすればよいのか、フランスではイギリスの女王たちをどのように遇するのか尋ねた。

「物事の弁別が必要です」と、神父は言った。

「地方では、イギリスの女王役は酒場に案内されます。パリでは、女王役を演じた女たちが美しければ尊敬されます。そして死ぬと、ごみ捨て場にぽいと投げ捨てられるのです」

「女王たちをごみ捨て場にだと！」と、カンディードは言った。

「ええ、そうですよ」と、マルチンが言った。「神父さまのおっしゃるとおりです。わたしがパリにいたとき、モニーム嬢(11)が、世間で言う言葉を使えば、この世からあの世へ引越しました。例の信仰篤い連中のいわゆる埋葬の名誉、つまり醜悪な墓場でこの界隈のあらゆるろくでなしといっしょに朽ち果てていくことは、彼女には拒絶されました。彼女は一人離れて、ブルゴーニュ通りの片隅に埋められたのです。彼女はずい分と辛い思いをしたにちがいありません。貴族のように誇り高い人でしたからね」

「まったく失敬千万だ」と、カンディードは言った。

「仕方ないじゃないですか」と、マルチンは言った。「例の連中ときたら、そういう人間なのですよ。ありとあらゆる矛盾、ありとあらゆる不調和を想像してごらんなさい。それがこの奇妙な国民の統治にも、裁判にも、教会にも、芝居にも満ちていることが分かるでしょう」

「パリでは、本当に人はいつも笑っているのですか」と、カンディードが言った。

「ええ、笑っていますよ」と、神父は言った。「でも、笑いながら、とてもいら立っているのです。なぜなら、げらげら大声で笑いながら、すべてに文句をつけていますからね。どんな憎むべき行為も、笑いながらするのです」

「あれは何者ですか」と、カンディードは言った。「ぼくがさんざん涙を流した脚本やぼくを大いに楽しませてくれた俳優のことをあんなに悪しざまに言っていた、いまいましいあのふとっちょです(112)」

「あれは悪の権化のようなやつです」と、神父が答えた。「あらゆる戯曲、あらゆる本の悪口を言って暮らしを立てているのです。ちょうど去勢された男が快楽に満たされた者を憎むように、成功した者と見ればだれかれなしに憎みます。まあ、文学に巣くって、泥と毒を常食としている蛇のように腹黒いやからの一人です。あれは三文時評家ですよ」

「三文時評家って、なんのことですか」と、カンディードが言った。

「それはつまり」と、神父は言った。「駄文を書きなぐる者、たとえばフレロンのようなやつです」

カンディードとマルチンとペリゴール人は、芝居がはねて観客が次々に劇場を出てくるのを見ながら、階段で議論していた。

「キュネゴンド嬢(113)に再会したくて気がはやるけれども」と、カンディードは言った。「でも、クレロン嬢と夕食をとりたいものだ。なにしろ、ぼくには彼女がすばらしく見えたから」

神父はクレロン嬢に近づけるような人間ではなかった。彼女は育ちのよい人たちにしか会わなかったからだ。

「彼女は今晩、約束があるのです」と、神父は言った。「しかし、ある貴婦人のところへご案内しましょう。その席にいたら、あなたは四年も滞在したほどにパリのことがお分かりになるはずです」

カンディードは生まれつき好奇心が強かったから、勧められるままにフォブール・サン＝トノレ通りの奥にあるその婦人の家へ案内された。そこでは、カードを用いたフェロー(114)という賭事にみんなが夢中になっていた。むっつりした十二人の「子」たちはそれぞれ手に、金を賭けるときにカードの隅を折った、負け数の記録となる数枚のカードをもっていた。深い沈黙がみなぎっていた。「子」たちの顔は青ざめ、「親」の顔には不安がただよい、屋敷の貴婦人は非情なその「親」のそばに座り、賭け手がカードの隅を折って倍賭け、七倍賭けをするたびに山猫のような鋭い目で見張っていた。彼女は、一枚も見逃さないといった厳しいながらも礼を失しない態度で目を光らせてカードの隅の折れを直すのだった。そして、得意客を失うのを恐れて決して腹は立てなかった。その貴婦人はパロリニャック侯爵夫人と自分を呼ばせていた。十五歳になる彼女の娘は、「子」の一人に加わっていて、非情なつきの埋め合わせをしようとする卑劣な手合いのぺてんに気づくと、目くばせして知らせていた。ペリゴール地方出身の神父とカンディードとマルチンが部屋に入っても、だれ一人立ち上がる者はなく、あいさつする者も、彼らに目を向ける者もいなかった。だれもがカードにすっかり気を取られていた。

「トゥンダー＝テン＝トロンク男爵の奥さまはもっと礼儀正しかった」と、カンディードは言った。

けれども、神父が侯爵夫人の耳元に近づくと、夫人は半ば立ち上がり、カンディードにわざわざ愛想笑いをし、マルチンには威厳をもってうなずいた。夫人はカンディードに席を作り、カードの手札を配ってくれたが、カンディードは二回の勝負で五万フランも損をした。その後、一同はいたって陽気に夕食をとった。みんなはカンディードがカードで大損しても平然としているのに驚いていた。従僕たちは仲間うちで従僕言葉を使いながらこんな意味のことを言った。

「あれは、イギリスのさる富豪にちがいない」

晩餐は、パリのたいていの晩餐と変わらなかった。最初のうちは沈黙、それから聞き分けられないざわめいたおしゃべり、その後は大半が無味乾燥な駄洒落、あらぬ噂、理屈にならない理屈、わずかな政治談義、そして人の悪口がたっぷりといった具合だった。新刊本も話題になった。

「ゴーシャとかいう神学博士(115)の小説をお読みになりましたか」と、ペリゴール地方出身の神父が言った。

「ええ」と、会食者の一人が言った。「しかし、最後まで読み通せませんでしたね。良識にもとる著作は山ほどありますが、それを全部合わせても神学博士ゴーシャの良識のなさには遠く及びません。世間に氾濫《はんらん》しているおびただしい数の我慢ならない本にはうんざりなので、わたしはフェローの賭けをやり始めたというわけですよ」

「で、T…副司教(116)の『論叢《ろんそう》』は、いかがですか」と、神父は言った。

「ああ！　退屈きわまる方ですわ！」と、パロリニャック夫人が言った。「あの方ときたら、どれも人が知っていることを念入りに話すのですからね！　ほんの少しの注意も払うに及ばないことに、なんとぎこちなく異論を述べているのでしょう！　他人の才気を横取りしていますが、そのやり方がなんと才気に乏しいのでしょう！　自分が剽窃《ひょうせつ》するものをなんと台無しにしているのでしょう！　あの方にはうんざりですわ！　でも、この先もう私をうんざりさせることはないでしょう。副司教のお書きになったものなど、数ページも読めば充分ですものね」

食卓の席に物知りで趣味のよい人物がいて、侯爵夫人の話を支持した。それから、悲劇作品が話題になった。夫人は、時には上演されることもあるのに、本で読むとお話にならない悲劇があるのはなぜかと尋ねた。趣味のよい人物は、どういうわけで興味をそそる作品がほとんどなんの価値もないといったことがありうるかを、実に巧みに説明した。彼は、あらゆる小説に見出されて、かならず芝居の観客を魅了するような状況を一つ二つ取り入れるだけでは充分ではなく、斬新でありながら奇異でなく、しばしば崇高で、しかもつねに自然でなければならず、人間の心を知り、人間の心に語らせなければならず、作中のどの人物も決して詩人のようには見えないが、それでいて作者は偉大な詩人でなければならず、自国語を自家薬籠中《じかやくろう》のものとし、純粋さとたえざる調和を保ちながら自国語を話し、絶対に文の意味を犠牲にして韻を踏んではならない、といったようなことをわずかな言葉で証明してみせた。

「こうしたすべての決まりを守らない人たちはだれでも」と、彼は付け加えた。「劇場で拍手を送られる悲劇の一、二篇を作ることはできても、すぐれた作家の一人に数えられることは決してないでしょう。すぐれた悲劇作品はまずほとんどありません。うまく書かれ、上手に韻を踏んだ対話体の田園恋愛詩があるかと思えば、眠気をもよおす政治に関する理屈や、うんざりさせるような誇張があります。ほかにも、荒削りな文体で書かれた神がかりの妄想や、途切れ途切れの言葉や、人間に話しかけるすべを知らないために長々とつづけられる神々への呼びかけや、誤った格言や、大袈裟《おおげさ》に連ねられる月並みな文句があります(117)」

カンディードはこの話に注意深く聞き入り、多弁なその人物を大いに高く買った。そして、侯爵夫人が気を配って自分の横に彼を座らせてくれていたので、夫人の耳元に近づき、たいそう話のうまいあの人物はだれなのか、遠慮なく尋ねてみた。

「あの方は学者です」と、夫人は言った。「賭事はなさいませんが、神父さまが時たま晩餐の席にお連れになります。悲劇作品や書物にはすこぶる通じておられます。悲劇を一篇お書きになりましたが野次られ、本を一冊お書きになりましたが、私に献呈してくださった一冊以外には版元直営の店の外で見かけたことはいちどもありませんわ」

「偉大な方なのですね！」と、カンディードは言った。「パングロス先生の再来です」

そこで彼は、その人物のほうへ向かって言った。

「ムッシュー、あなたはもちろん、自然界でも道徳界でもすべては最善の状態にあり、それ以外の仕方ではなに一つとしてありえない、とお考えなのでしょうね」

「ムッシュー、人はいざ知らず、このわたしは」と、学者は答えた。「そういったことについてはまったく考えておりません。わたしが思うに、この国ではなにごともうまくいかず、自分の地位がなにか、自分の職務がなにか、自分がなにをしているのか、なにをすべきかをだれも知らず、かなり陽気でかなり和やかに見える晩餐の席を除けば、それ以外のすべての時間は理不尽な喧嘩をしながら過ぎていきます。モリノ派(118)に敵対するジャンセニスト、聖職者に敵対する高等法院の判事、文学者に敵対する文学者、宮廷人に敵対する宮廷人、民衆に敵対する徴税官、夫に敵対する妻、親族に敵対する親族というように、果てしない戦争です」

カンディードは反論した。

「わたしはもっと悪いことを見てきましたよ。しかし、ある賢者がそういったことすべてはすばらしく、一幅の美しい絵の陰影なのだ(119)と教えてくれました。もっとも、その賢者は不幸にも縛り首にされましたがね」

「縛り首にされたその賢者とやらは人を担いでいたのですよ」と、マルチンは言った。

「あなたの言うその陰影は醜悪な染みです」

「染みを作るのは人間ですからね」と、カンディードは言った。「それに、人間は染みなしではすまされないのです」

「では、人間のせいではありませんね」と、マルチンは言った。賭事に加わっていた者たちの大半はこういった言葉のやりとりがさっぱり分からず、酒を飲んでいた。そこで、マルチンは学者を相手に議論をし、カンディードは屋敷の貴婦人に彼が経験した出来事の一部を物語った。

晩餐の後、侯爵夫人はカンディードを私室に案内し、長椅子に腰掛けさせた。

「それで、あなたは」と、彼女は言った。「相変わらずキュネゴンド・ド・トゥンダー＝テン＝トロンク嬢を狂おしいほどに愛していらっしゃいますの」

「はい、そうです、マダム」と、カンディードは答えた。侯爵夫人は優しい微笑みを浮かべながら、彼に言い返した。

「いかにもウェストファリア地方の青年らしいお答えですわ。フランス人の若者なら、「たしかにぼくはキュネゴンド嬢を愛してきましたが、マダム、あなたにお目にかかり、彼女をもう愛せなくなるのではないかと不安です」と、言ったでしょうね」

ましょう」

「ああ！　マダム」と、カンディードは言った。「なんでもお望みのとおりにお答えしましょう」

「彼女に対するあなたの恋は、彼女のハンカチを拾ったときに始まったのでしたね」と、侯爵夫人は言った。「私はあなたにその靴下留めを拾っていただきたいのです」

「喜んで拾いましょう」と、カンディードは言って、靴下留めを拾った。

「さあ、それを留めてくださいな」と、夫人は言った。そこで、カンディードは靴下留めを留めた。

「ねぇ、お分かりでしょう」と、夫人は言った。「あなたは外国の方ですわ。私はパリの恋人なら時には二週間もじらすことがあります。でも、あなたには一日目の夜から降参することにしますわ。だって、ウェストファリア地方の青年にこの国をご案内しなければなりませんものね」

美しいその夫人は、異国の若者の両手に二つの巨大なダイヤモンドがはめられているのに気づくと、いたって率直にそれを褒めそやしたので、ダイヤモンドはカンディードの指から侯爵夫人の指へと移動した。

カンディードはペリゴール地方出身の神父と帰る道すがら、キュネゴンド嬢に不貞を働いたことをちょっぴり後悔した。神父さまのほうは苦い思いを味わった。カンディードが賭博《とばく》ですった五万リーヴルと、半ば与えられ半ば強奪された二つのダイヤモンドの分け前には、神父はほんのわずかしか与《あずか》っていなかったからだ。彼の思惑は、カンディードと知り合いになって得られる利益の分け前にできるだけ与ることだった。神父は彼にキュネゴンドのことを盛んに話題にした。すると、カンディードは、ヴェネチアで美しいその人に会ったら、自分の不貞の許しを乞うつもりだと言った。

ペリゴール人はますます丁重になり、痒《かゆ》いところに手がとどくように気を遣い、カンディードが言うこと、なすこと、これからなすすべてのことに関心を示して、思いやりのあるところを見せるのだった。

「では、ムッシュー」と、彼は言った。「ヴェネチアで会う約束をしておられるのですか」

「ええ、そのとおりです、神父さま」と、カンディードは言った。「どうしてもキュネゴンド嬢に会いに行かなければならないのです」

するとカンディードは、愛する人のことを話題にする喜びのあまりつい口が滑って、世に知られたウェストファリアの令嬢との恋愛事件の一部を例によって話して聞かせた。

「わたしが思うには」と、神父は言った。「キュネゴンド嬢はたいそう才気があり、すてきな手紙を書かれるお方ですね」

「手紙はいちども受け取ったことがありませんよ」と、カンディードは言った。「なぜなら、思ってもみてください、ぼくは彼女に恋をしたというので城を追われ、手紙を書くことなどできなかったし、その後すぐに彼女が死んだという話を聞き、それから彼女に再会してまた別れ、ここから二千五百リューも離れたところに特別の使者をやってその返事を待っているのですからね」

神父は耳をそばだて、そして少し考え込んでいるように見えた。やがて彼は、二人の外国人を優しく抱擁したあと、別れのあいさつをした。翌日、カンディードは目を覚ますと、つぎのようにしたためられた一通の手紙を受け取った。


前略。だれよりいとしいお方、この町で私が病の床についてから一週間になります。聞き知るところによれば、あなたはこの町におられる由。体を動かせたら、その両腕に飛んで行きたいところです。あなたがボルドーに立ち寄られたことは知りました。あの町には忠実なカカンボと老婆を残してきました。二人は間もなく私の後を追ってくるはずです。ブエノス＝アイレスの総督は私からなにもかも取り上げましたが、でも私にはあなたのお心が残っています。どうかいらしてくださいまし。あなたにお目にかかれば、私は生き返ることでしょう。いえ、それとも嬉しさのあまりあの世に旅立ってしまうかもしれません。

そのすてきな手紙、その予期せぬ手紙は、言語を絶した喜びでカンディードを有頂天にした。そしてまた、いとしいキュネゴンドの病気は彼を悲しみで打ちのめした。そんな二つの感情の間で千々に心乱れて、彼は金とダイヤモンドをつかみ取ると、キュネゴンド嬢が住む宿屋へマルチンとともに案内させた。彼は高ぶる気持ちに打ち震えながら部屋に入る。胸がどきどきし、口を利こうとするとしゃくり上げるような声が出た。彼はベッドのカーテンを開けようとし、明かりをもって来させようとする。

「お気を付けくださいまし」と、召使いの女が言った。「明かりはお命を縮めかねません」

そう言うと、召使いの女はすぐさまカーテンを閉めなおす。

「いとしいキュネゴンドさん」と、カンディードは泣きながら言った。「お体の調子はいかがですか。ぼくを見ることができなければ、せめてぼくに言葉をかけてください」

「お話することができないのです」と、召使いの女は言った。すると婦人がベッドからぽってりとした手を伸ばすので、カンディードはその手を長いこと涙でぬらし、それからダイヤモンドをいっぱい手に握らせ、肘掛《ひじか》け椅子の上に金がいっぱい入った袋を置いておいた。

彼が興奮覚めやらぬ様子でいたところへ、騎馬警察隊の隊長がペリゴール地方出身の神父と分隊を引き連れてやって来た。

「では」と、隊長は言った。「この連中が二人の不審な外国人なのだな」

彼は即刻、二人を逮捕させ、牢獄に引き立てるよう部下の勇者たちに命じた。

「エルドラードでは旅人をこんなふうには扱わないが」と、カンディードは言った。

「わたしはこれまで以上にマニ教徒になりましたね」と、マルチンが言った。

「しかし、ムッシュー、ぼくたちをどこへ連れて行こうというのです」と、カンディードは言った。

「土牢《つちろう》の中だ」と、隊長は言った。

平静を取り戻したマルチンは、キュネゴンドのふりをしていた婦人が女ぺてん師で、ペリゴール地方出身の神父さまにしてもできるだけ早い機会にカンディードの無邪気さにつけ入ろうとして一杯食わせ、おまけに隊長もぺてんに加担してはいるものの、このほうは簡単に厄介払いできると察しをつけた。

カンディードは彼の助言で謎が解けたが、相変わらず本物のキュネゴンドに再会したくてたまらなかったので、面倒な裁判手続きにかかずらって身を危険にさらすよりはましだと思い、一つがどれも三千ピストールほどの値打ちのある三つの小粒のダイヤモンドを隊長に差し出した。(120)

「ああ！　ムッシュー」と、両端に象牙のついた棒をもつ男は言った。「たとえ想像しうるかぎりのあらゆる罪を犯したとしても、あなたはこの世でだれよりまっとうなお方です！　ダイヤモンドを三粒、そのどれもが三千ピストールとは！　ムッシュー！　あなたを土牢にご案内するのはよします。あなたのためなら殺されてもかまいませんよ。外国人はだれかれ構わず逮捕されていますが、ここはわたしにお任せください。わたしにはノルマンディー地方のディエップに弟がいますから、そこへご案内しましょう。どんな代物でもダイヤモンドを一つ、やっこさんに渡していただければ、わたし同様にあなたのお世話をするはずです」

「それにしても、外国人が見境なく捕えられるのはなぜです」と、カンディードが言った。すると、ペリゴール地方出身の神父が口を開いてこう言った。

「アトレバシー地方のろくでなしがばかばかしい噂を聞いたからです。ただそれだけで、男は弑逆罪《しいぎゃく》を犯したのです。それは一六一〇年五月のような事件ではなく、一五九四年十二月の事件や、別の年、別の月にやはりばかばかしい噂を聞いた別のろくでなしが犯した別のいくつかの事件に似ています(121)」

それから、隊長が問題の事件を説明した。

「ああ、人でなしども！」と、カンディードは叫んだ。「なんたることか！ 歌ったり踊ったりしている住民の国でそんなおぞましいことがあろうとは！ 猿が虎を挑発するような国となるべく早くおさらばできるだろうか。ぼくの国では熊に会った。エルドラードでは人間にしか会わなかった。隊長さん、お願いですからぼくをヴェネチアへ連れて行ってください。あの町でキュネゴンド嬢を待たなければならないのです」

「バス＝ノルマンディーへしかご案内できませんが」と、警察隊長は言った。すぐさま彼は足枷《あしかせ》をはずさせ、思い違いをしたと言って部下の警吏たちを引き取らせ、カンディードとマルチンをディエップへ連れて行き、二人を弟の手にゆだねた。錨泊地《びょうはくち》にはオランダの小さな船がいた。さらに三粒のダイヤモンドを与えたおかげで、ノルマンディー人ははなはだ親切な男になり、カンディードとその手の者たちを、イギリスのポーツマスへ向けて船出しようとする船に乗り込ませてくれた。それはヴェネチアへ向かう道ではなかったが、カンディードは地獄から解放される思いがした。彼は機会があり次第、針路をヴェネチアへ変更させるつもりでいた。

第二十三章

カンディードとマルチン、イギリスの海岸に向かって行き、そこで二人が目にすること

「ああ、パングロス！　パングロス！　ああ、マルチン！　マルチン！　ああ、いとしいキュネゴンド！　この世界とはなになんだろう」と、カンディードはオランダの船で言うのだった。

「恐ろしく狂った、いまわしいなにかですよ」と、マルチンが答えた。

「あなたならイギリスのことを知っているでしょうが、人びとはフランスと同じくらい気が触れているのですか」

「別種の狂気といったところです」と、マルチンが言った。「ご存知のとおり、二つの国はカナダの辺りで、数アルパンの雪に覆われた土地のために戦争をしています。(122) それに両国は、カナダ全土の値打ちよりはるかに多額の経費をこのくだらない戦争に注ぎ込んでいるのです。縛っておかなければならない連中がどっちの国に多いかを言うことは、わたしの貧弱な知識では手に余ります。わたしが知っていることといえば、これからわたしたちが会う人たちがおおむねひどく怒りっぽいということだけです」

二人はそんなおしゃべりをしながら、ポーツマスへ近づいた。海岸はおびただしい人の群れで溢れ、だれもが一人のかなり太った男をじっと見守っていた。男は、艦隊中の一隻の軍艦の上甲板で目隠しをされ、ひざまずいていた。その男の前に配置されていた四人の兵士がいとも平然とした様子で、それぞれ三発ずつ男の脳天に発射した。集まっていた群衆は、いとも満足気に帰って行った。

「いったい、これはなんだろう」と、カンディードは言った。「それに、行く先々で影響力を行使しているのはどんな悪魔なのだろう」

彼は、いましがた勿体をつけて殺された太った男はだれかと尋ねた。

「あれは、提督(123)ですよ」と、だれかが答えた。

「それで、なぜあの提督を殺すのです」

「それというのも」と、相手は答えた。「彼が兵士たちにたくさんの人間を殺させなかったからですよ。彼はフランスの提督と一戦を交えましたが、充分に敵に接近していなかったと思われたのです」

「しかし」と、カンディードは言った。「フランスの提督だって、あのイギリスの提督と同じように敵から離れていたことになりますね！」

「それは議論の余地がありません」と、相手はすかさず言った。「でも、この国では、他の提督たちの士気を鼓舞するにはだれか一人の提督をときどき殺すのがよいのです」

カンディードは目にすること耳にすることに呆然とするやら腹が立つやらで、こんな国にはただ船を下りるだけでも真っ平だと思い、(たとえスリナムで船長に一杯食わされたときと同じ目に遭おうとも)すぐさまヴェネチアへ連れて行ってくれるよう、オランダ人の船長と取引きした。

船長は二日後に船出の準備をととのえた。船はフランスの海岸に沿って進んだ。リスボンの町が見えるところへさしかかると、カンディードは身震いした。彼らは海峡と地中海を抜けて、ついにヴェネチアに接近した。

「やれやれ、よかった！」と、カンディードはマルチンを抱き締めながら言った。「ここで美しいキュネゴンドと再会するのだ。ぼくは自分と同じくらいにカカンボを当てにしている。すべてよし、万事は順調、このうえなく順調だ」

第二十四章

パケットと修道士ジロフレーのこと

彼はヴェネチアに着くと、(124)早速あらゆる安宿やカフェや娼婦の部屋を軒並みに当たってカカンボを探させたが、さっぱり見つからなかった。毎日、召使いたちをやってあらゆる船や小船を偵察させたが、カカンボの消息は杳《よう》として分からなかった。

「なんとしたことだろう！」と、彼はマルチンに言った。「ぼくは時間をかけてスリナムからボルドーへ立ち寄り、ボルドーからパリへ、パリからディエップへ、ディエップからポーツマスへ行き、ポルトガルとスペインの海岸に沿って船旅をし、地中海を抜けてヴェネチアで数か月も過ごしたというのに、あの美しいキュネゴンドが来ていないとは！　ぼくが彼女の代わりに出会ったのが軽蔑すべき女とペリゴール人の神父だけだったとは！　キュネゴンドは間違いなく死んだのだ。こうなってはもうぼくも死ぬしかない。ああ！　こんな呪われたヨーロッパに戻るよりはエルドラードの楽園にとどまっているほうがましだった。マルチンさん、あなたの説はなんと正しいことか！　すべては幻想と災厄でしかないのだ」

彼は、黒胆汁に変調をきたしてふさぎ込んでしまった。(125)当節はやりのオペラやカーニバルで催される他のいろいろな気晴らしに出かけるでもなく、かといってどこかの婦人を見て気を惹かれる様子もまったくなかった。マルチンは彼に言った。

「五、六百万もの大金をポケットに入れた混血の従僕が世界の果てまであなたの恋人を探しに出かけ、無事ヴェネチアへ彼女を連れて来てくれると想像するとは、本当にあなたはおめでたい方です。その従僕は彼女を見つけたら、自分のために頂戴するでしょうし、見つからなければ、別な女をつかまえるでしょうね。従僕のカカンボと恋人のキュネゴンドのことなんて忘れるにかぎりますよ」

マルチンは気休めを言うような人間ではなかった。カンディードの憂鬱は増したが、マルチンはこの世に美徳や幸福はわずかしかなく、例外はおそらくエルドラードであるが、そこへはだれも行くことができない、とたえず証明してみせるのだった。

　カンディードがそんな重大な問題をめぐって議論しながらキュネゴンドを待っていると、サン＝マルコ広場で若いテアティノ修道会[126]の修道士が片腕を一人の娘の腰に抱くように回しているのが目に入った。その修道士は若々しく、むっちりして、精力旺盛《おうせい》に見えた。目はきらきら輝き、いかにも自信あり気な様子で、身分ある人らしい上品な顔立ちをしているうえ、身のこなしにも尊大なところがあった。娘のほうは見るからに美人で、歌を口ずさみ、修道士をうっとりと見つめながら彼のふっくらした頬を時折つまんでいた。

「あなただって少なくとも認めるでしょう」と、カンディードはマルチンに言った。「あの二人が仕合わせだということをね。これまでぼくは、エルドラードを除いて人間の住む地上には不幸な人たちしか見たことがありませんでした。しかし、あの娘と修道士に限っては、賭けてもいい、とても仕合わせなのです」

「わたしは反対のほうに賭けますね」と、マルチンが言った。

「昼食に招待してやるだけでいい」と、カンディードは言った。「ぼくが間違っているかどうかが分かるでしょう」

早速、彼は二人に近づき、あいさつをすると、自分の宿屋に来てマカロニやロンバルディアの山鶉《やまうずら》やキャビアを食べ、モンテプルチアーノとラクリマ・クリスティとキプロス島とサモス島のワインを飲みに来ないかと招待した。娘は顔を赤らめたが、修道士がそんな気晴らしの会食を承諾したので、その後に付いて行きながら、驚きと戸惑いの混じった目でカンディードを見つめていた。その目はかすかに涙で曇っていた。娘はカンディードの部屋に入るなり、彼に言った。

「ああ、なんということでしょう！　カンディードさまは、もうパケットのことなど覚えていてくださらないのですね！」

その言葉を聞くと、キュネゴンドのことで頭がいっぱいだったので、それまで注意して娘を眺めずにいたカンディードは言った。

「ああ！　あんたか。では、パングロス博士を、ぼくが目撃したようなひどい状態に陥れたあんただったのか」

「ああ！　ムッシュー、あたしですわ」と、パケットが言った。「なにもかもご存知ですのね。あたしは、男爵さまの奥さまのお城とお美しいキュネゴンドさまの身に起こった恐ろしいご災難がどんなものだったかを知りました。誓って申しますが、あたしの運命もそれに劣らず悲惨でした。あなたがあたしにお会いになった頃は、あたしもまるっきりのおぼこ娘でした。あたしの聴罪司祭だったコルドリエ会修道士がたやすくあたしを誘惑しました。その結果は恐ろしいものでした。男爵さまがあなたのお尻をしたたか蹴飛ばして追い出してしまわれてからほどなく、あたしはお城を出なければなりませんでした。ある高名なお医者さまが同情してくださらなかったら、あたしはきっと死んでいたことでしょう。あたしは感謝の気持ちからしばらくそのお医者さまのお妾《めかけ》になりました。先生の奥さんは猛烈な焼餅やきで、毎日あたしを容赦なく殴りつけるのです。あれは般若《はんにゃ》でした。先生はだれよりも醜男でしたし、このあたしは愛してもいない男のせいでいつも殴られるのですから、どの女よりも不幸でした。ムッシュー、口やかましい女がお医者さまの奥さんなんぞになるとどれほどその身に危険を招くことになるか。先生は奥さんの態度に憤慨し、ある日ちょっとした風邪を治療してやると言って、恐ろしく効き目のある薬を飲ませたので、奥さんはひどい痙攣に見舞われ、二時間で死にました。奥さんの両親は先生に刑事訴訟を起こしました。先生は逃げ出し、このあたしは投獄されました。もしあたしがちょっぴり美人でなかったら、たとえ無実でも助からなかったことでしょう。裁判官は、自分がお医者さまの後を継ぐという条件で、あたしを釈放しました。やがてあたしは競争相手の女に取って代わられ、びた一文もらわずに追い出され、嫌な仕事をつづけなければなりませんでした。この仕事はあなたがた男の人には楽しそうに見えるかもしれませんが、あたしたちにとっては計り知れないほど辛いものです。あたしはヴェネチアへ出かけて仕事をしました。ああ！　ムッシュー、おいぼれた商人や弁護士や修道士やゴンドラの船頭や神父をえり好みせずにちやほやし、ありとあらゆる侮辱と辱めに身をさらし、だれかにスカートを借りては見るのも嫌なやつにそれをまくらせるような羽目に何度も追い込まれ、一方を相手にもうけたものをもう一方から失敬され、司法官には搾り取られ、行き着く先はといえばぞっとするような老後と施療院、そしてしかばねをごみ捨て場に投げられるみじめな境遇とが待っているだけ、そんな憂き目を見なくてはならないのがどんなものか想像していただけたら、きっとあたしが世界中でいちばん不仕合わせな女だと結論づけられることでしょう」

パケットは小部屋で、そんなふうに心の奥を善良なカンディードに明かした。その場に居合わせたマルチンはカンディードに言った。

「どうです、この賭けの半分はもうわたしの勝ちですね」

ジロフレー修道士は食堂に腰を据えて、昼食を待ちながらワインを一気に飲んでいた。

「けれども」と、カンディードはパケットに言った。「ぼくが出会ったとき、あんたはとても陽気で、とても嬉しそうに見えた。歌を口ずさみ、自然な媚《こび》を見せながら、テアティノ修道会の修道士を愛撫していた。あんたは不幸だと言い張っているが、それとは裏腹にぼくの目にはいかにも仕合わせそうに見えた」

「ああ！　ムッシュー」と、パケットは答えた。「それもまたこの仕事の因果なところです。きのうは士官に盗まれたうえ叩かれたのに、きょうは修道士の気に入るように上機嫌を装わなければなりません」

カンディードはそれ以上、拘泥しなかった。彼はマルチンの言い分が正しいことを認めた。二人はパケットと修道士といっしょに食卓についた。食事は結構、楽しかった。食事が終わる頃には、たがいに気を許して話し合った。

「神父さま」と、カンディードは修道士に言った。「あなたはだれもが羨む運命を楽しんでおられるように見えます。そのお顔にははち切れそうな生気が輝き、表情には仕合わせが表れています。気晴らしの相手にはたいそうな美女がいて、テアティノ修道会の修道士のご身分に大いに満足しておられるように見えます」

「ムッシュー、誓って申しますが」と、ジロフレー修道士は言った。「できるものなら、テアティノ修道会の修道士など残らず海底深く沈んでくれるとよいと思っていますよ。わたしは何度も修道院に火をつけようと思ったたし、イスラム教徒になりたくなりました。十五歳のとき、両親は、神さまが勘違いして作ったたいまいましい兄にいっそう多くの財産を残してやるため、無理矢理わたしにこの嫌な服を着せたのです！　修道院に住みついているのは、妬《ねた》みと反目と怒りです。たしかに、わたしは何度かへたな説教をし、それでわずかばかりの金を手に入れ、その半分を修道院長に盗み取られ、残りの半分の金で幾人かの娘を囲ってはいます。しかし、日が暮れて修道院に戻ると、共同寝室の壁にこの頭を打ちつけて割ってしまいたい気になるのです。わたしの仲間の場合も、みな同じですよ」

マルチンはいつもどおりの平然とした様子で、カンディードに向かって言った。

「さて！　これで賭けは全部わたしの勝ちですね」

カンディードはパケットに二千ピアストルを、またジロフレー修道士には千ピアストルを与えた。

「請け合っておきますがね」と、彼は言った。「このお金で二人は仕合わせになりますよ」

「そんなことはまったく信じられませんね」と、マルチンは言った。「そのピアストルで二人をもっと不幸にすることになるでしょう」

「その金で、なれるようになってもらうまでです」と、カンディードが言った。「しかし、一つ慰めになることがあります。決してもう会えないと思っていた人たちとの再会がたびたびあるように思うのです。例の赤い羊とパケットに出会ったのですから、キュネゴンドに出会うことだって大いにありうるでしょう」

「彼女がいつの日かあなたを仕合わせにしてくれることを願っています」と、マルチンは言った。「しかし、それはすこぶる怪しいものです」

「ずい分と手厳しいですね」と、カンディードが言った。

「わたしは人生経験を積んでいますからね」と、マルチンは言った。

「でも、あのゴンドラの船頭たちをごらんなさいよ」と、カンディードが言った。「始終、歌を歌っているじゃないですか」

「あなたは、彼らが妻や子どもたちといっしょに家にいるところを見ておられないでしょう」と、マルチンは言った。「この国の統領に気苦労があり、ゴンドラの船頭にもそれなりの気苦労があります。たしかに、すべてを考え合わせると、ゴンドラの船頭の境遇のほうが統領のそれよりましです。しかし、その違いたるや取るに足りないので、わざわざ検討するには及びません」

「噂によれば」と、カンディードは言った。「ポコクランテ(127)という元老院議員がブレンタ川のほとりにある豪邸に住んでいて、外国人をたいへんよくもてなしてくれるそうです。世間では、いまだかつてその人に心配事があったためしがない、と言っています」

「そんなに珍しい人種なら、拝謁してみたいものですな」と、マルチンが言った。カンディードはすぐさま使者を走らせ、ポコクランテ閣下(128)に翌日のお目通りの許しを乞うた。

第二十五章

ヴェネチアの貴族ポコクランテ閣下邸への訪問

　カンディードとマルチンはブレンタ川をゴンドラに乗って進み、貴族ポコクランテの豪邸に到着した。庭園は実に巧みに作られていて、美しい大理石の彫像で飾られていた。邸宅はみごとなたたずまいだった。この家の主人は年の頃六十歳の大富豪で、酔狂な二人をたいそう慇懃《いんぎん》に、しかしいかにも気が進まないといった様子で迎えた。そんな歓迎の仕方はカンディードを面食らわせたが、マルチンは不快ではなかった。

　まず、きちんとした身なりの二人の美しい娘がココアを出し、なかなか上手に泡立ててくれた。カンディードはその娘たちの美しさと優美さと手先の器用さを褒めずにはいられなかった。

「まあまあの娘たちです」と、元老院議員ポコクランテは言った。「時には共寝させることもあります。それというのも、わたしはこの町のご婦人方にも、彼女らの媚、嫉妬、いさかい、不機嫌、料簡《りょうけん》の狭さ、傲慢さ、罵詈雑言、それに彼女らのために作ってやったり、だれかに作らせたりしなければならない十四行詩《ソネット》にもうんざりしているからです。しかし、結局のところ、この二人の娘もわたしにはひどく退屈なものになりかけていま す」

カンディードは朝食のあと長い回廊を散歩しながら、美しい絵の数々に一驚させられた。彼は、最初の二枚の絵がなんという巨匠の手になるのか尋ねた。

「ラファエロの作です」と、元老院議員は言った。「数年前に虚栄心からつい高値で買ってしまったのです。噂ではイタリアでいちばん美しいものだそうですが、わたしはさっぱり気に入りませんね。色づかいがとても暗く、人物の輪郭や画面から浮き出て見えるような盛り上げが少しも強調されず、立体感がないうえ、衣服のひだはいかなる点でも布らしくありません。要するに、だれがなんと言おうと、そこには自然の真実の模倣が少しも見当たらないのです。わたしは自然そのものを見ているように思うときしか、絵を好きになれませんね。そんな絵はないものですよ。わたしは沢山の絵をもっていますが、もうどれも眺めることはありません」

ポコクランテは昼食を待ちながら合奏曲を演奏させた。カンディードはその音楽をすばらしく魅力的だと思った。

「この音は」と、ポコクランテは言った。「三十分くらいは楽しませてくれるかもしれませんが、それ以上長くつづくと、だれもあえて口にこそ出しませんが、みんなを疲れさせます。いまではもう音楽とは、むずかしいことを演奏する技術でしかないのです。ただむずかしいだけのものは、いつかは気に入られなくなります」

「わたしは去勢された奇形には憤慨していますが、あんな奇形をつくる隠された事情が分からなかったら、たぶんわたしはオペラのほうを好きになるでしょうがね。一人の女優の声を際立たせる二、三のばかげた歌を、場違いなところに挿入するためにしか舞台が作られていないような、そんなへたな悲劇に曲をつけたものが見たければ見に行くがいいのです。カエサルと小カトー[129]の役を去勢された男が装飾音をつけて歌い、ぎこちない様子で舞台を歩き回るのを見ながら、嬉しくてうっとりしたいと思うなら、いや、そんな気分になれるものなら、そうすればよいのです。わたしは、いまではイタリアの名を高め、君主たちが大枚を払っているああいったくだらないものとは、疾《と》うの昔に縁を切りました」

カンディードはちょっぴり議論したが、すこぶる控え目だった。マルチンは元老院議員の意見に諸手《もろて》を挙げて賛成した。

一同は食卓についた。飛び切りおいしい昼食の後、彼らは書斎に入った。カンディードはホメロス(130)の豪華な装丁本を見て、いとも名高き閣下の趣味のよさを褒めた。

「これこそ」と、彼は言った。「ドイツ随一の卓越した哲学者、かの偉大なパングロスの喜びの源泉となっていた本です」

「わたしの喜びの源泉にはなりませんね」と、ポコクランテが冷やかに言った。「それを読むと喜びを覚える、と昔は思い込まされました。しかし、どれも似たり寄ったりの戦いの絶え間ないくり返し、つねになにかしら働きかけているのに決め手になることをなに一つしない神々、戦争の因《もと》でありながらほとんど芝居の主役になっていないヘレネ、攻囲されても一向に占領されないトロイアの町、そういったことすべてがわたしを死ぬほど退屈させます。わたしは時折、この本を読んでわたしと同じくらい退屈しませんか、と学者先生たちに尋ねてみました。率直な人たちはだれでも、思わず本を取り落とすほど眠気をもよおすが、古代の記念建造物や取引きに使えない錆《さ》びたメダルと同じように、かならず書斎には置いておかなければならないのだと認めました」

「ウェルギリウスについてなら、まさか閣下はそう考えておられないでしょうね」

と、カンディードは言った。

「彼の『アエネイス』第二巻と第四巻と第六巻はすばらしい」と、ポコクランテは言った。「それはわたしも認めます。しかし、あの信仰厚いアエネアス、たくましいクロアントス、友人アカーテス、息子のアスカニウス、それに愚かな王のラティヌスや妻のアマタや魅力のないラウィニアについて言えば、これほど精彩がなくこれ以上に不愉快なものはないと思います。まだしもタッソ[131]の書いたものや、アリオストの眠くてたまらないでたらめな話のほうがましですね」

「僭越《せんえつ》ながら、閣下」と、カンディードは言った。「ホラティウスはとても楽しくお読みになるのではありませんか」

「社交界の人間が利用できそうな格言があります」と、ポコクランテが言った。「それに、その格言は力強い詩句に凝縮されているためにいっそう容易に記憶に刻み込まれます。しかし、ブリンディシ旅行や、まずい午餐の描写や、それに彼の表現を借りれば、「うみを頬張《ほおば》って」しゃべる得体の知れないプピリウス[132]とかいう人物と「酸っぱくなったワイン」のような言葉をしゃべるもう一人との間の下卑た口論などは、別にどうでもいいのです。老婆や魔女をやっつける粗野な詩句を読んだときには、ひどく不快な気持ちになっただけでした。友人のマエケナス(133)に向かって、もし自分を抒情詩人の列に加えてくれなければ、崇高なこの額《ひたい》で星座を打ってみせると言うことに、いったいどんな取り柄があるのか分かりません。愚かな者たちは、高い評価を受けた作家のものはなんでも感心します。わたしは自分のために読むだけです。もっぱら自分の用を足してくれるものしか、好きになれません」

自分自身ではなに一つ判断しないように教えられてきたカンディードは、自分が耳にしたことにたいへん驚いたが、マルチンのほうはポコクランテの考え方をもっとも至極だと思っていた。

「おお！ ここにキケロの本がありますね」と、カンディードは言った。「この偉大な人物なら、お読みになってもお飽きにならないと思いますが」

「そんなものはてんで読みませんね」と、そのヴェネチア人は答えた。「彼がラビリウスとかクルエンティウスのために弁明したことは、わたしにとってどうでもよいことです。わたしは自分でも裁かなければならない訴訟をうんざりするほど抱えています。彼の作品では、むしろ哲学的なもののほうに満足したかもしれませんが、しかし彼がすべてを疑ってかかるのが分かったとき、このわたしだって彼と同じくらいに知っているのだから、無知になるのにわざわざだれかを必要とするまでもない、と結論するに至りました」

「ああ！　あそこに科学アカデミー論文集の八十巻が揃っていますね」と、マルチンが叫んだ。「その中にはよいものもあるかもしれません」

「あるかもしれませんね」と、ポコクランテは言った。「ただし、あのがらくたの山の著者たちの中にせめて留め針の作り方を発明した者が一人でもいればの話です。けれども、あのすべての本にあるのは空しい学説ばかりで、有用なものなんて一つもありません」

「なんとたくさんの戯曲があるのでしょう！」と、カンディードが言った。「イタリア語もスペイン語もフランス語もありますね」

「ええ」と、元老院議員は言った。「三千冊ありますが、出来のよいものは三ダースもありません。そこの説教集にしても、全部合わせたところでセネカの一ページの価値さえありません。あそこの分厚い神学の本のどれ一つとしてわたしは開きませんし、だれも開く者がいないのです」

マルチンはイギリスの本が所狭しとばかりに並べられたいくつもの書棚を見つけて言

った。

「共和国に住んでおられる方には、あれほど自由に書かれた作品は大方さぞかしお気に召すにちがいないと思うのですが」

「ええ、そのとおりです」と、ポコクランテは答えた。「自分が考えることを書くことは、すばらしいことです。それは人間の特権ですからね。このイタリアではどこでも、自分で考えていないことが書かれています。カエサルやアントニヌス・ピウスの国に住む者たちでありながら、ドミニコ会[134]修道士の許しがなければ考えることもできないでいる有様です。もし自分の仲間だけに偏する情熱や心がその貴重な自由の立派な点を損なうのでなければ、イギリス人の特性を鼓吹する自由だけでわたしは満足するところですよ」

カンディードはミルトン[135]の一冊の本が目に留まったので、この作家を偉大な人間と考えているのではないかと尋ねた。

「だれのことを話しておられるのです、ごつごつした語句を並べた十巻本で「創世記」第一章について長ったらしい注釈を書いているあのがさつ者、天地創造をゆがめ、モーセが言葉によって世界を生み出す神を表象しているのに、救世主に天空の箱から大きなコンパスを取り出させ、彼の仕事を作図させている、あのギリシア人たちの粗雑な模倣者を、わたしが偉大な人物と考えているかと言われるのですか。タッソの地獄と悪魔を台無しにし、魔王《リュシフェル》をあるときにはヒキガエルに、あるときには小人に変え、魔王に百回も同じ説教をくり返させ、神学について議論させ、アリオストの滑稽な火器発明を大真面目に模倣し、その挙句に悪魔たちに天空へ向かって大砲を発射させるような男を、いやしくもこのわたしが高く買っているですって。わたしはおろか、イタリアのだれ一人としてあんなくだらないたわ言の寄せ集めなど、気に入った者はいません。罪と死の結婚や罪から生まれ落ちる蛇は、少しでも繊細な趣味をそなえた人には例外なく吐き気をもよおさせます。施療院についての長たらしい描写は、墓掘り人が読むにふさわしいだけです。わけの分からない、奇妙奇天烈《きてれつ》で胸くそ悪くなるあの詩篇は、出版されたときには軽蔑されました。わたしは現在、それが母国で同時代人に扱われたように扱っているまでです。もっとも、わたしは自分の考えることを話しているまでです。他人も自分と同じように考えてほしいなどとはまず思いませんね」

カンディードはその話を聞いて悲しくなった。彼はホメロスを尊敬していたし、ミルトンだって少しは好きだったからだ。

「ああ！」と、彼は小声でマルチンに言った。「あの人がわがドイツの詩人たちをこのうえなく蔑《さげす》んでいるのではないかと、大いに心配です」

「そうだとしても、大した不都合はありませんよ」と、マルチンが言った。

「ああ！　なんと優れた方だろう！」と、カンディードはまだ口の中でなにやらむにゃむにゃ言っていた。「このポコクランテという人物はなんと偉大な天才なのだろう！　気に入るものがなに一つないのだから」

彼らはそんなふうにすべての本を吟味した後、庭園へ下りて行った。カンディードは庭園の美観のすべてを褒めちぎった。

「これくらい悪趣味のものをわたしは知りませんね」と、その家の主人は言った。「ここにあるのはくだらない飾りばかりです。でも、明日からでも早速、もっと精巧な設計で庭に木を植えさせるつもりです」

酔狂な二人は元老院閣下に別れを告げた。

「ところで」と、カンディードがマルチンに言った。「あの方こそだれよりも仕合わせな人間であることは、あなたも認めるでしょう。なぜなら、彼は自分が所有するすべてのものに無頓着《むとんちゃく》なのですからね」

「彼は、自分が所有するすべてのものにうんざりしているとは思いませんか」と、マルチンは言った。「昔プラトンが言ったように、あらゆる食べ物をはねつける胃袋は丈夫な胃袋ではないのです」

「しかし」と、カンディードが言った。「すべてを批判し、他人が美しいと錯覚しているものの中に欠点を見抜くのは、愉快ではありませんか」

「それはつまり」と、マルチンは口を継いだ。「楽しくないことに楽しみがある、ということですか」

「それでは」と、カンディードが言った。「キュネゴンド嬢に再会すれば、仕合わせ者はぼく一人ということになりますね」

「希望を持つことは、つねによいことです」と、マルチンは言った。

そうこうするうちに、何日も過ぎ、また何週間もが過ぎようとしていた。カカンボは戻って来ず、カンディードはすっかり悲しみに打ち沈み、パケットとジロフレー修道士がひと言の礼すら言いに来ないことなどとんと念頭になかった。

第二十六章

カンディードとマルチンが六人の外国人と同席した晩餐、およびその六人の正体

　ある日の夕暮れ時に、カンディードがマルチンを伴って、同じ宿に泊まっている外国人たちと食卓につこうとしていると、煤《すす》色の顔をした一人の男が後ろから彼に近づいて来て、こう言った。

「わたしたちといっしょに出立する準備をしておいてください。きっとですよ」

振り向くと、カカンボの姿が目に入る。キュネゴンドに会うことを除けば、それ以上の驚きと喜びはなかった。彼はいまにも嬉しさのあまりわれを忘れんばかりだった。彼は懐かしい友を抱き締める。

「もちろん、キュネゴンドもここにいるのだろうね。どこにいるのだ。あの人のいるところへ連れて行ってくれ。いっしょにいられるなら、喜びのあまり死んでもいい」

「キュネゴンドさまはここにはおられません」と、カカンボは言った。「コンスタンチノープルにおられます」

「ああ、なんということだ！　コンスタンチノープルにだって！　しかし、たとえ中国だとしても、ぼくは飛んで行く。さあ、出発しよう」

「わたしたちは晩餐の後に出発します」と、カカンボは言葉を継いだ。「これ以上、お話できないのです。わたしは奴隷の身で、主人がわたしを待っています。食卓で給仕をしなければなりません。わたしにひと言も話してはなりません。晩餐を終えたら、旅の準備をすませておいてください」

カンディードは喜びと悲しみの間で心が乱れ、忠実な配下に再会したことを喜びながらも、その配下が奴隷だと知って驚き、恋人に再会する思いでいっぱいになると、すっかり心が高ぶり、気も転倒するといった有様だったが、ともあれ、そんな椿事をいとも平然と眺めているマルチンやヴェネチアでカーニバルを過ごしにやって来た六人の外国人とともに食卓についた。

外国人たちの一人に酒を注いでいたカカンボは、食事が終わりにさしかかると、その主人の耳元に近づいて言った。

「陛下、お好きなときにご出発なさいますよう。船の用意ができております」

そう言うと、彼は立ち去った。会食者一同が驚き、ひと言も言葉を発しないでたがいに顔を見合わせていると、別な従僕が彼の主人に近づいて言った。

「陛下、お車をパドヴァで待たせております。小舟の用意ができました」

主人がうなずくと、従僕は出て行った。会食者はみな、またもやたがいに顔を見合わせ、共通の驚きがいっそう大きくなった。三人目の召使いが、やはり三人目の外国人に近づいて言った。

「陛下、よろしいでしょうか、もうこれ以上長くここにいてはなりません。わたしはこれからすべての準備にかかります」

そう言って、召使いはすぐに姿を消した。

そんなわけで、カンディードとマルチンは、これはカーニバルの突飛な仮装だと信じて疑わなかった。四人目の従僕が四人目の主人に言った。

「陛下のお好きなときにお発ちになりますよう」

そう言うと、他の従僕たちと同じように部屋を出て行った。五人目の召使いも五人目の主人に同じことを言った。しかし、六人目の召使いは、カンディードのそばにいた六人目の外国人に違ったことを話した。

「陛下、たしかに先方にはもう陛下やわたくしを信用する気がないのです。あなたさまとわたくしは今夜にも投獄されるかもしれません。わたくしは自分に必要なことをすることにいたします。それでは、ご機嫌よう」

下僕たちがみないなくなると、六人の外国人とカンディードとマルチンはすっかり押し黙ってしまった。ようやくカンディードがその沈黙を破った。

「みなさん」と、彼は言った。「一風変わった冗談でした。あなた方全員が王さまなのはなぜですか。正直に申しますが、わたしもマルチンも王さまではありませんよ」

すると、カカンボの主人が重々しく口を開いてイタリア語で話した。

「少しもふざけていません。わたしの名はアフメット三世(136)です。これでも何年かは権勢あるトルコ皇帝《スルタン》だったのです。わたしは兄の王位を奪い、甥がわたしの王位を奪いました。わたしの大臣たちの首がはねられました。生涯を古びたハーレムで終えようとしています。権勢あるスルタンである甥のマフムトが、健康のためにわたしがたまに旅に出るのを許可してくれるので、カーニバルをヴェネチアで過ごしにやって来たのです」

アフメットのそばにいた若い男が彼につづいて口を開き、こう言った。

「わたしの名はイヴァン(137)です。ロシア全土の皇帝だったこともあります。幼児の頃に帝位を奪われました。父と母が幽閉されていたので、わたしは獄中で育てられました。たまに警固の者たちを連れて旅に出る許可を得ています。ヴェネチアにはカーニバルを過ごしにやって来ました」

三人目は言った。

「わたしはイギリスの王で、チャールズ・エドワード(138)です。父はわたしに王国の統治権を譲ってくれました。それを失わないために、わたしは戦いました。ところが、わたしに味方した八百人が心臓をえぐり取られ、取られたその心臓で頬を打たれました。わたしは投獄されました。これからローマへ行き、わたしや祖父と同じように王位を奪われた父王を訪ねるつもりです。ヴェネチアにはカーニバルを過ごしにやって来ました」

すると、四人目が口を開いて、こう言った。

「わたしはポーランドの王(139)です。戦争の結果、先祖伝来の国土を奪われました。父も同じ敗北を喫しました。神の御心《みこころ》にこの身を委ねるのは、アフメット皇帝、イヴァン皇帝、チャールズ・エドワード王と同様です。三人の方々が長命であられますように。わたしもヴェネチアでカーニバルを過ごしにやって来ました」

五人目が言った。

「わたしもポーランドの王[140]ですが、王国を二度失いました。しかし、天の助けで別な国を授り、かつてのサルマート族の歴代国王の全員がビスラ川のほとりでなしえたことよりもっと多くの善行を行ないました。わたしもまた、この身を神の御心に委ねます。ヴェネチアにはカーニバルを過ごしにやって来ました」

六人目の帝王の話がまだ残っていた。

「みなさん」と、彼は言った。「わたしはあなた方ほど偉い君主ではありませんが、しかしそれでも他の方と同じように国王でした。わたしはテオドール[141]です。コルシカで王に選ばれ、陛下と呼ばれたこともありましたが、いまではムッシューを付けて呼ばれることもほとんどありません。以前は貨幣を鋳造させていたのに、いまでは文なしです。かつては国務卿を二人抱えていたのに、いまでは辛うじて召使いが一人いるだけの体たらくです。かつては玉座に鎮座し、それから長いことロンドンの牢獄のわらの上で寝起きしました。陛下のみなさんと同じようにヴェネチアにはカーニバルを過ごしにやって来たものの、当地でも同じような目に遭うのではないかと不安でなりません」

五人の他の王は、いかにも身分ある人にふさわしい同情を示しながら、その話に聞き入った。王たちはそれぞれ、衣服と下着を整える足しになるよう二十ゼッキーノ金貨(142)をテオドール王に与えた。カンディードは、二千ゼッキーノ金貨の値打ちがある一粒のダイヤモンドを贈った。

「いったい、何者なのだろう」と、五人の王はつぶやいた。「一介の私人でありながら、懐具合はわたしたち一人一人の百倍もよく、しかもぽんとあれだけのものを出すとは」

一同が食卓を離れようとしていたとき、同じ宿屋に四人の殿下が到着した。その四人もやはり戦争の決着がついて自分たちの国土を失い、カーニバルの残りの日をヴェネチアで過ごしにやって来たのだった。しかし、カンディードはそんな新来の客のことなど一顧だにしなかった。彼の頭には、コンスタンチノープルへ行っていとしいキュネゴンドに会うことしかなかった。

第二十七章

カンディード、コンスタンチノープルへ旅立つ

忠実なカカンボは、トルコ君主アフメットをコンスタンチノープルへ送り返すことになっていたトルコ人船長から、カンディードとマルチンを乗船させる許可をすでに得ていた。二人は打ちそろって哀れな陛下の御前にひれ伏した後、船を目指して進んで行った。道中、カンディードはマルチンに言うのだった。

「それにしても、人もあろうに、王位を奪われた六人の王と晩餐を共にしたとは！　そのうえ、あの六人の王の一人にぼくは施しまでしたのですからね。きっともっと不幸な君主がほかにも沢山いることでしょう。ぼくなぞは百頭の羊を失っただけですみ、いよいよキュネゴンドの腕の中に飛び込もうとしています。マルチンさん、もう一度くり返しますが、パングロス先生の言葉は正しかったのです。すべては善なのですよ」

「そう願いたいものですな」と、マルチンが言った。

「それにしても、ぼくたちがヴェネチアで出くわした出来事ときたら、いやはやこの目を疑いましたよ」と、カンディードは言った。「王座を追われた六人の国王が安宿で一堂に会して夕食をするなんて、それまで見たことも聞いたこともありませんでしたからね」

「あんなことは、わたしたちの身に起こった大半のことと同じように別に不思議ではありません」と、マルチンは言った。「国王たちが王座を追われるのは、珍しくもありません。わたしたちがあの国王たちと夕食をともにする光栄にあずかったなどということは、とりたてて気にする価値もないくだらないことです」

カンディードは船に乗り込むが早いか、彼の元下僕で友でもあるカカンボの首に飛びついた。

「それで、キュネゴンド嬢はどうしてる」と、彼は言った。「相変わらず天女のように美しいのだろうね。以前のようにぼくを愛してくれてるのだろうね。元気なのだろう、あの人は。おまえはきっとコンスタンチノープルに豪邸を買って上げただろうな」

「旦那、キュネゴンドさまはプロポンティス海(143)側の岸辺で皿洗いをしておられます。皿といっても大した数の皿も持たないさる大公の家におられ、毎日その隠れ家で三エキュずつトルコ皇帝から恵まれているラーコーツィ(144)という元君主の家で、奴隷に身を落としておられるのです。でも、それより悲しいことに、お嬢さまは色香があせ、すっかり醜くおなりです」

「ああ、美人であろうと醜女《ぶおんな》であろうと、ぼくは紳士だから」と、カンディードは言った。「つねに変わらずあの人を愛するのがぼくの務めだ。だが、おまえは五、六百万もの大金を持って行ったのに、あの人がそれほど卑しい境遇になり下がるとは、どうしたことだ」

「ええ、お話しますとも」と、カカンボは言った。「キュネゴンドさまの身を取り戻すのに、ブエノス＝アイレスのイバラ、フィゲオラ、マスカレネス、ランポルドス及びソウサのドン・フェルナンド総督さまに二百万支払わねばなりませんでした。それに、残りはみごとにごっそり海賊に奪われるではありませんか。その海賊ときたら、わたしたちをテナロン岬、ミロス島、イカリア島、サモス島、ペトラ、ダーダネルス海峡、マルマラ島、ユスキュダル(145)といったところへ連れ回す始末でした。キュネゴンドさまと老婆はいまお話した大公の家で奉公し、このわたしは王座を奪われたスルタンの奴隷となっているのです」

「なんとたくさんの恐ろしい災いが次々につながって起こったのだろう！」と、カンディードは言った。「だが、なんといっても、まだいく粒かのダイヤモンドがあるから、たやすくキュネゴンド嬢を自由の身にしてやれるだろう。あの人がそれほど醜くなったとは実に残念だが」

それから、彼はマルチンのほうへ向かって言った。

「アフメット皇帝とイヴァン皇帝とチャールズ・エドワード王とこのぼくのうち、いちばん同情すべきなのはだれでしょう」

「さっぱり分かりませんな」と、マルチンは言った。「それを知るにはあなたの心の中に入ってみなければなりますまい」

「ああ！」と、カンディードは言った。「もしここにパングロス先生がおられたら、それが分かり、教えてくださるだろうに」

「あなたのパングロス先生がいたとしても、いったいどんな天秤《てんびん》で人間の不幸の重さを量ったり、人間の苦しみを見積もったりできたやら、わたしにはとんと見当がつきません」と、マルチンは言った。「わたしに推測できることといえば、この世にはチャールズ・エドワード王やイヴァン皇帝やアフメット皇帝より百倍も同情すべき人たちが数百万もいるということくらいです」

「そうかもしれませんね」と、カンディードは言った。

いく日も経たぬうちに、彼らは黒海の海峡へ着いた。カンディードはまず法外な身の代金を払ってカカンボを自由の身にした。それから、時を移さず仲間とともにガレー船に乗り込み、キュネゴンド嬢がどれほど醜くなっていようと一路プロポンティスの岸辺を目指して彼女を迎えに行った。

ガレー船を漕ぐ徒刑囚の中に、漕ぎ方の目立って下手な二人の囚人がいて、地中海東岸のレヴァント地方出身の船長は時折その二人のむき出しの肩をなんども鞭打っていた。カンディードは自然な衝動に駆られ、二人を他の徒刑囚以上に注意を払って眺め、哀れみを覚えて彼らに近づいた。二人の顔立ちは醜く変わり果ててはいたものの、パングロスと、あの哀れなイエズス会神父つまりキュネゴンド嬢の兄のあの男爵にいくぶん似ているように見えた。ふとそんな思いが頭をよぎると、ついほろりとし、悲しくなった。彼はいっそう目を凝らして二人をまじまじと見つめた。

「いや、本当に」と、彼はカカンボに言った。「もしパングロス先生が絞首刑にされるのを見ていなかったならば、また運悪く男爵を殺していなかったら、このガレー船を漕いでいるのはあの二人だと思うだろう」

二人の徒刑囚は男爵とパングロスという名を耳にすると、大声を上げ、ベンチに腰掛けたまま漕ぐ手を止め、思わずオールから手を離してしまった。レヴァント出身の船長が二人のところへ駆けつけ、それまで以上に容赦なく鞭で打ちすえた。

「止してください、どうか止してください、船長さん」と、カンディードは叫んだ。「お望みどおりのお金を差し上げますから」

「なんだ！　カンディードではないか！」と、徒刑囚の一人が言った。

「なに！　カンディードだって！」と、もう一人が言った。

「これはいったい、夢か現《うつつ》か」と、カンディードは言った。「ぼくは本当にこのガレー船にいるのだろうか。まさかここにいるのがこの手で殺した男爵さまで、そこにいるのが絞首刑になるところをこの目で見たパングロス先生だとは」

「そうとも、わたしたちだ、正真正銘わたしたちだよ」と、二人は答えるのだった。

「なんだって、その人が例の偉大な哲学者なのですか」と、マルチンが言った。

「ねぇ、レヴァントの船長さん」と、カンディードは言った。「帝国屈指の男爵の一人トゥンダー＝テン＝トロンクさまと、ドイツ随一の形而上学の大御所パングロス先生との身の代金に、どれほどの金をお望みか」

「キリスト教の下種野郎《げす》」と、レヴァントの船長は答えた。「こいつら二人のキリスト教の下種な囚人が男爵と哲学者だというからには、国ではさぞかし立派な身分なのだろう。ゼッキーノ金貨で五万もらおう」

「結構、それだけお払いしよう。だから、船長さん、稲妻のように速くぼくをコンスタンチノープルへ連れていってくれたまえ。そうすれば、すぐにもお払いしよう。いや、キュネゴンド嬢のところに連れて行ってくれればよい」

レヴァントの船長はカンディードの申し出を聞くと、早くも船首をその町のほうへ向け、鳥が風を切って進むより早く船を漕がせた。

カンディードは何度も男爵とパングロスを抱き締めた。

「で、男爵、あなたがぼくに殺されなかったのはどうしたことです。そしてパングロス先生、どうしてあなたは絞首刑になった後も生きておられるのですか。そのうえ、なぜあなた方はお二人とも、トルコで漕役刑《そうえきけい》を科せられたのですか」

「わたしの可愛い妹がこの国にいるというのは本当か」と、男爵は言った。

「ええ、そうですとも」と、カカンボは答えた。

「では、わしは親しいカンディードにまた会えたのか」と、パングロスは大声で言った。

カンディードは二人に、マルチンとカカンボを紹介した。彼らはこぞって抱き合い、だれもが一斉に話をするのだった。ガレー船は飛ぶように進み、彼らはもう港に入っていた。一人のユダヤ人が呼ばれた。カンディードはそのユダヤ人に、十万ゼッキーノの値打ちがある一粒のダイヤモンドを五万ゼッキーノで売った。ユダヤ人は、アブラハムに誓ってそれ以上はどうしても出せないと、言った。カンディードは即座に男爵とパングロスの身の代金を払った。パングロスは自分を自由の身にしてくれた恩人の足元に身を投げ出して、涙でその足をぬらした。男爵はうなずいて謝意を表し、できるだけ早い機会に金を返すと約束した。

「それにしても、まさか妹がトルコにいようとはな」と、彼は言うのだった。

「それ以上に確かなことはございません」と、カカンボは同じ答えを繰り返した。「なにせ、トランシルヴァニアの大公のところで皿洗いをしておられるのですから」

すぐさま二人のユダヤ人が呼ばれた。カンディードはまたダイヤモンドを売り払った。そして、一同はもう一隻のガレー船にそろって乗り込み、キュネゴンドを救いに再度、出発した。

第二十八章

カンディード、キュネゴンド、パングロス、マルチンらの身に起こったこと、など(146)

「いくえにもお詫《わ》びいたします」と、カンディードは男爵に言った。「そのお身にしたたか剣の一撃をお見舞いしましたこと、神父さま、どうかお許しください」

「もうその話は止そうじゃないか」と、男爵は言った。「実のところ、あのときはわたしもいささかかっとなりすぎた。ところで、どんな偶然からわたしがガレー船を漕がされているところを君に見られることになったのか、君はそれを知りたがっているから、その話をしよう。わたしは修道院の薬剤担当の神父の手当てで傷が癒えたかと思うと、スペインの分遣隊に襲われ、連れ去られ、ブエノス＝アイレスの牢獄にぶち込まれたが、それはちょうど妹がその町を発った直後のことだった。わたしはローマの修道会総長のもとへ戻してくれるよう頼んでみた。すると、コンスタンチノープルへ行ってフランス大使館付きの司祭として仕えるよう命じられた。その職に就いて一週間も経たなかったが、わたしはある日の夕暮れ時、なかなか立派な体格をした若い宮廷付き小姓に会った。ひどく暑かった。で、その青年はトルコの蒸し風呂に入りたがった。わたしもまた、これ幸いに蒸し風呂に入った。若いイスラム教徒と素裸でいるのを見られるのが、キリスト教徒にとって死刑に値する大罪であるとは知るはずもなかった。裁判官《カーディ》は、わたしの足の裏を棒で百回叩かせたうえ、ガレー船の漕役刑を申し渡した。これ以上にひどい、不当な仕打ちは決してなかったと思う。それにしても、どうしてトルコへ亡命したトランシルヴァニアの君主の調理場に妹がいるのか知りたいものだ」

「ところで、パングロス先生」と、カンディードは言った。「こうしてまたお会いできるとはなぜでしょう」

「わしが絞首刑になるところを君が見たのは確かだ」と、パングロスは言った。「本来ならわしは火あぶりにされるはずだったが、君も覚えているだろう、わしを焼こうとしたとき、どしゃ降りの雨だった。雷雨があまりにも激しく、火を点《つ》けるのは断念された。他によい手立てもないので、わしは絞首刑になった。ある外科医がわしの遺骸を買い取り、自宅へ運び、解剖した。彼はへそから鎖骨まで十字形に切開した。どうやら、わし以上に下手に縛り首にされた者はいなかったと見える。聖なる宗教裁判所の死刑執行人は副助祭だったが、火あぶりにする腕は確かにすばらしかったが、絞首刑には慣れていなかった。ロープは湿っていて滑りが悪かったのに、そのまま首に巻かれた。とにかく、わしにはまだ息があったのだ。十字形に切開されてわしが大声を上げたので、その外科医は仰向けに倒れ、自分が悪魔を解剖していると思い込み、恐怖に駆られて逃げ出し、逃げる途中でまたもや階段で転ぶ有様。その物音を聞いて彼の妻が隣の小部屋から駆けつけた。わしがテーブルの上で十字形に切開されて横たわっているのを見ると、妻は夫以上に恐怖に襲われ、逃げ出して夫の上に折り重なって倒れた。二人がいく分かわれに返ると、外科医の妻が夫にこう言うのが聞こえた。

「ねぇ、あんた、なんだってまた異端者を解剖する気になったのさ。悪魔がいつだってああいう連中の中に乗り移っていることくらい分からないのかい。あたしがすぐに神父さまを迎えに行き、悪魔ばらいをしていただくわ」

その話を聞いてわしはぞっとして、ほんの少しばかり残っていた力を振りしぼりながら「後生です!」と、叫んだ。とうとうポルトガルの理髪師[147]は勇を鼓して、わしの皮膚の傷口を縫合し、彼の妻もわしの世話をしてくれた。わしは二週間後には回復した。理髪師はわしのために職を見つけ、わしはヴェネチアへ行くマルタ修道会騎士の下僕になった。ところが、この主人は給金を払う金を持ち合わせていなかったので、わしはヴェネチアの商人に仕え、コンスタンチノープルまでその商人に付き従ってきたのだ」

「ある日のこと、わしはふと回教寺院《モスク》に入ってみたくなった。そこには、年老いた導師と、もぐもぐお祈りを唱えているたいそう美しい信心家の娘がいた。その胸はあらわになっていて、(148)両の乳房のあいだにはチューリップと薔薇とアネモネとキンポウゲとヒヤシンスとサクラソウのきれいな花束があった。娘がその花束を落としたので、わしはそれを拾い上げ、いともうやうやしく熱意をこめて娘に渡した。わしが花束を娘に渡すのに時間がかかりすぎたため、導師は立腹し、それにわしがキリスト教徒だと分かると、大声で助けを呼んだ。わしは裁判官のところへ連れて行かれた。すると、その裁判官は板でわしの足の裏を百回も叩かせたあげく、わしをガレー船の漕役刑に処しおった。わしが鎖につながれたのは、ちょうど男爵さまと同じガレー船の同じベンチの上だったというわけだ。ガレー船にはマルセイユの若者四人とナポリの司祭五人とコルフ島の修道士二人がいたが、彼らはこんなことは毎日起こるありふれた出来事だと言った。男爵さまは、わし以上にたいそう不当な仕打ちを受けたと言い張られた。だが、このわしは、宮仕えの小姓といっしょに素裸でいるよりも、婦人の胸に花束を返す行為のほうがはるかに許容されると主張した。わしたちがひっきりなしに議論をし、毎日二十回の鞭打ちを受けていたところへ、この宇宙の出来事がどれも連関し合っているおかげで、君があのガレー船に導かれ、わしらの身の代金を払って自由の身にしてくれたというわけだ」

「それで、パングロス先生」と、カンディードは言った。「絞首刑にされ、解剖され、めった打ちにされ、そのうえ漕役刑でガレー船を漕いでいたときにも、相変わらずあなたは万事このうえなく順調だとお考えでしたか」

「わしの見解は、はじめからつねに同じだ」と、パングロスは答えた。「なんとなれば、要するに、わしは哲学者であるからな。わしは前言をひるがえしてはならない。と言うのも、ライプニッツが過ちを犯すことはありえないばかりか、しかも予定調和はこの世でもっともすばらしいものであり、充満と微細物質と同様に善であるからだ(149)」

第二十九章

カンディードはいかにしてキュネゴンドと老婆に再会したか

カンディードと男爵とパングロスとマルチンとカカンボがそれぞれに体験したことを話し、この宇宙にある偶然の出来事と必然の出来事について議論をし、原因と結果について、道徳上の悪と自然の悪について、自由と必然について、トルコでガレー船を漕いでいるときにも感じることのできる慰めについて意見を戦わせていると、一同はプロポンティス海の岸辺にあるトランシルヴァニアの大公の家に近づいた。最初に目に入ったのは、キュネゴンドと老婆だった。二人はナプキンを広げて洗濯ひもに干そうとしていた。

その光景を見ると、男爵の顔から血の気が引いた。心優しい恋人カンディードは、あの美しかったキュネゴンドが肌は日焼けしてくすみ、目は充血し、胸は丸味がなくなり、頬はしわがより、両腕の皮膚は赤くうろこのようにむけているのを見て恐怖に襲われ、思わず三歩後じさりしたが、それから礼儀上、前に進み出た。彼女はカンディードと兄を抱擁した。一同は老婆を抱擁した。カンディードは身の代金を払って二人とも自由の身にした。

近くに小さな農地があった。老婆はカンディードに、一同がこぞってもう少しましな運に恵まれるまで、その農地に甘んじてはどうかと勧めた。キュネゴンドは、自分が醜くなっていることを知らなかった。だれもそのことを本人に知らせなかったからだ。彼女は有無《うむ》を言わせぬ口調でカンディードに以前の約束を思い出させたので、善良なカンディードは彼女の言をはねつけることができなかった。そんなわけで、彼は男爵に近く妹御と結婚すると、きっぱり告げた。

「妹のそんなみっともない真似も、君のそんな無礼な振舞いも、絶対に認めるわけにいかない」と、男爵は言った。「そういう不名誉なことでわが身に世の非難を招くようなことは、金輪際あってなるものか。妹の子どもたちは、ドイツの貴顕の士が集まる聖堂参事会に入れなくなるだろう。そうとも、妹は帝国の男爵としか結婚させるものか」

キュネゴンドは兄の足元にひざまずき、その足を涙でぬらしたが、兄の態度は頑として変わらなかった。

「気が触れたか、ばか殿」と、カンディードは言った。「ぼくはおまえを漕役刑から救い出し、おまえの身の代金を払い、おまえの妹の身の代金も払ってやった。彼女はここで皿洗いをしていたし、いまは醜い。その妹をぼくは親切心から妻にしてやろうというのに、おまえはそれでもまだ反対するつもりか！　ぼくが本気で怒ったら、またおまえを殺すことになるぞ」

「では、もういちどわたしを殺すがいいさ」と、男爵は言った。「だがな、わたしの目の黒いうちは、きさまなんぞを妹と結婚させてなるものか」

第三十章

結　末

カンディードは、キュネゴンドと結婚する気などさらさらなかったが、男爵のあまりに無礼な言い草のせいでつい結婚しようと心を決めた。それに、キュネゴンドがしきりに催促するので、約束を反古《ほご》にするわけにもいかなかった。彼はパングロスとマルチンと忠実なカカンボに相談した。パングロスは一篇の立派な論文を書き上げ、男爵が妹に対してなんらの権利も持たないこと、また帝国のあらゆる法に照らして、彼女は左手を差し出してカンディードと結婚することができると証明してみせた。(150) マルチンは、男爵を海中に放り込むべしという結論を出した。カカンボは、男爵をレヴァントの船長に引き渡し、ふたたびガレー船の漕役刑に復させるべきであり、そうすれば便船のあり次第、男爵はローマの修道会総長のもとへ送られることになるだろうと裁定を下した。その意見は大いに結構だと思われた。老婆が賛成した。事は男爵の妹には内密に、いくらかの金を使って実行に移された。一同はイエズス会神父にまんまと一杯食わせ、ドイツの男爵の思い上がりを罰して溜飲《りゅういん》を下げた。

幾多の災難を経てカンディードが恋人と結婚し、哲学者パングロスや哲学者マルチンや思慮深いカカンボ、それに老婆とともに暮らし、おまけに古いインカ族の国から沢山のダイヤモンドを持ち帰ったからには、さだめし世にも快適な暮らしを送ることになるだろう、と思い描くのは至極当然だった。ところが、ユダヤ人たちにさんざんだまされたので、彼にはもうちっぽけな農地のほかになに一つ残っていなかった。彼の妻はといえば、日ごとにますます醜くなり、口うるさく耐えがたくなった。老婆は体が弱り、キュネゴンド以上に不機嫌だった。畑仕事をし、コンスタンチノープルへ野菜を売りに出かけるカカンボは、仕事でへとへとになり、自分の運命を呪っていた。パングロスは、ドイツのどこかの大学で華々しく活躍できないことをしきりに残念がっていた。マルチンはと言えば、人間なんてどこにいても同じようにうまく行かないものだと固く信じていたから、事態を忍耐強く受け止めていた。カンディードとマルチンとパングロスは時折、形而上学や道徳について議論をすることがあった。農家の窓の下を、リムノス島やミティリニ島やエルズルムの町[151]に追放されるお偉い閣下、地方長官、裁判官たちを乗せた幾隻もの船が通り過ぎるのが見えた。そして、彼らに取って代わる別の裁判官、地方長官、お偉い閣下たちがやってくるのが見えたが、その彼らも次は自分たちが追放される有様だった。スルタンの宮殿に差し出されることになっている、清潔にわら詰めされたいくつもの生首[152]が見えた。そんな光景を目の当たりに見ると、三人の議論はますます激しくなるのだった。議論をしないときにはやり切れないほど退屈だったので、ある日のこと老婆は意を決して一同にこう切り出した。

「黒人の海賊に百回も身を汚され、お尻の片方を切り取られ、ブルガリア人の国で鞭の雨の中を通り抜け、異端者の火刑で鞭打たれたり吊るされたりしたうえ、こんどは解剖され、ガレー船を漕ぎ、要するに私たちみなが味わったありとあらゆる不幸な出来事を経験するのと、それともここにいてなにもしないでいるのと、いったいどちらが耐えがたいのか知りたいものですよ」

「それは大問題だ」と、カンディードは言った。

この発言がまたしても新たにみんなを考え込ませることになった。そしてとりわけマルチンは、人間は不安による痙攣か、さもなければ倦怠の無気力状態の中で生きるように生まれついたのだ、と結論づけた。カンディードはそれに賛成こそしなかったが、はっきりしたことはなに一つ言わなかった。パングロスは、自分がいつもひどい目に遭ってきたことは認めたものの、ひとたび万事はこのうえなく順調だと主張したからには、相も変わらずそう主張していた。そのくせ少しも自説を信じていないのだった。

ある出来事がきっかけとなって、マルチンが完全に自分の持論を確信し、カンディードがかつてないほど判断に迷い、パングロスがすっかり当惑することになった。それというのも、ある日、彼らはうらぶれ果てたパケットとジロフレー修道士が農地にやってくるのを見たからだった。二人は懐の三千ピアストルもの大金をたちまち使い果たし、たがいに袂《たもと》を分かったかと思えば仲直りし、そうかと思えば仲違いし、投獄されたり脱獄したりしたのだった。そのあげく、ついにジロフレー修道士はイスラム教徒になっていた。パケットはどこにいても相変わらず例の商売をつづけていたが、水揚げはさっぱりだった。

「どうです、わたしが警告したとおりでしょう」と、マルチンはカンディードに言った。「あなたがはなむけに贈った大金は瞬く間に蕩尽《とうじん》され、その贈り物のせいで二人はいっそうみじめになるだけですよ、と。あなたとカカンボにしても、以前は数百万ピアストルもの金に埋まっていたのに、いま不幸の程度にかけてはジロフレー修道士やパケットと似たり寄ったりといった有様ではありませんか」

「ああ！　してみると、君は神のお導きで、わしらのいるところへ戻ってきたのだ！」と、パングロスはパケットに言った。「君がわしに鼻と片目と片耳を失わせたことを知っておるかな。君もまあ、なんという体たらくだ！　ああ！　この世界とは、いったいなんなんだ！」

そんな新たな出来事が引き金となって、彼らはかつてないほど議論にふけった。

近くに、トルコ随一の哲学者と見なされているたいそう高名なイスラム教修道僧がいた。一同はその修道僧に教えを乞いに出かけた。パングロスがみんなを代弁して口を切った。

「猊下、なにゆえ人間のように奇妙な動物が作られたのか、そのわけを教えていただきたく参上いたしました」

「余計なことに首を突っ込んではならぬ」と、修道僧は言った。「それはおまえになんの関わりがあろうか」

「でも、聖人《しょうにん》さま」と、カンディードは言った。「この世にはひどく悪がはびこっております」

「悪が存在しようと善が存在しようと、どうでもよいではないか」と、修道僧は言った。「陛下がエジプトへ船をおつかわしになるとき、船内の二十日鼠《はつかねずみ》どもが安楽に過ごしているかどうか、お気になさるかな」

「では、どうすべきなのでしょう」と、パングロスが言った。

「沈黙することだ(153)」と、修道僧は言った。

「実はひそかに期待していたのですが」と、パングロスが言った。「原因と結果について、ありとあらゆる世界の中で最善の世界について、悪の起源について、魂の本性について、そしてまた予定調和について、もしやあなたさまと少しは議論できるのではないか、と」

その言葉を聞くと、修道僧は一同の鼻先でぴしゃりと戸を閉めた。

そんな話をしている間にも、今し方コンスタンチノープルで二人の大臣《ワジール》と法学者《ムフティー》が絞殺され、彼らの数人の友人が串刺しにされたという知らせが広まっていた。数時間のあいだは、どこでもそんな結末の噂でもちきりだった。パングロスとカンディードとマルチンは、ちっぽけな農場に帰る途中、家のすぐ近くのアーチのようになったオレンジの木立の下で涼をとる一人の善良な老人に出会った。パングロスは議論好きであるばかりか好奇心も旺盛だったから、老人に向かって、先ほど絞殺された法学者の名を尋ねた。

「さっぱり知りませんね」と、その農民は答えた。「それに、どんな法学者の名も大臣の名も、これまで覚えたことがないのです。あなたがお話しの事件もいっこうに知りません。わたしが思うに、総じて国事に関わる人たちが非業の死を遂げるのは珍しくありませんが、それも自業自得なのです。しかしわたしは、コンスタンチノープルでなにが行なわれているか、決して尋ねたりいたしません。自分の耕す畑で取れる収穫物を、あの町へ売りにやるだけで満足しているのです」

老人はそう言うと、異国人たちを家の中に招き入れた。老人の二人の娘と二人の息子は、手ずから作ったいく種類ものシャーベット、砂糖漬けのレモンの皮を入れた飲み物、オレンジ、レモン、酸味の強い別種のレモン、パイナップル、ピスタチオ、それにバタビアやアンティル諸島のまずいコーヒーが少しも混じっていないモカのコーヒーを一同に振舞った。それから、その善良なイスラム教徒の二人の娘は、カンディードとパングロスとマルチンの顎《あご》ひげに香水をつけてくれた。

「あなたはきっと広大ですばらしい土地をお持ちなのでしょうね」と、カンディードはそのトルコ人に言った。

「わたしの土地はわずか二十アルパンにすぎません」と、トルコ人は答えた。「その土地を子どもたちと耕しております。労働はわたしたちから三つの大きな不幸、つまり退屈と不品行と貧乏を遠ざけてくれますからね」

カンディードは自分の農家に帰る途中、トルコ人がした話について深く考え込んだ。彼はパングロスとマルチンに向かって言った。

「あの善良な老人は、ぼくたちが光栄にも夕食をともにしたあの六人の国王より、はるかに好ましい境遇を切り開いているように見えます」

「あらゆる哲学者の報告によれば」と、パングロスは言った。「権勢は命にも関わるはなはだ危険なものなのだ。なんとなれば、とにかくモアブ人の王エグロンはエホドに暗殺され、アブサロムは髪の毛が木に引っかかって吊り下がったところを三本の投げ槍で突き刺され、ヤロブアムの息子のナダブ王は将軍バシャによって殺され、エラ王はジムリに、アハズヤはイエフに、アタルヤはヨヤダによって殺された。ヨヤキム、エコンヤ、ゼデキヤといった王たちは奴隷になった。[154] 古代リディア王クロイソス、メディア王アステュアゲス、ペルシアの王ダレイオス、シラクサの僭王ディオニュシオス、エペイロス王ピュロス、マケドニア王ペルセウス、カルタゴの将軍ハンニバル、ヌミディア王ユグルタ、ゲルマンの一族の王アリオウィストゥス、カエサル、ローマの将軍ポンペイウス、皇帝ネロ、皇帝オト、皇帝ウィテリウス、皇帝ドミティアヌス、[155] イギリスのリチャード二世、エドワード二世、ヘンリー六世、リチャード三世、メアリ・ステュアート、チャールズ一世、フランス王の三人のアンリ、[156] ドイツ王ハインリヒ四世の死にざまは、君が知ってのとおりだ。君もまた知っているように……」

「ぼくはまた、ぼくたちの庭を耕さなければならないことも知っています」と、カンディードは言った。

「いかにもそのとおり」と、パングロスは言った。「なんとなれば、人間がエデンの園におかれたのは、ウト・オペラトゥル・エウム、[157] すなわち働くためであったのだからな。このことこそ、人間が休息のために生まれたのではないことをいみじくも証明しているではないか」

「理屈をこねずに働こう」と、マルチンが言った。「人生を耐えられるものにする手立ては、これしかありません」

小さな共同体の仲間は、こぞってその賞賛すべき計画に加わった。それぞれが自分の才能を発揮しはじめた。ささやかな土地は、多くの収穫をもたらした。確かに、キュネゴンドはひどく醜かったが、しかし菓子作りの名人になった。パケットは刺繡《ししゅう》をし、老婆は下着類の手入れをした。ジロフレー修道士にいたるまで、役に立たない者はいなかった。彼は腕っこきの指物師だったばかりでなく、礼儀をわきまえた人物になった。そしてパングロスは、時折カンディードにこう言うのだった。

「ありとあらゆる世界の中の最善の世界では、出来事はすべてつながっているのだ。なんとなれば、要するに、もし君がキュネゴンド嬢への愛ゆえにしたたかお尻を足蹴にされ、美しい城から追い出されていなかったなら、もし君が宗教裁判にかけられていなかったなら、もし君がアメリカ大陸を駆け抜けていなかったなら、もし君が男爵にぐさりと剣の一突きをお見舞いしていなかったなら、もし君が美し国《うま》エルドラードから連れ出した羊をごっそり失っていなかったなら、君はここでこうしてレモンの砂糖漬けやピスタチオを食べてはいないだろう」

「お説ごもっともです」と、カンディードは答えた。「しかし、ぼくたちの庭を耕さなければなりません」

訳　注

本書に出てくる通貨および計量単位については、ここにまとめて記し、本文中の注を省略した。

●十八世紀(革命前)通貨一覧

一ルイ＝八エキュ

一エキュ＝三リーヴル

一リーヴル(フラン)＝二〇スー

一スー(ソル)＝四(後に六)リアール

一リアール＝三ドニエ

一ピストール(計算貨幣)＝一〇リーヴル

一七七五年のパリで、男子宮廷服は一万五〇〇〇リーヴル、馬一頭八〇ないし一〇〇リーヴル、オペラ座平土間席二リーヴル八ソル、フランス座平土間席一リーヴルであったという。

十八世紀中葉には、非熟練の労働者の賃金は日当一―二リーヴル、月額二五―五〇リーヴルで、これは子ども二、三人を抱える家庭を辛うじて維持しうる程度の収入であった。ブルジョワの年収は五〇〇〇リーヴル以上、貴族の年収は四万リーヴル以上、王族の年収は一〇万リーヴル以上であったと推定されている。

一七八〇年頃には、三五〇〇ないし四〇〇〇リーヴルの年収があれば、ほどほどの暮らしができたという。

●計量単位表

〈長さ〉一リュー＝二〇〇〇トワーズ＝三・八キロメートル
一トワーズ＝六ピエ＝一・九四メートル
一ピエまたはピエ・ド・ロワ＝一二プース＝三二・四センチメートル
一プース＝一二リーニュ＝二・七センチメートル
一リーニュ＝〇・二二センチメートル

〈重さ〉一リーヴル＝二マール＝四八九・五グラム
一マール＝八オンス＝二四四・七グラム
一オンス＝八グロ＝三〇・五グラム
一グロ＝三ドニエ＝三・八グラム
一ドニエ＝二四グラン＝一・二グラム
一グラン＝〇・〇五三グラム

〈面積〉一アークル＝五二アール
一アルパン＝一〇〇ペルシュ＝一九アール(パリ)
一ジュルナル＝三二アール(農夫一人が一日で耕せる土地の広さ)

ミクロメガス　哲学的物語

(1)　ギリシア語のミクロス(小さい)とメガス(大きい)から合成された名。万物の相対性を表現する本篇の主題に対応している。

(2)　当時、土地測量の歩幅は通常の二倍で、約一・六二メートルすなわち五ピエであったから、ミクロメガスの身長は三八・八八〇キロメートルである。

(3)　パスカルの妹ペリエ夫人(一六二五－六一)による『パスカル氏の生涯』を指す。

(4)　ヴォルテールの没後に最初に刊行された著作集ケール版の編者の注には、次のような記述が見られる。「ド・ヴォルテールは、自著『哲学書簡』(一七三四)で、われわれの霊魂の諸能力は動物の霊魂の諸能力と同じように、器官と同時に発達を遂げると述べたというので、テアティノ修道会のボワイエ師にしつこく責め立てられた」(第四四巻、一七八四年)。

(5)　『ザディーグ』に後に追加された二章、すなわち「ダンス」と「青い目」のうちの後者にも、同じ表現が見出される。ヴァン・デン・ウーヴェルによれば、ヴォルテールは、当時、紋切型の表現となっていた「精神と心」をここで茶化している。その紋切型の表現が流行ったのは、シャルル・ロラン作『精神と心の関係において文学を研究し、教授する法』(一七二六)と、クレビヨン・フィスの小説『心と精神の迷い』(一七三六)の影響が大きい。

(6) ドイツのベルリンで初めて製造され、十七世紀末に流行した対面式座席の四人乗り馬車。

(7) ウィリアム・デラムはイギリスの学者で、自然の驚異から神の実在を証明しようとし、『天体神学』(一七一五)を著した。彼は、天体望遠鏡を用いて天国を見たと証言した。ルネ・ポモーによれば、ヴォルテールは『天体神学』の仏訳の一七二九年版と三〇年版を所蔵していた。

(8) リュリ(一六三二―八七)はイタリア出身の作曲家、ルイ十四世の宮廷作曲家で、フランス古典歌劇の祖とされる。ヴォルテールはイタリア音楽隆盛の風潮に逆らって、リュリの音楽をつねに擁護した。

(9) 土星アカデミーの書記は、明らかに百歳まで生きたフォントネル(一六五七―一七五七)を指している。すでに時代に取り残された感はあったものの、『世界の複数性についての問答』(一六八六)の魅力のおかげで、彼は一七三八年においてもなお話題の人物であったという。

(10) フォントネルの『世界多数問答』の第一夜はここで揶揄されているような比喩で始まる。

(11) ヴォルテールの時代には、土星の衛星は五個しか知られていなかった。

(12) オランダの自然学者で、はじめて土星の環を発見し、『土星の体系』を著したクリスチャン・ホイヘンス(一六二九―九五)を指す。ヴォルテールは彼を高く買っていた。

(13) ヴァン・デン・ウーヴェルによれば、イエズス会士であり学者でもあったカステル(一六八八―

一七五七）を指す。ヴォルテールは彼の『色彩光学』を評価していたが、一七三八年に「トレヴー誌」で自作の『ニュートン哲学原理』（一七三七年、完成は四八年）を批判されてからは、カステルに敵意を抱いていた。

(14)　「辛抱強い観察」は、イギリスの哲学者ジョン・ロックの『人間知性論』（一六八九）に定義されている「試行錯誤の方法」の応用を意味すると見られる。

(15)　当時、世上を賑わせていた、数学者で天文学者のモーペルテュイ（一六九八―一七五九）を隊長とするラップランド調査（一七三六―三七）を指す。調査隊はフランス帰還の途中で大嵐に遭遇し、バルト海北部にあるボスニア湾で難破したとの誤報があり、一時は全員が絶望視された。なお、第五章冒頭のくだりで触れられている「ラップランドの娘たち」は、モーペルテュイがフランスに連れ帰り、話題となった二人のラップランド娘のことを当てつけている。

(16)　レーウェンフック（一六三二―一七二三）とハルトズッケル（一六五六―一七二五）はともにオランダの自然学者。レーウェンフックは独自の単眼顕微鏡を多数製作し、動物の精子を最初に記載した。二人は、ヴォルテールの『哲学書簡』第一七信で言及されている。

(17)　ヴァン・デン・ウーヴェルによれば、もともとフォントネルが自然学者トゥルヌフォール（一六五六―一七〇八）をたたえる一文で用いた表現。しかしフォントネルとタンサン侯爵夫人（一六八二―一七四九）が評判を傷つけかねない所業に及ぼうとして不意をつかれたことをもじって、後にヴォルテールの友人ボーリングブルック（一六七八―一七五一）が再度用いた。さらにデフォンテーヌ師が『新語辞典』(一七三六)でこの表現の使用の変遷を暴露したという。

(18) ヴォルテールが本篇のモデルに仰いだと思われる『ガリヴァー旅行記』の作者スウィフト(一六六七―一七四五)を指す。『哲学書簡』第二二信で、ヴォルテールはスウィフトを賞賛している。

(19) ウェルギリウス(前七〇―前一九)が『田園詩』で描いた蜜蜂の生活について、ヴォルテールは「当時の誤りだけを歌ったにすぎない」と決めつけ、『哲学辞典』(一七六九)で異論を唱えた。

(20) スワンメルダム(一六三七―八〇)はオランダの自然学者で、『昆虫の歴史』を著した。レオミュール(一六八三―一七五七)はフランスの自然学者で、『昆虫の歴史のための回想記』を著した。

(21) クリミアをめぐってオスマントルコ対ロシア、オーストリア間で行なわれた戦争(一七三六―三九)を当てつけている。帽子はロシアとオーストリア、ターバンはトルコを表し、後出の「足の踵ほどの大きさの泥のかたまり」は、クリミア半島を指すと見られる。なお、数行先に出てくるカエサルは、ロシアの皇帝《ツァー》を表している。

(22) アリストテレス学派を指す。ヴォルテールの理解する哲学は、人間の本質、霊魂の本性、神の属性といった観念を論じる不毛な形而上学の拒否から出発する。

(23) デカルト学派は、人が生まれながらにして観念を得ているとする生得観念の理論を擁護した。ヴォルテールは『哲学書簡』第一三信で生得観念を批判している。

(24) すべてを神のうちに見る説を立てたマルブランシュ(一六三八―一七一五)を信奉する学派。ヴォルテールは『哲学書簡』第一三信などでその説を批判している。

(25)　ライプニッツ(一六四六―一七一六)は予定調和説を述べるとき、しばしば二つの時計や鏡の比喩を用いた。二つの時計の比喩が最初に用いられたのは、『実体の交通に関する説の第二解明』(一六九六)と見なされており、また『単子論』(一七一四)第八十三章には宇宙の鏡の比喩が見出される。

(26)　「角帽を被った極微動物」は、ソルボンヌの神学者を指す。ソルボンヌは十三世紀末に創設され、神学研究の中心となり、キリスト教会では教皇に次ぐ強力な宗教的権威を持っていた。十六世紀にはイエズス会士と、十七世紀にはジャンセニストと、十八世紀には啓蒙思想家と対立した。彼らはトマス・アクィナス(一二二五頃―七四)の『神学大全』を公式の教説として、人間中心主義を唱えたが、科学の進歩とともに十七、八世紀にはシラノ・ド・ベルジュラック(一六一九―五五)やフォントネルらに批判された。

(27)　ヴァン・デン・ウーヴェルによれば、白紙の本は、「運命の書」を意味する。『ザディーグ』第十八章「隠者」には、「運命の書」についての記述がある。そこでは、主人公は判読はできないものの、文字は識別している。なお、パリの科学アカデミーの書記は、八十三歳まで四十年間、科学アカデミーの終身書記であったフォントネルを指している。

この世は成り行き任せ　バブーク自ら記した幻覚

(1)　ヴァン・デン・ウーヴェルによれば、ヴォルテールは、本篇と同時期に書かれた自作の小品『人のしないこと、その気になればできること』(一七四二)で、修道院の決まり文句を引用している。

本篇の表題はそれから取られている。「世の中を成り行きに任せ、自分の務めはどうにかやってのけ、修道院長さまのことならいつも褒めちぎる」。また、副題に反して、バブークがこのコントの語り手であることを示すものはない。

(2) アラル海に注ぐ現在のアムダリア川で、トルクメニスタンとウズベキスタンを潤していた。

(3) 前六世紀から前三世紀に強大な遊牧国家を形成した黒海北岸のイラン系民族。

(4) アケネメス王朝ペルシアの首都。

(5) バビロニアは聖書ではシンアルと呼ばれ、いくたの戦いの舞台として引かれている。

(6) ドラクマは古代ギリシアの貨幣単位。ドラクマ銅貨は銀貨の六十分の一の価値しかなかった。

(7) 古代ペルシア王ダレイオス時代の貨幣。

(8) ヴァン・デン・ウーヴェルによれば、この辺りの記述は、王室史料編纂官に任命されたヴォルテールが『一七四一年の戦争で戦死した将官たちへの弔辞』と『フォントノワの詩』(一七四五)を書く時期に対応する。ヴォルテールはバブークと同じように、戦争の残酷さに嫌悪をおぼえながらも、勇敢な行為に驚き、心を奪われてもいる。

(9) ペルセポリスの名の下に、十八世紀のパリがほのめかされている。パリへの新しい入口であるサン＝タントワーヌ門と対照的に、もう一つの入口である古い街並のフォブール・サン＝マルソーは不潔だった。同じような表現は、『カンディード』第二十二章やルソー(一七一二―七八)の『告白』第四巻にもうかがえる。

(10)　十八世紀のフランスの教会には、ベンチや椅子が用意されていなかったので、信者は教会に入るとわら椅子を賃借しなければならなかった。

(11)　フランス西部のポアトゥー地方の人びとに用いられていた古代の呼称。彼らはロバの飼育で知られていた。

(12)　ヴォルテールは、彫刻家ブーシャルドン(一六九八－一七六二)により一七三六年から三年かけてフォブール・サン＝ジェルマンに建造された「四季の噴水」を賞賛していた。シルヴァン・ムナンによれば、この噴水はグルネル通りの二軒の家に挟まれていたので、後退すると見えなくなった。

(13)　シテ島のアンリ四世像、当時は国王広場と呼ばれていたヴォージュ広場のルイ十三世像、ヴィクトワール広場のルイ十四世像を暗に示している。

(14)　旧体制下のフランスの徴税請負人への当てこすり。国王の徴税権を代行する徴税請負制は、一七二〇年以降に固定化し、概して低い家柄の平民出身の四十人が諸税の徴収権の賃貸契約を請け負っていた。その利権が巨額であったため、彼らは民衆の反感と批判を買っていた。

(15)　十七、八世紀オランダの神学者ヤンセン(一五八五－一六三八)に端を発し、厳格な神学教義を説いたジャンセニスムとその布教活動とが、その狂信性ゆえにここで諷刺されている。

(16)　『ザディーグ』訳注(10)参照。

(17)　ローマ教皇クレメンス十一世(在位一七〇〇－二一)がジャンセニストの神学者ケネル(一六三四－一七一九)の教説を異端として非難したウニゲントゥス勅書(一七一三)後、ジャンセニスムの信奉者と敵対者の対立が激化した。一七三二年、狂信的なジャンセニストたちはサン＝メダール聖堂にあるパリス助祭の墓地で激しい痙攣に襲われた。彼らはその体験を神の示現として説明した。この辺りの記述は、いわゆる痙攣派事件をほのめかしている。なお、ダライ・ラマはローマ教皇を示す。

(18) このくだりは、自由意志と神が人間に授ける恩寵をめぐって行なわれた神学論争をもじっていると思われる。

(19) 当時の文明社会の寄生性への諷刺。ヴォルテール自身もルイ十五世(一七一〇―七四)に取り入り、一七四五年に王室史料編纂官に任命され、またプロイセンのフリードリヒ二世(一七一二―八六)の侍従を三年間務めている。ここに作者の自嘲を読み取ることもできる。「解説」を参照。

(20) ヴォルテールら哲学者《フィロゾフ》に敵対していた批評家フレロン(一七一八―七六)の「文芸年誌」などを指すと思われる。

(21) この肖像はフルーリ枢機卿(一六五三―一七四三)と考えられている。フルーリはルイ十五世治下で宰相、枢機卿として内政と外交に功績を残した。二人の関係は当初、きわめて良好であったが、一七三九年秋にヴォルテールはフルーリの不興を買ったことがある。しかし一七五六年には、ヴォルテールは「すべての宮廷人の中でもっとも愛すべき、公平な老人」として、フルーリを正当に評価している。

(22) テオンの名が、四世紀末のギリシアの数学者であり天文学者でもあったテオンから取られたとすれば、この婦人はヴォルテールの愛人シャトレ侯爵夫人(一七〇六―四九)をほのめかしていると思われる。シャトレ夫人の自然科学とりわけ天文学への情熱は広く知られていた。

(23)　旧約聖書ヨナ書二-1では、神の命に背いたヨナは大海を泳ぐ大魚の腹の中で三日三晩を過ごす。そしてヨナは、神の言葉を伝えにニネベに行く。人びとは神を信じるようになり、災いを免れる。しかし、ヨナは悔い改めたニネベの民を許した神の処置に不満を抱く。ヴォルテールは、彼の作中人物のほうが聖書に登場する人物より思いやりがあることを暗示しようとしている。

ザディーグまたは運命　東洋の物語

(1)　ジョルジュ・アスコリによれば、本篇の主人公は当初、メムノンと名付けられていた(「解説」を参照)。ザディーグの名は、アラビア語で真実を意味するサディーク、またはヘブライ語で正義の人を意味するザディーク、あるいは古代ペルシアの作家シェック・ザデ作の『ペルシア王の愛妻物語』の中の「主馬頭《しゅめのかみ》サディーク物語」のいずれかに由来するという。作中の王妃アスタルテの名は、モンテスキューの『ペルシア人の手紙』(一七二一)第六七信に見出される。一七四七年版の『メムノン』には、副題は付けられていない。副題の「運命」は摂理を表す。「解説」を参照。

(2)　当時フランスでは、警察総代理官の要求に応じて、王室検閲官が書物の出版許可の諾否の報告書をしたためていた制度がここでパロディー化されている。ちなみに、『ザディーグ』は検閲を無事に通過している。

(3) 『カンディード』が副題で「ラルフ博士のドイツ語文からの翻訳」と断られるように、『ザディーグ』も、イランの実在の詩人によって翻訳された古代の作品であるという架空の前提のもとに語られる。サアディー(一一八四頃―一二九一頃)はイランの詩人で、彼の『薔薇園』は一六三四年、一七〇四年に仏訳されている。当時の読者は、シリウス星のアラビア語名シェラを連想させる愛妾シェラアのこの肖像に、ルイ十五世の愛妾ポンパドゥール侯爵夫人(一七二一―六四)の面影を見ていた。ヴォルテールはしばしば夫人に自作を捧げ、夫人は蔭ながらヴォルテールの庇護者として振舞った。なお、イスラム暦は、預言者ムハンマドの遷行(ヒジュラ)を起点にして数えられる。ヒジュラは西暦六二二年に当たり、ヒジュラ暦八三七年は西暦一四三三／三四年に相当する。したがって、サアディーの生存時期と二百年の誤差が生じる。

(4) 老いぼれ修道僧は、ソルボンヌの神学者を指すと思われる。『ミクロメガス』の訳注(26)を参照。

(5) バビロンを首都とする古代ペルシアの言葉。

(6) ウルグ・ベク(一三九四頃―一四四九)は、ティムール朝第四代の君主。四七年に即位して間もなく、長子に殺されるが、在位中にはティムール朝の文化の繁栄を築いた。ヴォルテールは『風俗試論』(一七五六)で、ウルグ・ベクを開明専制君主として紹介している。

(7) ガランによる『千一夜』の仏訳が一七〇四年から刊行され始めると、一〇年にはペティ・ド・ラ・クロワのペルシア小話『千一日』の仏訳なども世紀初頭に相次いで出版された。

（8）　イスカンダルはアレクサンドロス大王のトルコ名。一世紀のローマの歴史家クルティウス・ルフスは、『アレクサンドロス大王伝』第六巻第五章で、アマゾンの女王タレストリスが王と子供を共有するためにやって来たと告白する場面を描いている。ヴァン・デン・ウーヴェルによれば、ヴォルテールは、この伝記に拠って書かれた『歴史の懐疑主義』なる書物を参照している。また、ユダヤ人の王ソロモンを訪ねたシバの女王の逸話は、旧約聖書の列王記上一〇‐1〜13で語られている。

（9）　ヴォルテールが作り出した架空の王名。なお、旧約聖書の創世記一九‐37には、イスラエルの族長アブラハムの甥ロトの息子はモアブと言い、死海東に住む種族モアブ人を作ったと記されている。

（10）　前七世紀のペルシアの宗教改革者ザラトゥシュトゥラのギリシア語の呼び名。ヴァン・デン・ウーヴェルによれば、ヴォルテールはゾロアスターの経典の要約を、イギリスの東洋学者トマス・ハイド（一六三六‐一七〇三）の書を介して読んでいたという。

（11）　ヴァン・デン・ウーヴェルによれば、セミールの名は、夫に不貞を働く妻の類型であるセミレムまたはセミラミスを連想させるという。バビロニア王国の伝説の女王セミラミスは、数々の不貞を働いたとも言われている。ヴォルテールが悲劇『セミラミス』（一七四八）を書き上げた時期は、『ザディーグ』執筆の時期と重なる。

（12）　ヴァン・デン・ウーヴェルによれば、『風俗試論』第八七章ではオスマン一世の息子はオルカンと呼ばれている。また、ラシーヌの悲劇『バジャゼ』(一六七二)の黒人宦官の名はオルカンである。一方、一七二六年、召使いたちにヴォルテールを襲わせた騎士ロアン(Rohan)の名との音声上の類似も指摘されている。

(13) ヴァン・デン・ウーヴェルによれば、名医ヘルメスは、当時、旅行家シャルダン(一六四三―一七一三)に倣って、近代ペルシアの医学を開祖した実在の人物と見なされていたヘルメス・トリスメギストゥスを暗に表している。ヴォルテールは、ヘルメスの生地をファラオ称号の王治下の古代エジプトの首都と想定していたという。

(14) アラビア語で、アル=ゾフラ(Al-Zohra)はきらびやかな女を意味し、ゾフラはヴィーナスを意味する。アゾーラという名はそれらの語を連想させる。

(15) ヴァン・デン・ウーヴェルによれば、第二章の物語は、一世紀のローマの作家ペトロニウスの『サテュリコン』(一一一―2)とラ・フォンテーヌ(一六二一―九五)の小話集一二―26「エペソの女主人」から着想を得て、さらに中国の小話集の紹介本を参考にして潤色しているという。

(16) アラビア語でカドゥール(kaddour)は全能者を意味し、カドールの名はそれに由来するという見方もある。

(17) 一七四七年から四八年にかけて、アルヌーという名のパリの薬剤師が「メルキュール・ド・フランス」誌に、卒中を治療し予防する薬を調合したと広告を出し、評判になったという。

(18) ゾロアスター教では、善に力を尽した者の魂は、ハラ山にかかるチンワトという選別の橋を通って楽園へ導かれ、悪人はこの橋から地獄へ落とされた。死後の審判は究極的には創造主アフラ・マズダーの管轄にある。ヴァン・デン・ウーヴェルは、ハイドの書からチンワト橋を知ったヴォルテールが、看視の天使の名を発音しやすいイスラム教の滅びの天使からあえて取ったものと推測している。

(19)　ゾロアスター教の聖典の注釈書。ヴォルテールはハイドを介して『ザンド』を知っていたと推測されている。

(20)　ヴォルテールは動植物生理学とでも名付けられる真の学問に、当時の具体的研究や発見を対置させて茶化している。絹と磁器の製造法を科学アカデミーに提出したレオミュール（一六八三―一七五七）との間には、『ニュートン哲学原理』（一七三七）をめぐってかつて一悶着があった。茶化しは、その折の意趣返しである。なお、ヴォルテールはここで、十二支を一年の月の呼称に転用している。

(21)　ヴァン・デン・ウーヴェルによれば、第三章のこのくだりの挿話は、フランスの東洋学者エルブロ・ド・モランヴィル（一六二五―九五）の『東洋叢書』に含まれるコントの翻案である。

(22)　ヴァン・デン・ウーヴェルによれば、デスタルハムはペルシアとトルコにおける当時の高官の役職名ダフタルダールの誤記。ヴォルテールはエルブロを参照している。鞭打《クヌート》ちとシベリア送りの刑は、十七、八世紀ロシアで行なわれていた厳罰。ことさらに異質の二つをないまぜにした語り手の皮肉が認められる。

(23)　ルネ・ポモーによれば、ヴォルテールは、ゾロアスター教における善神アフラ・マズダーのギリシア風呼称オルムズドまたはオルマズドを、音調のよいオロスマドに変形している。本篇第四章のねたみ屋の名は、善神に対立する悪神アングラ・マインユの中世ペルシア語の別名アフリマンから取られているという。

(24) シルヴァン・ムナンによれば、第四章の挿話は、ヴォルテール自身の喜劇『嫉妬深い男』(一七三七)の主題をふたたび取り上げている。しかし、本篇の挿話の源は、一七四五年にヴォルテールが『フォントノワの詩』を発表したとき、彼の仮借ない敵であった詩人ロワ(一六八三－一七六四)が『フォントノワの詩についての諷刺』を出したことから、両者の間に生じたいさかいであると見なされている。ヴォルテールはオペラ作品『栄光の神殿』(一七四五)の改訂版で巻頭に版画を掲げ、女神にひざまずいて「嫉妬」の表情をした旧敵ロワを描かせた。ヴォルテールの反撃は、『スカルマンタドの旅物語』の登場人物イロの描写にも現れている。

(25) ゾロアスターは、あらゆる種類の肉食を禁じた。グリフォンは鷲とライオンに似た伝説上の動物である。聖書の中命記一四－12は、鷲の肉を食べることを禁じている。

(26) イエボール(Yébor)は、ミールポワの司教でテアティノ修道会の修道士でもあり、王太子の師傅《しふ》でもあった宮廷の権勢家ボワイエ(Boyer)のアナグラム(文字の並べ換え)。ボワイエ(一六七五－一七五五)は、ヴォルテールの『哲学書簡』を宮廷に告発した。ヴォルテールは、『ルイ十五世の世紀概要』(一七六八)と『パリ高等法院の歴史』(一七六九)でボワイエを取り上げ、執拗に仕返しを試みている。

(27)　イエズス会士の「神の最高の栄誉をたたえるために」のパロディー。ゾロアスター教は火を崇拝するが、ヴォルテールはそれを唯一神「太陽」に変えている。

(28)　聖書申命記一四－7では、ひづめが分かれていない理由で野ウサギを食べることを禁じている。

(29)　ギリシア神話で女面鷲身の三姉妹の女神。

(30)　カスピ海はかつてヒルカニア海とも呼ばれていた。

(31)　第五章の末尾「ザディーグはこう言ったものだ」以下は、一七四八年に加筆された。

(32)　語法と弁論術は文法と修辞学《レトリック》の用語。語法は演説を組み立てる言葉の組み合わせを言う。八品詞とは、名詞、動詞、分詞、副詞、前置詞、接続詞、間投詞および代名詞である。弁論術は、一般に古代人とくにプラトンを参照して議論する技術を指す。悪魔妄想は精神錯乱の状態を意味するので、正確にはむしろ悪魔学《デモノロジー》と言うべきであろう。デカルトにとって実体は「それ自身によって存在するもの」であり、偶有性は物の非本質的な性質を指す。モナドは、広がりも形もなく、分割することのできない単純な実体であり、ライプニッツのモナド(単子)についての形而上学を言う。モナド間には相互に対応関係と調和がある。その調和は神が前もって定めたものとされ、予定調和と呼ばれる。「モナドと予定調和」は、ヴォルテールがこの哲学と距離を置くに至ったとされる一七五二年に加筆されている。

(33)　ミトラは二世紀から五世紀のローマ帝国でよく知られた神であったが、この神への崇拝はゾロアスターに由来すると言われている。

(34) ヴァン・デン・ウーヴェルによれば、理性の文体に対置されている「東洋のすぐれた文体」は、聖書の詩的隠喩をパロディー化したものである。「山々は雄羊のように／丘は群れの羊のように踊った」(詩編一一四－4)。「海は見て、逃げ去った」(同、一一四－3)。「お前は天から落ちた／明けの明星、曙の子よ」(イザヤ書一四－12)。

(35) ヴォルテールは、ザンド・アヴェスタを創造主アフラ・マズダーと取り違えている。『アヴェスタ』は、ゾロアスターが書き残したと見られる聖典であり、『ザンド』はその聖典の注解書である。

(36) ラシーヌの悲劇『アンドロマック』(一六六七)第五幕第三場で、エルミオーヌがピリュス王を殺したオレストを罵倒する有名なシーンが、ここでパロディー化されている。

(37) 身分の差別が通用せず、身分が逆転する状況は、しばしば十八世紀の文学で取り上げられた。マリヴォーの戯曲『奴隷島』(一七二五)、あるいは『カンディード』のエルドラードの場面に見られる主従の立場の逆転も、その例に挙げられる。

(38) 「人の住まないアラビア」はシリア砂漠の、また「ホレブ砂漠」はシナイ山の聖書における別称。

(39) ヴォルテールには、イギリス滞在中、ユダヤ人銀行家に預けた資金を取り戻すことができなかった経験がある。

(40) ヴァン・デン・ウーヴェルによれば、マホメット以前のアラビアに起源をもつ拝星教のシバ教を指す。ヴォルテールは『風俗試論』の序論でシバ教について言及している。

(41) ガンジス川東岸に位置する地方。ヴォルテールのコント『バビロンの王女』(一七六八)の主人公アマザンの土地でもある。

(42) バラモンはヒンズー教のカースト制度で、最高身分の聖職者階級を指す。なお、スキタイ人は、黒海北岸に居住した遊牧民族。

(43) ヴァン・デン・ウーヴェルによれば、このような「恐ろしい風習」は、フランスの旅行家フランソワ・ベルニエ(一六二〇－八八)の『ムガル帝国誌』において証言されている。なお、モンテスキューの『ペルシア人の手紙』第一二五信にも、夫を失った妻の焼身許可を求める挿話がある。

(44) 現在のペルシア湾に面するイラクの主要な港。

(45) マルコ・ポーロいらい、中国は中世の西欧の著述家によってカタイと呼ばれ、その首都はカンバルク(北京の別称)と見なされていた。エルブロはカタイを中国東北部に限定しているという。

(46) ヴァン・デン・ウーヴェルによって引かれた当時の歴史文献によれば、エジプトの法律は親族のミイラを担保にすることをすべての債務者に義務づけていた。借金が返済されなかった場合には、不信心者と宣告され、墓地を取り上げられたという。

(47) ブラフマーはヒンズー教の人格化された神。ブラフマーはヴィシュヌとシヴァという主要な二神とともに、三位一体をなしている。ヴァン・デン・ウーヴェルによれば、「万物を熟知する」

神ブラフマーは、バラモンのあらゆる学問と宗教儀式が記された四冊の書物を残した、とエルブロによって記述されているという。

(48) エジプト人は動物の中でもとりわけ雄牛アピスを崇拝し、豊饒《ほうじょう》の神としてあがめていた。

(49) 神魚オアネスはカルデア人の神で、半人半魚の姿をしていて、人間に文学と学問芸術を教えるため紅海から出て来たと言われる。

(50) アリストテレスの哲学の重要概念。

(51) テウタテスは古代ケルト人が信仰した神。司祭階級であったドルイドは寄生木の生える神木のナラを崇拝し、月齢六日の夜に黄金の鎌でそれを切り取って神に捧げたという。人間をいけにえに捧げたとも伝えられ、十八世紀には議論の対象となっていた。

(52) この章では、東洋、極東、西洋に広がる雑多な宗教や信仰が面白おかしく寄せ集められた後、世界の創造者としての至高存在という共通な一点に収束させられる。ヴォルテールは、エジプト人を世界最古の民族としてカルデアやインドや中国の文明もこの民族にすべてを負っていると考える人びとを、つねに批判した。彼はインド人が最古の民族であると考えていた。

(53) 服を引き裂こうとするのは、聖書や福音書の中の話に見られる呪いの仕草である。

(54) このくだりの描写は、旧約聖書の愛の詩篇、雅歌七－5の表現をもじっている。

(55) ペガスス座の星で、マルカブ、アルゲニブ、アルフェラッツと共にペガスス座の四辺形を形作る。

(56) セイロンのシナモンは、そのエキスの上質さで知られていた。ティドレとテルナテは、いずれも現インドネシア領ニューギニア付近のマルク諸島の島。

(57) 一七五六年版以前には、この箇所は「王妃さまがわたしを見つめたというので」と書かれていた。修正するとき、ヴォルテールは第八章で青いスリッパと黄色い縁なし帽に言及したことに気づいていない。

(58) ヴァン・デン・ウーヴェルによれば、盗賊のイメージは、エルブロの『東洋叢書』、『千一夜』の「アリババと四十人の盗賊」、ルサージュの『ジル・ブラース』(一七一五－三五)を介して作られている。エルブロは『東洋叢書』で、多くは顕職へ成り上がったアラビアの有名な山賊たちについて言及しているという。

(59) ヴァン・デン・ウーヴェルによれば、盗賊アルボガドの主張は、ホッブズの『市民論』(一六四二)を紹介したサミュエル・クラークの『神の実在と属性』(一七〇四－〇五)に依拠して書かれている。なお、クラークのこの著書は一七二七年に仏訳されている。

(60) この章は、第十二章、第十三章とともに一七四八年に加筆された。

(61) 古代フェニキアの地中海沿岸の島にある町。その沿岸で取れる貝から得られた染料は、珍しく貴重だった。

(62) ギリシア神話に出てくる蛇。一睨みするだけで女性を除くあらゆる生物を殺す力をそなえていた。

(63) 金星は、愛をつかさどる。

(64) 錬金術師たちが探し求めた物質で、卑金属を金に変えたり万能薬としての力を持つとされていた。

(65) この一句は、一七五六年版で加筆された。神学を妄想と同一視する表現は、カトリック教権に強い警戒心を生じさせたと思われる。

(66) ヴァン・デン・ウーヴェルによれば、この章の武術試合の描写は、イタリアの詩人アリオストのロマン詩『怒れるオルランド』(一五一六)第一七の歌から着想を得ている。アリオストの詩篇は、騎士道小説に起源をもっている。

(67) ヴォルテールは、かつてローマやコンスタンチノープルで青、白、緑のいずれかの色のマントで編成された敵対する組が争っていた騎馬試合から、色彩の象徴体系を借りている。

(68) ヴァン・デン・ウーヴェルによれば、第十八章「隠者」の挿話は、人間には神のおぼしめしが示された道を理解する能力がないことを示す古い伝説に想を得ている。ユダヤ律法とそれを注解したタルムードに起源をさかのぼる最古の物語にも、すでにこの真理が語られているという。ジョセフ・アディソンが「スペクテイター」誌(一七一一年十二月一日号)でモーセに関するタルムードのそうした伝説を伝えているが、本章への直接の影響と考えられるのは、トマス・パーネルの詩篇『隠者』(一七二一)であるという。時評家フレロンは剽窃に当たるとしてヴォルテールを非難している。

(69)『ミクロメガス』の最後では、シリウス星人が残した「運命の書」は白紙であり、人間には読むことができない。

(70) 情念の復権は十八世紀の思想家に共通したテーマであった。また、後出の船と風のイメージは、ポープの『人間論』(一七三三－三四)の影響が指摘されている。

(71) ロックの経験論にもとづくヴォルテール自身の哲学の重要な命題が要約されている。それは『人間に関する韻文語録』(一七三八－四三)の主題でもある。

(72) ヴァン・デン・ウーヴェルは『ザディーグ』の校訂者ジョルジュ・アスコリの注記に拠って、ジェスラードをジェズダドまたはジェズダンの誤った綴字であると指摘している。エルブロによれば、ジェズドは古代ペルシア語で全能の神を、ジェズド＝ダドはペルシアでは神を意味し、ゾロアスター教では神自体ないし慈悲深い天使を指すという。一方、ルネ・ポモーによれば、エルブロの本を介してジェズダドに関する知識を得たヴォルテールは、その語を音調のよいジェスラードに変えたと思われるという。なお、ジェスラードがこの世界の不完全にもかかわらず、ザディーグに神の摂理を信頼させるために語っている内容は、ライプニッツの最善説である。

(73) コーランや聖書伝、先行する物語やパーネルの詩篇においては、人間は天使の教えを受け入れるだけで満足していると言われるが、本篇では、ザディーグは天使に疑義を差し挟もうとしている。

(74) 人間に悪と見えるものも、全体の秩序の中では善の源となるという考え(「すべては善である」)は、ポープの『人間論』の定型表現を想起させる。なお、ヴォルテールの哲学コントを愛読していたサドは、「ジュスチーヌ」物三部作の前置きで、「善を生まない悪はない」を引いている。

(75) ジェスラードは、「無数の世界」、「無限の多様性」、「二枚の木の葉」などの確言に見られるように、ライプニッツ哲学者として現れている。この辺りの記述は、シャトレ侯爵夫人の『自然学教程』を下敷きにしていると指摘されている。

(76) 二世紀の天文学者プトレマイオスによれば、十番目にある世界が最高天である。

(77) ザディーグの「しかし」は、最善説への異議申立てとなっているが、最終的にはザディーグは摂理に従う。

(78) ヴァン・デン・ウーヴェルによれば、謎かけは、十八世紀に盛んに読まれた『千一夜』などの物語や、あるいはギリシア悲劇のオイディプス王やスフィンクスの伝説にしばしば見出される。フランスでは十七世紀のプレシオジテ(言葉の洗練を競った風潮)いらい、謎かけは社交界の流行の遊びとなっていた。それが国王選びの方法に用いられているのは、フェヌロンの『テレマックの冒険』(一六九九)第五巻が主たる典拠であると見なされている。

付　録(ザディーグ)

(1) 『メムノン』の表題で一七四七年七月にアムステルダムで印刷されたコントは十五章からなる不完全なテクストで、フランスではまったく話題にのぼらなかった。四八年九月に十九章からなる『ザディーグ』にそれが改められたとき、はじめて世の注目を浴びた。五二年にドレスデンで出版された全集版では、作者の手で若干の手直しが行なわれたが、作者と出版元のクラメール兄弟との緊密な協力のもとに加筆、削除を含む大幅な改訂版が刊行されるのは五六年のことである。それが作者自身による最後の加筆修正となった。ところが、作者の没後、ドイツのケールで刊行された八四年版には二つの章「ダンス」と「青い目」が説明抜きで発表され、第十三章の後に入れられ、第十三章の最後の数行が削除されたうえ、末尾にヴォルテール自身の注が付けられた。ヴォルテールはベルリン滞在を終える頃(一七五二―五三)に、作品の脈絡をとくに考慮せず二つの章と注を書いたものと推測されている。そのため、五六年版のこのコント本体に含まれていない二つの章と注は、通常、付録として扱われている。

(2)　ヴァン・デン・ウーヴェルによれば、エルブロの『東洋叢書』では、インド洋上のもっとも名の知られた島とされ、セイロン島と同一視されているという。セレンディブは十八世紀の東洋物の舞台となっている。ルサージュは縁日劇『セレンディブ王アルルカン』(一七一三)を書き、マイイ騎士はペルシア物の翻案『セレンディブの三人の王子の旅と冒険』(一七一九)を書いている。

(3)　聖書の世界で誇示される歴代の家系がここでことさらに列挙され、パロディー化されている。

(4)　ジャンプしている間に両足を数度打ち合わせる動作をいう。

(5)　『ミクロメガス』第一章の訳注を(5)参照。

(6)　ヴォルテールは、「雌牛の目をした」「大きな目を持つ」を意味するギリシア語の形容詞ボオオピスと、「青い目をした」を意味する別の形容詞グラウコーピスとを混同したと見られている。

(7) 王の愛する「二つの大きな青い目」の女は、ルイ十五世の愛妾ポンパドゥール夫人を指すと思われる。『ザディーグ』訳注(3)参照。

(8) このくだりは、通常の租税を免除され、自らの裁量のみに従って上納金を納めていた当時のフランスの特権階級、とりわけ聖職者を諷刺している。

(9) この注は、ヴォルテールの他のコント『白と黒』(一七六四)や『アマベットの手紙』(一七六九)の末尾の注と同様に、作品の終わりを告げるものではなく、作品が未完であることをほのめかしている。ディドロ(一七一三―八四)も『運命論者ジャックとその主人』の最後で同じほのめかしを用いている。

なお、シルヴァン・ムナンによれば、「東洋語通訳者」は、当時の外国駐在外交団を補佐する通訳者の集団を指している。ヴォルテールのコント『白い雄牛』(一七七四)の副題は、「イギリス国王お抱えの東洋語通訳者ママキ氏によるシリア語からの翻訳」である。

メムノン　または人間の知恵

(1) メムノンはギリシア神話の曙の女神エオス、ローマのアウロラの息子の名。『ザディーグ』の当初の表題は『メムノン』であった。副題は一七五六年刊のクラメール版にはじめて現れる。

(2) ニネベは古代アッシリアの首都で、現在のイラク北部クルディスタンに位置していた。なお、十八世紀のフランスでは、銀行家であり収税官でもあった総徴税官の勧める投資はもっとも安全と思われていた。

(3) ヴォルテール自身にも、ルイ十五世、プロシアのフリードリヒ二世、ポーランドのスタニスラフ王の「ご機嫌を伺う」日々があった。『この世は成り行き任せ』訳注(19)、『カンディード』訳注(140)を参照。

(4) 梅毒に冒されることをほのめかしている。『カンディード』ではパングロスが手痛い目を見ている(第四章)。また、ヴォルテールの別のコント『四十エキュの男』(一七六八)には、「梅毒について」の章が設けられている。

(5) このくだりには、ヴォルテール自身が経験した災難についてのほのめかしが読み取れる。「解説」を参照。

(6) ヴォルテールが長年、親しんできたポープの詩『人間論』がほのめかされている。

(7) 当時パリには、精神病患者を収容するこの名の病院が実在していた。

(8) シャフツベリ(一六七一―一七一三)、ボーリングブルック、とりわけライプニッツを指す。精霊が語る世界像はライプニッツにもとづいている。可能な無限の世界はヒエラルキーを形成し、その総体は神の摂理の調和によって組織されているというもの。しかし、ライプニッツが可能な世界についてのみ語っているのに対して、精霊はそれを実在の世界として示している。

スカルマンタドの旅物語　彼自身による手稿

（1）　スペイン語の動詞 escarmentar は、「厳格な教訓を与える、経験によって教える、こらしめる」を意味する。一方、主人公の名スカルマンタド（Scarmentado）をイタリア語 mentado（精神、才気）と scarso（乏しい）との合成語と見るなら、それは「無邪気」の意味になる。

（2）　クレタ島の主要都市で、現イラクリオン。ギリシア語ではヘラクリオン、古くはイラクリオと呼ばれた。

（3）　ヴォルテールの旧敵の詩人ピエール＝クロード・ロワのアナグラムと見られている。『ザディーグ』の訳注（24）を参照。

（4）　ギリシア神話でパシファエはクレタ島の王ミノスの王妃であったが、白牛と交わり、人身牛頭のミノタウロスを生んだ。

（5）　哲学上、アリストテレスによって術語化された、もっとも根本的な基本概念を指す。

（6）　オリンピア・マルダッチニ（一五九四－一六五六）は教皇インノケンティウス十世（在位一六四四－五五）の義妹であったが、教皇に絶大な影響力をもち、それを悪用する評判が立っていた。彼女が世を去ったとき、正貨九〇万リーヴルの私財が残されていたという。スカルマンタドがローマを訪れるのは一六一五年頃と語られているから、史実との間に多少の時間的なずれがある。

（7）　ファテロ（Fatelo）は Faites-le（l'amour）すなわち「性交する」のもじりと解釈されている。

当時、古代ローマに遊女がいたことはよく知られていた。

(8) イタリア出身のアンクル侯爵(一五七五―一六一七)は事実上の宰相となったが、無能と独裁のせいで、妻と共に殺された。民衆は彼を焼き殺し、その肉をむさぼり食ったと伝えられている。

(9) ジェームズ一世治下の火薬陰謀事件(一六〇五)をほのめかしている。

(10) 五世紀の聖者パトリックの布教活動いらい、アイルランド人は熱烈なカトリック教徒であった。「アイルランドでは、聖パトリックの穴はよく知られている。猊下たちは、地獄へはその穴を通って降りるのだ、と言っている」(ヴォルテール『奇跡に関する問題』第七信、一七六五年)。

(11) 十七世紀初頭のネーデルランド独立戦争時の指導的政治家。オルデンバルネフェルトは、主戦論に立つマウリッツ総督と対立し、その対立が国内の二つのカルヴァン派、すなわちアルミニウス派とホマルス派との対立抗争を招いたことを指している。オルデンバルネフェルトは一六一九年、七十二歳で処刑された。

(12) 十五世紀から十八世紀にかけて、スペインが商船として用いた大型帆船。毎年、アメリカ新大陸の植民地から金銀を運んでいた。

(13) カルメル会、聖アウグスティヌス修道会のさまざまな分派の修道士は、靴を素足で履いているかどうかによって区別されていた。この箇所の表現は、そのことをもじっている。

(14) 当時スペインに多数いたユダヤ人たちは、亡命か改宗を余儀なくされていた。中には表面上カトリックに改宗し、密かにユダヤ教を守る者たちもいた。また、同一の子の代父と代母はたがいに結婚することを教会法で禁じられていた。

(15) マドリッドであがめられた木製の聖母立像で、毎年その祭日には涙を流すと言い伝えられていた。

(16) メキシコのチャパスの司教ラス・カサス(一四七四―一五六六)を指している。ラス・カサスの著作『インディアスの破壊についての簡潔な報告』は、一五八二年に仏訳された。

(17) カフカスの北側山麓チェルケスク出身の女奴隷は、当時ハーレムでもっとも美しいと見なされていたという。

(18) 「アラーのほかに神はなし」の意。

(19) 「白い羊」は、十四世紀後半から十六世紀初頭にかけてアナトリア東部からイラン高原東部を政治・軍事的に支配したトゥルクマーン系遊牧民の部族連合アクコユンルを指す。わが国では、白羊朝とも訳される。「黒い羊」は、十四世紀から十五世紀にかけてメソポタミア平原北部からアナトリア東部で勢力を振るったトゥルクマーン系遊牧民の部族連合カラコユンルを指す。わが国では、黒羊朝とも訳される。黒羊朝は白羊朝によって滅ぼされた。なお、ヴォルテールは、『風俗試論』第八八章「ティムール」で、「白い羊」と「黒い羊」について記述している。

(20) シルヴァン・ムナンによれば、十七世紀前半から十八世紀半ばにかけて行なわれた祭式に関する論争への当てこすり。イエズス会の宣教師は中国で多くの回心者を生んだ。しかし、ドミニコ会などは、祖先の霊や孔子への敬意といった伝統的慣習を禁じていないという理由で、イエズス会を非難した。ヴォルテールはこの論争について、『風俗試論』第三九章で言及している。

(21)　インドのムガル王朝第六代の王(一六一八―一七〇七)。一六五九年、戴冠式を挙げ、兄を殺し、父を監禁して毒殺した。不寛容なスンニー派イスラム教徒であった彼は、シーア派やヒンズー教徒を迫害した。なお、作中での主人公の旅行時期は、このムガル王の在位時期および訳注(24)のモロッコの君主の在位時期との間に時間的なずれがある。

(22)　アブラハム(イブラーヒーム)はノアの洪水によって破壊されていたメッカのカアバ神殿を再建したと伝えられている。年に一度、高位聖職者は神殿内部の煤払いの儀式を行なったという。

(23)　インダス川とガンジス川の流域平野をさす古代ペルシアの呼称。

(24)　モロッコのアラウィー王朝でもっとも名の知られた君主ムーレイ・イスマーイール(在位一六七二―一七二七)。ヴォルテールは『風俗試論』第一九一章において、この君主は恐怖政治によって権威を維持した、と述べている。

(25)　このくだりは、一見すると、救いようのない意気地なさを表す、ボッカチオのコントから伝わる格言風の言い回し「女房を寝取られ、殴られてもご満悦(cocu, battu et content)」を連想させる。しかし実際には、不貞を働かれた夫の心の傷も、世界中を襲う悲惨な出来事に比べれば、まだ軽いと言いたげである。

カンディードまたは最善説《オプティミスム》

（1）　副題のオプティミスムは、今日用いられているように、ことさらに物事のよい面を見る楽天的な態度を意味するものではなく、ドイツのライプニッツやイギリスのポープらによって説かれた「すべては善である」という哲学上の立場「最善説」を指す。その見解によれば、たとえ細部においてこの世の合目的性が人間の理解を超えているにせよ、あらゆる出来事は人間の善のために組織されており、したがって可能なかぎり最善であることになる。

（2）　ラルフ博士の名は、ドイツ的というよりイギリス的であり、ドイツ語を好まなかったヴォルテールがイギリス滞在の記憶から取った名とも推測されている。「キリスト紀元一七五九年……」以下の副題は、一七六一年版で付け加えられた。ミンデンはウェストファリア地方の都市で、ルネ・ポモーによれば、一七五九年八月一日にその付近で七年戦争の血みどろの戦闘が行なわれたという。

（3）　原文 d'icelui は古風な表現。第一章冒頭も、「かつて……いた」といった昔話風の古い語り口が用いられている。

（4）　一七四〇年につづき十年後にもウェストファリア地方を通りかかったヴォルテールは、あまりの貧しさに強い印象を受け、「どの家も大きな小屋でしかない」と、手紙に書いている。

（5）　Thunder は英語の「雷」であり、ten はドイツ語の冠詞を想像させる。tronckh は奇異な語であるが、フランス語で「雷」は tonnerre であり、男爵の名はののしりの間投詞 Tonnerre de Dieu!(こんちくしょう!)を連想させなくもない。なお、男爵の爵位は十八世紀当時、とりわけドイツで権威を失っていた。

(6) フランス語の形容詞 candide は、「純真な、無邪気な」を意味する。ヴォルテールは手紙などでもこの形容詞をそのような語義で用いている。

(7) 家系の高貴さの程度を表すフランス語の quartier は、いわゆる「代」とは異なる。たとえば、両親と四人の祖父母がいずれも貴族である場合、その子供の高貴さの度合いは六である。

(8) 第一章は「失楽園」のパロディーとなっている。楽園は一つの門といくつかの窓のある城、父なる神は滑稽な窮乏状態に満足している男爵閣下、エバは身分こそ男爵令嬢であっても、すでに堕落しているキュネゴンド、誘惑は哲学者パングロスの最善説、そして原罪は屏風の陰で行なわれる接吻である。

(9) ギリシア語で「すべてを舌先で」「あらゆる言語に通じた」を意味する。

(10) ヴァン・デン・ウーヴェルによれば、イエズス会のカステル神父(『ミクロメガス』の注(13)を参照)は、教団の雑誌で、ライプニッツの学説を「自然学的=地理学的=神学的」と称していた。また、ライプニッツの後継者ヴォルフ(一六七九―一七五四)は「宇宙論《コスモロジー》」の用語を造語し、流行らせていた。「愚者の学」を意味する「暗愚学《ニゴロジー》」は、フランス語の形容詞 nigaud(愚かな)から作られたヴォルテールの造語である。

(11) ライプニッツ哲学の決まり文句「およそあらゆる世界の中で最善の世界」をもじっている。

(12) ライプニッツの弟子ヴォルフの形而上学の原理で、それぞれの事物においてその存在を説明し、正当化するものを指す。ここでは、パングロスの存在に意味を与えるものが性欲であり、哲学上の真理に対する彼の情熱が取るに足りないものであることをほのめかしている。

(13) 庭園でのパングロスと小間使いとの「情事のシーン」は穏やかな季節を想像させるが、ここではそれが一転して雪の降りしきる冬へと変わる。このありそうもない対比は、かえって危機を強調する意味を帯びる。

(14) ルネ・ポモーによれば、プロイセン軍の徴募官の制服は青色だった。

(15) 十八世紀には、ブルガリア王は実在していなかった。ヴォルテールは『風俗試論』で、八世紀から九世紀にかけてビザンツ帝国を荒廃させた二つの民族アヴァール人とブルガリア人について記述しているが、その民族の名をここで架空の民族の名に利用したと思われる。しかし、七年戦争のさ中に書かれた本書では、徴募官の制服の色や徴募される新兵の身長に関する言及から、ブルガリア人はプロイセン人であり、アヴァール人はフランス人であることがほのめかされている。ブルガリアの王は明らかに啓蒙専制君主フリードリヒ二世を連想させる。

(16) 西暦一世紀の医師。ラブレーの『ガルガンチュア』でしばしば言及されている。

(17) ルネ・ポモーによれば、音楽を奏でながら接近し、砲戦、歩兵隊の射撃、銃剣突撃による白兵戦へと展開するのは当時の戦闘のお決まりの形だった。兵士たちはたいていの場合、当然のことなから貧民層から徴募されていた。この後につづくならず者ども、の呼称は、両国の王の民衆蔑視の見方を語り手が皮肉に代弁したものと考えられる。

(18)「神にましまず御身を我らたたえん Te Deum (laudamus)」で始まるカトリックの謝恩歌。とくに戦勝を祝って歌われた。勝利者がまだ定まらない戦闘で、両軍がプロパガンダのために謝恩歌を歌う滑稽なシーンの描写は、ヴォルテールの反宗教的な常套手段。『ミクロメガス』第七章にも謝恩歌へのパロディーの例が見られる。

(19) 第三十章のトルコ修道僧の挿話で、パングロスは原因と結果、最善の世界、悪の起源、予定調和について議論を望んでいたと語っている。そこで列挙されているのは、充足理由などとともにライプニッツの最善説の用語である。

(20) 公法というより人間集団の権利と関係を規定する国際法を意味する。十八世紀には、戦争は権利であったので、正しい戦争の事例がグロティウスの『戦争と平和の法』(一六二五)にもとづいて議論されていたという。

(21) プロテスタントの牧師。オランダはナントの勅令の廃止いらい、ヨーロッパにおける新教徒の避難と布教の中心地の一つだった。

(22) 再洗礼派はとくにオランダやドイツに広まっていたプロテスタントの宗派で、物心がつく以前の洗礼を拒否していた。十六、七世紀に流血の動乱を惹き起こしたが、その後は信者たちは沈静化し、手工業や商業にいそしみ、その子孫は穏和で分別をそなえていたとされる。作中のジャックはとりわけ慈悲深く、温厚な人物である。それゆえにこそ、彼は非情な地球の表面から早々と消え去るべき運命にある。

(23) 「召使女との情事の香りがする晴れやかな名」(ルネ・ポモー)パケットは、ラ・フォンテーヌの『寓話詩』の一篇「司祭と死者」いらい、若い小間使いを表す慣用名となっていた。

(24) イエズス会士には同性愛者が多いという評判が立っていた。その評判は、しばしばイエズス会の学校で持ち上がるスキャンダルを裏づけるように思われた。当時、梅毒はカリブ人から伝わったという説があった。

(25) イギリスの哲学者ホッブズの有名な寸言 Homo homini lupus(人間は人間に対して狼である)をほのめかしている。

(26) ヴァン・デン・ウーヴェルによれば、ヴォルテールは高名な銀行家サミュエル・ベルナールに資産の一部を預けていたが、一七五四年に銀行家の息子が破産し、そのあおりで約八千リーヴルの金利収入を失った。彼は五八年にも一部を返済させようと努めていた。通常、債権者たちは破産者の財産を分配して損害を埋め合わせることができる。しかし、当時の法廷は破産者の全財産を一時、没収し、まず裁判費用を天引きした。このくだりの記述は、作者の体験にそれとなく言及していると考えられる。

(27) 最善説の紋切り型の表現。ヴォルテールは、ニュートン的世界観にもとづきライプニッツが発展させたこの形而上学に、長年与《くみ》していた。『ニュートン哲学原理』では最善説が弁護され、『ザディーグ』では天使の口からそれが語られる。しかし、『メムノン』の主人公にとってそれは、つぶれた彼の片目がよくならない限り信じられない哲学であり、『リスボンの災厄に関する詩』(一七五六)では、真っ向から攻撃される哲学である。「解説」を参照。

(28) リスボンの大地震は一七五五年十一月一日に起こり、津波を伴って町の大半を破壊し、三万人の犠牲者を出した。ルネ・ポモーとヴァン・デン・ウーヴェルによれば、ヴォルテールの情報源は、彼が予約購読していた雑誌「ジュルナル・エトランジェ」(同年十二月刊)、オランダのハーグで翌年刊行されたアンジュ・グダールの『地震の歴史』、そしてリスボンで商業を営むジュネーヴ人ボーモンの目撃者としての報告だった。当初、彼は犠牲者を十万人と考えていたが、五五年十二月十七日付の手紙で二万五千人と訂正し、やがて歴史的にも正確とされている三万人に落ち着く。

(29) バタビアは現在のインドネシアの首都ジャカルタの旧称。当時はオランダの植民地ジャワの中心都市であった。

(30) ヴァン・デン・ウーヴェルによれば、当時の日本の鎖国と長崎の出島におけるオランダ貿易、そして踏み絵などの事情については、ヴォルテールは『風俗試論』執筆の過程で、ドイツの医者ケンペル(一六五一―一七一六)、フランス人宣教師シャルルヴォワ(一六八二―一七六一)、同フォントネ(一六四三―一七一〇)らの著作から知識を得ていた。

(31) ポルトガル北部の町ポルトはオポルトとも呼ばれる。「すなわちオポルト酒」は草稿になく、印刷前に加筆されている。シルヴァン・ムナンは、この学者ぶった言葉の言い換えによって、副題に記されている語り手ラルフ博士の存在が誇大に強調される、と指摘している。

(32) オートダフェの原義は「信仰にもとづく行為」である。信仰の祈りの儀式で異端者は厳粛に裁かれ、世俗の役人の手で公開処刑された。シルヴァン・ムナンによれば、ヴォルテールの記述は、一六八八年から一七一一年にかけて版を重ねたデロンなる人物の小冊子「ゴアの宗教裁判史」に依拠している。一方、ルネ・ポモーによれば、実際には一七五五年以降「異端者の火刑《オートダフェ》」は五六年、五七年、五八年に三回行なわれたのみで、しかも地震とは関わりなく、受刑者もたんに叱責されたにすぎなかったという。

(33) コインブラはポルトガルの主要都市で、十四世紀初頭に大学が設立された。宗教裁判所は大学とは独立した組織であったが、ヴォルテールは啓蒙思想に敵対するパリ神学大学ソルボンヌを暗示するため、あえてコインブラ大学の決定を強調したものと思われる。また、ビスカヤは、現在ではスペインのバスク地方北西部の県。

(34) 脂身を食べることを禁じたモーセの律法を遵守した事実は、二人のユダヤ系ポルトガル人のユダヤ教への忠実さを明かすことになる。ここでの処刑の理由は、カトリックへの偽装改宗である。この事例に関する諷刺はヴォルテールの得意とするところで、『スカルマンタドの旅物語』や対話体の作品『ブーランヴィリエ伯爵の午餐会』(一七六七)にも同じような表現が認められる。

(35) シルヴァン・ムナンによれば、この辺りの記述は、前記のデロンの小冊子に含まれる挿絵に依拠しているという。倒立した炎は悔い改めた受刑者を表し、直立した炎は異端に固執する受刑者を示していた。地獄服《サン=ベニト》は十八世紀の理神論者たちによって、不寛容な宗教団体に見られがちな嫌悪すべき悪習の象徴として言及されていた。デロンは、被疑者を覆う膝丈の白衣をサマラと記していたが、ヴォルテールは世に知られたサン=ベニトの名称をあえて用いていると思われる。

(36) ヴォルテールは教会のオルガン音楽を騒音と決めつけていた。宗教音楽に対する軽蔑的な描写は、『この世は成り行き任せ』第二章に見出される。

(37) 事実、一七五五年十二月二十一日にも二度目の地震があり、数十名の死者が出たと言われる。

(38) アトーチャの聖母は身ごもったマリアで、巡礼する妊婦の信仰の対象でもあった。パドヴァの聖アントニウスは、リスボンで生まれたポルトガルの守護聖人で、紛失物を探すときに祈られる。聖ヤコブは殉教した使徒の一人。スペイン北西部に位置する殉教した彼の埋葬地サンティアゴ・デ・コンポステラはキリスト教の名の知られた巡礼地である。

(39) 二人の恋人の再会の描写は、『ザディーグ』第十六章の主人公と恋人アスタルテとの再会のシーンが少なからず利用されている。

(40) スカロンの『ロマン・コミック』(一六五一-五七)、プレヴォーの『マノン・レスコー』(一七三一)、マリヴォーの『マリアンヌの生涯』(一七三一-四一)、ディドロの『運命論者ジャック』(一七九六)などに見られるように、物語の中に独立した章を設け、ある登場人物の独立した身の上話(histoire)の時間を時にはさかのぼって挿入するのは、十七、八世紀のフランス小説によく見られる特徴的な手法であった。ヴォルテールは当時の小説の手法を、この哲学コントの中で、第八章のほか第十一章と第十二章で巧みに取り入れている。

(41) 聖書の創世記三〇－18にこの名が見出される。
(42) ユダヤ教では土曜日は安息日である。土曜日から日曜日にかけての夜が、ユダヤの律法すなわち旧約聖書の掟、したがってドン・イサカルの権限に属するか、それともキリストの律法すなわち新約聖書の掟、したがって宗教裁判長の権限に属するか、それがもめごとの原因である。
(43) 第十三章で老婆は、ユダヤ人も宗教裁判長もキュネゴンドの「愛のしるし」を受け取ったと語る。
(44) この個人的な動機は、第六章では語られていない。
(45) ポルトガルの古い金貨で、モイドレ金貨とも呼ばれた。第十章冒頭ではフランス語で計算貨幣「ピストール」と言い換えられている。
(46) シェラ＝モレナ連峰に囲まれた町にアヴァチェーナという町は実在しない。ヴォルテールが思いついた架空の町ではないかと見なされている。
(47) ポルトガル国境近くのスペインの町。
(48) ルネ・ポモーによれば、このくだりはホッブズの『市民論』、とりわけルソーの『人間不平等起原論』(一七五五)をもじっている。
(49) スペインのアンダルシア地方の主要都市カディスは、南米との交流に重要な役割を果たす港であった。なお、カディスへ通じる街道にはルセーナ、チェラス、レブリヤという名の町は見当たらない。旅の経路は作者の思いつきと見られる。

(50) ルネ・ポモーとシルヴァン・ムナンによれば、一六〇九年の王令いらい、イエズス会の宣教師はパラグアイの原住民を組織して独立した教化集落《レドウクシオン》を設立していた。信仰の実践と原始共産生活との融合を試みるその集落は宣教師に隷属してはいたが、そこにいるかぎり原住民は奴隷狩りから守られていた。ヴォルテールの『風俗試論』は、そこにいくつかの点で「人類の勝利」を認めている。『両インド史』を著したレーナル師(一七一三－九六)や多くの啓蒙思想家は、その共同体に好意的だった。一七五〇年、スペインはパラグアイの共同体に属する都市サンタ・サクラメントをポルトガルに委譲した。原住民ガラニ族はそれに反対して反乱を起こした。宣教師は、反乱をそそのかしたとして非難された。五五年、スペインはゲリラ制圧のため、遠征軍を派遣したが、ゲリラ戦は五八年にもつづいていた。ヴォルテールは、スペイン軍をカディスから輸送する船舶「パスカル号」の武器供給に資産の一部を投資している。

(51) 本篇の第一章の舞台では、家系の高貴度七十一は男爵令嬢と結婚するには不充分とこじつけられていた。

(52) シルヴァン・ムナンによれば、ローマ近郊の公国で、名家として知られ、教皇ウルバヌス八世を出したバルベリーニ家の所領。なお、ウルバヌス十世は実在しない。ヴォルテールは草稿の段階では、老婆の父に、同時代の教皇クレメンス十二世(在位一七三〇－四〇)の名を与えていた。

(53) トスカナ地方南部の公国。カララは一四四二年から一七四一年まで公国の主要都市であった。
(54) ローマ南方の小さな港町。
(55) 現在のモロッコの首都ラバトに面する港で、当時の北アフリカのイスラム教徒による海賊行為は、この港を根拠地に行なわれていたと言われる。『スカルマンタドの旅物語』の最後にも取り上げられているように、海賊の略奪は十七、八世紀の文学作品にしばしば描かれている。
(56) もともと「末期の赦免」はキリスト教の神父によって与えられるものであるが、ここでは滑稽にも、海賊でありイスラム教徒でもある相手に赦免が乞われている。
(57) 第一次十字軍時代に創設され、一一一三年に教皇に承認されたヨハネ騎士団は、トルコによってロードス島を追われたが、神聖ローマ皇帝カール五世からマルタ島を与えられ、以後マルタ騎士団となって、地中海の巡礼者をイスラム教徒から守った。
(58) 『スカルマンタドの旅物語』の注(24)を参照。
(59) 溜め息をつきながら言葉を発しているのは去勢《カストラート》した歌手である。シルヴァン・ムナンによれば、一七五三年、カストラートのカファレッリはパリで大成功を博したが、ヴォルテールらの陣営はその非人間的な慣習を非難していた。カストラートについては第二十五章でも言及されている。
(60) シルヴァン・ムナンによれば、一七〇五年生まれのナポリのカストラート、ファリネッリを暗に指している。彼は、歌手として成功した後、スペイン国王フェリペ五世とフェルナンド六世の顧問会議の構成員となり、宮廷に仕えた。

(61) ジブラルタルに面した北アフリカのスペイン領の港。

(62) チュニスは現チュニジアの首都、トリポリは現リビアの首都、アレクサンドリアは現エジプト北部の港湾都市、スミルナは現トルコの港湾都市イズミール、コンスタンチノープルは現イスタンブール。アンドレ・マニャンは、これらの都市が十八世紀当時いずれも奴隷市場であったと思われると指摘している。

(63) ピョートル大帝(在位一六八二―一七二五)は黒海の輸送路を確保するため、長期の攻囲戦の末一六九六年にアゾフ港を制圧した。ヴァン・デン・ウーヴェルによれば、ヴォルテールはエカテリーナ二世の求めに応じて書いた『ピョートル大帝下のロシア帝国』(一七五七―六八執筆)第八章で、アゾフ占領について記述している。

(64) 十八世紀には、ラテン語に由来するアゾフ海の古い呼称がまだ用いられていたという。

(65) ヴァン・デン・ウーヴェルによれば、ヴォルテールはこの風変わりな挿話を、S・ペルーチエなる人物の『ケルト人の歴史』(一七四〇)に引かれていた聖ヒエロニムスの証言から取っている。その証言では、スコットランド人は猟の獲物がなければ、少年の尻と少女の乳房を切り取って食したことが記されているという。

(66) リガはバルト海東岸に位置するラトヴィアの主要都市、ロストクとヴィスマールはドイツの港湾都市、ライプツィヒはドイツの都市で、三つの川の合流点にある交通の要地、カッセルはドイツのヘッセン州の都市、ユトレヒト、ライデン、ハーグ、ロッテルダムはいずれもオランダの都市。

(67) 自殺をめぐる議論は十八世紀に盛んに行なわれ、モンテスキューの『ペルシア人の手紙』(第七六信)やルソーの『新エロイーズ』(第三部第二一・二二信)のように、文学作品にも取り上げられていた。

(68) ヴァン・デン・ウーヴェルによれば、ロベックは実在の人物で、一六七二年にコルマールに生まれ、一七三六年スウェーデンで、生を愛する滑稽さに関する論文の公開審査を受け、三九年、自らの意志で溺死したという。

(69) この長々しい名は、自ら治めるすべての領地を列挙したもの。スペイン貴族の習慣を戯画化している。

(70) 四人の祖父母のうち父方の一人がスペイン人で、母親が原住民であるカカンボは、その血統のおかげで、その地方と原住民の言葉を熟知している。トゥクマンはアンデス山脈の麓に位置するアルゼンチンの地方。

(71) ルネ・ポモーとヴァン・デン・ウーヴェルによれば、一七五五年から五六年にかけて、パラグアイの原住民がイエズス会の神父でニコラス・ルビウニという人物を彼らの王に選んだという噂が広がった。イエズス会によって統治されたパラグアイの教化集落は王国ではなかったが、ヴォルテールは一七五六年四月十二日付のルッツェルブルク夫人宛の手紙に書いた。「ニコラス王など存在しないことは事実ですが、パラグアイではイエズス会士はその数と同じだけの王のような存在であることもやはり事実です」。ヴォルテールは『風俗試論』の第一五四章「パラグアイ」を『カンディード』執筆と重なる一七五八年初頭の冬に書いている。

(72)　一五三七年にスペイン人によって築かれた都市で、パラグアイの首都。

(73)　シルヴァン・ムナンによれば、イエズス会の共同体では、食料品は配分されていたから、貨幣は通常の価値をもたなかった。しかし、本書ではことさらに、イエズス会士は奢侈《しゃし》と美食を好む者たちとして描かれている。

(74)　一五四〇年にイエズス会を創立した聖人(一四九一頃―一五五六)。

(75)　アンドレ・マニャンによれば、十八世紀当時ラテン系の民族の間では、ドイツ人が食卓で過ごす時間の長さは広く認められていた。

(76)　ルネ・ポモーによれば、草稿と初版では、神父の名はイエズス会にその名が残されていないディドリであったが、六一年版でクルストと書き換えられた。一七五四年、ヴォルテールはプロイセンから戻り、アルザス地方に居を定めようとしたとき、コルマールのイエズス会系学校の校長アントワーヌ・クルストという名の神父が中心となって彼の居住を妨害した。作中の神父の友情は、イエズス会士に同性愛者が多いという風評を当てこすっている。

(77)　イエズス会の神父たちは、若い宣教師の布教活動を表すのに聖書から借りたこの隠喩的表現を用いていたという。

(78) ヴァン・デン・ウーヴェルによれば、ヴォルテールが所蔵していたペルーの歴史家ガルシラソの『ペルーのインカ族の歴史』(一六〇九－一七。一七〇四仏訳)にはペルー南部の地図が付けられていて、パラグアイの語の上に「大耳を持つインディアン」という記載がある。
(79) リヨン付近の小都市トレヴーで印刷されていたイエズス会の定期刊行物(一七〇一年創刊)で、『百科全書』や啓蒙思想に敵対する論陣を張っていた。一七五〇年頃、ヴォルテールが百科全書派に味方したと見ると、「トレヴー誌」は彼を攻撃し始めた。ヴォルテールは『イエズス会士ベルチエの病気と告解と死と幽霊』(一七五九)などで、「トレヴー誌」編集長ベルチエ(一七〇四－八二)を嘲笑の的とした。
(80) ルネ・ポモーによれば、『歴史から説明される神話と寓話』(一七四〇)の著者バニエ師は、サテュロス、ファウヌス、アイギパンなどの半獣半人に一章を割いている。ヴォルテール自身も「猿が人間の女と交尾して、それから新種が生まれることもありえないことではない」と、手帖に記している。動物間とりわけ猿と人間との関係による可能な受胎能力について、十八世紀の自然学者や啓蒙思想家は関心を抱き、救済を約束された人間とその他の被造物との間にキリスト教が設ける決定的な形而学上の差別を再検討するような、そうした雑種の存在に関する証言を集めていた。
(81) この挿話の細部は、ヴォルテールが賞賛して止まなかったスウィフトの『ガリヴァー旅行記』(リリパットの住民)の描写を模している。
(82) スペイン語で「黄金郷」を意味する伝説上の国。十五世紀に南米を征服したスペイン人は、最後のインカ族が逃れたと思われたオリノコとアマゾン川流域の間の地域には金や宝石が豊富であると想像し、争ってその国を探し求めていた。ヴォルテールは『風俗試論』第一五一章で、そうしたスペイン人旅行者の貪欲を嘲笑している。

(83) フランス領ギアナの主要都市。

(84) アンダルシアはセビーリャを主要都市とするスペイン南部の地方。第九章末尾を参照。テッアンとメクネスはアラビア馬を飼育するモロッコ北部の都市。

(85) 南米のラクダ科動物ラマを指す。

(86) この少し前では、「小舟は暗礁に当たって砕け」、二人は岩を歩いたと語られている。

(87) アンドレ・マニャンによれば、トゥクマン地方はペルーと境を接し、さまざまな種族の住民から成っているため、そこでは少なくとも三種類の言葉が話されていたという。ヴォルテールは衒学《げんがく》趣味の非難を避けるため、人に称賛の念を起こさせたがる無知な者をここで殊更に演じている(「周知のことだ……」)、とマニャンは注解している。

(88) ルネ・ポモーによれば、ペルーの歴史家ガルシラソ・デ・ラ・ベガは、スペイン征服以前のインカ帝国では、旅行者のために政府は無料の宿泊施設を設立していたと記述している。

(89) アンドレ・マニャンによれば、この箇所はイギリスのウォルター・ローリ卿(一五五二頃―一六一八)が、エリザベス女王の命によって、エルドラード発見の目的でギアナ探検(一五九五)を試みたことを暗示している。

(90) このくだりは、一七五三年、ヴォルテールをプロイセンに足留めしたフリードリヒ二世の振舞いを当てつけたものと思われる。
(91) フランス領ギアナに接したオランダの植民地で、コーヒーと砂糖キビの栽培やその他の食料品の交易で栄えていた。
(92) ルネ・ポモーによれば、この黒人奴隷の挿話は、一七五八年十月頃に書かれた草稿では書かれていなかった。五九年一月に刊行された初版本に見出される。一つには、おそらくエルヴェシウスの『精神論』(一七五八)の奴隷制度に関する注を読んで、新たに加筆されたと考えられる。十八世紀には植民地奴隷制度はかなり発達していたが、同時に見識ある世論の抗議も活発化していた。ヴォルテールはまた、モンテスキューの『法の精神』(一七四八)第一五篇のとりわけ第五章、アベ・プレヴォーの『賛成と反対』(一七三三―四〇)に含まれる「黒人首長の演説」、『百科全書』第五巻(一七五五)の項目「奴隷制度」「奴隷」などを読んでいたにちがいない。一方、この挿話の加筆は、読書から得た着想にもとづくばかりでなく、フェルネーの悲惨な農民の生活を目撃したヴォルテール自身の体験にももとづく、と考えられる。「解説」を参照。
(93) 「毒舌、非情」の意。ヴォルテールはフリードリヒ二世の『反マキャヴェリ』出版の折(一七四〇)、オランダのハーグ出版業者ファン・デューレンといさかいを起こしたことがあった。
(94) 一六八五年に制定されたフランスの「黒人法典」では、「年に二枚の麻布製の服または四オーヌ(約四・七メートル)の麻布を奴隷主の裁量で」奴隷に与えなければならないと定められていた(第二五条)。また、再犯の逃亡奴隷には、ひかがみの腱切断と肩への烙印刑が科せられると定められていた(第三八条)。ルネ・ポモーによれば、砂糖キビをひく臼の歯車装置が加速すると、それに指を巻き込まれた黒人は生命を守るため腕を切断されたという。

(95) スペインとフランドル地方で十八世紀に流通していた通貨。

(96) 副題「最善説」の語は、本文ではこの箇所に出てくるのみである。この箇所は草稿にはなく、その後に加筆された。この語がはじめてフランスで用いられるのは、前出の注(79)で言及されている「トレヴー誌」(一七三七)であるという。

(97) スペインの貨幣で、価値は地域によりまちまちであったようであるが、アメリカ大陸の植民地の計算単位となっていた。

(98) 三位一体説を否定した十六世紀イタリアの宗教改革者ソッツィーニ(一五三九―一六〇四)は、聖書の合理的解釈を説いていた。ヴォルテールはソッツィーニの教説につねに興味を示していた。

(99) 「道徳上の悪と自然の悪」という表現は、本篇ではリフレインのように現れる(第十、十三、二十、二十二、二十九章)。第三十章には「悪の起源」という表現も見出される。「解説」を参照。

(100) 預言者マーニ(二一六―七七)が説いた信仰はイラン帝国にとどまらず、ローマ帝国にまで及んだ。その信仰は、折衷主義的な二元論にもとづいている。神と悪霊、天国と地獄などゾロアスター教的信仰を受け入れながらも、物質や肉体への嫌悪や現世否定は、ギリシア哲学の影響や仏教の影響を感じさせると言われている。しかし、マニ教は十六世紀に消滅する。作中でマルチンは、マニ教を、この世では悪が全面的に支配することを認める完全なペシミスムと理解している。

(101) ヴォルテールは根っからのパリジアンであったが、国王に疎んぜられ、一七五〇年代から首都を遠く離れて暮らすことを余儀なくされ、七八年にようやくパリへ戻り、その年に世を去った。

(102) 中世に始まるサン＝ジェルマンの市はパリでもっとも有名な市で、毎年二月三日から枝の主日の日曜日まで春に催され、縁日芝居やさまざまな催し物で賑わった。

(103) ヴォルテールは、ここでも例によって三文時評家やへぼ文士、聖職者を嘲笑の的にし、さらにジャンセニストたちを諷刺している。『この世は成り行き任せ』の訳注(17)を参照。

(104) ヴァン・デン・ウーヴェルによれば、ビュフォンの『地球の理論』(一七四九)、プリューシュ師の『自然の情景』(一七三二―五〇)、法院長プロスの『航海の歴史』(一七五六)を暗示しているという。これらの書はいずれも、地球の全表面は海に覆われていたと主張していた。

(105) 個人が自由に行動を決定しうること。自由意志をめぐる議論は、人間の自由と恩寵と神の意志の関係を考察しなければならず、十八世紀にも難問視されていた。

(106) ルネ・ポモーによれば、ヴォルテールが入会していたボルドー・アカデミーは通常、自然科学上の主題に関して懸賞論文を募集していた。たいてい「北方の国の学者」が受賞した。一七五八年の受賞者はドイツのゲッティンゲンのジャコビという植物学者であったという。一方、プロイセン滞在中のヴォルテールとフリードリヒ二世との不和の種を作ったモーペルテュイは、『宇宙論』(一七五一)の中で、「Z＝B×C÷(A＋B)」という数学の定式によって、神の創造の法則を要約していた。

(107) パリ南部のフォブール・サン＝マルソーは当時、極貧の地域であった。『この世は成り行き任せ』の訳注(9)を参照。

(108) 通常は商取引で使われる表現を用いて、聴罪証明書をもじっている。一七五〇年から六〇年にかけて、ジャンセニスム信奉の疑いをかけられた瀕死の者は、終油の秘跡を受け、キリスト教式に埋葬されるには、パリの大司教が一七五〇年に要求していた非ジャンセニストを明かす神父の署名付き聴罪証明書を買い取る必要があった。

(109) デカルトに見られる概念で、あらゆる知覚による経験に先立つ観念を指す。ロックは『人間知性論』でこの理論を批判し、十八世紀のフランス啓蒙思想家たちの間に多くの信奉者を生む。ヴォルテールはその代表的な一人である。

なお、ルネ・ポモーによれば、「神父さん」で始まる次の一節から、三九七頁末の「ウェストファリアの令嬢との恋愛事件の一部を例によって話して聞かせた」までは、一七六一年版で手直しされた長文の加筆部分である。

(110) トマ・コルネイユ作『エセックス伯』(一六七八)を指すと見られている。

(111) ヴァン・デン・ウーヴェルによれば、ラシーヌ作『ミトリダート』(一六七三)のモニーム役でデビューした、ヴォルテールの友人アドリエンヌ・ルクーヴルール(一六九二―一七三〇)を指す。サン＝シュルピス教会の司祭はこの女優の埋葬を拒み、彼女の遺体は荒地の土に埋められた。当時、コメディー・フランセーズの俳優は教会から破門されていた。ヴォルテールは『アドリエンヌ・ルクーヴルールの死に関するオード』(一七三〇)などで、この女優の悲惨な境遇に怒りを表している。

(112) ヴァン・デン・ウーヴェルによれば、脚本はヴォルテールの『タンクレード』(一七六〇)を指す。当時の批評界に影響力を持っていたフレロンは、ヴォルテールの悲劇作品を酷評した。『この世は成り行き任せ』の訳注(20)を参照。

(113) クレロン嬢(一七二三―一八〇三)は、ヴォルテールのいくつもの悲劇で主役を演じた大女優。彼女は教会がコメディー・フランセーズの俳優を破門する措置に激しく抗議した。一七六〇年にヴォルテールの悲劇『タンクレード』に出演し、成功を収めた。

(114) 胴元を相手に賭ける、バカラに似たトランプの賭博。十八世紀に大流行したという。

(115) 神学博士で、百科全書派やヴォルテールの論敵であり、『批判的書簡集または近代の反宗教的著作への反駁』を著したガブリエル・ゴーシャ師(一七〇九―七四)を指す。

(116) 百科全書派とヴォルテールの論敵で、『文学と道徳に関する試論』の著者トリュブレ師(一六七七―一七七〇)を指す。

(117) この一節は、『タンクレード』上演の折の批評に対する回答であると見なされている。

(118) 十六世紀スペインのイエズス会士モリーナ(一五三五―一六〇〇)の信奉者。モリーナは、救霊予定説と自由意志は両立しうると主張していた。

(119) ヴァン・デン・ウーヴェルによれば、ライプニッツは、悪は善を際立たせると主張し、『弁神論』(一七一〇)で「陰影は色彩を引き立てる」と述べている。

(120) ルネ・ポモーによれば、十八世紀の一リーヴルは一九九〇年のフランスの貨幣に換算して、少なくとも一〇〇フランに相当し、小粒のダイヤモンドはそれぞれ一九九〇年当時の三〇〇万フランに相当する。

(121) アトレバシー地方はアルトワ地方の旧名。一七五七年にルイ十五世暗殺未遂事件を引き起こした従僕ダミアンは、アルトワ地方で生まれている。また、一五九四年にはジャン・シャテルによるアンリ四世暗殺未遂事件があり、一六一〇年にはラヴァイヤックによるアンリ四世暗殺事件があった。

(122) 一七四一年いらい続いていた、カナダ全土を制圧するための重要な英仏領の国境地帯ルーイスバーグでの紛争で、フランスは六〇年にイギリスに破れ、決定的敗北を喫する。

(123) 七年戦争(一七五六―六三)が勃発したとき、ビング提督(一七〇四―五七)はフランス軍に攻囲されたミノルカ島の解放に失敗し、死刑を宣告され、五七年三月に艦上で処刑された。ヴォルテールはビングを擁護して介入したが、成功しなかった。

(124) 元老院で政治権力を掌握する少数の貴族の代表者による寡頭政治が行なわれていたヴェネチア共和国(六九七―一七九七)は、頻繁なお祭り騒ぎ、華やかなカーニバル、世に知られた高級娼婦などのせいで、快楽の都と見なされていた。

(125) ヒッポクラテス(前四六〇頃―前三七五頃)以来、鬱病は血液、粘液、胆汁とともに四体液の一つであった黒胆汁の変調によって引き起こされる精神の病と見なされていた。十八世紀の西欧医学にはまだその影響が残っていたという。

(126) 十六世紀イタリアにピエトロ・カラファ(一四七六―一五五九)、後の教皇パウルス四世とカイェターヌス枢機卿とによって創設された修道会で、聖職者の素行の純化を目的としていた。ヴォルテールの論敵ボワイエはこの教団に属していた。『ザディーグ』の訳注(26)を参照。

(127) ポコクランテは、イタリア語で「ほとんど物事を気にかけない」を意味する。

(128) ヴァン・デン・ウーヴェルは、ヴォルテールが一七五九年三月十日に書いた手紙で、彼自身をポコクランテと比べていると、指摘している。年齢、富、奢侈と自立への好み、作家や芸術家についての辛辣な批評は、両者に共通する。

(129) ローマの政治家(前九五―前四六)で、共和国を守り、カエサルと対抗し、ストア思想に造詣が深かった。十八世紀イタリアでは、カエサルと小カトーを扱ったオペラがいくつも上演されていたという。

(130) ヴァン・デン・ウーヴェルによれば、ホメロス、ウェルギリウス、タッソ、アリオストに関する評価は、ほぼそっくりヴォルテール自身の『叙事詩論』(一七三三)からとられている。

(131) タッソはルネサンス期のイタリアの叙事詩人で、『エルサレムの解放』(一五八〇)の作者。

(132) ホラティウス(前六五―前八)の諷刺詩一―7で語られている人物はルピリウスであって、プピリウスではない、という指摘もある。

(133)　皇帝アウグストゥスの大臣を務め、ウェルギリウスやホラティウスらの詩人を庇護した文芸の愛好者(前七〇－前八)として知られる。

(134)　スペインの聖人ドミニクス(一一七〇頃－一二二一)によって創設された修道会。フランスではこの修道会の最初の修道院は、パリのサン＝ジャック通りに設立された。これに所属する修道士は宗教裁判で重要な役割を果たした。

(135)　ヴォルテールは『叙事詩論』や『哲学辞典』の項目「叙事詩」で、ミルトン(一六〇八－七四)を酷評している。

(136)　オスマン・トルコ帝国のスルタンであったアフメット三世(在位一七〇三－三〇)。彼は近衛兵たちによって帝位を剝奪され、三六年に没した。

(137)　ロシア皇帝《ツァーリ》イヴァン六世(在位一七四〇－四一)。ピョートル大帝の娘エリザヴェータに帝位を奪われ、投獄された後、エカテリーナ二世治下の六四年に処刑された。

(138)　小僭称者と称され、大僭称者ジェームズ・エドワードの息子で、ジェームズ二世の孫であったチャールズ・エドワード(一七二〇－八八)は、四五年にイギリス王位の奪回を試みて失敗し、父とともにフィレンツェ、ローマに逃れ、余生を送った。

(139)　ポーランド王アウグスト三世(一六九六－一七六三)。ドイツのザクセン選帝侯としてはフリードリヒ・アウグスト二世であったが、一七五六年フリードリヒ二世によってザクセンを追われた。

(140)　一七〇四年にポーランド王となったスタニスラフ・レシチンスキ(一六七七－一七六六)。五年後にアウグスト二世に王位を奪われた。三三年、娘マリー・レクザンスカの夫であるルイ十五世の支持を得て復位するが、ポーランド継承戦争で敗北、フランスでロレーヌ公となり、その公国の発展に寄与した。ヴォルテールは四九年に公国の華やかな宮廷を度々、訪れている。

(141) ドイツの冒険家であった男爵テオドール・ノイホーフ(一六九四―一七五六)。ジェノヴァに反抗するコルシカを助け、テオドール一世となったが、廃位に追い込まれてロンドンに逃れ、借金のため投獄されて没した。

(142) ヴェネチアで流通していた古い金貨。

(143) マルマラ海の旧称。ヨーロッパとアジアの境にあり、北は黒海に通じ、南西はエーゲ海と結ばれ北東部にはコンスタンチノープル(現イスタンブール)が位置する。

(144) トランシルヴァニア公でハンガリー王に選ばれたラーコーツィ・フィレンツ二世(一六七六―一七三五)。オーストリア皇帝に対してハンガリー人を蜂起させて敗れ、黒海に臨むマルマラ海のほとりに安住の地を見出した。

(145) 列挙されている旅程にある地名は、ペトラを除き地中海東方に位置する。

(146) この章のタイトルの一部は内容とそぐわない。

(147) 十八世紀においては、ボーマルシェの『フィガロの結婚』(一七八四)に見られるように、一般に理髪師は外科医を兼業していた。

(148) コーランは胸をあらわにすることを禁じている。また、女性が男性と一緒に寺院にいることはイスラム教の風習に反している。

(149) 『カンディード』でライプニッツの名が出てくるのは、この箇所のみである。「予定調和」はライプニッツのもっとも有名な理論の一つである。「充満と微細物質」はデカルトの自然学の概念であるが、ニュートンによって論駁された。ヴォルテールは『ニュートン哲学原理』でデカルトの形而上学の見解を嘲弄している。

(150) 当時ドイツには、不釣合いな結婚に適用される風習が残っていて、結婚式で新婦に左手を差し出す王族は、その爵位や財産や夫婦の契《ちぎ》りさえ、かならずしも新婦に確約しなかったという。パングロスの説は、男爵令嬢を王族の立場に置き換えている。

(151) リムノス島はエーゲ海にある島、ミティリニ島はレスボス島の別称、エルズルムは東トルコの町。

(152) ヴァン・デン・ウーヴェルによれば、この辺りの記述はゲールという人物の『トルコ人の風俗』(一七四六)にもとづいている。陰謀を企む地方長官らは、スルタンの要求があれば首を斬られ、その首は中にわらを詰められ、宮殿に晒《さら》されたという。

(153) ルネ・ポモーによれば、草稿では修道僧の回答は「大地を耕し、飲み、食べ、眠り、そして沈黙することだ」であったが、後に「……眠り、そして」までが線を引いて抹消された。

(154) この箇所まで列挙されている人名は、旧約聖書から引かれている。

(155) 古代リディア王クロイソスから皇帝ドミティアヌスまでは、古代史から引かれている。

(156) 三人のアンリとは、馬上槍試合で殺されたアンリ二世、暗殺されたアンリ三世とアンリ四世である。

(157) 「主なる神は人を連れて来て、エデンの園に住まわせ、人がそこを耕し、守るようにされた」(創世記二−15)の文を大ざっぱに引いたものである。ヴォルテールはこの引用文を「手帖」に書き留め、次のような注釈を付けている。「それゆえ、人間は労働のために生まれたのである」「それゆえ、労働は決して罰ではない」。

解説

(一) 幸福をめぐるパラドックス

ヴォルテールは、一七五七年に書かれ死後出版された『回想録』(一七八四)で、「私は自身の自由を熱烈に愛していながら、運命のいたずらによって国王から国王へと渡り歩くことになった」と、プロイセン訪問(一七五〇)を自嘲気味に振り返っている。一六九四年にパリの裕福な公証人の次男フランソワ＝マリ・アルエとして生まれ、フランス革命のわずか十一年前の一七七八年にこの世を去ったその生涯は、フランス啓蒙思想たけなわの時期とすっぽり重なり、文字どおりその時期を体現していると言ってよい。しかし、優れて近代的な自立する知識人の誕生の物語でもある生涯前半の道のりは意外にも長く、『カンディード』が発表される五九年頃までまたがる。

それは、ヴォルテールが宮廷生活の中に幸福を求めようとして一度ならず苦い経験を味わった末、ようやく宮廷との訣別を決意するのに時間を要したからだった。もともと、つねにおのれの節度をわきまえ、自らの意志を押し殺し、君主におもねるといった宮廷人の生活は、生まれつき短気なうえに反抗的で、妥協を知らない彼のような激情家に務まろうはずもなかった。しかし、宮廷生活の空しさに気づき、自立の道へ脱皮するまでの長い歳月が、彼の哲学コントの豊饒《ほうじょう》な世界を育む貴重な糧となったことも確かである。

イエズス会の経営する名門校ルイ・ル・グランで古典を学び、神童とうたわれ、早熟の天才と目されたアルエ青年の人生の門出は、反抗から始まる。父親の期待に背いて文学に興味を抱き、薄幸の娘に恋をしてハーグ駐在大使秘書の職を棒に振った彼は、自由思想にかぶれたあげく、二十三歳のとき早くも筆禍事件を起こすからである。それはルイ十四世没後の自由放縦の時期だった。摂政オルレアン公への痛烈な諷刺詩『われ見たり』を書いたかどで、彼はバスチーユへ投獄される。しかし、十一か月の獄中生活は無駄にはされなかった。戯曲『オイディプス』を書き上げた彼は、出獄して筆名ヴォルテールを名乗ると、一七一八年冬にこの戯曲を上演して大当たりを取った。

こうした目まぐるしい変転も、その後にヴォルテールの身に降りかかる禍福の交代劇の序幕でしかなかった。社交界の寵児となるかに見えた彼が、平民の身分であることを思い知らされる出来事が起こる。ロアン騎士という貴族とのいさかいから、ロアンの召使いたちに襲われたのである。激昂した彼は血闘を申し込もうとする。だが、早々と騎士が宮廷に手を回したため、一七二六年四月、ヴォルテールはふたたびバスチーユへ投獄される憂き目を見た。とはいえ、国外亡命を条件に五月に釈放されると、二八年十一月に内密に帰国するまで彼はイギリスに滞在し、ロックの経験論やニュートン力学を学び、シェークスピア劇に親しみ、スウィフトや詩人ポープと交わるなど、大いに見聞を広め、合理精神を磨いた。三四年四月、イギリス滞在の成果である『哲学書簡』のフランス語版がイギリスとフランスで出版されると、たちまちそれは危険な書として宮廷と宗教界のひんしゅくを買った。フルーリ枢機卿の庇護を受け、王太子の師傅《しふ》でもあった司教ボワイエは、ヴォルテールを執拗に攻撃した。五月には彼の逮捕状が出る。ヴォルテールは、その前年に知り合ったシャトレ侯爵夫人の所領、シャンパーニュ地方のシレーの城館に身を寄せねばならなかった。

一七三四年から四三年までの十年間のシレー時代は、ヴォルテールにとって、愛人シャトレ夫人とともに平穏に過ごす実り多い時間となった。自然科学に秀でていた侯爵夫人は、『自然学教程』(一七四〇)を発表し、ニュートンの『自然哲学の数学的原理』の翻訳を出版(一七五六)している。ヴォルテールもこの時期、夫人に助けられながらニュートンを読み、三七年には未完ながら『ニュートン哲学原理』を刊行する。侯爵シャトレ夫人はまた、ライプニッツ哲学の最善説の信奉者でもあった。シレー時代のヴォルテールは、侯爵夫人から自然科学とともにライプニッツ哲学の手ほどきも受けたようだ。

一七四三年に宰相フルーリが世を去り、かつての学友ダルジャンソン兄弟が入閣するのを機に、ヴォルテールに宮廷復帰の機会が訪れる。四五年三月、彼は王室史料編纂官となり、翌四六年四月には念願のアカデミー・フランセーズ入りを果たし、また晴れて国王の侍従職を授けられる。この頃はまさに、哲学者ヴォルテールが宮廷人として絶頂を極めた時期である。しかし、一方で彼は、宮廷生活が自身の気質や考えとそぐわないことをすでに意識している。「国王の道化役者となることを恥じて」もいた。しかも、国王は気まぐれそのものだった。旧友ダルジャンソン侯爵の失脚とともに、宮廷でのヴォルテールの立場が危うくなりかける。その折も折、一七四七年十月のある夜、不用意なひと言が一夜にして彼に国王の寵愛を失わせることになった。

ルイ十五世は、秋の数週間をフォンテーヌブローの離宮で狩猟を楽しむのを習慣としていた。その夜、シャトレ夫人は王妃のテーブルで賭事に加わり、大金をすった。その場に居合わせたヴォルテールは、賭事に熱中するシャトレ夫人を制止しようとして注意した。「相手はいかさま師たちであるのが分からないのですか」。彼は英語を使ったが、思わずもらしたその危険な言葉の意味は、たちまち一座の人びとに悟られた。翌日の夜、二人は慌しく離宮を去って行く。シャトレ夫人はパリへ、そしてヴォルテールはパリ郊外のソーにあるメーヌ公爵夫人の小宮廷へ逃れた。その日以後、彼がルイ十五世の寵愛を取り戻すことはなかった。

事件の難がメーヌ公爵夫人の身に及ぶことを恐れたヴォルテールは、ソーの小宮廷を去り、一七四八年、シャトレ夫人とともにロレーヌ地方の都市リュネヴィルを訪れる。そこには、ポーランド王でありルイ十五世の王妃の父でもあるスタニスラフの宮廷があった。予期せぬ事態がそこで彼を襲った。シャトレ夫人が若い詩人サン＝ランベールと恋に落ち、翌年九月、詩人の子を出産した後、産後の肥立ちが思わしくなく、あえなく帰らぬ旅の人となったのである。十六年来の愛人を失ったヴォルテールは傷心を抱きながら、長年のフリードリヒ二世の招きに応じ、五〇年六月にプロイセンへ旅立った。

ポツダム郊外のサン＝スーシ宮では、王太子時代から哲人ヴォルテールの弟子をもって任じていたフリードリヒ二世は、師を手厚く迎えた。二人の間には友情がみなぎった。ヴォルテールは侍従に任じられ、二万フランの年金と十字勲章を授かる。フランスの宮廷で失われた幸福がプロイセンの宮廷で取り戻されるかのように見えた。しかし、二人の蜜月はそう長くはつづかない。啓蒙君主の評判の高いフリードリヒ二世は、自国では専制君主以外の何者でもなかった。ヴォルテールのような哲学者など、彼は内心では歯牙にもかけていなかったから、「オレンジは搾って汁を飲んだら、捨てるものだ」と公言してはばからなかった。ベルリン・アカデミーの院長モーペルテュイとの不和がもとでついにフリードリヒの不興を買ったヴォルテールは、侍従職を返上して帰国の途につくことを決意する。だが、一七五三年六月、帰路のフランクフルトで、彼を迎えに来た姪のドニ夫人ともどもフリードリヒの手の者たちに十二日間監禁され、極度の恐怖と屈辱を味わう。一行はようやく解放されてフランスに向かうものの、自国ではルイ十五世が彼のパリ居住を許さなかった。

プロイセンを去ったヴォルテールが「フランクフルトの屈辱」を胸に秘めてリヨン経由でジュネーヴに到着するのは、一七五四年十二月のことである。彼はスイス居住を決め、翌年の初頭、ローザンヌに地所を借りる一方、ジュネーヴでは地所を買い取って「楽園館《レ・デリース》」と命名する。そこでの生活は、以前から彼が抱いていた、「片手に犂《すき》を持ち、片手に本を持つ」庭の夢が実現する期待を抱かせた。その頃、ヴォルテールは宮廷生活との訣別を固く決意していたようだ。五五年三月二十五日付のザクセン＝ゴータ公爵夫人宛の手紙で、彼は自身がいずれまたプロイセンの宮殿かヴェルサイユ宮に舞い戻るだろうという噂を聞き知り、苦々しげに打ち消している。

「私自身が主人となっている瀟洒《しょうしゃ》な家と心地よい庭、それに自由に振舞っている国を捨てて、たとえ桃源郷の王のもとであろうと、国王の宮殿に行くことはまずありません」

ヴォルテールは、晩年にも悔恨の情を率直に述べている。「神父さま、私が一七四四年と四五年に宮廷人であったとあなたに語った人たちは、悲しい真実を述べたのです。私は宮廷人でした。一七四六年に宮廷人の生き方を改め、四七年には宮廷人であったことを悔みました。生涯を通じて私が無駄に過ごしたあらゆる時間の中でも、それは間違いなく私がもっとも後悔している時間です」(一七七六年二月七日付、ヴェルネ神父宛の手紙)。ヴォルテールはここでフランスの宮廷人であったことについてしか語っていないが、そのときの悔恨が「フランクフルトの屈辱」後にあらゆる宮廷生活との絶縁を決定的にしたことは想像に難くない。

それにしても、ジュネーヴの楽園館は、彼が「エピクロスの園を持つ哲学者の宮殿」

であると誇ってみても、所詮はパリやヴェルサイユから遠く離れたところに位置する辺境の地にすぎなかった。それは、危険こそ免れてはいるものの、ヴォルテールのような人物の活動の場にはふさわしくない微温的な隠遁地だった。しかし、一七五五年十一月一日、リスボン大地震が突然、楽園館のまどろみから彼を目覚めさせる。大惨事の報はヨーロッパ全土に衝撃を与えた。ヴォルテールがその大災害を知るのは十一月二十四日のことである。推定される犠牲者が三万人を下らないポルトガルの首都を襲った大地震は、人間の苦しみを黙過しえないヴォルテールの心の琴線に触れる。彼は高ぶる気持ちで十二音綴の長篇詩『リスボンの災厄に関する詩』を一気呵成《いっきかせい》に数日で書き上げ、十二月四日にはスイスの印刷業者のもとへ草稿を送っている。その長篇詩は、哲学・神学的議論のたぐいのものではなく、神への絶望的な問いかけだった。この世が最善の世界なら、なぜ何の罪もない人びとが犠牲になったり、悪が存在したりするのか。その問いかけは、犠牲者への同情から神の秩序への反抗に変わる。

「されど、愛する子らに惜しみなく善を与え/かつまたその子らに悪をあまた降り注ぎ給うた/善意そのものの神なる存在を、どうして想像できようか」

同時に、ヴォルテールの長篇詩は、良心を眠り込ませ「悪」を弁明するあらゆる理論、とりわけ最善説への激烈な抗議となる。

「いつの日かすべては善となる、それこそわれらが希望／今すべてが善であるとは、幻想にすぎぬ」

ヴォルテールは七年戦争が始まる一七五六年以前には、ライプニッツの最善説を詩人ポープの詩『人間論』を介して理解していたようだ。最善説（オプティミスム）は当時まだ耳新しい造語であったから、ヴォルテールの秘書も口述筆記の際にこの語の綴りを知らなかったという。この語はまだ、物事をよいほうに考える楽天的な心理傾向を意味してはいなかった。それは、世界の創造者としての神を認めるが、創造された後では世界は神の干渉を必要とせず、自然法則に従って運動すると考える、十七、八世紀の啓蒙思想に特徴的な理神論の立場から、この世に存在する悪は神の善性と矛盾しないと説く弁神論である。ヴォルテールは、罪のない多数の死者が出たリスボン大地震の悲報に接したとき、シレー時代から受け入れてはいたものの次第に懐疑の目を向け始めていた最善説を、長篇詩ではじめて公然と批判したことになる。

ジャン＝ジャック・ルソーは、五六年八月十八日付のヴォルテール宛の手紙で、この長篇詩に反駁《はんばく》して摂理を弁護した。ルソーの手紙はいわば信仰者の確信を語ったものだった。ヴォルテールは返信でたんに手紙の礼を述べるにとどめ、議論には応じていない。

一七五六年五月十七日、イギリスがフランスに宣戦布告し、七年戦争の火蓋《ひぶた》が切られる。オーストリアはフランスと同盟し、ロシアもフランスに援軍を送ったが、プロイセンはイギリスと手を結ぶ。戦局はプロイセン軍に不利に展開し、プロイセンの国土は血まみれの戦場と化していた。多くのドイツ公国に文通相手を持っていたヴォルテールは、最大の注意を払って情報を収集し、事態の推移を見守りながら、戦争と最善説への怒りを露わにする。「すべては善である、すべてはこれまでになく善である。こうして、二、三十万の二本足の動物が一日五スーで殺し合うことになるのです。(……)あらゆる世界の中で最善の世界なんて、滑稽きわまります」(一七五六年九月十七日付のルイ＝フランソワ・アラマン宛の手紙)。

宮廷人の幸福と訣別したヴォルテールは、リスボン大地震と七年戦争を契機に、「自然の悪と道徳上の悪」の犠牲となる人間の不幸を悲痛な眼差しで凝視する。われわれはそこに、啓蒙期を代表する知識人の劇的な生の転換を認めることができる。そこに認められるのはまた、幸福をめぐるパラドックスとでも形容すべき、ペシミスムに捕らわれ傷ついた一人の文学者の、ひたむきな自己格闘と自立への脱皮の軌跡である。

(二)『カンディード』以前の五篇のコント

その生涯に見られる劇的な軌道修正ほど顕在化してはいないが、ヴォルテールが自身の文学活動に一種のジレンマを抱えていたことは確かである。前世紀の古典主義の継承者を自認していた彼は、悲劇や喜劇や叙事詩に代表される「偉大なジャンル」を信奉していた。しかし、たとえば宮廷生活の空しさとそれからの脱却、幸福の探求と挫折、人間の不幸といったような、彼自身が実生活で身をもって体験したような主題は、「偉大なジャンル」よりむしろ現実的な真実味のある小説や哲学コントで扱われるにふさわしかった。

ヴォルテールの後期のコント『白い雄牛』(一七七四)第七章と第九章には、文学ジャンルとしてのコントの持つ力を発見したことが作中人物の口を通して語られている。「偉大なジャンル」への彼の信奉は終生、変わらなかったにせよ、その一方で、束縛のない自由な表現を保証するコントが彼自身の気質に合致することを、次第に深く自覚するに至ったと思われる。ヴォルテールにとってコントは、ルネ・ポモーの表現を借りれば、いわばルソーの『告白』に代わるものなのである。

ヴォルテールは、もしあれほど物を書いていなかったならば、人をあやめていただろうと評されたほどの激情家だった。しかし、この感じやすい偉大な饒舌家《じょうぜつか》は、ルソーと違って自身の内面をあからさまに「告白」することを好まなかった。まじめなこと、とりわけ重大かつ深刻な事態や自らの内面が問題になるとき、彼は照れ隠しのように茶化してみせる。韜晦《とうかい》、茶化し、パロディー、嘲弄、カリカチュアは彼の内面をぼかす煙幕となる。しかし、その煙幕の奥にその時々のヴォルテールの素顔が透けて見える。言い換えれば、彼の内面は「移調」という遠回しの手段を用いて明かされるのである。

告白や感傷を嫌うこの外向性の人物にとって、コントは内心の偽装された打ち明け話の格好の表現手段だった。ヴァン・デン・ウーヴェルによれば、コントは作品執筆時のヴォルテール自身の心の状態が青年の姿を借りて神話的にたえず創造され直す場にほかならない。本篇に収めた六篇は一七三九年から五八年までに書かれた第一期のコントであるが、作中の主人公は例外なく青年である。それは作者のつねに瑞々《みずみず》しい精神を表していると同時に、青年に扮して、自身の抱える問題、問いかけ、懐疑、苦悩を漏らすヴォルテールに特有の「移調」と「神話化」を表している。そのありようを以下に、まず『カンディード』以前の五篇のコントについて執筆の年代順に一通り見ることにする。

一七五二年に地下出版された『ミクロメガス』の最初の草稿とおぼしき『ガンガン男爵の旅行』は、すでにシレー時代の三九年に書かれたと推定されている。この最初の草稿は紛失して現存しないが、ヴォルテールが「まじめな仕事の気晴らしに読まれるべき哲学的愚作」と断わって、プロイセンの王太子すなわち二年後のフリードリヒ二世に『ガンガン男爵』の草稿を送っていることが二人の書簡から明らかになっているからである。最初の草稿ですでに、主人公は天体旅行者であり、地球人と対面して対話する哲学者であったようだ。『ガンガン男爵』が『ミクロメガス』となったのは、作者のプロイセン滞在の初期に当たる五〇年末ないし五一年初めと見られている。二つのテクスト間の異同は不明である。『ガンガン男爵』は、まじめな仕事『ニュートン哲学原理』が書かれた後、気晴らしに書かれたシラノ・ド・ベルジュラックやスウィフト風の「哲学的物語」だった。

　物語は、二人の天体旅行者による宇宙に関する前半の対話と、彼らと人間たちとの後半の対話に二分される。物語の統一を保証する主題は、主人公の名が表すように、「万物の相対性」である。すべては小さなものに対しては大きく、大きなものの中にあっては小さい。無知と英知の関係も同様である。絶対的なものは存在しない。予断によって判断を誤る土星人に対して、主人公はロックの経験論にもとづく試行錯誤と推論により万物の相対性を確認する。初期のこのコントの中に、ごく付随的ながらすでにライプニッツ学派が登場する。白紙の本は「運命の書」を表すが、結末のシーンは運命すなわち摂理が人知によっては測りがたいことを示唆しているように思われる。

星人ミクロメガスが陰謀によって宮廷を追われた事情は、ヴォルテール自身が『哲学書簡』を発表して受難した事情と重なる。そして、それらの事情に精通する教養あるフランス人の語り手が作者自身であることは、たやすく見て取れる。

一七三八年の暮れ、デフォンテーヌ師は、「ヴォルテール的自己陶酔症」を意味する造語を表題とした誹謗の書『ヴォルテロマニー』を出版し、わずか二週間で二千部を売りつくした。ヴォルテールは弁明と反論のため、引き止めるシャトレ夫人を説得して二人でブリュッセル経由でパリまで足を伸ばした。三九年夏に書かれた彼の手紙には、久しぶりに訪れたパリへの興味、不安、厳しい目と寛大な見方が交錯する。パリのヴォルテールは、ペルセポリスのババブークと同じように異国人であり、訪問者であり、また裁判官でもある。バブークは後の一群のコントに登場する主人公たちに引き継がれる純真かつ無邪気な青年の原型なのである。

『この世は成り行き任せ』(以下、『バブーク』と略)の表題は、修道院の決まり文句から取られている(訳注(1)を参照)。一七四八年の初版の表題は『バブークまたはこの世は成り行き任せ』だったが、六四年版で本篇にあるような表題と副題に改められた。『バブーク』はシレー時代の三九年に書き始められ、四六年ないし四七年に書き継がれている。

当時の読者には、この東洋の物語のペルセポリスがパリであり、ペルシアがフランスであることは一目瞭然だった。売官制度、俳優の地位の低さ、聖職者の堕落、文学者の軽薄さ、租税徴収のあり方の弊害などが、当時のフランスの抱える問題であることも歴然としている。悪習や弊害を断罪しながらも、「すべて善ではないにしても、すべてはまずまずだ」という結論は、宮廷人だった四〇年代半ばのヴォルテール自身の温和な最善説と現実に即した知恵とを表しているように見える。価値の高いものと低いものが分かちがたく混じり合った小さな彫像は、善と悪の均衡を表しているのであろう。

『ザディーグまたは運命』では、幸福のテーマが正面から取り上げられる。しばしば指摘されてきたように、このコントには作者の自伝的要素が色濃くうかがえる。とりわけ、主人公がモアブダル王の寵愛を得た後、不興をこうむる物語には、宮廷人であった頃のヴォルテールの苦い経験が「移調」されているようだ。モアブダル王の宮殿がヴェルサイユ宮を模していることは言うまでもない。

メーヌ公爵夫人の小宮廷で執筆され朗読された『ザディーグ』は、当初『メムノン』と題されて四七年七月に匿名で出版されたが、ほとんど世上の話題に上らなかった。作者は表題を『ザディーグ』に変え、随所で手直しを行ない、「夕食会」「密会」「漁師」の三章を加筆した末、翌年の九月に改めて出版し、成功を収めた。

一七四五年から四六年にかけて、ヴォルテールの心にはペシミスムの影が忍び寄っていた。彼がシレーでシャトレ侯爵夫人とともに垣間見た幸福と静かな生活、愛と英知についての夢に、予測のつかない気まぐれな実生活が侵入しつつあったからである。四六年には、五十の坂を越えた彼を容赦なく病魔が襲った。シャトレ夫人との愛にしばらく前から倦怠を覚えていたヴォルテールは、四四年頃から、浪費癖があってあまり貞淑でもなかったが魅惑的な未亡人、自身の姪に当たるドニ夫人に接近していた。『ザディーグ』冒頭の二章に登場する身分ある娘セミールと庶民の娘アゾーラの中に、シャトレ侯爵夫人とドニ夫人の姿を重ねて見ることもできる。

このコントでは、しばしば各章の冒頭と最後に、物語のつなぎとなる一句や主人公の独白が挿入される。たとえば、第三章の終わりでザディーグは「この世で幸福になるのはなんとむずかしいことか！」とつぶやく。主人公が宮殿を去り、愛する王妃と別れる第八章は、「いったい、人間の一生とはなんだろう」で始まるやや長いモノローグによって締めくくられる。ザディーグのつぶやきや悲痛な叫びは、幸福についての問いかけである。その問いかけは、第十八章では天使に向かって投げかけられる。「善を生まない悪はない」と説く天使ジェスラードに、ザディーグは「しかし」と異議を差しはさむ。だが天使は、主人公の二度の異議申し立てに回答を拒否して天空へ飛び去る。

ザディーグは数々の試練の末に王妃アスタルテと結ばれ、王に選ばれ、物語はハッピーエンドで終わる。してみると、主人公の問いかけに答えないまま天使が飛び去るシーンにあながちアイロニーが含まれているとも思われない。天使ジェスラードは、このコントが執筆されていた一七四五年から四七年にかけて、ヴォルテールがシャトレ夫人から伝授されたライプニッツの最善説の代弁者なのである。そして、『ザディーグ』の主題は副題の「運命」、言い換えれば摂理にほかならない。摂理の道は人知で測ることはできないが、ザディーグの場合に見られるように、人間の運命の糸に明白な形で示される、というのだ。

『バブーク』では、価値の高いものと低いものが混じり合った彫像が人間の条件の象徴とされたが、この作品では山賊アルボガドが語るダイヤモンドとなった一粒の砂に取って代わられる。ヴォルテールはシレー時代以上に最善説を許容していたと言える。しかし、身辺に相次いで持ち上がる不幸な出来事は、やがて最善説に対する懐疑を徐々に彼に抱かせることになる。

「人間の知恵」の副題を持つ『メムノン』(一七四九)は、一七四八年末もしくは四九年初めに書かれたと推定されている。ある朝、メムノンは完璧な賢者になろうと思う。それはつまり、完璧な幸福を手に入れることである。しかし、世の女と縁を切り、暴飲暴食や賭事や言い争いをしないよう注意し、宮仕えをせず自立した生活を決意したにもかかわらず、早くもその日のうちに美しい女にたぶらかされ、金を巻き上げられ、おまけに酔った勢いで賭事に手を出し、喧嘩をして片目をつぶされる。物語では、たわいのない無邪気な最初の過ちと、それがもたらす重大かつ深刻な結果との間に見られるはなはだしい落差が強調される。

そこには、シレー時代の理想に燃えた生活と一七四八年の実生活との落差が投影している。王妃の賭博の席における不用意な発言のせいで逃避生活を余儀なくされたヴォルテールは、亡命の悪夢におびえ、病気に悩まされ、新作の劇『セミラミス』の不評に苛立っていた。それに追い打ちをかけるように、リュネヴィルで彼はシャトレ夫人と若い詩人との逢瀬を偶然にも目撃する。それは、彼の生涯でもっとも辛い瞬間であったにちがいない。メムノンが片目を失明するのは、ヴァン・デン・ウーヴェルの表現を借りれば、この主人公の「運命を覆う暗闇の部分を表象している」のである。物語の結末で「足も頭も尻尾もな」い天使とメムノンとの対話は、天使とザディーグのそれとすこぶる対照的である。「天界の精霊」すなわち「星から来た動物」がすべては善であると説くのに対して、メムノンは失明した片目がよくならないかぎり、それを信じるわけにいかないと言い返して、ただ皮肉な反応しか示さない。

『スカルマンタドの旅物語』(一七五六)が書かれたのは一七五三年から五四年にかけて

の冬と推定されている。このコントの語りは珍しく一人称である。そこには、託宣を告げる天使や精霊は登場せず、白紙の書物や判読不能の「運命の書」も存在しない。それに代わって物語の最後に登場するのは、海賊の頭目である。この作品には幻想と現実のバランスは見出せない。そこには幻想も理想も存在しないからである。物語の始めに幻想がないように、終わりには幻滅もない。あるのは、世界各地で行なわれているおぞましい恐怖の事実の列挙、さながら法廷調書のような事実の列挙と言ってよい(なぜかそこにプロイセンが欠如している)。一人称の語りは、作者特有の「移調」の配慮を忘却したかのようにさえ見える。主人公の性格は定かでなく、彼には野心も主張もない。主人公の結論は、人間に耐えられるぎりぎりの状態に甘んじることである。

ヴォルテールは一七四九年九月、十六年来の愛人シャトレ侯爵夫人と死別したとき、悲痛な胸の内を手紙でもらしている。「私は愛人を失ったのではなく、私自身の人生の伴侶を失ったのです」(一七四九年九月二十三日付、ダルジャンソン侯爵宛の手紙)。そして、フリードリヒ二世との不和が顕在化してプロイセンを去り、「フランクフルトの屈辱」を味わった後、五三年夏、旅の途中でアルザスに立ち寄り、『スカルマンタド』を書き始める。その地で彼は姪のドニ夫人やヴェルサイユやパリの知己を通じてパリ居住の可能性を打診している。間接的に伝えられる国王の意志は否定的だった。そのうえ、同年の暮れに彼の『風俗試論』の原型の偽版が出版される。その書には、自身の関知しない過激な反君主制の文が混じっていた。こうして、ヴォルテールのパリ帰還の道は決定的に閉ざされる。

『スカルマンタド』は、ヴォルテールのペシミスムの極限を表すコントとなっている。一七五四年三月三日付のデファン侯爵夫人宛の手紙では、彼は自殺を匂わせてさえいる。言ってみれば、この作品は、コントが作られるときの彼の心的状態を図らずも示唆しているのである。そして五篇の創作過程は、もともとソーの小宮廷などの社交の気晴らしに作られていたヴォルテールのコントが、危機に直面したときに突如として自己を解放しようとする抑えがたい作者の内面の欲求に突き動かされて生み出される作品へ、次第に変貌して行った経過を明かしている。

(三)『カンディード』――主人公の誕生と庭の教訓

『カンディードまたは最善説』は、往々にして最善説諷刺の作品としてやや矮小化《わいしょうか》されて読まれることがある。しかし、世界文学の名作であるこの哲学コントの間口はそれ以上に広く、その奥行きはそれ以上に深い。

『カンディード』の執筆時期は、テクストと作者の手紙との比較検討、同時代人の証言などから、かなり正確に推定されている。この哲学コントは一七五八年一月に書き始められ、真夏の七月に書き継がれ、秋の十月に脱稿したようだ。ヴォルテールはこの作品の構想を長期間にわたって温めていたと思われる。ルネ・ポモーは、五六年と五七年に書かれた作者の手紙には、「最善の世界」「庭の幸福」「リスボンの災厄」「ビング提督の処刑」「戦場の恐怖」といった表現がしきりに現れると指摘している。また、ヴァン・デン・ウーヴェルは、五五年から五七年にかけて、風貌や名前はまだ定かでないまでも、哲学と愛と権勢を表す三人の主要人物、すなわちパングロスとキュネゴンドと息子の男爵の輪郭がおぼろげながら形作られていたのではないか、と推測している。『カンディード』には、一七五五年から数年間に及ぶヴォルテールの経験の総和が「移調」されているのである。

もとより、数年に及ぶ構想の期間があったとしても、そこにはまだ肝心なものが欠けていた。それは主人公カンディードの存在である。そして、ヴォルテールを突如として このコント執筆へ駆り立てたのは、彼の感性が受けた深い傷にほかならない。ヴォルテールが五七年末から五八年初頭に経験する、ヴァン・デン・ウーヴェルのいわゆる「地獄の冬」がそれに相当する。

まず、七年戦争の緒戦はプロイセン軍に不利に展開していた。相次ぐ敗退を知ったフリードリヒ二世は自殺を覚悟し、辞世の書簡詩まで書く。それゆえ、ヴォルテールは戦勝国フランスの使者となり、敗者フリードリヒを慰め、和睦を仲介し、「フランクフルトの屈辱」の恨みを晴らす日を期待していた。しかし、五七年十一月のロスバハの勝利を境にプロイセン軍が一時的に優勢に転じ、彼の復讐計画は幻に終わる。

彼はまた、同じ時期に戦乱の長期化にそなえ、資産の分割保全と投資を試みたが、それが裏目に出始めて、自身の自由の保証となる財産を失う恐怖を味わっている。

さらに、プロイセン滞在中にポツダム宮で再会し、親しく付き合ったベンティンク伯爵夫人のスイス移住の噂を聞き、小躍りして喜んだ彼はジュネーヴ来訪を勧める手紙を書き送るが、伯爵夫人はヴェネチアへと去って行く。

それればかりか、『百科全書』第七巻が五七年十一月に刊行されると、ダランベール執筆の項目「ジュネーヴ」がジュネーヴ牧師会議とルソーの猛烈な反発と批判を招き、ヴォルテールはダランベールを蔭で操った元凶と見なされた。彼は激怒しながらも、ジュネーヴの楽園館に閉じ籠もり、恐怖におびえ、ひたすら沈黙を守る。

五八年初頭の冬、ヴォルテールが当てにしていたすべてが音を立てて崩れようとしていた。そのとき一度に経験した挫折は、幻想に惑わされたおのれ自身が滑稽なまでにひどく無邪気であったことを彼に悟らせたにちがいない。ヴァン・デン・ウーヴェルは、「純真な、無邪気な」を意味する形容詞からその名を取られた主人公カンディードの誕生を、この時期に位置づけている。「地獄の冬」の挫折と敗北の経験は、無邪気な若者が数々の辛い試練を経てついに幻想から覚め、現実の悪を直視する自立した人間へと成長する神話的物語に「移調」されてゆくのである。物語の冒頭で、「すべては最善の状態にある」と説く師パングロスの教えを無邪気に信じ、「自分自身ではなに一つ判断しないように教えられてきた」若者が、最終章では師の言葉をさえぎって「庭の教訓」を語るところに、主人公の成長が暗示されていると言えよう。

この哲学コントを三つの執筆時期に対応させると、作品の三幅画風の仕立てが見えてくる。まず冬の『カンディード』がある。主人公が「尻を嫌というほど蹴飛ば」されて城館を追い出されると、永遠の春と思われた楽園から一転してシーンは雪の降りしきる冬へと変わる。それは飢えと寒さに震える冬であり、流血の冬である。主人公たちは恐怖におののき、ひたすら西へ逃げる。彼らは「不安による痙攣」に襲われながら、幻想の皮を一枚ずつ剝ぎ取り、迷妄から覚めなければならない。

前半と後半をつないでいるのは、日常が奇跡の連続であるような黄金郷エルドラードの挿話である。カンディードたちは、そんな完璧な幸福を拒否し、そこに見たかすかな理想を手がかりに旅の方向を東へ逆転させ、キュネゴンドを求めてヨーロッパを目指す。赤い羊の群れに積んだ財宝は幻のようにたちまち失われるが、ポケットに残ったダイヤモンドはかすかな理想を象徴するかのように、奴隷となった師や主人や恋人の身の代金と農地購入の費用をまかなってくれる。雑多な小集団が辺境の地プロポンティスの農地に身を寄せ合ったとき、「倦怠の無気力状態」が彼らを襲う。そんな夏の『カンディード』は、苦悩と危機からいく分か解放されたヴォルテールがジュネーヴ湖岸で平穏と安逸に身をゆだねていた五八年夏に対応する。

最後に、秋の『カンディード』がある。主人公たちは彼らの生き方を積極的に探求し始める。これは、五八年秋、定住地フェルネーの領地買い取りに乗り出すヴォルテールの動きに照応している。

視点を変えて『カンディード』の作品構造を見ると、それがきわめてシンメトリックで、エルドラードの挿話を挟んで二分されていることに気づく。主人公たちが塗炭の苦しみを経験する前半では、戦場の殺戮、嵐、地震、梅毒、異端者の火刑、海賊の横行といった「自然の悪と道徳上の悪」を表す事実が続けざまに生起する。そうした「悪」すなわち災いの具体的で強烈なイメージは、「すべては最善の状態にある」と説く哲学を完膚なきまでに打ち砕く。しかし、主人公たちを襲う危険がやや遠ざかったかに見える後半では、最善説のまやかしと幻想を容赦なく暴いてみせた「悪」の事実そのものが代わって糾弾され、厳しく批判されるのだ。ヴォルテールのこの手法を、スタロバンスキーはいみじくも「二連発銃」にたとえている。

それにしても、『カンディード』は数字の三と奇妙に緊密な関係を保った作品である。三つの執筆時期に対応するこのコントの三幅画風の仕立てについてはすでに触れたとおりだが、さらに物語では、三つの楽園すなわちトゥンダー゠テン゠トロンク男爵の城館、エルドラード、そしてプロポンティスの農地が描かれている。ブルガリア兵に跡形もなく破壊される男爵の楽園は、「城門が一つと窓がいくつかある」る貧弱な城館である。それは楽園と錯覚された幻想でしかない。反対に、到達不能のエルドラードは、完璧すぎるあまり現実性を欠く限りにおいて、やはり幻想の楽園であることに変わりがない。一方、プロポンティスの農地は幻想でなく、確かに実在するが、楽園と呼ぶにはひどく卑小な庭であるように見える。では、プロポンティスの庭は、ペシミスム一色の『スカルマンタド』の主人公が見出す「辛うじて耐えられる」避難地、あるいは精々ヴォルテールが五四年に見出したジュネーヴ湖畔の隠遁地のように微温的な庭の延長線上に位置するのか。

この問いへの答えを探すには、最終章の「庭の教訓」を含む三つの挿話間のつながりに注目する必要があるように思われる。「トルコ随一の修道僧との対話」「老農夫との出会い」「庭の教訓」という結末の連続する三つの挿話は、同質と異質の要素が周到に交互に配分されながら進行するからである。

最初の挿話では、修道僧は「余計なことに首を突っ込んではならぬ」と言い、カンディードがこの世にはびこる悪に言及しても、ただ沈黙のみを命じる。次に、悪が存在しようと善が存在しようと、外界で起こる一切のことに関心を示さないトルコ人老農夫の生き方には、確かに修道僧の勧告と同質のものが含まれている。しかし、老農夫は自ら耕す畑の収穫物を売って暮らしている点で、修道僧とは明らかに異なる。「労働はわたしたちから三つの大きな不幸……を遠ざけてくれ」ると、農夫は言う。その言葉に、カンディードははじめて深く考え込む。そして、彼はあえて二度まで師の言葉をさえぎり、「ぼくたちの庭を耕さなければなりません」と語る。「庭の教訓」が老農夫の世界と同質なものを共有していることはたやすく見てとれる。しかし、最終章の流れをたどると、「庭の教訓」の挿話には「老農夫」の挿話と異質なものが含意されていることが分かる。それは、この世にはびこる「悪」へ注がれる視線である。

なるほど、三つ目の楽園プロポンティスの庭は取るに足りない庭に見える。それは実在するとはいえ、あらゆる夢がしぼみ、理想が排除された庭にすぎないかのようだ。しかし、小共同体の雑多な仲間は、庭を耕す「賞賛すべき計画に加わ」り、「それぞれが自分の才能を発揮しはじめ」る。「ささやかな土地は、多くの収穫をもたら」すことになる。ここに見られる「ささやかな土地」と「多くの収穫」の対比法は、その庭が今はちっぽけであっても未来に開かれていることを暗示している。それは、『スカルマンタド』のペシミスムに覆われた、辛うじて耐えられる庭でも、楽園館《レ・デリース》の微温的な庭でもない。最終章のこの箇所は、執筆時期から見れば秋の『カンディード』に属する。五八年秋、ヴォルテールはペシミスムを脱皮し、独立不羈《ふき》への道を歩みかけていた。

ヴォルテールは一七五八年九月九日、伯爵領トゥルネーの買い取りを申し出、翌十月七日に領主領フェルネーの購入を決断する。実際に売買契約が交わされるのは、トゥルネーが五八年十二月十一日、フェルネーは翌五九年二月九日である。彼は領地購入に先立ち、フェルネーを訪れている。その折、彼が村のあまりの惨状にいかに強い衝撃を受けたかは、一通の手紙からうかがい知ることができる。彼の手紙によれば、その領地では、小教区の主任司祭は七年ものあいだ一度も結婚式を執り行なったことがなく、子どもは一人も生まれず、土地は荒れ放題で、住民はわずかな黒パンしか食べられず、それすら塩税吏に奪われかねない有様だった。「半分は貧窮のあまり死んでゆき、残りの半分は牢獄で朽ち果てるのです」。「無益な動物」と化してしまった彼ら不幸な者たちを「有用な人間」にしなければならない。「これほどの不幸を目撃すると、胸が引き裂かれます」(一七五八年十一月十八日付、ル・ボー宛の手紙)。

このときの強烈な体験と連動し共鳴し合うかのように、十月に脱稿した草稿には、十二月に重要な修正と加筆が施される。ルネ・ポモーによれば、第十九章のスリナムの黒人奴隷の悲惨な挿話はこの時期に加筆されている。また、最終章の「修道僧」の挿話も見直され、修正される。草稿では、「では、どうすべきなのでしょう」という主人公カンディードの問いかけに、修道僧は「大地を耕し、飲み、食べ、そして沈黙することだ」と答えていた。修道僧のこの託宣めいた言葉は、『ザディーグ』における天使ジェスラードの場合のように、作品全体の結論ともなるはずだった。問いかけの主体を主人公からパングロスに交代させ、修道僧の言葉を短いひと言「沈黙することだ」に修正することは、挿話の寓意を一変させる。悪の存在を前にして回答を拒否する修道僧は、自身の完全な無力を露呈することになるからである。

見過ごせない重要な修正加筆の例がもう一つある。ルネ・ポモーは、ヴォルテールがもっとも苦心した第二十二章「パリ場景」のパロリニャック侯爵夫人の挿話に詳しく言及している。それによると、ヴォルテールは十二月に第二十二章を書き改めたが、それでも満足できず、六一年版で大幅な削除と修正と加筆を行なって決定版とした。同じ年に発表されたルソーの『新エロイーズ』を読み、娼婦に誘惑された主人公サン＝プルーの饒舌と感傷(第二部第二六信)に苛立ったヴォルテールは、自作に高級娼婦の挿話を加筆し、大都会に巣くう悪に深く鋭いメスを入れたと見られる。

このように、主人公たちが積極的に彼らの生き方を探求し始める最終章が書かれた一七五八年十月から、その年十二月の修正と加筆を経て六一年の修正、削除、加筆を含む大幅な手直しまでの過程は、『カンディード』の作品の荷重が「自然の悪と道徳上の悪」との対峙の方向にいっそう加わる一連のプロセスそのものを表していると言ってよい。プロポンティスの庭は、この世にはびこる悪と対峙するためのささやかながらも堅固な土台の表象とも考えられよう。ヴォルテールがカトリック教徒の息子殺しの罪に問われて処刑されたトゥールーズの新教徒ジャン・カラスの冤罪《えんざい》を晴らすため、宗教上の不寛容や狂信と戦い始めるのは、六一年版『カンディード』刊行のわずか一年後のことである。それは、「フェルネーの長老」がその後、寒村に産業を起こし、「下劣女《ランファーム》」(迷信と狂信)に挑む数々の戦いの前哨戦となった。彼の哲学コントは、この世に「自然の悪と道徳上の悪」があるかぎり存在理由を失わず、読み継がれてゆくにちがいない。

一九九四年の生誕三百年を挟んで、ヴォルテール研究の新しい大きな波が広がっている。十九世紀後半に刊行されたデノワールテールの『ヴォルテールと十八世紀社会』以来の大著『時代の中のヴォルテール』四巻がルネ・ポモーと協力者たちによって完成され、さらに二冊の大部な『ヴォルテール事典』が相次いで出版され、大判の研究年誌『ヴォルテール手帖』も刊行され始めた。それによると、ヴァン・デン・ウーヴェルの古典的名著『コントの中のヴォルテール』も復刊を予定されているという。

本篇に収めた六篇の哲学コントを訳出するに当たっては、次に掲げる㈠〜㈣の版をそれぞれ底本とした。

㈠ *Micromégas. Œuvres de Mr. de Voltaire. Nouvelle édition revue, corrigée et considérablement augmentée par l'auteur, enrichie de figures en taille-douce.* Tome Dixième, à Dresde, 1754.

㈡ *Le Monde comme il va, vision de Babouc, écrite par lui-même. Zadig ou la Destinée, histoire orientale. L'Histoire des voyages de Scarmentado. Collection complette des œuvres de M. de Voltaire.* Première édition. Tome cinquième, Genève, Cramer, 1756.

㈢ *Memnon, ou la Sagesse humaine.* T. IV de la *Collection complette*, Genève, Cramer, 1756.

㈣ *Candide, ou l'optimisme, traduit de l'allemand de Mr. le Docteur Ralph, avec les additions qu'on a trouvées dans la poche du Docteur, lorsqu'il mourut à Minden, l'an de grâce 1759.* Tome cinquième de la *Collection complette des Œuvres de Mr. de V...,* 1761.

また、次に掲げるⒶ〜Ⓓの校訂本は、訳出に際して参照し、訳注作成の参考にした。

(A) *Candide, ou l'optimisme*, édition d'André Magnant, Bordas, 1978.
(B) *Romans et contes*, éd. F. Deloffre et J. Van Den Heuvel, Bibl. de la Péiade, Paris, Gallimard, 1979.
(C) *Candide*, édition critique de René Pomeau, *Œuvres complètes de Voltaire*, Oxford, 1980.
(D) *Contes en Vers et en Prose*, 2 vol., édition de Sylvain Menant, Classiques Garnier, 1992.

底本に用いたテクスト㈠は、アメリカ合衆国ロサンゼルスのUCLA ACCESS SERVICES, ㈡に含まれる三篇はいずれもイギリスの王立アバディーン大学図書館、㈢はアメリカ合衆国のジャクソンヴィル大学図書館、㈣はフランス国立図書館がそれぞれ所蔵する刊本を複写したものである。底本としたテクストには、会話の区切りに改行がないが、本篇では読者の便宜を考えて改行した。

本篇に収めた三枚の挿絵は、一七七八年の全集版に含まれるモネーによる銅版の挿絵から選んだ。表紙絵も同じ版の『カンディード』第十六章「二人の娘、二匹の猿」の挿絵から取っている。

訳注の作成に当って多くの方々のお世話になったが、とりわけ青山学院大学史学科教授、小名康之氏には数々の懇切なご教示をいただいた。文責はあくまで訳者にあるが、氏のご厚情に心からお礼申し上げたい。

テクストの複写等を入手するに際しては、青山学院大学図書館司書、小林陽子さんにまたも一方ならずお世話になった。煩雑な仕事を実に手際よく処理していただき、深甚の謝意を表さなければならない。

本篇に収めた六篇のコントには、本文庫をはじめ数種ものすぐれた邦訳があり、いずれも教えられるところが多かった。

もともと本篇の企画は文庫編集部の石川憲子さんに綿密に立てていただいたものである。しかし、訳者が仕事に手間取っているうちに石川さんは移動して担当が清水愛理さんに交代した。清水さんには本文はもちろん、とりわけ訳注に関して大いに助けられた。今回も気持ちよく仕事ができたことをお二人に深く感謝するものである。

二〇〇五年正月

植田祐次

カンディード 他五篇 ヴォルテール作

2005年2月16日 第1刷発行
2024年12月16日 第16刷発行

訳 者 植田祐次《うえだゆうじ》

発行者 坂本政謙

発行所 株式会社 岩波書店
〒101-8002 東京都千代田区一ツ橋2-5-5

案内 03-5210-4000 営業部 03-5210-4111
文庫編集部 03-5210-4051
https://www.iwanami.co.jp/

印刷・理想社 カバー・精興社 製本・松岳社

ISBN978-4-00-325181-2 Printed in Japan

読書子に寄す

——岩波文庫発刊に際して——

岩波茂雄

真理は万人によって求められることを自ら欲し、芸術は万人によって愛されることを自ら望む。かつては民を愚昧ならしめるために学芸が最も狭き堂宇に閉鎖されたことがあった。今や知識と美とを特権階級の独占より奪い返すことはつねに進取的なる民衆の切実なる要求である。岩波文庫はこの要求に応じそれに励まされて生まれた。それは生命ある不朽の書を少数者の書斎と研究室とより解放して街頭にくまなく立たしめ民衆に伍せしめるであろう。近時大量生産予約出版の流行を見る。その広告宣伝の狂態はしばらくおくも、後代にのこすと誇称する全集がその編集に万全の用意をなしたるか。千古の典籍の翻訳企図に敬虔の態度を欠かざりしか。さらに分売を許さず読者を繋縛して数十冊を強うるがごとき、はたしてその揚言する学芸解放のゆえんなりや。吾人は天下の名士の声に和してこれを推挙するに躊躇するものである。このときにあたって、岩波書店は自己の責務のいよいよ重大なるを思い、従来の方針の徹底を期するため、すでに十数年以前より志して来た計画を慎重審議この際断然実行することにした。吾人は範をかのレクラム文庫にとり、古今東西にわたって文芸・哲学・社会科学・自然科学等種類のいかんを問わず、いやしくも万人の必読すべき真に古典的価値ある書をきわめて簡易なる形式において逐次刊行し、あらゆる人間に須要なる生活向上の資料、生活批判の原理を提供せんと欲する。この文庫は予約出版の方法を排したるがゆえに、読者は自己の欲する時に自己の欲する書物を各個に自由に選択することができる。携帯に便にして価格の低きを最主とするがゆえに、外観を顧みざるも内容に至っては厳選最も力を尽くし、従来の岩波出版物の特色をますます発揮せしめようとする。この計画たるや世間の一時の投機的なるものと異なり、永遠の事業として吾人は微力を傾倒し、あらゆる犠牲を忍んで今後永久に継続発展せしめ、もって文庫の使命を遺憾なく果たさしめることを期する。芸術を愛し知識を求むる士の自ら進んでこの挙に参加し、希望と忠言とを寄せられることは吾人の熱望するところである。その性質上経済的には最も困難多きこの事業にあえて当たらんとする吾人の志を諒として、その達成のため世の読書子とのうるわしき共同を期待する。

昭和二年七月

《ドイツ文学》〔赤〕

ニーベルンゲンの歌 全二冊 相良守峯訳
若きウェルテルの悩み ゲーテ 竹山道雄訳
ヴィルヘルム・マイスターの修業時代 全三冊 ゲーテ 山崎章甫訳
イタリア紀行 全三冊 ゲーテ 相良守峯訳
ファウスト 全二冊 ゲーテ 相良守峯訳
ゲーテとの対話 全三冊 エッカーマン 山下肇訳
スペインの太子 ドン・カルロス シルレル 佐藤通次訳
ヒュペーリオン —希臘の世捨人 ヘルデルリーン 渡辺格司訳
青い花 ノヴァーリス 青山隆夫訳
夜の讃歌・サイスの弟子たち 他一篇 ノヴァーリス 今泉文子訳
完訳 グリム童話集 全五冊 金田鬼一訳
黄金の壺 ホフマン 神品芳夫訳
ホフマン短篇集 池内紀編訳
影をなくした男 シャミッソー 池内紀訳
流刑の神々・精霊物語 ハイネ 小沢俊夫訳
ブリギッタ・森の泉 他一篇 シュティフター 宇多五郎 高安国世訳
みずうみ 他四篇 シュトルム 関泰祐訳
村のロメオとユリア ケラー 草間平作訳
沈鐘 ハウプトマン 阿部六郎訳
地霊・パンドラの箱 ルル二部作 F・ヴェデキント 岩淵達治訳
春のめざめ F・ヴェデキント 酒寄進一訳
花・死人に口なし 他七篇 シュニッツラー 番匠谷英一 山本有三訳
ゲオルゲ詩集 手塚富雄訳
リルケ詩集 高安国世訳
ドゥイノの悲歌 リルケ 手塚富雄訳
ブッデンブローク家の人びと 全三冊 トーマス・マン 望月市恵訳
トオマス・マン短篇集 実吉捷郎訳
魔の山 全二冊 トーマス・マン 関泰祐 望月市恵訳
トニオ・クレエゲル トオマス・マン 実吉捷郎訳
ヴェニスに死す トオマス・マン 実吉捷郎訳
講演集 ドイツとドイツ人 他五篇 トーマス・マン 青木順三訳
講演集 リヒァルト・ヴァーグナーの苦悩と偉大 他一篇 トーマス・マン 青木順三訳
車輪の下 ヘルマン・ヘッセ 実吉捷郎訳
デミアン ヘルマン・ヘッセ 実吉捷郎訳
シッダルタ ヘッセ 手塚富雄訳
ルーマニア日記 カロッサ 高橋健二訳
幼年時代 カロッサ 斎藤栄治訳
ジョゼフ・フーシェ —ある政治的人間の肖像 シュテファン・ツワイク 高橋禎二 秋山英夫訳
変身・断食芸人 カフカ 山下肇 山下萬里訳
審判 カフカ 辻瑆訳
カフカ短篇集 池内紀編訳
カフカ寓話集 池内紀編訳
ドイツ炉辺ばなし集 —カレンダーゲシヒテン ヘーベル 木下康光編訳
ウィーン世紀末文学選 池内紀編訳
チャンドス卿の手紙 他十篇 ホフマンスタール 檜山哲彦訳
ホフマンスタール詩集 川村二郎訳
ドイツ名詩選 生野幸吉 檜山哲彦編
聖なる酔っぱらいの伝説 他四篇 ヨーゼフ・ロート 池内紀訳
暴力批判論 他十篇 —ベンヤミンの仕事1 ベンヤミン 野村修編訳
ボードレール 他五篇 —ベンヤミンの仕事2 ベンヤミン 野村修編訳

パサージュ論　全五冊　ヴァルター・ベンヤミン　今村仁司・三島憲一・大貫敦子・高橋順一・塚原史・細見和之・村岡晋一・山本尤・横張誠・與謝野文子・吉村和明訳
ジャクリーヌと日本人　ヤーコプ　相良守峯訳
ヴォイツェク ダントンの死 レンツ　ビューヒナー　岩淵達治訳
人生処方詩集　エーリヒ・ケストナー　小松太郎訳
終戦日記一九四五　エーリヒ・ケストナー　酒寄進一訳
第七の十字架　全二冊　アンナ・ゼーガース　山下肇・新村浩訳

《フランス文学》〔赤〕

ラブレー第一之書 ガルガンチュワ物語　渡辺一夫訳
ラブレー第二之書 パンタグリュエル物語　渡辺一夫訳
ラブレー第三之書 パンタグリュエル物語　渡辺一夫訳
ラブレー第四之書 パンタグリュエル物語　渡辺一夫訳
ラブレー第五之書 パンタグリュエル物語　渡辺一夫訳
ピエール・パトラン先生　渡辺一夫訳
エセー　全六冊　モンテーニュ　原二郎訳
ラ・ロシュフコー箴言集　二宮フサ訳
ブリタニキュス ベレニス　ラシーヌ　渡辺守章訳
ドン・ジュアン —石像の宴　モリエール　鈴木力衛訳
いやいやながら医者にされ　モリエール　鈴木力衛訳
守銭奴　モリエール　鈴木力衛訳
完訳 ペロー童話集　新倉朗子訳
ラ・フォンテーヌ 寓話　全二冊　ラ・フォンテーヌ　今野一雄訳
カンディード 他五篇　ヴォルテール　植田祐次訳
ルイ十四世の世紀　全四冊　ヴォルテール　丸山熊雄訳

美味礼讃　全二冊　ブリア-サヴァラン　関根秀雄・戸部松実訳
近代人の自由と古代人の自由・征服の精神と簒奪 他一篇　コンスタン　堤林剣・堤林恵訳
恋愛論　全二冊　スタンダール　杉本圭子訳
赤と黒　全二冊　スタンダール　桑原武夫・生島遼一訳
ゴプセック・毬打つ猫の店　バルザック　芳川泰久訳
艶笑滑稽譚　全三冊　バルザック　石井晴一訳
レ・ミゼラブル　全四冊　ユーゴー　豊島与志雄訳
ライン河幻想紀行　ユーゴー　榊原晃三編訳
ノートル=ダム・ド・パリ　全二冊　ユーゴー　辻昶・松下和則訳
モンテ・クリスト伯　全七冊　アレクサンドル・デュマ　山内義雄訳
三銃士　全二冊　デュマ　生島遼一訳
カルメン　メリメ　杉捷夫訳
愛の妖精（プチット・ファデット）　ジョルジュ・サンド　宮崎嶺雄訳
ボオドレール 悪の華　鈴木信太郎訳
感情教育　全二冊　フローベール　生島遼一訳
紋切型辞典　フローベール　小倉孝誠訳
サラムボー　全二冊　フローベール　中條屋進訳

- 未来のイヴ 全二冊　ヴィリエ・ド・リラダン　渡辺一夫訳
- 風車小屋だより　ドーデー　桜田佐訳
- サフォ パリ風俗　ドーデー　朝倉季雄訳
- プチ・ショーズ ―ある少年の物語　ドーデー　原千代海訳
- 少年少女　アナトール・フランス　三好達治訳
- テレーズ・ラカン 全二冊　エミール・ゾラ　小林正訳
- ジェルミナール 全三冊　エミール・ゾラ　安士正夫訳
- 獣人 全二冊　エミール・ゾラ　川口篤訳
- 氷島の漁夫　ピエール・ロチ　吉氷清訳
- マラルメ詩集　渡辺守章訳
- 脂肪のかたまり　モーパッサン　高山鉄男訳
- メゾンテリエ 他三篇　モーパッサン　河盛好蔵訳
- モーパッサン短篇選　高山鉄男編訳
- わたしたちの心　モーパッサン　笠間直穂子訳
- 地獄の季節　ランボオ　小林秀雄訳
- 対訳 ランボー詩集 ―フランス詩人選(1)　中地義和編
- にんじん　ルナアル　岸田国士訳

- ジャン・クリストフ 全四冊　ロマン・ローラン　豊島与志雄訳
- ベートーヴェンの生涯　ロマン・ロラン　片山敏彦訳
- ミレー　ロマン・ロラン　蛯原徳夫訳
- フランシス・ジャム詩集　手塚伸一訳
- 三人の乙女たち　フランシス・ジャム　手塚伸一訳
- 狭き門　アンドレ・ジイド　川口篤訳
- 法王庁の抜け穴　アンドレ・ジイド　石川淳訳
- モンテーニュ論　アンドレ・ジイド　渡辺一夫訳
- ムッシュー・テスト　ポール・ヴァレリー　清水徹訳
- 精神の危機 他十五篇　ポール・ヴァレリー　恒川邦夫訳
- ドガ ダンス デッサン　ポール・ヴァレリー　塚本昌則訳
- シラノ・ド・ベルジュラック　ロスタン　辰野隆・鈴木信太郎訳
- 地底旅行　ジュール・ヴェルヌ　朝比奈弘治訳
- 八十日間世界一周　ジュール・ヴェルヌ　鈴木啓二訳
- 海底二万里 全二冊　ジュール・ヴェルヌ　朝比奈美知子訳
- 死霊の恋・ポンペイ夜話 他三篇　ゴーチエ　田辺貞之助訳
- 火の娘たち　ネルヴァル　野崎歓訳

- パリの夜 ―革命下の民衆　レチフ・ド・ラ・ブルトンヌ　植田祐次編訳
- シェリ　コレット　工藤庸子訳
- シェリの最後　コレット　工藤庸子訳
- 生きている過去　レニエ　窪田般彌訳
- ノディエ幻想短篇集　ノディエ　篠田知和基編訳
- フランス短篇傑作選　山田稔編訳
- シュルレアリスム宣言・溶ける魚　アンドレ・ブルトン　巖谷國士訳
- ナジャ　アンドレ・ブルトン　巖谷國士訳
- ジュスチーヌまたは美徳の不幸　サド　植田祐次訳
- とどめの一撃　ユルスナール　岩崎力訳
- フランス名詩選　安藤元雄・入沢康夫・渋沢孝輔編
- 繻子の靴 全二冊　ポール・クローデル　渡辺守章訳
- A・O・バルナブース全集 全二冊　ヴァレリー・ラルボー　岩崎力訳
- 心変わり　ミシェル・ビュトール　清水徹訳
- 悪魔祓い　ル・クレジオ　高山鉄男訳
- 失われた時を求めて 全十四冊　プルースト　吉川一義訳
- シルトの岸辺　ジュリアン・グラック　安藤元雄訳

星の王子さま　サン＝テグジュペリ　内藤濯訳
プレヴェール詩集　小笠原豊樹訳
ペスト　カミュ　三野博司訳
サラゴサ手稿 全三冊　ヤン・ポトツキ　畑浩一郎訳

《別冊》

増補 フランス文学案内　渡辺一夫　鈴木力衛
増補 ドイツ文学案内　手塚富雄　神品芳夫
ことばの花束 ―岩波文庫の名句365　岩波文庫編集部編
ことばの贈物 ―岩波文庫の名句365　岩波文庫編集部編
愛のことば ―岩波文庫から―　岩波文庫編集部編
世界文学のすすめ　大岡信　奥本大三郎　川村二郎　小池滋　沼野充義編
近代日本文学のすすめ　大岡信　加賀乙彦　菅野昭正　曾根博義　十川信介編
近代日本思想案内　鹿野政直
近代日本文学案内　十川信介
ポケットアンソロジー この愛のゆくえ　中村邦生編
スペイン文学案内　佐竹謙一

一日一文 英知のことば　木田元編
声でたのしむ 美しい日本の詩　大岡信　谷川俊太郎編

岩波文庫の最新刊

ベティ・フリーダン著／荻野美穂訳
女らしさの神話（上）（下）

女性の幸せは結婚と家庭にあるとする「女らしさの神話」を批判し、その解体を唱える。二〇世紀フェミニズムの記念碑的著作、初の全訳。（全二冊）〔白二三四-一、二〕 **定価(上)一五〇七、(下)一三五三円**

太宰 治作／安藤 宏編
富嶽百景・女生徒 他六篇

昭和一二―一五年発表の八篇。表題作他「華燭」「葉桜と魔笛」等、スランプを克服し〈再生〉へ向かうエネルギーを感じさせる。（注＝斎藤理生、解説＝安藤宏）〔緑九〇-九〕 **定価九三五円**

ヘルダー著／嶋田洋一郎訳
人類歴史哲学考（五）

第四部第十八巻―第二十巻を収録。中世ヨーロッパを概観。キリスト教の影響やイスラム世界との関係から公共精神の発展を描く。（全五冊）〔青N六〇八-五〕 **定価一二七六円**

……今月の重版再開……

栗田 靖編
碧梧桐俳句集

定価一二七六円〔緑一六六-二〕

穂積陳重著
法窓夜話

定価一四三〇円〔青一四七-一〕

定価は消費税 10％ 込です　2024. 9